山东省社会科学规划研究项目文丛·一般项目
《新时期山东文学中的村庄意象研究》
项目批准号 15CWXJ10

诗意与涅槃

新时期山东文学中的村庄意象

◎许玉庆 著

GUANGXI NORMAL UNIVERSITY PRESS
广西师范大学出版社
·桂林·

图书在版编目（CIP）数据

诗意与涅槃：新时期山东文学中的村庄意象 / 许玉庆著．—桂林：广西师范大学出版社，2018.8
ISBN 978-7-5598-1080-9

Ⅰ．①诗… Ⅱ．①许… Ⅲ．①当代文学－文学研究－山东 Ⅳ．①I206.7

中国版本图书馆 CIP 数据核字（2018）第 164570 号

广西师范大学出版社出版发行
（广西桂林市五里店路 9 号　邮政编码：541004
网址：http://www.bbtpress.com）
出版人：张艺兵
全国新华书店经销
湖南省众鑫印务有限公司印刷
（长沙县榔梨镇保家村　邮政编码：410000）
开本：880 mm × 1 240 mm　1/32
印张：10.625　　　字数：220 千字
2018 年 8 月第 1 版　　　2018 年 8 月第 1 次印刷
定价：45. 00 元

序

许玉庆是我的学生。他的学位论文曾经得到各位答辩委员鼓励，于是，他毫不松懈地一直围绕“文学村庄”做下来，还真的做出了名堂，获得山东省教育厅科研奖励。

村庄承载着文学的梦。所以，我一向对“村庄”情有独钟。编博士生论文集敲定书名的时候，就选了《文学的村庄》，在后记里我特意说道：“显然，书名并非选题内容的概括，‘村庄'是一个诗意栖居的意象，寄寓着博士生们的文学梦想。我们可以倾听他们徜徉的足音，感受他们对于选题思考的气息。尽管这足音还不够有力，这气息也显得有点单薄，但承载了一种真实的状况。”可以看得出，对于许玉庆选定的题目，我是欣然认同的。

他对于村庄意象的界定，颇有底气。底气来自他在村庄的实地考察，来自他做学问的方式，他是两条腿走路的。当今学界崇尚概念话语，忙于书斋。许玉庆坐得下，精心读书：“在整整两年的时间里，我逛书店、上淘宝、找旧书网、泡图书馆、看超星数字图书……尽最大努力，寻找各种机会，搜集、研读新时代以来山东作家的作品及相关的影视改编成果；同时还阅读了大量关于传统文化、中外文论、乡村景观、文学地理、民俗学、人类学、传播学以及文化产业等领域的最新研究成果。”与此同时，为了实地了解村庄现状，“我利用假期深入鲁南、胶东、鲁北等地”，这是考察，不是猎奇，是为了了解“矗立了千百年的村庄是如何走向现代的”。理论的研讨加上实地考察，为他的选题奠定了毋庸置疑的底气。

创新来自何方？这是许多学子正在探索的问题。难道文史研究只能运用已有的书面材料这一条道达到彼岸吗？当年的大学者费孝通实地考察的研究方法打通了中国社会学研究的创新途径，解决了“江村经济”面临的现代化难题，没有沿袭国外现成的公式，而是在实地考察中找寻道路。创新的途径确立了，但并不是后来者纷纷效法。不效法的原因，当然不是图省力，而是心怀疑虑。正是在这样的关头，许玉庆用科研成果证实了费孝通创立的方法依然有效。可惜的是，虽然在山东各地实地考察，但是，在“村庄意象”上有何作为，到底不太明晰。也许需要更执着的考察，也许应当更加突出考察与“村庄意象”所要解决的问题的相关性。如果说，费孝通用实地考察解决了社会学课题，那么，就可以沿着这条路走下去，找寻我们文学现代化的途径。结论来自实地考察，不妨一试。

从知识背景到问题意识，本书的结构中规中矩。论文的宗旨当然是“文学中的村庄意象”。为此，许玉庆反复论证。由于课题被赋予相当的厚度和深度，所以，他的论述往往在纵深发掘，撇开了一般化的分析和阐释。本书第二章中的“沂蒙文化与村庄”引起我的兴趣，因为我曾经做过这样的课题。可是，本书的研究脉络与此前的相关资料大相径庭。不再是就作家作品谈沂蒙，而是从村庄谈起，脉络在村庄意象之中，又不是梗概式的村庄阐释，而是自然地理意象（崮意象、河流意象、树木意象）、建筑意象（房屋建筑意象、信仰建筑意象、其他建筑意象）、民俗风情意象（岁时节日意象、人生礼仪意象）、民歌民谣意象、村庄人物意象（农人意象、青年意象、地主意象），描绘的是社会人生、文化地理图画，条目令人耳目一新，文字间飘逸着沂蒙特有的风味和情怀，替换掉常闻常读的理性话语，何止是增添了可读性，更要紧的是透过村庄意象揭示了文化内涵和人生韵味，从而给读者带来读作品和写论文都未曾有过的收获感。本书不是采用洗脑方式生硬说教，而是顺其自然，与读者分享。比如在“刘玉堂与沂蒙村庄”一节里，竟列出了“沂蒙精神：奉献与淳朴”，谈“沂蒙精神”者众，大都是高谈阔论，谁能如此高举轻放落到沂蒙人的大众性格上来？然而，由于是从“村庄意象”的角度着眼，也就能够另辟蹊径了。角度的选择，是做课题的着重点。许玉庆做得实，做得符合题意，看出了拙中见巧的功夫。

论文是坐而论道，还是有的放矢，是研究观念的重要分野。许玉庆的论文，选题诗意盎然，能超越意象的概念演绎，联系社会需要开拓建设性话题，这不是轻而易举的尝试，更不是喊口号放空炮，而是要求扎扎实实下一番功夫。许玉庆的研究态度值得赞赏。他突破了传统的研究姿态，面向社会的现实需要。“村庄意象”既实又空，实在村庄，空在意象。从实的方面着手，先是由“历史的村庄—阵痛的村庄—新世纪的村庄”完成时间过渡，虽然秉持的是进化论的时间观，但是由于是有新时期的文学作品坐实的，所以，并没有空泛的感觉。倒是走向空间的“新世纪的村庄”，写“陷入危机的村庄”，再写“村庄回归的困境”，后来，竟然灵光一闪，借文学人物之口，倾诉青春的梦：建设观光带，带动经济发展，带动乡亲共同致富。可喜的是，本书还单列一章“文化产业与文学村庄”，分别从“村庄意象与山东文学发展”“村庄意象与齐鲁文化传播”“村庄意象与山东影视文化发展”“村庄意象与山东乡村旅游发展”等四个方面展开。文学研究者谈旅游，往往陷入空谈。本书却认真考察，从“乡村方式游空间的重构”“乡村民俗风情的打造”“乡村旅游传播”（经典作家的名人效应、经典作品提供旅游资源、影视剧的传播效果，如《大秧歌》之于烟台海阳，《红高粱》之于青州井塘古村，《闯关东》之于章丘朱家裕村，《马向阳下乡记》之于淄博市涌泉村等），有根有据，有可行性，有说服力，是村庄建设的逐梦之道。文学研究与经济社会在这里找到了契合点。

村庄意象的研究走入新时代，就应当引领文学研究的新气象。本书做了努力和探索，成效显著；真正在村庄意象研究选题上实现文学研究的突围，落实实地考察的实绩，做文学研究功能性探索，尚需时日。

愿与作者共勉。

王万森

2017年12月6日

目录

导 论

在人类历史上，村庄是一个古老的生存空间，由最初的聚落形式发展而来。它不仅是一个物质空间，也是一个独特的文化空间，是人类早期栖身的家园。“日出而作，日入而息”，“日之夕矣，羊牛下来”，“开轩面场圃，把酒话桑麻”，是其最基本的特征。费孝通认为：“中国乡土社区的单位是村落。”[①]在经历了上千年的风雨之后，自近代以来这一聚落形式开始走向变革。特别是新时期以来，随着城市化浪潮的到来，古老的村庄在某种程度上无法承载现代青年人的梦想。于是，青年一代纷纷踏上了奔向城市的路。随之而来的是，传统村庄文化部分丧失了更新的活力，在守成中走向了涅槃。作为人类最初的家园，传统村庄在乡土中国正在发生着一次前所未有的变革。

---

① 费孝通：《乡土中国》，北京出版社，2004，第6页。

难道村庄真会就此消亡吗？村庄诗意也不再存在了吗？答案当然是否定的！所谓村庄的困境绝不意味着彻底消失。村庄作为一种独特的人类文化共同体，是与小镇、都市并存的。独特的民俗风情、闲适的田园风光、淳朴厚重的农人，是任何其他聚落难以替代的。在当下迅猛的城市化进程中，都市同样面临着诸多新问题和新挑战，像喧嚣浮躁、冷漠压抑、欲望膨胀等都市文明病。因而，回望村庄成为一个新的文学主题。诗人海子在他的《土地》中写道："故乡和家园是我们唯一的病。"如今全国各地古村、古镇旅游一枝独秀，田园生活成为久居都市的现代人的新寄托。如何看待村庄，如何变革村庄，如何保护村庄成为我们所面对的一个崭新课题。文学理应要承担起探索这一疆域的重任。

一、文学村庄的历史

在文学世界中，村庄是一个十分古老的审美意象。面对所生活的家园，一个作家不可能不产生无限的遐思，表达心中无限的乡愁。早在远古民谣《击壤歌》中就已经有了关于村庄文化的记载："日出而作，日入而息。凿井而饮，耕田而食。帝力于我何有哉？"到了我国第一部诗歌总集《诗经》中，村落意象被赋予了更多的思想情感寄托。"鸡栖于埘，日之夕矣，羊牛下来。"（《诗经·王风·君子于役》）在先民的日常生活中，村庄是他们栖居的家园，同时也是一个带有浓厚诗意的文化空间。傍晚时分，整个村子已经是炊烟袅袅，鸡犬之声不时在巷子里响起，牧童赶着牛羊回来了。自此，在文学村庄中农人、鸡狗、牛羊、村舍等成为最常见最基本的意象类型。但是应该引起注意的一点是，此时诗歌中的村庄从严格意义上讲还不能称为真正的文学意象，因为它缺乏作为文学意象的基本要素，也就是作为文学意象的审美意蕴还没有真正建立起来。村庄里的鸡狗、牛羊、鸡舍等只是作为“家”的诗意而存在，尚不具有独特的思想文化内涵。

（一）古典文学中的村庄意象

村庄真正成为一个独立的文学意象，始于东晋大诗人陶渊明的田园诗。是他在对田园生活的追慕与思考中，赋予了村庄以“归隐”的审美意蕴。在《桃花源记并诗》《移居二首》等诗文中，诗人表达了他对村庄生活发自内心的热爱；在《归园田居·其一》中，诗人以充满挚爱的文辞描绘了自己的宅院和村落：“方宅十余亩，草屋八九间。榆柳荫后檐，桃李罗堂前。暧暧远人村，依依墟里烟。狗吠深巷中，鸡鸣桑树颠。户庭无尘杂，虚室有余闲。”可以说，陶渊明将村庄意象第一次带入文学世界，赋予独特的思想文化内蕴。田园村庄从此具有了隐逸文化的内涵，成为千百年来中国文学中一个最为常见的审美意象。基于此，我们认为陶渊明对村庄意象打造具有开拓性的贡献。到了唐宋文学中，村庄已经成为一个极为普遍的文学意象。在唐代诗人中，塑造村庄意象最为杰出的诗人莫过于孟浩然。他的《过故人庄》描写了村庄的自然地理环境和特有的民俗风情：青山依依，绿树绕村；农舍、打谷场，两相呼应；农家酒、黍米饭与鸡肉，朴实纯正；重阳节赏菊，友情相约；等等。这首诗活灵活现地勾画了一幅“天人合一、主人好客、民俗醇厚、恬淡自然”的村庄闲居图。在杜甫那里，一首《江村》表达了诗人对恬静幽美的田园生活的热爱。“清江一曲抱村流，长夏江村事事幽。自去自来梁上燕，相亲相近水中鸥。老妻画纸为棋局，稚子敲针作钓钩。”当然，我们还可以举出更多书写村庄的名篇力作。从中不难发现，村庄意象在中国古典文学中逐渐形成了自己的发展史。

在中国文学中，不止诗词对村庄意象塑造情有独钟，小说同样展示了对这一独特意象的关注。明清小说皆有对村庄意象的建构性探索。例如《西游记》中的高老庄：“竹篱密密，茅屋重重。参天野树迎门，曲水溪桥映户。道旁杨柳绿依依，园内花开香馥馥。此时那夕照沉西，处处山林喧鸟雀；晚烟出爨，条条道径转牛羊。又见那食饱鸡豚眠屋角，醉酣邻叟唱歌来。”《水浒传》中的石碣村：“青郁郁山峰叠翠，绿依依桑柘堆云。四边流水绕孤村，几处疏篁沿小径。茅檐傍涧，古木成林。篱外高悬沽酒旆，柳阴闲缆钓鱼船。”在这些文本中，村庄散发着道家的宁静、和谐之美，宛然一幅幅淡雅诗意的水墨画。究其原因在于，中国古代文人在其内心深处通常隐藏着一种隐逸的乌托邦情结。自魏晋开始，读书人群里就形成了一股隐逸之风。一直到近代，这种对村庄之美的追求几乎没有发生太大的变化。

（二）现代文学中的村庄意象

自五四新文化运动之后，中国村庄开启了现代化的序幕。其变革之路是阵痛，是颠覆，是重重困境。现代化意味着上千年以来宁静的村庄要走上革新的道路，要经历现代文化的洗礼。无论是村庄格局，还是伦理道德、民情风俗，在现代化面前均日益碎片化，丧失了旧有的审美风格。这种审美转向是从对以往村庄文化内在性的关注转向现代性风格的烛照与反思。因而，传统村庄在作家那里逐渐向着悖反性的两极方向发展：破败和诗意。因为西方现代文明的入侵，村庄意象塑造更加复杂，呈现为一种现代性趋向的美学追求。

传统中国的现代转型是一次整体性的大变革，绝非边边角角的革新。正如诗人郭沫若在他的《凤凰涅槃》中所呼唤的“更生”。在五四新文学主将们的笔下，传统村庄是衰落、凋零的，是令人倍感压抑的。鲁迅在《故乡》中刻画了这样一幅场景：“时候既然是深冬；渐近故乡时，天气又阴晦了，冷风吹进船舱中，呜呜的响，从篷隙向外一望，苍黄的天底下，远近横着几个萧索的荒村，没有一些活气。我的心禁不住悲凉起来了。”“我所记得的故乡全不如此。我的故乡好得多了。但要我记起他的美丽，说出他的佳处来，却又没有影像，没有言辞了。仿佛也就如此。”“苍黄”是村庄的背景，“萧索”是村庄的特质，“荒村”是村庄的现状。中年闰土的苍老、贫穷和麻木，令人时时感受到乡土中国物质上的赤贫与精神上的愚钝。在王鲁彦的《愤怒的乡村》中：“黑暗掩住了它的房屋、树木和道路。很少人家的窗子里透出黯淡的灯光来。大的静默主宰了整个的村庄。只有桥上、街头和屋前，偶然发出轻微的和缓的语声，稍稍振动着这静默的空气。”村庄正在孕育着尖锐的矛盾冲突，革命斗争一触即发。通过以上分析不难看出，在一个受过现代文明滋养的知识分子眼中，传统村庄是落魄、荒凉的。这种审美取向是与五四作家的现实批判精神密不可分的。村庄是作家们最为熟悉的热土，他们对此地此人有着超出他人的深切感触；村庄是乡土中国的象征，因而村庄意象在作家们的笔下呈现出更为复杂的文化内涵和审美风格。

在中国现代文学中，村庄意象一方面承担了对封建文化批判的重任，另一方面又继续传承了诗意“乡愁”的文脉。在现代作家笔下，诗意村庄从来就没有淡出过。例如同样的乡愁，同样的村庄，在鲁迅另外的一些作品中却体现为宁静温馨的诗意。《社戏》中的平桥村宛若人类童年时代的世外桃源。这里有如画如诗的风景，有淳朴热情的村人，还有纯真友好的伙伴，处处洋溢着传统村庄所特有的气息。凌厉的国民性批判在此不见踪迹，只剩下了一片记忆中永恒的温馨诗意的“乡愁”。在同一时期作家废名的笔下，村庄同样是一个美丽的去处。《菱荡》中的陶家村：“一条线排着，十来重瓦屋，泥墙，石灰画得砖块分明，太阳底下更有一种光泽，表示陶家村总是兴旺的。屋后竹林，绿叶堆成了台阶的样子，倾斜至河岸，河水沿竹子打一个弯，潺潺流过。”在这个美丽宁静的村庄里，人们过着悠闲自得的生活。整个作品从头至尾几乎没有什么故事，像一幅中国写意山水。到了 20 世纪 30 年代，来自湘西边地的作家沈从文将一个梦幻般的湘西山水村落带进了文坛。清澈秀美的沅江，缀满金橘的果园，纯稚美丽的女子等，细细写来，构成了一幅幅水墨画卷。“萝卜溪是吕家坪附近一个较富足的村子。村中有条小溪，背山十里远发源，水源在山洞中，由村东流入大河。水路虽不大，因为长年不断流水，清而急，乡下人就利用环境，筑成一重一重堰坝，将水逐段潴汇起来，利用水潭蓄鱼，利用水力灌田碾米。沿溪上溯有十七重堰坝，十二座碾坊，和当地经济不无关系。水底下有沙子外全是细碎金属，所以又名‘金沙溪’。三四月间河中杨条鱼和鲫鱼上子时，半夜里多由大河逆流匍匐而上，因此溪上游各处堰坝水潭中，多鲫鱼和杨条鱼，味道异常鲜美。土地肥沃带沙，出产大萝卜，因此地名萝卜溪，十分本色。”“萝卜溪人以种瓜种菜种橘子为业，尤其是橘子出名。村中几乎每户人家都有一片不大不小的橘园，无地可种的人家，墙边毛坑旁边总有几树橘柚。”（《长河》）有山有水，种田打鱼；有自己的信仰，有自己的秩序；人们过着自足自乐的生活，是一个典型的世外桃源。

两类村庄，两相对照，构成了一种记忆与现实、诗意与批判的乡土中国。所以说，无论是鲁迅、废名还是沈从文，对村庄的理解不是站在某一特定的角度去评判，而是从他们个人的文学观出发，塑造了自己心中的村庄。唯有如此理解，我们才能真正踏进他们那些充满矛盾又圆融的文学世界。

（三）延安文学以来的村庄意象

随着民族矛盾的加剧和革命斗争形势的发展，从 20 世纪三四十年代开始村庄在作家的笔下呈现出某些新的特质。特别是 40 年代，随着《在延安文艺座谈会上的讲话》逐渐成为中国共产党领导下的革命根据地作家进行文学创作的纲领性文件，作家们以前所未有的激情沿着为工农兵服务的方向，创作出了大量具有中国作风、中国气派的优秀作品。从此，文学走上了回归乡土、回归人民、回归民族的道路。与此同时，中国传统村庄的变革之路加快了脚步。在党的领导下村庄社会发生了翻天覆地的变化：农民在党的领导下积极参与土改，获得了盼望已久的土地；地主恶霸势力被打倒，农民翻身做了主人，成为自食其力的劳动者；通过文化学习，成为具有新思想的现代农民。村庄的变革自然会引起解放区作家的关注，以崭新的风貌呈现在读者面前。

面对崭新的文化语境，村庄在文学中被赋予了新的文化、审美内涵，出现了一大批像赵树理的《小二黑结婚》、丁玲的《太阳照在桑干河上》、周立波的《暴风骤雨》等这样的乡土文学力作。《太阳照在桑干河上》中的村庄洋溢着一种全新的面貌："路两旁和洋河北岸一样，稻穗穗密密的挤着。谷子又肥又高，都齐人肩头了。高粱遮断了一切，叶子就和玉茭的叶子一样宽。泥土又湿又黑。从那些庄稼丛里，蒸发出一种气味。走过了这片地，又到了菜园地里了，水渠在菜园外边流着，地里是行列整齐的一畦一畦的深绿浅绿的菜。"可见洋河两岸的乡村大地风光优美，土地肥沃，到处是一派丰收的景象。小说通过老农顾老汉的眼睛展示了解放区村庄的新面貌，表现了农民发自内心地热爱新生活。"两边都是密密的树林，短的土墙围在外边，有些树枝伸出了短墙，果子颜色大半还是青的，间或有几个染了一些诱人的红色。听得见园子里有人说话的声音，人们都喜欢去看那些一天大似一天，一天比一天熟了的果实。车子走过了这果园地带，转到了街上。许多人都蹲在小学校的大门外，戏台上空空的，墙这边也坐了一群人，合作社窗户外也靠得有几个人，他们时时和窗里边的人谈话，又瞭望着街头。"硕果累累的园子，还有街头上按捺不住喜悦的村人，让村庄一扫以往那种破败与死寂的颓唐，变得生机勃勃，蒸蒸日上。《暴风骤雨》中，东北黑土地上的元茂屯："七月里的一个清早，太阳刚出来。地里，苞米和高粱的确青的叶子上，抹上了金子的颜色。豆叶和西蔓谷上的露水，好像无数银珠似的晃眼睛。道旁屯落里，做早饭的淡青色的柴烟，正从土黄屋顶上高高地飘起。一群群牛马，从屯子里出来，往草甸子走去。""草屋里和瓦房里的所有的人们都给惊动了。穿着露肉的裤子，披着麻布片的男人和女人，从各个草屋里出来，跑到路旁，惊奇地瞅着车上的向他们微笑的人们。一群光腚的孩子跟在车后跑，车子停下，他们也停下。有一个孩子，把左手塞在嘴里头，望着车上的人和枪，歪着脖子笑。”综上所述，土改政策给村庄注入了活力，让农民看到了新生活的曙光。在这片古老的土地上，一场新的革命正在进行。

当然，村庄土地制度与农民身份的变革所产生的影响不只是在物质层面，还有精神层面的变化。在赵树理的《三里湾》《李有才板话》《李家庄的变迁》等小说中，走进新社会的村人不得不面对千百年来留下来的种种陋习。因而农民思想观念的转变绝非一蹴而就的，而是需要一个艰难而漫长的过程。柳青的《创业史》、周立波的《山乡巨变》、李凖的《李双双小传》、孙犁的《风云初记》等小说同样揭示了村庄变革中的各种矛盾。通过新与旧的冲突，小说打造了一场场村庄特有的喜剧。但是也应该看到，这一时期的村庄意象虽然体现出一定的地域特色，人物意象生动鲜活，但是整体上却呈现出雷同化的趋势。过于趋同的主题、模式化的故事情节和人物意象，导致了村庄意象缺乏独特性，文学性不强。“乡村题材作品的作者出于对新政权的真挚情感，对其政治社会化功能的承担做了积极的、迎合性的选择，但他们由此创作的乡村题材作品却失去了乡土文学的特征甚至失落了文学性。”①

（四）新时期文学中的村庄意象

随着“文革”的结束，主流意识形态对文学的束缚开始放松。文学的回归成为时代的主题。新时期文学中，村庄意象从思想文化到审美意蕴得到新的拓展。就文化内涵而言，作家对村庄意象

① 王文胜：《论建国后乡村题材作品的非乡土化特征》，《江苏社会科学》2006年第1期。

的打造开始注重地域民俗风情，凸显村庄的文化个性。特别是随着全球化、城市化趋势的加剧，人们对民族文化、地域文化的皈依感越来越强烈。这种需求进一步推动了作家对村庄书写的热情。究其根源在于，村庄文化的原生性、泥土性能够缓解现代人的精神焦虑症。泥土的芬芳从来都是治疗乡愁的最佳良药。如黑土地文化之于孙惠芬的上塘村，齐鲁文化之于张炜的鲢鲅村、莫言的高密东北乡，中原文化之于李佩甫的呼家堡，秦地文化之于陈忠实的白鹿原，等等。这些文学中的村庄对传统文化的内在特质和外在表现做出了富有特色的探索和建构。就审美角度而言，这一时期的村庄意象既有对现实的批判，像路遥的《平凡的世界》、李佩甫的《羊的门》等，也有对历史文化的史诗性歌唱，如莫言的《丰乳肥臀》、陈忠实的《白鹿原》、赵德发的《缱绻与决绝》等，还有对诗意家园的探索与建构，如张炜《九月寓言》、韩少功的《马桥词典》等。由此可见新时期文学村庄书写诞生了一大批经典性力作，审美内涵获得新的拓展。

新世纪文学是新时期文学发展中的一个重要阶段。从20世纪末开始，中国文学开始意识到原创的重要性，逐渐摆脱了对西方现代文学的模仿，致力对当下中国问题和现代美学的探索。在文学村庄的创作上，出现了一批富有独特审美追求的文本，像孙惠芬的《上塘书》、毕飞宇的《平原》、贾平凹的《秦腔》《极花》、莫言的《生死疲劳》《蛙》、张炜的《刺猬歌》、王方晨的《老大》《公敌》、阿来的《空山》等。这主要得益于以下两方面的影响：一是受高速发展的城市化影响，传统村庄陷入了现代化的焦虑中。村庄自然景观和人文景观受到同质化的威胁。二是在剧烈的文化冲突中传统村庄踏上了新的道路，逐渐完成了“凤凰涅槃”式的重生。反映到文学创作中，新时期第一个十年中的文学村庄充溢着诗意的追求和对未来的期待，对历史上的村庄之痛进行反思和批判。如张炜的短篇小说集《芦清河告诉我》，以充满诗意的笔触描绘了芦清河沿岸的自然风光，展示了在改革春风的吹拂下半岛村落中的新风尚和青年人的心灵世界。新世纪之后，张炜转向了对村庄现实困境的反思和批判，表达了自己的焦虑。《刺猬歌》中，海边小平原曾经森林密布、野物聚集，人与野物之间保持着密切的交往。但是随着天童集团的不断扩张，密林被砍伐殆尽，美丽的村庄被“紫烟大垒”一个个吞噬。在现代工业化催生下，棘窝村变成了棘窝镇，又变成了“紫烟大垒”林立的园区。王方晨的《公敌》将一个村庄的扩张与人性的扭曲做了细致而深入的探索。物质的富足曾经是世世代代村庄人的梦想，但是一旦这一梦想实现之后，却迷失在自己的来路和归途中。基于以上论述可见，新世纪文学村庄的书写在主题意蕴上更加注重对人类家园问题和人性的探索，建构起了自己独特的审美意蕴。

二、村庄意象研究现状

近年来村庄意象引起文学研究者越来越多的关注，是文学创作和文化自觉发展的必然结果。一方面书写村庄意象的优秀作品大量出现，成为文学界一个个的热点；另一方面传统文化、民俗文化受到整个社会的关注。因此对其展开研究，挖掘村庄意象中文化、审美的独特意蕴是当代文学研究的一项重要使命。因此，对中外文学中既有的村庄意象研究进行梳理和总结，是该研究展开的应有前提。其必要性主要体现在以下几个方面：

第一，村庄意象研究是现代文学意象研究发展的一种必然。在既有的意象研究中，人们普遍认为意象研究更适合诗词，而很少将其推及小说、散文、戏剧等文体研究中。这是因为诗词向来以凝练、含蓄的方式表达诗人的情感世界，与小说、散文等文体相比较意象更适合其特点，因而在文学发展中逐渐形成了极为丰富的意象史。自现代文学以来，特别是新时期文学中，学术界从文学创作到理论研究开始重视意象的现代转型问题。很多学者认为意象研究不仅适用于现当代诗词，而且适用于小说、散文、戏剧等文体。“说一部艺术品，就是一个完整的意象体系，这不是对艺术的一般要求，而是很高的要求。只有那些成功的艺术品，才能达到这样的水准。”① 在其著作中，汪裕雄教授就对《红楼梦》中的意象体系进行了全面而深入的解读。

第二，村庄意象研究受文学地理学研究的影响。我国第一部诗歌总集《诗经》的编写体例实际上已经体现了文学与地理的关系，揭示了地域文化对文学创作的影响，但是这一理念最终并未形成理论体系。随着西方现代文论进入中国，很多学者开始尝试将文学地理学作为文学研究的一种视角，并取得了一系列成果，像曾大兴教授的《文学地理学概论》《文学地理学研究》等。一时间“文学地图”研究成为文学界所热议的话题，拓展了文学的外部研究疆域。“文学地图的绘制是一种参透文化史料和重塑文学生命的大智慧。”② 从文学地理学出发，该研究主要是探索文学与自然地理、人文地理之间的内在关系，解读文学内部研究所无法说清的问题。

① 汪裕雄：《审美意象学》，人民出版社，2013，第 137 页。

① 杨义：《重绘中国文学地图与中国文学的民族学、地理学问题》，《文学评论》2005 年第 3 期。

文学批评家杨义认为："它以空间维度配合着历史叙述的时间维度和精神体验的维度，构成了一种多维度的文学史结构。因为过去的文学史结构，过于偏重时间维度，相当程度上忽视地理维度和精神维度，这样或那样地造成文学研究的知识根系的萎缩。"①因此，从文学地图角度进行文学研究已经成为一个崭新的领域。

第三，村庄意象研究是对乡土文学研究的反思与穿越。乡土文学创作与研究是在现代性烛照下产生的，体现了对现代性的反思与对抗意识。多年以来，乡土文学研究一直热衷于关注村庄的现代化问题，如文学与政治、文学与现实、文学与文化等，而对村庄的文学性认识不够充分。因此近年来对文学小城、文学小镇、文学村庄的研究成为文学研究者青睐的课题。综上所述，村庄意象研究是时代与文学研究发展的必然结果，因此有必要对目前的研究状况做进一步整理分析。

（一）文学地理学研究

近年来，文学地理学逐渐发展成为新时期文学研究的一个新领域。尽管此前也有很多关于文学与地理学研究的成果，但是将其作为一个新的理论体系运用于文学研究，历史并不算长。文学与自然地理、民俗风情之间的关系是文学地理学研究的问题。它重在探讨自然环境、社会文化与文学家、文学作品之间存在着怎样的内在联系。曾大兴教授在他的《文学地理学研究》一书中提出自己的观点："地理环境的多样性决定了地域文化的多样性，

② 杨义：《重绘中国文学地图与中国文学的民族学、地理学问题》，《文学评论》2005年第3期。

地域文化的多样性又决定了文学的多样性。”[①] 杨义研究员对文学地理学研究的意义进行了总结：“惟有深入地总揽文学地理学的综合效应，才能真正破解文学之为文学的生命本质，以及作家之为作家的原创力机制的秘密所在。”[②] 因此，对国内外文学地理学的研究进行梳理是进行这一学科和村庄意象研究的基础。

文学地图研究在欧美文学世界出现较早，很多成果值得借鉴学习。丹纳在《艺术哲学》中认为，“作品的产生取决于时代精神和周围的风俗”。2011 年，上海交通大学出版社出版了《布鲁姆文学地图》译丛，由《巴黎文学地图》《伦敦文学地图》《圣彼得堡文学地图》《纽约文学地图》《都柏林文学地图》《罗马文学地图》等构成。该丛书对城市文学中的历史、地理、文化、艺术等进行了探索。从研究层次上看，近年来西方社会对文学地理的研究已经从单纯的现象资料搜集走向了文化哲学的解读，为该领域发展提供了更为强大的理论支撑。

国内的文学地图研究也有着较为久远的历史。上文所涉及的《诗经》就是采用地域划分的方法为诗歌分类，揭示了不同地域诗歌在文化特质和审美风格上的差异。在后世文学中，不断出现地域特色突出的文学创作流派，像宋代以黄庭坚为首的“江西诗派”、明代以“三袁”为代表的“公安派”等。到了现代文学中，出现了大量以文学主题、创作方式和语言风格等为依据来划分的具有地域特色的文学社团或流派，如“湖畔诗派”“京派”“海派”等。在论及“京派”与“海派”的差异时，杨义认为：“北京文化和

① 曾大兴：《文学地理学研究》，商务印书馆，2012，第 23 页。
② 杨义：《重绘中国文学地图与中国文学的民族学、地理学问题》，《文学评论》2005 年第 3 期。

上海文化的巨大反差，它们在中西文化撞击时采取的不同态度、方式和速度，以及由此所提供的人文地理学和地域文化学的信息，深刻地影响了北京和上海的文学艺术形态。换言之，京、海两地的不同文化形态，成了京派和海派的母体。”① 除了“海派”“京派”，现当代文学在20世纪四五十年代还出现了“荷花淀派”“山药蛋派”等，在新时期文学中出现了“陕军东征”“文学鲁军”“文学湘军”等流派现象。与此同时，文学研究领域也出现了一些相应的研究成果，如严家炎教授主编的《二十世纪中国文学与区域文化》丛书。该丛书致力解读文学与地域文化之间的内在关系，由《齐鲁文化与山东新文学》《山药蛋派与三晋文化》《都市漩流中的海派小说》《江南士风与江苏文学》《黑土地文化与东北作家群》《秦地小说与三秦文化》《S会馆与五四新文学的起源》《现代四川文学的巴蜀文化阐释》《湖南乡土文学与湘楚文化》《雪域文化与西藏文学》等构成；以地域文化为中心，从文学、社会学、文化学、民俗学、人文地理学等学科透视发生在某一地域文化圈中的文学现象，阐释文学与地域文化精神的传承与创新问题。总之，文学地图研究已经成为当代文学研究大家庭中的重要一员。随着研究的不断深入，各种新成果新发现成为文学研究的新景观。

在山东文学研究中，除了上述《齐鲁文化与山东新文学》对现代文学与齐鲁文化所做的整体性研究，还有专门对胶东文学、沂蒙文学、鲁西南文学等进行探索的成果。在这片文化厚重、文学繁荣的土地上，齐鲁文化孕育了多样的地域文学；又因自然地

① 杨义：《京派和海派的文化因缘及审美形态》，载杨剑龙主编《都市文学》，上海人民出版社，2014，第229页。

理和民情风俗的不同，山东文学还可以做出进一步的细化研究，如齐文化与胶东半岛文学、沂蒙文化与沂蒙文学、鲁西南文化与鲁西南文学等。在胶东文学研究方面，主要是立足于半岛地理和地域文化的特色，对胶东作家的文学创作与半岛之间的关系进行探讨，如安家正教授的《胶东当代文学史略》；或研究胶东文化与胶东文学精神之间的内在联系，强调了文学创作的文化作用，如陈爱强的《20世纪胶东文学与胶东文化》(《山东师范大学学报》2008年第6期)。在沂蒙文学研究方面，王万森教授的《沂蒙文化与现代沂蒙文学》、《从文学视角观察沂蒙文化》(《山东师范大学学报》2005年第5期)，周志雄教授的《在沂蒙文化的星空下——论当代沂蒙作家的小说创作》(《山东师范大学学报》2005年第5期)，将“沂蒙文学与沂蒙文化联系起来考察，在文学中发现文化，在文化中发现文学”，拓展了一种全新的视野，并对沂蒙精神的形成与特征做出了独到的发掘。此外，还有鲁南文化与枣庄作家群研究，如高冬琳的硕士论文《鲁南文化与当代枣庄作家群》对鲁南文化与文学创作的双向影响做出了自己的探索。

综合以上分析不难看出，以文学地理学对文学做地域性研究是在文学内部研究的基础上另辟蹊径，注重作家、作品、读者与地域文化关系的解读，从而发现以往研究方法中很多难以解释的问题。文学地理学研究无疑为村庄意象研究提供了崭新的思路，并提供了丰富的可借鉴的资源。

（二）村庄意象研究

村庄意象研究是现代性的产物，与现代社区意象的产生存在着内在的关联。而在农耕文明时代里，整个中国就是一个巨大的乡村，村庄的独立性无从谈起。故而美国传教士明恩溥在19世纪末20世纪初的一本著作中对乡土中国有过这样一句精确的概括：“许多地区级的城市、县首府，只不过是一些带有围墙和衙门当局的大乡村。”[①] 王铭铭教授认为：“在中国文明的历史长河中，乡村不断被文人言及，但以村庄为视角来看待人和社会、社会的本质、民族的特质、现代化发展，是很晚近的发展。可以认为，村庄这个概念在社会科学中的出现，与知识的现代性之间存在着密切的关系。”[②] 进入现代社会之后，城市文化的兴起让原有的社会格局发生了巨大变革。城市、小镇、村庄的属性和功能日益清晰，从而加速了现代社区体系的形成。与此相应，文学村庄成为一个与小镇、都市完全不同的文学空间。这一意象既传承了隐逸、闲适等传统文化意蕴，也被赋予各种现代意识和人类性思考，乃至深刻的哲理性意蕴。

在文学研究中，很多学者喜欢使用“乡村”而不是“村庄”这一术语。因此有必要对这两个概念加以厘清，明确二者之间的异同。乡村与村庄都是以农业、林业生产为主业，但是二者范围有所不同。乡村在空间上要比村庄大得多，构成也较为复杂。“以大片农业、林业用地或未开发土地为主的地区；它有小型的、低层次的住宅，显示其建筑和广阔的风景有较强联系，多数居民视

① [美]明恩溥：《中国乡村生活》，陈午晴、唐军译，中华书局，2006，第1页。
② 费孝通主编《当代社会人类学发展》，北京大学出版社，2013，第170页。

之为乡村。”[①]村庄则主要是一个社区概念，体现为社区特性。费孝通认为：“村庄是一个社区，其特征是，农户聚集在一个紧凑的居住区内，与其他相似的单位隔开一段距离（在中国有些地区，农户散居，情况并非如此），它是一个有各种形式的社会活动组织的群体，具有其特定的名称，而且是一个为人们所公认的事实上的社会单位。”[②]所以说，村庄是一个与小镇、都市并存的社区类型。近年来文学研究领域出现了一批以都市、小镇、小城等为研究对象的成果。因此以文学世界中的村庄作为研究客体并非偶然，是文学研究发展的一种现代趋势。

目前文学村庄研究尚处于初始阶段，很多成果是关于乡村意象的研究，而且也只是局限于个别意象，而不是面对整个乡村世界。例如《苏轼诗词中的乡村意象研究》（《黑龙江省社会主义学院学报》2005年2期）对乡村意象在苏轼诗词创作中的作用，以及如何使用等问题进行了研究，认为乡村意象是苏轼对人生、社会和哲理等问题进行探索的方式；《浅谈〈水浒传〉中的乡村意象》（《西华师范大学学报》2005年第3期）、《明清小说乡村意象叙事艺术论略》（《广东技术师范学院学报》2014年第1期）等文章分析了古典小说中的“村景”“酒店”“村庙”等个体意象，通过对相关意象内涵的解读阐释乡村意象在叙事文本中的内涵。当然这些研究也有很大突破，就是它们不再仅仅满足于诗词，而是扩展到了小说，对村庄意象研究具有重要的参考价值，体现了乡村意象研究的新趋势。

① [英]彼得·丹尼尔斯等：《人文地理学导论：21世纪的议题》，南京大学出版社，2014，第368页。
② 费孝通主编《当代社会人类学发展》，第169页。

在当代文学研究中，乡村意象研究的成果逐渐增多。这一方面体现了文学研究自身的需求，另一方面也是批评领域拓展的结果。李雅娟的《论刘亮程散文中的乡村意象》（广东技术师范学院2012年硕士论文）总结了刘亮程乡村意象的建构方式，并以此对其散文的文学史价值做出了评价；梁哲甍的《新时期文学作品中的乡村意象的嬗变》（广东技术师范学院2011年硕士论文）对意象理论、乡村意象的概念进行了界定，探讨了乡村意象的基本特点及类型；孙培云的《试论中国现当代文学中的乡村意象》（《东京文学》2009年第7期）对现当代文学中不同历史时期的乡村意象进行了总结和分析；陈国和的《贾平凹乡村小说的意象构建》（《黄冈师范学院学报》2009年第2期）认为意象赋予了贾平凹小说以浓郁的寓言色彩，“贾平凹于在传统文化的养分中吸收灵感，以意象的创造方法，通过寓言世界折射乡村社会的时代忧伤”；谭霜的《论迟子建中短篇小说中的“黑土地”意象》（《长江师范学院学报》2013年第3期）从物质、精神和生命三个层面上解读了现代人对土地的依恋，揭示了黑土地意象的独特内蕴；朱卫国的《巴子营大汉河原庙——补丁小说的西部乡土意象与叙事探索》（《河西学院学报》2012年第4期）阐释了巴子营、大汉河等乡土意象对于西部乡村世界的价值，论述了意象对小说叙事结构的建构所起的作用……当然还可以举出更多关于当代文学中乡村意象研究的成果。这些研究成果的特点在于，它们对乡村的研究不再是仅仅满足于一种社会学、文化学的解读，而是从意象美学视角重新审视作家与乡土文学创新的内在联系，为村庄意象研究提供了新的视域。

总之，上述研究成果为村庄意象研究做出了一定探索，提供了进一步展开研究的思路和方法。虽然它们发出的声音尚未引起太多的关注，但影响是深远的。应该看到，这一研究目前尚存在很多亟待解决的问题，例如对乡村意象的基本内涵缺乏应有的现代性认知，没有认识到乡村意象的原创性，造成了对乡村意象文学性关注不够。

（三）山东村庄意象研究

历史悠久，文化厚重，这是山东文学所拥有的独特生存空间。新时期以来，山东作家在这片土地上辛勤耕耘，创作了一大批享誉海内外的优秀作品。但是受多年以来西方文学思潮和批评理论的影响，关于山东文学意象批评的成果却并不多见，造成了很多富有独创性的审美意象被忽略或遮蔽。在极个别富有建树的成果中，主要是对张炜、莫言、赵德发等作家笔下村庄意象的发掘和探究。其间，研究者多以意象视角来试图阐释文学世界中村庄意象的特质，并对其创新性做出了分析评价，受到了文学界的普遍好评。具体而言，主要体现在以下几个方面。

首先，对作家作品进行文学地理学解读。这种解读致力探索文学的社会学内涵，发掘以往研究被遮蔽的审美价值。例如程光炜的《颠倒的乡村——再读莫言的〈透明的红萝卜〉》以社会学方法对村子的结构、宗族文化特点进行了分析，揭示了小说叙事背后所隐藏的乡村寓言，“小石匠、黑孩儿等公社社员，原来不过是延续千年的北方乡村宗族势力的权力对象，队长就是宗族的化身。队长的权威姿态，他对村民粗鲁霸道而不乏亲切的言行举止，使沉睡千年的中国乡村恒定不变的权力网络跃然纸上”[1]；柳平的《文学世界里的乡村——析莫言小说的村庄叙事》（《柳州职业技术学院学报》2013年第8期）认为村庄为莫言的文学创作开启了新的视角，他以此为基点打造了自己的“高密东北乡”文学村落；兰灵的《论张炜小说对胶东地域文化的多角度呈现》对张炜小说中胶东半岛的农耕文化、捕鱼文化和民间俗信文化进行了分析，认为“登州海角的这片古老的土地，给了张炜创作的灵感与源泉”。[2]总之，这些乡村意象研究成果从乡村结构、乡村民情风俗等社会学层面揭示了作家作品的独特内涵，试图揭示意象世界的独特性。

其次，对作家作品进行审美意象学解读。通过对文学村庄中个体意象的研究，发现这些意象背后所沉潜的审美内涵，是一种以文学性为指向的研究方式。在对莫言小说中意象的解读中，李陀的《拾遗录（一）：现代小说中的意象——序莫言小说集〈透明的红萝卜〉》（《文学自由谈》1986年第3期），高雅静、郎文孝的《莫言小说中的动物意象》（《语文建设》2014年第29期），陈巧英的《对莫言小说〈蛙〉中蛙之意象的再分析》（《山花》2014年第11期）等研究，为当下文学研究开辟了一个新的空间。其中南京大学王丽敏的硕士论文《莫言小说意象研究》对莫言小说的中心意象与辅助意象、乡村意象与城市意象、自然意象与文化意象、美的意象与丑的意象等一系列问题进行了深入探究，认为：“意象存在形态的二元性是莫言多元艺术创作思维的体现，他的

---

① 程光炜：《颠倒的乡村——再读莫言的〈透明的红萝卜〉》，《当代文坛》2011年第5期。

② 兰灵：《论张炜小说对胶东地域文化的多角度呈现》，《烟台大学学报》2013年第1期。

意象创作还原现实世界多维的本真面目，丰富了中国文学意象长廊。”① 在对张炜作品的意象研究中，先后出现了胡明贵的硕士论文《张炜小说意象论》（福建师范大学 2004 年），张康的硕士论文《论张炜小说中的“野地”意象》（湖南师范大学 2010 年），黄明海、高旭国的《论张炜小说中的植物意象》（《南方论刊》2015 年第 10 期）等成果。这些研究对张炜小说中主体意象及意象体系的解读做了不同的尝试，并取得了一定突破。当然，这些以意象为视角的研究也存在着很多问题，如将意象与形象混淆、没有关注意象的创新性与独特性问题等，有待今后研究中加以深入探讨。

三、意象内涵及其特征

文学村庄及其研究虽然已经成为学界的共识，但是依然没有太多的突破性。究其原因在于，对意象范畴基本理论的研究没有创新。因此我们非常有必要对意象这一传统美学范畴做出全面而深入的认知，并对其进行现代性改造和创新。毕竟，随着文化与文学的转型意象美学面临着诸多问题，而且任何理论都要在不断创新中才能葆有其生命活力。毕竟，以传统理论解读当下文学现实会面临着理论与现实脱节的困境，更不利于结合具体文学实践来对意象理论进行创新。因此，对意象内涵及特征的探索是做好本课题的另一关键所在。

---

① 王丽敏：《莫言小说意象研究》，南京大学硕士论文，2011，第 184 页。

（一）意象的概念

意象是中国文学独创的范畴。批评家李陀认为："意象是中国传统文学艺术独有的一个概念，恐怕也是传统艺术思想中一个最重要、最根本的概念，其中积淀着深厚的中国文化意识，特别是哲学意识美学意识。"① 这一范畴在中国文学中出现绝非偶然，有着深厚的传统文化渊源。早在先秦时期，中国文化就已经形成了"天人合一"的宇宙观。它不同于西方文化将世界划分为"此岸"、"彼岸"的"天人对立"的宇宙观。"重经验、尚感悟、趋向反省内求"是其独特的文化属性。《易》中"取物譬喻"的表达方式，即借用某物来寄托一定的思想情感，是这一文化特性最为集中的体现。《周易·系辞上》中说："子曰：书不尽言，言不尽意。然则圣人之意，其不可见乎？子曰：圣人立象以尽意。"也就是说，古人认为借助"象"来表达自己的思想情感，是一种非常有效的传情达意的方式。因而《易》采用"立象尽意"的方式来说明事理。基于以上分析我们认为，"天人合一"的宇宙观和"尚象"文化共同推动了意象的诞生。

到了魏晋南北朝时期，"意象"一词才真正成为一个文学理论术语、一个审美意义上的范畴。王弼《周易略例·明象》："尽意莫若象，尽象莫若言。言生于象，故可寻言以观象；象生于意，故可寻象以观意。意以象尽，象以言著。"刘勰在《文心雕龙》中将"意象"正式系统化、理论化，打造为中国第一个系统的文学理论体系。他从文章构思、传情等方面阐释了意象的价值。"此盖驭文之首术，谋篇之大端。"意象开始进入古典文学艺术创作

① 郜元宝、张冉冉编《贾平凹研究资料》，天津人民出版社，2005，第100页。

和批评领域。在文学创作中无论是文人创作的诗词歌赋还是民间歌谣、小说、散文等，纷纷专注于意象的塑造，逐渐形成了一部丰富的意象发展史。例如陶渊明的田园诗，诗人将自己对隐逸生活的追求寄托于菊花，打造了一个属于自己的意象。后来，菊花不仅在文学世界中带有隐逸之意，而且化作一个为人们所熟知的文化意象。从这一例子可以看出，理论生成与文学创作总是同步的。

那么，什么是意象？我们今天如何对其加以界定？这一问题是理解审美意象的关键，也是对一个审美意象进行价值判断的依据。但是对这一概念的界定目前存在着很多难题。在人文社会科学领域，很多概念因为认识程度和认知视角的差异，很难形成统一的共识。意象就是其中之一，是一个类“星丛”概念。查阅相关典籍会发现，学者往往从自己的认识出发对审美意象做出了各种各样的界定。“审美意象，是指美感过程中经由知觉、想象活动，不断激发主体情意而构成的心理表象。”① “意象实际上是主体与客体之间形成的一种契合，是以具体可见的‘象’，来表现抽象的、不可见的‘意’。”② “它借助于某个独特的表象蕴含着独到的意义……借助有意味的表象的选择，在暗示和联想中把意义蕴涵于其间。”③ “‘意象’是艺术家在内心情绪或思想与外部对象相互熔化融合的复合物，是客观物象主观化表现。”④ “意象是在过去已积累的大量表象的基础上，主体头脑中新生的、超前的、意向性的设计图像，它不一定是已经存在过的，其内容偏向于主体的

① 汪裕雄：《审美意象学》，辽宁教育出版社，1993，第25页。
② 李黎：《审美意象初探》，《上海文学》1984年第7期。
③ 杨义：《中国叙事学》，人民出版社，1997，第276页。
④ 吴晟：《诗学审美意象论》，《学术交流》2000年第7期。

愿望和设想；产生新意象的心理过程或心理活动，则是我们所说的创造性想象。”[①]“它是一种被诗意，或者说是被诗人主体情意所观照的事物，是心物交融、主客相契的‘意中之象’，而且还要通过艺术化的媒介与手段展现出来。”[②]等等。可以说这些概念各有特色，又存在着共性。概而言之，审美意象是一种心理表象，这种表象渗透了审美主体的心理活动，被赋予了一定的思想情感内涵。

（二）意象批评的现代转型

经过以上分析，审美意象绝非像有些学者所认为的是一个已经过时的文学理论范畴。任何文学创作实际上就是一次意象塑造的过程。意象承载了作家对世界的独特体验和思考。如果没有主客体的共同参与，没有独特的思想情感存在，根本就谈不上文学创作问题。既然如此，我们就应该继续使用这一理论践行于中国现当代文学。那么，这期间又会遇到怎样的问题？为何意象研究在当下受到冷遇？对这些问题做出回答，是意象批评现代转型的前提。否则，意象研究仍然会处于零散的、碎片化的状态。

首先，对传统意象研究的审美审视。传统意象研究往往侧重于研究某一意象个体的内涵，侧重于对该意象在文学史上的寓意变迁进行考据式分析，侧重于研究该意象在意象史上的传承性。例如对于古典诗词中大雁、夕阳、雨等意象，研究者通常热衷于对其做品鉴式、考据式研究，而对其创新性程度缺乏应有的探讨。

---

① 夏之放：《文学意象论》，汕头大学出版社，1993，第165—166页。
② 毛宣国：《“意象”概念和以“意象”为核心的美的本体说》，《社会科学辑刊》2015年第5期。

因而在经历了近千年的历史演变之后，很多意象几乎没有发生大的变化，更无从谈创新价值。所以说，意象研究的价值就要大打折扣，难以为继。当然这并非说传统意象研究已经走向僵化，丧失了创新能力，而是说要勇于打破传统桎梏，不断创新，让该研究始终充满张力。“我们不能不看到，传统艺术批评也和整个传统思维方式一样，有它的致命弱点。重直观感悟的思维方式，易受感性的偶然性、随机性所累，相当大的程度上限制了思维的深化。意象式批评本身再好，但上千年一贯制，方法单一化，终究是值得忧虑的事情。”①创新性缺失让意象批评逐渐失去了活力。所以说，在注重体系性、逻辑性的现代学术体制下，传统意象批评是无法适应现代文学研究需求的，面临着新的变革。

其次，对传统意象研究的文化审视。意象诞生于中国传统文化土壤之中。五四新文化运动以来，传统文化那种超稳定性、单一性的状态被现代文化打破宁静。现代文化是一种求新求变的文化，是一种复杂多元的文化，更是一种传承与创新并举的文化。在文化结构上，农耕文明的单一性结构受现代文化的冲击变得碎片化、多元化。面对这样一种崭新的文化语境，势必要对意象理论进行现代改造。受传统文化影响，传统意象研究是一种感悟、体验、品鉴性的。但是进入全球化时代后，现代理性逐渐成为社会文化的主导。为适应这一文化语境，各种艺术类型悄然发生着变革。审美意象不再是单一的意象个体，而是构成了体系化、结构化的意象复合体。此外随着现代文学的发展，许多传统意象也在不断被赋予新的独特内涵。例如沈从文的小说《边城》中的白塔意象

---

① 汪裕雄：《审美意象学》，辽宁教育出版社，1993，第168页。

就是一例。“在《边城》的结尾，白塔在祖父死去的那个暴风雨的晚上轰然圮坍，它象征了一个关于湘西的世外桃源的神话的必然性终结，正像翠翠的祖父躲不过生老病死的自然选择一样。”①白塔原本是宗教建筑，作家在小说叙事中赋予其传统文化的内蕴。总之，社会文化的转型直接导致了传统意象及批评理论的变革诉求。

（三）现代意象的重构

传统意象的现代转型是文学发展的必然诉求。也就是说，现代意象应该基于现代文化的土壤，致力解决当下中国文学发展中的问题，而不是完全抛弃传统意象美学另起炉灶。例如由于西方文论的输入和学术界的浮躁之气，一些与意象相关或相似的西方理论或文化理论也被命名为“意象”。其实就是翻译者根本就没有顾及中西文化的差异，也没有真正把握意象的本质，将“image”简单地对应汉语中的“意象”，结果造成了意象理论在现代语境中难以形成自己的理论体系。那么，传统意象的现代转型是从哪几个方面显现的呢？具体而言，现代意象主要从现代性、主体性、审美性和独特性等方面进行了重新建构。

第一，现代意象是现代文化的产物，诞生于变革图新的文化土壤之中。五四新文学以来，“求新求变”是现代文学的一大特色。这一文学思维直至影响到新时期文学，导致各种以“新”打头的文学思潮和流派纷纷亮相。具体到意象，经过近百年的转型已经初步形成了几种新的结构形态。第一类，为适应新文学语境而创

① 许洋、李楠主编《革命，还是变迁？》，中信出版社，2013，第137页。

造出的现代意象，如20世纪二三十年代小说中出现的“吃人”、人血馒头、小火轮、大上海等意象。我们不妨以《狂人日记》中的“吃人”意象为例，来探求这一意象所体现出的现代性特征。在这篇小说中鲁迅以现代眼光审视两千年来的封建文化，发掘隐藏在其背后的摧残美好人性的劣根性，并将这一独特认知以“吃人”意象表达出来。显然，如果脱离这一具体时代，鲁迅是无法做出这一独特认知的。“这部小说发表于1918年，这个时代正是卡夫卡他们写作的时代，是现代主义风行的时代。鲁迅在对人的认识方面，所达到的深度与当时的世界人文思潮是接轨的，与世界现代主义文学思潮是同步的。”① 第二类，经过现代改造的传统意象。作家让其承载了现代性的情感意蕴，像丁香、月光、村庄等传统意象。以戴望舒的《雨巷》为例，“丁香”其实早在唐代诗歌中已经大量出现。不过，诗人在该诗中赋予“丁香”以一种现代愁怨之美，表达了现代人内心的迷惘和困惑。正如朱寿桐教授所言：“现代人的人生环境、人生境遇甚至人生观念都与古人有了相当大的区别，这就意味着古人营造和认同的文学意象已经远远不能满足现代人的文学表达需要，哪怕是一些酷爱古典意象的现代文学家，有时也不得不在沿用传统意象的时候对之进行改造，充实进现代人生体验的内涵，从而赋予古老文学意象以现代阐释。”② 综上所述，现代意象是在现代文化语境中由现代人创造的，用于表达现代人的思想情感。

第二，现代意象是现代主体意识的产物。现代社会的一大特

① 陈思和：《中国现当代文学名篇十五讲》，北京大学出版社，2013，第35页。
② 朱寿桐：《文学与人生十五讲》，北京大学出版社，2006，第206页。

点是人的主体意识的觉醒。社会生产力的高度发展为现代个体提供了自我意识萌发的基本条件。因为在工业革命之后，人类受制于自然环境约束的历史已经发生了较大改观。个体意识受到尊重，个体性被抬到很高的位置。随着现代主义、后现代主义思潮的崛起，文学创作的“向内转”成为一种大趋势。当然我们不是说古代社会就不重视人，不重视作家的主体性，而是说这一问题直到现代社会才被提到了一个新的高度，成为一种大众意识。在文学创作中，作家不再满足于传统的“宗经载道”，而是将自己对社会人生的思考寄托于文学意象，体现了鲜明的主体意识。如艾青诗歌中的“土地”意象，在《雪落在中国的土地上》《我爱这土地》等作品中展示了诗人强烈的主体意识，即诗人内心对民族国家的无限热爱。又如新时期文学中的先锋文学，作家主体性的参与导致文学不断革故鼎新，从主题到形式体现为突出的前沿性、独特性。“只有作家精神内部具备了与众不同、绝对超前的思想禀赋，具备了对人类存在境遇的独特感受和发现，他才有可能去寻找新的审美表现方式，才有可能去颠覆既有的、不适合自己艺术表达的文本范式，才有可能去自觉地进行话语形式的革命，先锋文学才能获得有效的发展。”[①] 像作家苏童小说中的“米”意象就是一次对传统的大胆颠覆，将人的欲望撕掉面纱后让其肆无忌惮地表演，毫无保留地挖掘人性之恶的复杂性。所以说，上述意象是作家直面现实与人生的产物，蕴含了他们对现实生活的理解和体验。无论是塑造新的意象，还是对传统意象的再造，都离不开作家主体性意识的参与。正是因为有了主体意识的参与，有了独特的思考和体验，

① 洪治纲:《先锋文学的发展与作家主体性的重塑》,《当代作家评论》2008年第3期。

意象才拥有了较高的文学性。

第三，现代意象是现代审美意识的产物。在古典文学中，意象主要是以个体形式出现的，例如月、荷花、烛、雁、黄河等。意象以个体形式寄托了作家的思想情感，逐渐形成了一种特有的意象美学和意象文化。单一意象是适应传统文化重感性、重整体的文化特征而出现的，适应了古典美学的需求。进入现代社会，单一意象已无法满足作家表达的需求，有待新的变革。一方面，现代人对社会的认知需要更多的理性思考，仅仅靠感性认知已经无法完成；另一方面，现代社会较传统社会变得复杂多样，整个社会呈现为一种复杂的存在形态。如都市、小镇、大地、边城等意象，多为由多个个体意象构成的复合意象。复合意象与单一意象往往拥有同质的审美内蕴，也就是说，复合意象不是单一意象的简单叠加，而是有着自己的整体性审美内涵。例如鲁迅笔下的鲁镇意象，是乡土中国的象征，是由咸亨酒店、三味书屋、土谷祠、孔乙己、祥林嫂、鲁四老爷等单一意象构成的；王安忆的《长恨歌》中的上海意象，寄寓了一种独特的现代性体验，由石库门、弄堂、咖啡馆、鸽子等单一意象构成。二者之间的关系表现为：一方面，作家的文学世界带有浓郁的象征意蕴，体现了一种独特的创新意识；另一方面，作为构成部分的单一意象具有复合意象的审美特质。所以说，现代意象是由单一意象、复合意象共同构成的审美范畴。

第四，现代意象是作家独特理解的产物。好的文学作品寄予了作家对现实世界独特的理解，而不仅仅是传承或借鉴既有的文学观念。因此，创新程度是衡量一个文学意象价值大小的尺度。在传统社会中，由于整个社会文化结构长期处于超稳定的状态，除极少数作家在从事创新性探索之外，更多的作家受到传承思维的影响，专注于对既有意象的文学阐释与沿袭。例如陈子昂的“幽州台”、张继的“愁”、苏轼的“琴”等意象，在文学史上都是独一无二的。所以说，只有那些创新程度强，特别是具有独创性的意象，才会在文学史上成为经典。在现代文学中，鲁迅笔下的孔乙己就是一个非常独特的意象。仅表面上看，孔乙己不过是一个落魄的读书人，或者说是科举制度的牺牲品。这一点与《儒林外史》中的周进、范进并无二致，但是其最终结局是“大约孔乙己的确死了”。这就意味着小镇上唯一的读书人是在众人的唾弃中、耻笑中死去的，只剩下了那些毫无怜悯之心的短衣帮，就此一个无声的中国出现在读者面前。故而对于未来而言，鲁迅有的只是“虚妄”，只是一个巨大的悲哀。又如沈从文的《边城》中的边城意象，所体现出的文化意蕴是一个不同于儒道文化的审美空间。在这个由翠翠、爷爷、狗、顺顺、傩送等构成的世界里，虽然表面上体现出温情、善良、自由的美感，但在深层意蕴上却传递出难以预知的哀伤。所以说，沈从文的湘西是自然美丽的，但更为重要的是隐藏着脆弱与无奈，即再美好的东西也注定要走向破碎。显然，小说传递给读者的是启发性的、反思性的。综上所述，现代文学中独创性的文学意象是对既有文化、文学的反思和创新，在审美意蕴上不同于传统文学意象。

四、意象的三个维度

厘清文化意象和文学意象的区别，是进行文学意象研究的重要前提。唯有此，才能对具体文学意象的文学性大小进行相应的判断。可是多年以来，国内文学界一直将“反映论”做庸俗化的理解：认为文学是对现实生活的原原本本的反映，现实生活中有什么文学中就写什么。后果就是作者的主体性没有得到重视，作品的文学性程度普遍不高。我们知道，文学创作是作家对现实社会独特理解的产物。独特性或原创性决定了作品价值的大小。例如鲁迅小说中的人物意象在现实生活中多少有特定的原型，但是原型绝不等同于文学人物，更不能体现文学人物的审美内涵。同理，文化意象与文学意象分属于两个性质完全不同的领域。二者的主要区别在于有没有属于作家的个体发现。为此，进行文学意象研究需要首先对文化意象、文学意象和原创意象之间的关系做出全面深入的分析。

（一）文化意象

什么是文化？到目前为止，很难找到一个为学界所公认的界定。但有一点可以确认，文化是人类对自己所面对的世界认知的产物。如中国传统文化对宇宙的理解是“天人合一”，在此基础上创建了由哲学理念、道德伦理、医药养生、生产生活等领域构成的文化体系。在这一文化空间中，当人们对某一常见物赋予其独特的思想情感，并逐渐形成一种文化共识，文化意象就产生了。意象思维并非凭空出现的，而是受传统文化“以物取象”思维方式的影响。像传统文化中的梅、兰、竹、菊，就其自然本性而言，无非是生活中最为常见的四种植物，不带有任何寓意。然而传统文化中它们却被寄托了君子之风、隐逸之趣、君子气节等文化意蕴，成为典范的文化意象。当然有些文化意象来自文学，属于文学意象，只不过后来被约定俗成为一种独特的文化符号，也就是文化意象。像陶渊明诗歌中的“菊花”及所体现的隐逸之趣，后来成为一个文化意象。依据文化意象的内涵，可大致将其划分为哲学意象、生活意象和衍生意象等三种类型。

首先，哲学意象主要来自传统文化典籍。受传统尚象思维的影响，古人在表达自己对世界本源的认知时往往需要借助特定的意象来完成，即“立象以尽意”。这类意象是传统文化中最稳定、最基本的构成部分。像“水”意象，是金、木、水、火、土中的五行之一，在中国传统文化中代表为“阴”。汉代《白虎通义》一书中认为：“水者，阴也。”此外，水还被赋予了“智慧”“本源”等内涵，如“仁者乐山，智者乐水”。又如“天”意象，从最初的“自然之天”到“万物本源”“宗教境界”等内涵不断拓展，诠释了中国人的宇宙意识及表达的诉求。我们通常讲的“天人合一”“天行健，君子以自强不息”等典籍语录中的“天”，就带有“宇宙本源”的意蕴。综观整个文化意象体系，哲学意象在传统文化中占有极端重要的地位，是构成传统文化体系的基本要素，也是解读整个文化体系的元意象。

其次，生活意象是人类对某些事物的情感沉淀。这类意象多是人类在生活中为了传递某些思想情感而设定的，像表达思念、别离的“秋”“月”“柳”等意象。“秋”在传统文化中是一个富有情感色彩的季节意象。当万木凋零、凄风苦雨的季节到来，人最易产生伤感、怜惜、思念等情绪。如白居易的《赋得古原草送别》中的“惜别”之意，以“萋萋满别情”道出了别离之时的无限伤感；苏轼的《水调歌头·明月几时有》在中秋的夜晚产生了对家人的思念之情，进而阐发了自己对人类性问题的思考；欧阳修在《秋声赋》中感叹人生之不易，借草木凋零传递内心的伤感……因而“秋”成为传统文化中一个内涵丰富的文化意象，受到了历代文人的青睐。此外，还有上文提及的梅、兰、竹、菊以及松树、梧桐、海棠等植物意象，大雁、鸳鸯、鱼等动物意象。这些意象遍及人们的日常生活，无论是王公贵族还是市井小民，对其思想意蕴都有着共同的认知，是中国人无形的精神家园。千百年来，文化意象承担着传递某些民族思想情感的功用。像《红高粱》中存在于高密东北乡的那些民俗文化意象，体现了这片土地上的人对自由、生命力的热爱与追求。剪纸、年画和泥塑等意象无不展示了高密人性中朴实、刚勇、率性的一面，特别是那些个活灵活现的出笼的蝈蝈、梅花小鹿等剪纸作品散发着浓郁的泥土芬芳。所以说，生活意象是文化意象中最为普遍最为恒久的一类，沉淀了民族文化中最为原初、最为朴实、最为真挚的内涵。

最后，衍生意象是审美意象转化的产物。文学与文化是两个性质不同又相互关联的领域。很多文学意象经作家的建构完成之后，长期为社会群体欣赏和传播，逐渐沉淀为文化意象。也就是说，这类文化意象是被“文化化”了的文学意象。例如传统文化中的“菊花”意象。“菊”被陶渊明引入诗中用以表达自己的隐逸情怀，被寄托了特定的思想意蕴，带有鲜明的个体性特征，所以说“菊”是一个文学意象。但是随着社会发展，菊花与隐逸之蕴逐渐成为传统文化中一个特定的组合，进入到传统文化体系成为其中的一员。又如北朝民歌《木兰辞》中的木兰意象，传递了一种不断超越自我、坚守自我的生命理解。后来木兰意象演变成为一个众人所知的文化意象，包含了“巾帼不让须眉”“男女平等”等文化内涵。但令人遗憾的是，木兰意象所体现的独特的文学内涵在文化意象中被遮蔽了。经过这种方式衍生的文化意象，在中国传统文化中还有很多。即使是进入现代社会之后，现代文学中的一些意象同样通过“文化化”成为文化意象。如鲁迅文学中的阿Q、孔乙己、祥林嫂、闰土、豆腐西施、鲁镇等意象，已经成为现代文化意象的组成部分。因为它们身上体现了现代文化发生期的内在特质，具有很强的概括性。基于此我们认为，文学意象是在既定文化土壤中成长起来的，同时文学意象也在不断为既定的文化增添新的活力。

（二）文学意象

上文论及，把握文学意象与文化意象之间的区别是做好文学意象研究的前提，然后才可以对文学意象的创新之处、创新程度展开分析判断。文化意象在进入文学世界之后，可以作为文学意象建构的基本材料；文学意象则更多地蕴含了作家个体性的创造。这就是二者之间的关系。作家李锐认为：“仅仅是某种文化的表达不是文学。”“我们说《红楼梦》是个好作品，是个好小说，那当然，《红楼梦》里有丰富的文化表达，那是无疑的，你用方块字写，你就沉浸在中国文化之中，你怎么能没有文化的表达？但那不叫文学。它之所以叫好小说，那是因为它在这个表达之外还有更深刻的东西，那才叫文学，属于文学要表达的东西。”[①]吴炫教授认为：“文学中的文化性内涵不等于文学以外的文化内涵，是因为文学中的文化性内涵，均从属于文学性质而不是脱离这种性质，所以这种内涵不是文化内涵，而是‘有文化性的文学内涵’。”[②]通过深入分析不难发现，文学意象同文化意象相比，其区别主要

① 王尧：《在汉语中出生入死》，春风文艺出版社，2005，第81页。
② 吴炫：《原创》，黑龙江人民出版社，2007，第53页。

体现在主观性、虚拟性等层面。

首先，文学意象是一种主观性意象。之所以说文学意象具有主观性，是因为文学意象中蕴含了作家自己的审美理念和生命体验。例如在对文本的研读中，会发现很多作家在自己的作品中写到了故乡和早期的记忆，像莫言笔下高密东北乡的吃拃饼、喝高粱酒、荡秋千、听茂腔等，张炜的地瓜、煎饼、石磨、诉苦等民俗记忆。在小说世界里，这些民情风俗意象与现实中的文化现象是有性质差别的，因为渗透了作家的个体化理解。“艺术在许多时候恰恰需要依赖个性化甚至是极端化——出神入化、独立性和个人性，这才是它的生命。”[①] 它们经过作家的筛选、改造，或虚构，成为作家笔下文学世界的有机组成部分。正如张炜对《九月寓言》中地瓜意象的评价：“地瓜是那些年小村的主食。要写那个年代的生活，就不可避免地要写到地瓜。它与那时人的欢乐痛苦、各种故事，都紧紧地系在了一起。我不断地写它，渐渐就生出了特别的感情。”[②] 在这部小说中，“地瓜”不仅是小村庄里一种普普通通的食物，还是与“人的欢乐痛苦”“各种故事”“作家的感情”等紧密相连的审美意象。假如在此我们仍将其视为现实事物的话，那就仍然停留在对其认知的文化层面，而没有转到审美层面上来。“作者通过文本实现的重点是不同的，它不是比所谓的现实生活更强烈、更集中，而是要它发生‘化学变化’，它是关于人类的、人性的——看起来是局限在特定的历史时期和地理环境下的，是此

---

① 张炜：《小说坊八讲：香港浸会大学授课录》，生活·读书·新知三联书店，2011，第 15 页。

② 张炜：《九月寓言》，人民文学出版社，2003，第 300 页。

时此地才发生的故事，但实际上是人的故事，是人性的故事。”[1]这就不难理解为何在读者和评论家那里的“地瓜”意象总是被解读为各种不同的内涵。独特的意象总是作家独特的文学观的显现，给读者提供了前所未有的体验和启发。

其次，文学意象是一种虚拟性意象。作为一门艺术，文学要打造的是一个虚拟的世界，是一个完全不同于现实的世界。因此文学意象与文化意象的不同还体现在虚拟性与现实性的差异。例如莫言在《丰乳肥臀》中塑造的母亲意象，既不是作家现实生活中的母亲，也不同于传统文化中的母亲形象，而是内蕴了千千万万个母亲特征的意象，是大地之母的象征。“我认为一个小说家最宝贵的素质就是具有超于常人的想象力，想象出来的东西比真实的东西更加美好。”[2]不仅如此，小说中还出现了很多现实中的高密东北乡并不存在的东西，但都是为了文学意象塑造做出的努力。同样，在贾平凹的文学创作经历中也存在着对虚拟性的运用。例如小说《极花》的故事与人物在现实社会中确实存有故事原型，但是具体到文学中就需要对这些原型材料加以虚构。“就是在作品中不停地设置隐喻的东西，象征的东西，多义的东西。这些东西都是虚的，都是精神方面的，或者都是精神所指方面的东西。但是在具体描写这些虚的东西的时候，那是一字一句的实着来，真正是将虚化的东西把它变成实在的东西放进来。”[3]小说中的极花与胡蝶命运遭际紧密相连，是一个充满隐喻色彩的意象。

① 张炜、朱又可：《行者的迷宫》，东方出版社，2013，第36页。
② 莫言：《清醒的说梦者》，山东文艺出版社，2002，第263页。
③ 贾平凹、韩鲁华：《虚实相生绘水墨 极花就此破天荒——〈极花〉访谈》，《当代作家评论》2016年第3期。

对文学意象的解读要站在文学性角度去探索内在的审美意蕴，而不是仅仅到文化内涵就止步不前。文化内涵无法体现作家的创造性价值，是现实世界中普遍性的体现。而文学意象所体现出的离开文化现实的程度，才是其文学性高低的体现。

（三）原创意象

在文学研究中我们经常会遇到这样的问题：同样是文学意象，何以有的能够传于后世，成为文学史上的经典，有的却只能随着时间流逝而被遗忘呢？问题的答案就在于文学性的高低。由于作家的认知能力和创新能力存在着差异，反映到文学意象上就成为意象价值的大小。有的作家在文学创作中一味关注对既有文学意象的传承，而缺乏艰苦的创新；有的作家只知道从个人生活体验出发，将个人体验寄予所要表达的意象之中；有的作家却能够从哲学层面上建构自己的文学世界，探索建构独一无二的审美意象。这就是不同作家之间的差距。美国批评家布鲁姆在其《西方正典：伟大作家和不朽作品》中指出："任何一部要与传统做必胜的竞赛并加入经典的作品首先应该具有原创魅力。"[④] 原创意象要表达的是既有文学中不存在的、属于作家自我独有的思想情感。唯有如此，文学才能够不断开拓新的未知的领域。那么，原创意象的特点有哪些呢？

首先，原创意象在文学世界中是独一无二的存在。文学艺术不同于文化，以个体性、独特性作为其存在的本质和前提。"文

---

① [美]哈罗德·布鲁姆:《西方正典: 伟大作家和不朽作品》, 江宁康译, 译林出版社, 2005, 第 5 页。

学必须坚持那与众不同的东西，信守那独一无二的东西。”[①]独特性是文学作品体现出来的存在性，是作家面对整个文学世界进行创作的自信心。就意象而言，原创意象相比较于既往的文学世界是不曾出现过的，是属于作家思想的外在化。所以说，独特性是原创意象的根本属性。“一部文学作品的价值，除了体现在寓意的是否深刻，技巧的是否精到之外，还有一个更重要的方面，就是看它是否独特，是否表达了作者最独特的人生体验。”[②]因此那些通常认为凡是用自己的语言塑造的意象就是原创意象的认识，是存有问题的，也是需要引起警惕的。很多所谓原创作品实际上传达的是他人的思想体验，或者加入了作家个人的某些感触。像文学史上那些在当时看似时尚、新颖、怪异的意象，骨子里是对西方现代文学思潮或哲学理念、艺术形式的模仿而已，随着时间的流逝会被读者淡忘淘汰。

原创意象的塑造是具有很大难度的。因为它要打破既有的体制规范，要面对一个未知的世界、未知的领域，塑造出一个富有启发性的意象。像《孔乙己》中那个由孔乙己、短衣帮、酒店老板、孩童、酒店等构成的鲁镇意象。作为读书人的孔乙己在这里一钱不值、备受嘲讽。他的斯文、他的长衫、他的学问、他的有趣、他的信用只不过是人们茶余饭后的笑点，可有可无。小镇意象隐喻了对乡土中国的苍凉与哀伤。一方面这个世界中的读书人是被嘲讽被虐待的，他们的生死没有人去真正关注；另一方面，这个

① [德]乌尔苏拉·克雷歇尔：《文学必须坚持特殊性，服从独一无二性》，韩瑞祥译，《东吴学术》2014 年第 1 期。

② 王晓明：《潜流与漩涡——论二十世纪中国小说家的创作心理障碍》，中国社会科学出版社，1991，第 57 页。

世界中的民众愚昧麻木到极点，是虽生犹死的。又如黄永玉的《无愁河的浪荡汉子》中的“张序子”，是一个按照自己的想法思考和做事的少年。《八年》中身在集美的他对不喜欢的课程采用忍耐、勉强的办法，一有时间就跑到图书馆或借回一大批杂书阅读。按照好学生、差学生的标准来对待他是根本无效的。正如张序子所言：“你打你学校的分，我打我自己的分。中间只有这一点点区别。”“学生的考试成绩跟操行分数不可以混为一谈。低分成绩学生就一定调皮捣蛋，如此判断葬送了许多忠良之士。”以传统观念看序子，他不是一个勤奋好学的好学生，上课走神、不交作业，甚至考试不及格，多次留级；但也不是个坏孩子，他喜欢按照自己的喜好去读书、做事，爱看杂书，喜欢琢磨木版画，提出很多他人难以解决的问题。用好与坏很难说清楚序子，还有他的内心世界。这一人物突破了传统思维方式，成为一个难以用传统认知方式表达的人物意象。原创性意象因其独一无二，成为文学星河中灿烂夺目的北斗星。

其次，原创意象具有多维阐释的可能性。原创意象是作家对现实世界的独特发现和建构，自然也是既往文学中从未出现过的一种审美存在，是一个未知而丰富的世界。“文学意象以语词及其所唤起的心理视象（即语象）为依托，以语象背后隐藏的丰富的精神内涵和文化密码为潜在视域，是在世界、作者、文本、读者的多向对话中被建构起来的具有超言超象特征的独特的艺术形象。”[①] 那么，研究者在进行解读时就会对此做出多样化的解读。例如学术界对《九月寓言》中地瓜意象的解读就是非常典型的一例。

① 孙春旻：《文学意象的生成与命名》，《学术论坛》2007 年第 5 期。

“地瓜”在小说中构成了一个敞开的意义空间。李娜的《给地瓜“剥皮”——对〈九月寓言〉中的“地瓜”进行文化分析》（《北方文学》2013 年第 2 期）认为，地瓜体现了中国文化的“和合性”，具有“归根”情结；汤克兵的《本真生命与诗意人生——〈九月寓言〉文本阐释》（《江西科技师范学院学报》2007 年第 3 期）认为，地瓜是小村人的图腾，是“隐遁的大地”的使者；等等。前者从中国传统文化的角度，试图探索地瓜意象所蕴含的文化根性；后者从文化图腾角度，尝试剖析地瓜意象的哲学意蕴。有鉴于此，我们认为对文学意象独特性的研究是一种基于对既有文化意象、文学意象把握的、体现哲学性理解的再解读。所以说一个优秀的作家，一部经典性的作品，是以创造出原创意象为其存在前提的。

意象以其内涵特质的不同可分为文化意象、文学意象和原创意象三种类型。当然，它们彼此之间并非完全独立，而是存在着密切的关系。比如很多文学意象或原创意象都是以既有的文化意象为基础而创造出来的。

□ 第一章

新时期山东文学中村庄意象的变迁

“一代有一代之文学。”就看待文学的视角而言，这一观点有其合理性的一面。作家、文化思潮、文学思潮总是伴随着时代的变迁而不断发生变化，反映到文学中就会形成时代特征。新时期四十年来，山东文学前后经历了改革开放初期、90 年代市场经济时期和新世纪时期等不同发展阶段。相应的，文学村庄也随其不断发展演变，承载了作家在不同时期的思想主题、审美理念和艺术形式，体现了自己对文学理念的探索和建构。

改革开放初期的村庄

文学创作要遵循其自身的规律，体现其自身的独特审美特性，也就是说，作品要具有穿越既有的文化层面达到艺术所独具的追求。但是作为人类社会的一种存在，文学也会受到具体时间和空间的某些影响。《文心雕龙》讲道："文变染乎世情，兴废系乎时序。"王国维在《宋元戏曲史·序》中也认为："凡一代有一代之文学：楚之骚，汉之赋，六代之骈语，唐之诗，宋之词，元之曲，皆所谓一代之文学，而后世莫能继焉者也。"[①] 毋庸置疑，文学会受到社会文化的深刻影响，像作家本人、主题、题材和话语等，与时代紧密相连。一方面，作家自身就是特定时代的个体，思想观念、日常生活、审美理念等方面都会受制于特定时代；另一方面，文本所涉及的各种素材也带有特定时代的烙印。在急遽变革的现代转型期，文学村庄面临着各种前所未有的挑战和机遇。新时期伊始，特别是整个 80 年代所洋溢的改革开放的气息，在山东文学村庄书写中表现得尤为突出。与此同时，这种对新时代的热切期待和对历史伤痛的反思也推动山东文学再一次走向了国内外文坛。

一、改革开放的文化语境

改革开放伊始，中国社会进入全面拨乱反正的大变革时期。作为一个农业大国，中国社会的变革仍然肇始于乡村。1978 年，安徽凤阳小岗村 18 位农民冒着风险参与了"大包干"的签名，开启了中国农村改革的序幕。由经济改革伴随而来的是人们思想观念的变化，极左思想在乡村逐步受到清算，经济上的发家致富和对人的回归让沉寂的村庄开始重新走向繁荣。"中国改革看乡村，乡村改革看山东。"显然，山东的农村改革也走在了全国的前列。

① 王国维：《宋元戏曲史》，上海古籍出版社，1998，第 1 页。

同年，菏泽、聊城等地的乡村悄然进行土地承包经营模式的探索。尽管存在着很多争议，但改革的春风势不可挡。乡村变革如春风一般，唤醒了沉睡中的地域文化。一方面，那些禁锢人的思想观念被深刻反省和批判；另一方面，新观念、新思想逐渐传播到村庄，成为新农村文化建设的有机组成部分。

改革不是一蹴而就的，新旧观念的冲突导致了各种矛盾的发生，甚至造成了一些激烈的冲突。山东作家敏锐地捕捉到了时代的气息，以充满热情和期待的笔触对村庄变革进行了书写。因此村庄意象是新时期山东作家扬帆起航的起点，其丰硕的成果赢得了国内外读者的关注。张炜在谈及他80年代初的创作时认为："昨天的一切是那样美丽动人，我没法不去歌唱它。一切经历的和听到的小平原上的故事，像潮水一样涌来。我需要抑制自己的欲望、慎重地选择，我好像突然发现可以入诗入画的东西原来是这样多。当然，由于生活是沉重的，我今天的回忆和吟唱，仍然没法遮掩那深深的沉郁和悲凉。总之，由于我在唱一支出自心底的真实的歌，它就有了自己的天然质朴。我完全沉浸到那条奔腾的河流中去了。"① 这是属于那个时代的永恒的旋律。这一时期的村庄意象带有较多的理想色彩，体现了80年代的激情与梦想。

二、改革开放初期的村庄

改革初期，山东文学摆脱了政治意识形态的束缚，转向以民情风俗、人情人性和矛盾冲突等意象塑造揭示社会转型期村庄的

---

① 张炜：《随笔精选》，山东友谊出版社，1996，第152页。

独特审美意蕴。具体体现在以下几方面。

（一）觉醒的村庄

“八十年代一个特征，就是人人都有激情。什么激情呢？不是一般的激情，是继往开来的激情，人人都有这么一个抱负。”[①]改革开放给裹足不前的乡村大地带来了无限生机。在政治体制上，极左思想被彻底否定，改革开放成为时代的主旋律；在经济体制上，打破“大锅饭”、人民公社的管理体制，实行家庭联产承包责任制，极大调动了人民群众的积极性；在乡村文化方面，新习俗新风尚成为村庄文化革故鼎新的主要内容。在希望的田野上，“西村纺花，东港撒网，北疆播种，南国打场”，这就是80年代村庄意象的喜人风貌。这一时期，山东作家将笔触伸向乡村大地，书写村庄世界的新变革。同时，也对改革进程中的保守僵化势力进行了尖锐的批评和反思，并将其深入到文化层面，对民族文化密码与人性构成做出了剖析。

首先，展现新与旧两种观念的冲突，赞颂新生事物的美好，批判传统痼疾的僵化保守。改革开放之后，极左思想的残渣余孽依然存在。保守、僵化、落后的思想遮蔽了村庄人的视野，阻碍了现代化的进程，必须进行清理。张炜、王润滋、矫健等作家在这一时期创作了大量批判与反思的优秀作品。《鲁班的子孙》中黄家沟是一个大山中的小村落。“文革”中极左思想曾盛极一时，村人的思想自由受到严格管制。传统观念根深蒂固，即便是在改革大潮中也很难撼动。小说塑造了黄老亮和秀川两个人物意象，

① 查建英主编《八十年代访谈录》，生活·读书·新知三联书店，2006，第252页。

是新与旧两种观念的代表。他们之间的冲突体现了时代发展的必然，同时也表达了作家对传统文化断裂的某些忧虑。黄老亮敬奉祖师爷鲁班，将师傅的信条牢记在心。他手艺高超，人又善良，赢得了四邻八乡的敬重；后来捡了一个弃儿，将其养大成人，并教给他手艺。这是一位传统文化的坚守者，也是黄家沟最后一位传统手艺人。义子秀川被迫到城市里闯荡，开了眼界，有了自己的思考；不迷信村干部，按照自己的想法开木匠铺；但是只顾自己发家致富，不关心他人的困境。最终，老木匠铺的关张成为父子两人冲突的导火索。“穷也好，富也罢，得长副好心肝。你小子，心野了，野得收不住笼头了，出了几天外，不知道天多高、地多厚了，不知道吃了几碗高粱米了，满口狂话，拿大帽子压人哩！中央的大官儿你亲眼见过了他们咋说的你亲耳听过？庄稼人本分为重，就算是支书他不对，也该忍着点儿……”价值观的冲突导致了秀川的出走。“它不是单纯的颂歌，也不是无可奈何的挽歌，它是新旧交替的变革时代中的一首交响曲。”[①]从现代文化角度看，对传统文化的传承有其合理性和必然性，也存在着部分需要批判和否定的东西。所以说，该作品所引发的思考是超越性的，是对传统文化现代转型的反思。

张炜的小说塑造了很多心灵纯净、善良可爱、对美好生活充满期待的村庄新女性意象。像《天蓝色的木屐》中活泼开朗的小能姑娘，对村庄里邪恶的东西极为反感，敢于坚持正义。“小地主”大榕虽然勤快能干，却因为出身不好受到王二力等人的欺负。但时代毕竟已经发生了变化，明辨是非的小能姑娘站出来骂王二

① 雷达：《〈鲁班的子孙〉的沉思》，《当代文坛》1984年第4期。

力，鼓励大榕挺起腰杆去发挥自己的才干。“快了，你很快就会飞起来的！”村庄的街道上木屐声声，悦耳动人。又如《三大名旦》中大萍儿热爱生活，喜欢新事物，爱读书，爱吹箫，爱交朋友。这是一个有理想有热情的乡村青年，但是在长期封闭的村庄世界里却被视作“女流氓”。小说通过一个蹲点知青干部的眼睛，讲述了大萍儿内心的苦楚。当芦清河出现险情时，大萍儿毫不畏惧地与其他男青年一样跳进水中抢险，被大水冲走险些丢了性命。“我爱穿戴，爱笑闹儿，爱读点闲书，和见识多的人一起聊天儿，我坏吗？就有那么种人，他们容不得和自己不一样的人。”这是一种发自内心的抗争和倾诉。对美好未来的期待，是青年人的特点，也是每一个人的权利。它是生命力的体现，也是应该得到尊重的。

其次，揭示思想变革的艰难，反思极左思想的危害。极左思想在村庄长期的影响，造成了村人的愚昧与思想的僵化。这种现象不但影响了个人的家庭生活，而且阻碍了村庄社会的发展。在矫健的《农民老子》中，以葛老根为代表的老一代农人善良本分，勤劳肯干，但观念保守，不求上进。这种性格背后其实有着更为深层的原因。他脾气有点古怪，每天带着三样东西——烟袋荷包、火石火绒、钢块铁钎；头顶破旧的乌黑毡帽，向来不洗；不肯穿新衣服，不用儿子给他买的打火机；不接受上面推行的除草剂，不用拖拉机。这些都是多年意识形态的僵化造成的。公社那些脱离实际、吃吃喝喝的作风让他从心里形成了一种拒绝一切现代东西的心理，成了一个典型的“老牛筋”。《老霜的苦闷》中的老霜一直沉浸在过去的荣耀之中，不肯面对现实，不肯换换自己的脑筋。他几十年来是老党员、老贫农、贫协主席，思想先进，服从上级指示。在公社王书记指示下，老霜曾负责监督、管制老茂，天天上梯子盯他的梢。而今他对现有的政策不满，对不再依靠贫农有情绪。因此他只能在回忆往日的岁月中感到些许的安慰，经常去看看那一屋子的奖状。他执迷不悟，不顾家人、孩子的反对，一门心思扑在所谓的“任务”上。别人在发家致富，自己却没钱给儿子娶媳妇；别人在忙着养猪养羊，他却以“穷死、屈死”为荣。这是一个人的悲剧，更是一个时代的悲剧。“多么美好的愿望，多么正直的心啊！然而，一个人，在历史的迷雾中走错了方向，这种愿望还有多少价值呢？”觉醒的村庄，让他这个依然沉睡的人成为异端。

（二）诗意的村庄

村庄意象在关注乡村现实的同时，继续延续着诗意美学的探索。书写村庄诗意，建构现代村庄美学，主要基于以下几方面的原因。首先，诗意村庄与其他现代意象相比较体现了对传统美学的一脉相承。在新时期文学中，村庄是作家对现代哲学、文学进行批判性思考基础上的审美再建构。也就是说，村庄意象不仅仅是对乡村问题的反映，也不仅仅是对乡情民俗的刻画，而是从社会文化和人生人性角度做出的哲学探索，是致力村庄时空的美学建构。其次，80 年代中国文学在经历了伤痕文学、反思文学、改革文学、寻根文学等思潮后，实现了对自我的回归。基于这一文学语境，村庄书写恰是最具有传统文化根基的题材，也是最适宜反思现代社会人生的视角。像汪曾祺的《受戒》，塑造了一个与世隔绝、恬淡自然、洋溢着人情人性的村庄世界。小说当然不仅仅是为了记录生活，也不是为了解读某一意识形态，而是回归到作家“四十三年前的一个梦”。在新时期山东作家那里，关注乡村改革的同时他们也完成了对时代主题的穿越，去探索诗意的世界，像莫言、张炜等较为突出。之所以能够在同时代作家中脱颖而出，是因为他们内心深处对村庄诗意的执着，是因为他们从一开始就着力去探索现代人生与人性的本质。

细读 20 世纪七八十年代张炜的小说，依然能够感受到一种纯净自然、诗意秀丽的美感。“芦清河世界”是张炜早期的诗意王国，也是后来不断拓展疆域的文学领地。“芦清河畔纯美的自然山水赋予了他对田园诗意的天然直觉。田园的意象沿时间穿行于他的作品，成为他创作的源泉和一直苦苦追寻的诗意的栖居之地。”[①]在《芦清河告诉我》中，芦清河畔的村庄和村人们的故事总是散发着美好而清新的气息，像《声音》《拉拉谷》《钻玉米地》《紫色眉豆花》等。女孩子们个个天真善良，坚强乐观，以期待的目光看着眼前这个正在发生变革的世界。面对丑恶、困难她们从不柔弱，不退缩，是芦清河这片土地孕育的最优秀的女子。例如《声音》塑造了一个叫二兰子的村姑意象，她因家境贫穷，与很多女孩子一样早早就辍学回家了，平时到田里割牛草，拔野菜，等再大点就去做农事，然后嫁人。这就是她的一生？！因而二兰子的内心有着某种隐隐的期待和说不出的淡淡忧伤。在林子里割牛草时，盯着雪亮的镰刀，脸儿不觉间就变得红红的，心里一热就脱口喊出了“大刀唻，小刀唻——”大片的林子在她的眼中变亮了：高入云天的大树，欢快的鸟叫声，红黄相间的野花，碧绿的青草，独木小桥，大肚子的老牛……在这样一个完全属于她自己的世界

① 李云霞：《黑夜大地的行吟诗人：张炜创作追思》，《延边大学学报·社会科学版》1997 年第 4 期。

中，二兰子的内心是无比快乐的。遇到小罗锅后，特别是听到了小罗锅的个人经历，二兰子似乎也有了自己的想法，或许她也有自己要走的路。在张炜的整个创作历程中，芦清河畔的村庄世界内蕴着他早期的追求和诗意。无论是90年代的《九月寓言》《我的田园》，还是新世纪的《刺猬歌》《你在高原》，张炜的诗意美学以强大的生命力不断拓展扩张，成为当代文学中的一大奇观。当很多人认为诗意是一种琐碎的孱弱的东西而自动放弃时，张炜通过自己的潜心努力，书写了对诗意的独特理解。

如果说张炜的村庄是质朴、自然、纯美的，那么莫言的村庄则是自由、飞扬、灵动的。莫言从小在村里长大，对村里的一切有着深刻的体验。时空架构、民情风俗、人际关系等早早就烙印在他的童年记忆中。早期小说他没有满足于对村庄现实的反映，而是转向人情人性，对民族文化中的问题做出了反思。80年代莫言的小说中，村庄闪烁着神秘、浪漫的色彩。《透明的红萝卜》中深秋的小村散发着一股令人迷惘的诗意。带露水的瓦片，挂着红锈斑斑铁钟的槐树，披着夹袄的队长，潇洒的小石匠，穿着大裤头光着上身的小黑孩，构成了一个偏僻古老、了无生机的村庄；九孔石桥、河堤、滞洪闸、铁匠铺和黄麻地则是村庄的延续，为小黑孩、菊子姑娘和小石匠的故事提供了一个新的空间。在工地上，无论是去河滩上砸石头，还是在铁匠铺里烧火，小黑孩默默无言中透露出一种放松和快乐，因为终于离开了那个令他感到压抑的家，像小兽一样获得了一片自由的天地；菊子姑娘对他关心呵护，让他感受到了久违的母爱，或者说一种朦胧的难以言说的异性爱。夜色中铁匠铺砧子上的红萝卜让他产生了无限遐想，产生了一种从未经历过的体验。到黄麻地里偷萝卜和地瓜，不仅仅是为了完成小铁匠的任务，而是化作一种内心的愉悦。“黑孩钻进了黄麻地，像一条鱼儿游进了大海。扑簌簌黄麻叶儿抖，明晃晃秋天阳光照。”《红高粱》中的诗意建构体现在戴凤莲和余占鳌的爱情、墨水河伏击战等情节中。野地里激情四射、疯狂摇曳的红高粱，大作坊中芳香四溢的高粱酒，养育了高密东北乡那些为爱而生、为爱而死、不屈不挠、活出自己的乡亲。他们并不遵循宗法附加给他们的各种规范，也不在乎他人的评判说教，按照自己的想法走自己的路，锻造了不一样的人生。在莫言的小说中，村庄的诗意除带有乡土文化的神秘和活力外，更主要的体现在他对人生的独特认知。

综上所述，诗意村庄是新时期文学对现实穿越的体现之一，是文学回归自身的必然。受“庸俗现实主义”和“主题先行论”的影响，文学曾一度化作意识形态的传声筒，审美特性根本无从谈起；后来又在西方现代主义、后现代主义思潮影响下，成为西方文学的模仿品，原创性作品极为罕见。诗意村庄的建构从某种意义上说是作家审美意识觉醒的产物，体现了一种回归传统走向创新的自觉。“我一向认为，好的作家必须具有独创性，好的小说当然也要有独创性。”[①] 令人遗憾的是，在 80 年代初期这种意识尚没有成为文学界的共识。

（三）阵痛的村庄

改革初期，中国乡村社会问题重重，百废待兴。除了上文论及的新旧两种观念的冲突，村庄文化中更为深层的痼疾经历了近百年的转型后依然没有得到很好的解决。传统恶势力、封建思想

① 莫言:《我为什么要写〈红高粱〉》,《北京文学·中篇小说月报》2012年第11期。

和个人欲望等一旦遇到合适的土壤就会迅速疯长，给村庄带来巨大的灾难。尤其是在一些封闭偏远的村庄，一些思维和意识严重阻碍了村庄的现代化进程。山东作家对此有着敏锐的觉察和反思，在《秋天的思索》《老霜的苦闷》《天堂蒜薹之歌》等小说中做出了反思和探索。整体来看，这种阵痛主要体现为封建残余文化、政治腐败对村庄和村人的伤害。

首先，村庄苦难来自封建残余的伤害。传统村庄文化中的帝王思想、恶霸意识等残余成为现代村庄走向民主的绊脚石，以更为隐蔽的方式干扰着人们的日常生活。“反封建的主题赋予了现代农村题材小说以鲜明的时代感，强烈的现代理性批判风格。这是一种难得的艺术个性。”[①]因此，反封建是一个长期而复杂的过程。在现实生活中，“土皇帝”意识是村庄封建残余的代表，严重破坏了村庄的现代化进程，如张炜的《秋天的思索》《秋天的愤怒》中的王三江、肖万昌等。他们在“文革”中是噩梦与苦难的制造者，是村里一手遮天的“土皇帝”；利用手中的权力横行霸道，为所欲为，掌控着村人的命脉。《秋天的愤怒》中，肖万昌险恶霸道，将民兵当作私人武装，私设公堂，囚禁打死村民，甚至迫害自己的女儿女婿；改革开放之后，他利用权力威慑和关系网继续愚弄村民，将女婿当“长工”使唤，为自己和儿子谋取各种荣誉，利欲熏心。“这个手艺是他几十年的工夫练出来的，就在这个四尺长、三尺宽的小方桌上，他和县长、公社书记、派出所长、场长、厂长、银行会计、退休干部、经理、警察、矿长、捕捞员、船老大、养蜂人、工程师、说古书的、省里来的巡视员、要饭的、武装部的、码头运班

① 陈继会:《反封建文学主题的深化(下)》,《商丘师范学院学报》1987年第3期。

长、要把戏的、税务员、县委组织部长以及部长的亲家、烧砖专业户……各色各样人物喝过酒。”建立关系网络保护自己，打压村人，是他一贯的做法。毋庸置疑，他们是村庄社会苦难的制造者。作家借助这一批判直指封建文化残余，道出其真正产生的社会根源。在矫健的《老人仓》中，小说塑造了另一“村霸”意象。红星村支部书记田仲亭是“新时代的地主恶霸”，手下“五虎大将”为非作歹，欺负殴打村人；实行生产责任制后，他继续仰仗着手中的权力收提成，造成村里怨声载道；要阴谋诡计，以照顾杨基的名义行长期剥削他人的事实；从镇书记到县里部长，再到地委领导，都是他的关系。在他一手操纵下，红星村成了他个人的王国。更为恶劣的是，由他编织的这张网络严重损害了党和政府的形象，为村庄继续发展埋下了隐患。

时代使然，无论多么牢固的封建残余在新时代里都是要被清除的。一方面，除旧布新是大势所趋，文化残存所依赖的土壤已经不复存在。李得、李芒、三喜等有知识、有见识、有魄力的觉醒一代，对剥削压迫、欺压欺骗这套东西早已经忍无可忍。老得面对王三江的伪善不再屈服，敢于和他对抗，揭露他向上级送礼、剥削村人的斑斑劣迹；李芒坚持要和肖万昌分家，不做他的“长工”，要与乡邻们走共同富裕的道路。阵痛中的村庄涌动着改革的活力，呈现出新的希望。“他想一定是有人在烟田里摸黑做什么，这儿的人常常半夜了还要守着他的烟棵。有人跟自己的狗和猪说话，后来跟锅灶、跟锹柄也说，再后来跟烟棵也说。跟烟棵说话时一边扳着冒杈，就像跟娃娃说话时一边梳理他的头发一样。说啊说啊，无休无止，这就组成了村庄的声音、生活的声音。”在李芒心目中，村庄应该是这样一个安谧柔情的地方。

其次，村庄的苦难源自乡村治理的腐败。作为现代社会治理体系的组成部分，村庄拥有自己的政治架构。这种架构是现代社会的产物。传统村庄延续了上千年的乡绅治理、宗法架构，在现代社会走向了终结；现代村庄治理诞生于民国初期，在党领导下的革命根据地得到了完善。在现当代文学中，村庄治理成为作家关注的题材。由于极左势力的长期控制，造成了官僚主义、权力斗争、人欲膨胀等纠结在一起，给村庄和村人造成了很多苦难和不幸。莫言的《天堂蒜薹之歌》对乡村政治中的腐败问题做了深入挖掘和批判，让我们看到了村庄政治、恶势力相互勾结制造的一个个悲剧。方四的两个儿子已经到了成婚年龄，按照当地风俗他要用女儿金菊给儿子换媳妇；退伍军人高马与金菊的自由恋爱，遭到了方家人的集体反对。于是方家父子意图通过殴打，逼迫高羊、金菊就范。“方家兄弟扔下单饼，抄起腚下的小板凳，扑上来，对着高马没鼻子没脸地砍起来。板凳砍在肉上，嘎唧嘎唧响。”基层干部本应帮助村庄发展经济，改善人们的生活，提高人们的生活质量。但是某些官员以权谋私，遇事不作为，激化了矛盾冲突，导致了一场灾难的发生。例如高马与金菊的恋爱受阻后，到乡民政杨助理那里去求说法。杨助理非但不管，反而咒骂高马，“要是我，就打断你的狗腿，让你爬回家！”此外，乡党委王书记的司机醉酒开车贩卖蒜薹，轧死了方四，肇事逃逸，乡政府对其纵容包庇；县长仲为民为了个人牟利，毫不顾惜蒜农的利益，让大量蒜薹烂掉也不许卖给外来的收购者，酿成大祸之后躲起来不敢和村人见面……僵化的体制和官员素质的低下制约了村庄的发展，具体则体现为对村人经济和生活造成了伤害。

再次，村庄苦难还源自历史遗留的痼疾。一百多年来，乡土中国现代转型走过了太多的曲折道路。一场场战争不但摧毁了人们赖以生存的家园，还造成了生产力的严重滞后，让村庄承载了太多的苦难。现代历史上几乎每一次重要历史变革，都会波及村庄社会。它影响了村庄的格局、政治、经济、文化、习俗、人际关系等，在村人的情感记忆中留下了很多难以磨灭的伤痕。文学对村庄的关注更多的是通过挖掘历史留给个体的记忆建构起个体性的世界，揭示村庄文化中的苦难根源。“一般意义上的历史，它所呈现的，只能是公众记忆，而文学即使面对历史，也只能呈现个人记忆——这是它的性质，也是它的意义与存在的理由。”[①] 因此，如何从村庄历史中发掘苦难的根源，让苦难不再发生，成为新时期村庄书写中一个不容回避的问题。这一点在张炜、赵德发、苗长水等作家的创作中有着极为深刻的解读。

在苗长水的《犁越芳塚》中，改革开放后从台湾回沂水老家探亲的刘成，在经历了几十年的苦苦煎熬后终于见到了亲人和故土。于是，历史与现实在瞬间产生了激烈的碰撞。当年妻离子散、家破人亡、亡命天涯，而今归来又将如何面对？！这一切让他承担着难以言说的苦痛。汶河两岸曾经是一片革命的热土。抗战全面爆发后党领导下的八路军来到这里，唤醒了这片沉睡的土地和这里的人民。开明乡绅刘西武投身革命，曾经围着锅台转的乡村女性走出家门，刘成、方启、福厚、月德等青年一代成了革命的中坚。但是极左路线的错误执行却给村庄带来了灾难，给革命造成了巨大损失。像刘西武、刘成这样的革命家庭不再被信任：刘西武在回家途中受到批斗，屈辱而死；刘成被当成敌人镇压，险

① 曹文轩：《二十世纪末中国文学现象研究》，作家出版社，2003，第 297 页。

中逃生后亡命天涯；善良贤淑的素盈遭到暴打，备受侮辱虐待，在屈辱中死去。同时，一些村人也遭到了还乡团的野蛮报复，仇恨深埋在人们的记忆深处。想起这些，刘成不知道如何去面对村人和亲人。然而善良宽容的沂蒙人用自己的亲情和友情化解了曾经的苦难。

重情重义的沂蒙文化，不仅唤回了流落他乡的游子，也给他以家的宽容和温暖。妻子素盈死后被埋在常家祖坟和刘家祖林之间，坟头历经沧桑依然被保留了下来。“俺娘这坟，十来年前就平了。这地又不是咱家的，所以人家耕了也就耕了。那时这地也还没承包到户，还是生产队里干活儿，也不知是谁先兴起的，耕地耕到俺娘埋的这地方，就不忍心耕了，把犁头抬一抬，提过去，大概也是觉得俺娘这人没什么恶处，一辈子又受了那么多罪。这地承包了以后，也换了有三四家人了，也还是那么耕着，成了习惯，到了俺娘这坟上就抬抬犁……”沂蒙人的善良厚道令人动容，铸就了源远流长的沂蒙文化。

综上可见，新时期文学第一个十年中的村庄意象体现了对文学自身的回归，关注改革中出现的问题，反思旧有意识形态和历史文化的影响。当然由于这一时期的村庄塑造在审美层面上尚处于探索阶段，难免在意象塑造上表现出稚拙和理想色彩，但恰恰是这一特色让这一时期的文学村庄难以忘却。

20 世纪 90 年代语境下的村庄

从 20 世纪 90 年代前后，中国开始进入了市场经济时代，因而传统村庄迎来新的挑战。淳朴、善良、勤劳的村庄伦理在市场经济冲击下迅速碎片化，随之而来的是村庄日益呈现出衰败的迹象。90年代初，知识界针对“人文精神”发起了一场不大不小的争论，其实质就是一种转型期文化焦虑症的集中爆发。1993年王晓明等人在《上海文学》上发表了《旷野上的废墟——文学和人文精神的危机》，旗帜鲜明地抵抗利益至上的商品经济大潮，对当时文学与文化的状况进行了激烈的批评。面对文学界日益浮躁的心态，很多作家站出来发表了自己的看法。其中，最具有代表性是山东作家张炜和张承志。面对现代化的过度越界，他们表现出了决绝的抗拒精神。张承志在《十月》杂志上发表了《以笔为旗》，张炜在《文汇报》发表了《抵抗的习惯》，对“人文精神”的失落问题进行了严厉的批判。“文学已经进入了普遍的操作和制作状态，一会儿筐满仓盈，就是不包含一滴血泪心汁。完全地专业化了，匠人成了榜样，连血气方刚的少年也有滋有味地咀嚼起酸腐。在这种状态下精神必然枯萎，它的制品——垃圾——包装得再好也仍然只是垃圾。”[①] 在突如其来的物质化、欲望化面前，山东作家一如既往地坚守着自己的“文学园地”，并创作了一系列书写村庄的经典性作品，如莫言的《丰乳肥臀》、张炜的《九月寓言》、张继的《杀羊》《去城里受苦吧！》、刘玉民的《骚动之秋》、赵德发的《缱绻与决绝》、刘玉堂的《最后一个生产队》《乡村温柔》、王兆军的《白蜡烛》等。作家以独特的笔触揭示了村庄近百年历史变革中的文化冲突和人性纠葛，直面大地探求生存的诗意。纵观这十年，历史、寓言成为这一时期村庄意象的关键词。

---

① 张炜：《随笔精选》，山东友谊出版社，1993，第202页。

一、历史中的村庄

进入90年代之后，中国现代文化与文学发展开始逼近世纪末。反思百年中国历史文化的变迁成为这一时期文学的一大特色，但是文学家对历史有着自己的理解，正是对历史的不同理解构成了历史与审美的张力。就像作家苏童所言："人与历史的距离亦近亦远，我看历史是墙外笙歌雨夜惊梦，历史看我或许就是井底之蛙了。什么是真的，什么是假的呢？"[①] 对以往历史做出新的解读，成为新时期文学历史叙事的一大特色。例如"新历史主义叙事"就是其中最为典型的一种。具体到村庄历史叙事，以往是作家基于特定的历史观去解读村庄的历史，书写村庄里的故事与人，其弊端在于有可能遮蔽村庄文化中深层次的问题，将复杂的历史关系简单化。村庄有自己独特的信仰系统、伦理结构和人情世故，是任何既有的历史观所无法真正切入的。因此，对村庄历史的再解读成为文学村庄书写的方式之一。90年代山东文学的村庄书写充分凸显了个体性追求。作家将村庄文化、生存形态和价值观做了个性化处理，体现了作家的历史观，即将村庄放在历史变革、土地革命等重大历史事件中，来重新审视历史、建构历史。

（一）历史变迁中的村庄

近代以来，齐鲁大地自然灾害频繁发生，而且备受帝国主义侵略者欺凌。德国、日本等侵略者先后占领山东，对这片富饶而美丽的土地进行了疯狂的掠夺和迫害。1949年后，各种政治运动

---

① 苏童：《后宫·自序》，《苏童研究资料》，山东文艺出版社，2006，第49页。

不断，影响了村庄的繁荣和发展。但是古老的村庄毅然在一次次苦难中矗立，在一场场劫难中实现了蜕变。山东村庄是如何实现从农业文明到现代文明转型的？革命文化在村庄转型进程中扮演了怎样的角色？村庄在革命大潮中究竟发生了怎样的变化？山东文学对此做出了自己的回答。1949年后，冯德英以《苦菜花》《迎春花》《山菊花》等革命历史小说力作进行了探索，展示了他"为人民立传"的创作理想。世纪末，莫言《丰乳肥臀》从民间视角出发审视百年村庄走过的路，创作了一部有关母亲的伟大寓言小说。该作对高密东北乡的抗德、抗日、内战、肃反、三年困难时期、"文革"、改革开放等各个历史阶段做了全方位的展示，是一部关于村庄历史的伟大寓言，更是一部关于乡土中国的历史寓言。具体而言，历史中的村庄独特性体现在苦难意象和碎片化意象两个方面。

首先，村庄历史中的苦难意象。1949年后的文学中，文学历史叙事通常是以政治意识形态的视角看待村庄的历史，将村庄历史书写视为对既定意识形态的阐释，像《红旗谱》《李有才板话》等。这种视角下的村庄洋溢着革命与解放的喜悦，人民群众成了土地的主人。随着时代的发展，文学对历史的理解越来越趋于个体化。"旧有的国家模式（硬性的）未见真正的动摇，但旧有的思想体系（软性的）却在'欧风美雨'中土崩瓦解。有意脱离主流意识形态的民间，越来越'放肆'地面朝门外'呼风唤雨'，将保守从前、固守阵地看作是惰性姿态，而以'践踏''旧有'为前进的节律，不断地占领新的精神高地。"[①] 在莫言的历史叙事中，民间视角、人类

① 曹文轩：《二十世纪末中国文学现象研究》，第274页。

意识贯穿始终。高密东北乡在战争、运动、灾害中经历了一次次的阵痛。各种苦难和不幸接踵而至，降临在上官鲁氏和她的九个儿女身上。九个孩子因为历史的际遇不同走向了不同的阵营，在风风雨雨中产生了极为复杂的纠葛。亲人之间的矛盾与政治派别之间的争斗相互叠加，还有来自侵略者的虐杀凌辱，给高密东北乡带来了无尽的苦难和不幸。抗战时期，日本侵略者闯入高密东北乡杀人放火，让上官家抚养九个孩子的重担落在上官鲁氏一人身上；鸟支队的队员在教堂里轮奸上官鲁氏，让她蒙受了巨大耻辱；后来大女儿、二女儿分别嫁给了共产党员和国民党员，二人之间的矛盾和彼此伤害给上官鲁氏带来更多的痛苦；解放战争中，整个村庄化作一堆废墟，惨状令人目不忍睹……多灾多难的村庄、备受煎熬的母亲，共同建构起了高密东北乡的百年沧桑史。可以说，莫言以个人对历史的理解撰写了这部独具特色的高密东北乡百年沧桑史。

其次，村庄历史的碎片化意象。西方现代文化的进入、城市文化的崛起，导致了传统村庄文化日益碎片化。传统宗族文化、地域文化在村庄世界丧失了原有的整体性和统治力，只是以碎片化的形式发挥着自己的作用。作家韩少功回到当年插队的地方定居，看到的现代村庄已经面目全非。“山里并不像外人想象的那么闭塞。自从电视和卫星天线降价，山民们的房前屋后出现铝皮锅，吞吸着亚太上空无形的卫星信号，于是武侠剧，歌手赛，外国总统，超短裙，男女接吻，英超球赛和日本卡通，还有丰乳霜和润滑油的广告，等等城里人熟悉的东西，也都变戏法式地无中生有，日夜空降遍入民宅，冲击着山民们的眼球。”（见韩少功散文集《山南水北》）在广大村庄社会中，人们将碎片化的文化为我所用，打发着日复一日的琐碎时光。在此不难发现，传统文化中那种注重现实、注重世俗的特性依然发挥着强大的影响力。在《丰乳肥臀》中，不同历史时期各种文化形态你方唱罢我登场。上官鲁氏与基督教瑞士籍恋人马洛亚牧师所生下的孩子，本身就具有浓重的象征色彩；火车、电影、飞行器等进入高密东北乡后，打破了村庄文化固有的宁静；国民党、地方势力、土匪、美军飞行员等政治文化、科学技术纷纷进入，给村庄带来了完全不同的异质文化；90年代市场经济大潮中，欲望膨胀肆虐，人们迷失了自己的精神家园。通过整个叙事进程不难发现，莫言对这种状况是持批判态度的。小说以村庄历史中文化的碎片化进程，揭示了乡土中国在一个世纪中的现代进程。

（二）土地革命中的村庄

山东历来农业发达，文化厚重。早在秦汉时期，山东就被誉为“膏壤千里”之地，人口达1700多万。手工业方面，当时的临淄、定陶、亢父是汉代三大纺织中心；中国历史上的四部农业大书，有三部诞生于山东。在思想文化方面，儒家文化与农耕文化相适应，以宗族关系、等级意识构建起了一个完整的思想体系。因此，人与土地的关系历来为这片土地上的人所重视。土地是人赖以生存和繁衍的根基，是最为基本的生产资料。因此在党领导下的革命斗争中，土地一直是最为重要的问题。像20世纪三四十年代苏区、根据地、解放区进行的土地改革、减租减息运动，50年代的人民公社，80年代初开启的家庭联产承包责任制，乃至当下的土地确权，无不是通过土地关系的变革来达到改造村庄的生产关系、促进村庄转型的目的。实践证明，土地制度变革不仅动摇了几千年来早已固化的文化系统，而且促进了中国现代文化的进程。这些在柳青的《创业史》、周立波的《山乡巨变》等小说中均已获得充分展示。但是，这种依据意识形态书写村庄的做法也给文学带来了不少伤害。尤其是在山东广大乡村，土地变革有着更为复杂更为深刻的内在肌理。新时期文学中，赵德发的《缱绻与决绝》将人与土地的关系放在历史坐标上，做出了深层次的拷问与文化性的反思。

农耕文明笼罩下的村庄，人与土地的关系是最为根本最为核心的问题。在《缱绻与决绝》中，天牛庙从地主到佃户无不把土地视为命根子。他们挣钱是为了买房子置地。唯有土地才能带给他们生存的期许，证明他们一生的价值。大财主宁学祥每天出门时要带着粪筐，将路上捡拾到的粪埋到自家地里去。大半生中，他无时无刻不在尽心尽力地呵护自家的家业。对土地的痴迷让他忘记了一切，扭曲了他的心灵。当待嫁的女儿被土匪绑票后，他没有卖地借钱去赎人，为了保住家里的百亩良田狠心不去管女儿的死活；女儿下嫁佃户封大脚，他仍然舍不得拿出一份嫁妆。此外，农会组织的“永佃权”“拨地瓜地”斗争，则是贫苦农民为了获得种地权所做的斗争。所以说，土地对地主而言，是财富的象征和家族的希望；对于普通农民而言，是维持生存的基本条件，是个人价值的显现。“你娶了老婆就是一个真正的庄户汉子了，你当庄户汉子这辈子总要有点出息。出息体现在哪里？就看你能不能再置上几亩地。而要置地，你就必须攒钱。”封大脚想去租更多的地，但是没有成功；去推虾赚钱，却遇到土匪劫村。走投无路封大脚再一次回归到土地，向那片没有寸土的“鳖顶子”展开了自己的攻势。

在变乱的年月中封大脚一股心思买田置地，在1949年前夕终于买下了几亩地。不想人民公社、集体化让他刚刚实现的愿望走向了破灭，甚至连那块一点点抠出来的地都上交了。“这时天牛庙四周的田野里已经有了好多好多的人。他们不知是何时走出村子的。现在，这些庄稼人都披着一身白雪，散在各处或蹲或站，在向他们的土地做最后的告别最后的凭吊。”实际上，这不是封大脚个人的转折，而是整个乡土中国迎来的一次变革。土地制度的再一次变革发生在20世纪80年代，家庭联产承包责任制的实施让封大脚重新获得了那块令他魂牵梦绕的土地。但是，此时村人对土地的热情已经不同以往，特别是市场经济开启之后，土地荒芜、进城务工成了主潮。通过“非农产业长廊”、开发区建设等一次次土地流转，封大脚再也弄不清土地的归属。“他翻来覆去想不明白：如今的这地，到底是谁家的呢？是国家的，是个人的，还是村干部的呢？”人与土地之间的关系，牵连着的是传统乡土文化、人性人情等更为根本更为复杂的问题。

总之，村庄史诗是多年以来中国乡土文学的重要收获。其将村庄回归到民间视野中，通过历史演变中人性与人情的揭示来呈现出村庄文化的现代转型，为村庄书写拓展了一片崭新的疆域。像刘玉堂的《乡村温柔》以报告形式让主人公牟葛彰自述家史，讲述了以钓鱼台为代表的沂蒙文化从抗日战争到改革开放的历史变革；《家族秘史》专注于家族变迁，讲述了沂水县洞天村发生的一段家族往事，涉及农民革命、道德伦理等方面，探究了人性的复杂和隐秘。

二、寓言的村庄

20世纪90年代，中国进入了城市化高速发展的时期。随之而来的是消费文化日益成为城市文化的主潮。“从大批的休闲报纸、杂志、广播和电视节目，到无所不在的商业广告，从一系列流行的消费和人生观念——譬如‘世上除了钱，什么都是空的’，到百货公司、酒店、娱乐场所的外墙和室内装潢，甚至从大学的系科的‘改革’”①，疯狂蔓延的都市消费文化彻底颠覆了人们旧有的价值观。但是在广大乡村，却是另一派景象。在城市化的大背景下，村庄不断收缩自己的空间。所谓的城乡冲突不仅表现为空间上的扩张或萎缩，更是一种文化层面的改变。据2014年10月1日中国之声《新闻和报纸摘要》报道，我国自然村落正在以每天80个的速度迅速消亡。据统计，从2000年到2010年的十年间，中国自然村总数由363万个锐减到271万个。很多拥有上百上千年文化积淀的村庄也在其列，不能不令人惋惜。著名民俗学家冯骥才认为：“他们被切断的不只是一段历史，还有世代积淀在那里的特有的文化与习俗、与生俱来的劳作习惯与天人关系、土地里的祖先及其信仰，以及中华民族文化的‘根性’！”②正是源自这一焦虑，张炜在他的著名散文《融入野地》中写道：“我首先踏上故地，并在那里迈出了第一步。我试图抚摸它的边缘，望穿雾幔；我舍弃所有奔向它，为了融入其间。跋涉、追赶、询问——野地到

① 王晓明：《半张脸的神话》，南方日报出版社，2000，第4页。
② 选自网易新闻，冯骥才：《全国每天有80个村落因城镇化消失》，原载《北京晨报》2013年12月24日，http://news.163.com/13/1224/01/9GQTC5EA00014AED.html.

底是什么？它在何方？”[①] 回归故土成为张炜在 20 世纪 90 年代的文学走向。他在芦清河畔、在南山的旷野中艰难跋涉，蹲在一座座村屋前，斜靠在古老的石磨上，穿过一条条曲折的街道，苦苦寻找大地的诗意和人文的家园。就总体而言，20 世纪 90 年代山东作家的村庄寓言书写主要体现在文化和哲学两个方面。

（一）村庄的文化寓言

从寻根文学开始，山东作家对民间文化的关注是空前的。他们的文学开始从意识形态中解放出来，走向对文化的探索和建构。对于乡土中国而言，深层的文化隐秘和文化多样性隐藏在村庄世界中。这是一座无比丰富的矿山。作家韩少功在《文学的根》中写道：“乡土是城市的过去，是民族历史的博物馆，哪怕是农舍的一梁一栋，一檐一桷，都可能有汉魏或唐宋的投影。”[②] 也就是说，文化书写在很多情况下是一种带有象征性的行为。当然这种文化不是正史中记载的王侯将相，也不是锦衣玉食，更不是皇宫王室，而是那些实实在在的存在于坊间的鲜活的饮食男女、民情风俗。“更为重要的是，乡土中所凝结的传统文化，又更多地属于不规范之列。俚语、野史、传说、笑料、民歌、神怪故事、习惯风俗、性爱方式等，其中大部分鲜见于经典，不入正宗。”[③] 既然如此，文学村庄书写就带有较为浓厚的寓言性色彩。山东作家在这一阶段创作了很多具有文化寓言色彩的村庄意象，是作家对乡土中国的一次久远而缜密的反思。

① 张炜：《纯良的面容》，作家出版社，2014，第 165 页。
② 廖述务编：《韩少功研究资料》，天津人民出版社，2008，第 44 页。
③ 廖述务编：《韩少功研究资料》，第 45 页。

民情风俗，是村庄文化中最具特色的部分，也是活着的村庄文化。在短篇小说《通腿儿》中，赵德发围绕“通腿儿”习俗讲述了沂蒙村庄中两个家庭、两个女人的命运。故事发生在一个叫野槐树的沂蒙村子里，始于抗战时期。小说没有写战争的惨烈，也没有涉及阶级斗争，而是专门讲述了沂蒙山一种特有的风俗——通腿儿。冬季来临，山村贫苦人家因为买不起足够的棉花和布料，缺少避寒的被褥，就几个人家合伙解决小孩子们的睡觉问题，如刘玉堂的《自家人》《乡村温柔》中都有类似的情节。通腿儿形成了沂蒙民间隐隐带有一种温暖而伤感的味道，体现了沂蒙文化善良、淳朴、热情的性格。小说中的榔头和狗屎两家从小关系要好，两人合伙通腿儿十年，结下了深厚的友谊；长大成婚后，两人又成了一墙之隔的邻居，过着相对安适的生活；后来二人相继参加了八路军，狗屎在战场上牺牲了，榔头一去不归；世事无常，家中变故不断，两家女人无奈只能以通腿儿取暖方式相依为伴。通腿儿对两人来讲就是一种依靠，一种精神的寄托。善意温情，坚韧朴实，构成了沂蒙人特有的精神品格，但也在不觉间让人陷入了另一种困境。当两人得知榔头在上海有了新的女人，榔头家的不是愤恨而是表现出一种特有的宽容。“算啦，自古以来男人混好了，哪个不是大婆小婆的，俺早就料到有这一步。”另一方面，在现代文化语境下传统村庄文化显得多么不堪一击！朴实憨厚的榔头一旦进城，面对现代文化的熏染，背叛了妻子和故乡。当一老一少在一个晚上走进了野槐村，看到的是“一个破破烂烂的院子”，“进屋，见壁上挂一盏油灯，灯下摆一张床，床上一南一北躺着两个老女人”。她们看到了小的，“边叫边伸臂欲搂。臂间的乳裸然，瘪然”。

如果仅仅认为这部小说讲述了沂蒙山区的村庄故事，或者书写了沂蒙山地的一种风俗，无疑是低估了这部作品的价值。从意象塑造角度看，小说围绕通腿儿来反思沂蒙文化现代转型中呈现的深层问题，为读者打开了一个新的空间。“好文学的生命形态，应该是如同生命本身一样，具有谜一样的不可预测性、敞开性和无限张力。”[①] 所以我们看到，作家对文化转型中出现的问题并没有给出答案，也没有站在启蒙立场上做出激烈的批判，而是从民间视角去发掘了这样一个独特的文化世界。

（二）村庄的哲理寓言

一部优秀的作品往往蕴含了作家对现实世界的独特的认知，表现为一个独特的文学世界。独特源自作家自己的世界观的建立，是个体性存在的一种审美展示。例如刘亮程的《一个人的村庄》回归大地、村庄的本真状态，从家畜、农具、自然风物等出发寻找日常生活中的诗意哲学。有人称他为“乡村哲学家”，道出了他的散文书写的独特性。之所以在世纪末会出现这样一种对人类生存的再审视和元理解式的文学创新，主要是因为作家逐渐意识到了应该与多年以来形成的模仿或复制思维决裂，从事物本身的诗意出发去思考如何打造一个自己心中的文学世界。毕竟，中国文学与文化的崛起需要创作出属于自己的原创性作品。这是一个作家进行文学创作的归途，是建立哲学上存在感的唯一途径。就文学的哲理性探索而言，张炜的《九月寓言》无疑是一部经典性

① 张建永、林铁：《孤怀独往的精神背影：沈从文独创性问题研究》，浙江工商大学出版社，2013，第46页。

的力作。

《九月寓言》中的鲅鲅村是胶东半岛上的一个滨海平原小村。在这个极端封闭的空间里，人们过着没有时间感没有距离感的地老天荒的岁月。村人靠种植的地瓜为生，秋天是一年中最为忙碌的收获季节；小村有着自己特有的风俗，青年人在夜晚到野地里奔跑，邻村定期举办忆苦思甜大会，男人们喝瓜干酒，醉酒后打人；村庄里还流传着各种奇妙的故事，也有很多故事正在上演，像闪婆与露筋为爱情私奔、大脚肥肩与情人不为人知的内幕、红小兵的造反、金祥千里寻鏊等。这座小村与其他村庄的最大不同在于其独特的诗意哲学。地瓜、瓜干酒、煎饼等构成了小村意象一条"食"的主线，爱情、忆苦思甜、千里寻鏊等意象构成了小村的意象单元。两类意象相互交织成为一个寓言色彩浓厚的村庄。小说意在揭示大地乃万物之母；她孕育了一切，承载了一切；唯有回归大地，去感受大地与村庄中那些原初的东西，才能真正领悟到生命哲学的真谛。

大地以原初的状态从洪荒时代走来，人类以自己的智慧打造了生存的家园。自西方工业文明传入后，两种文化的碰撞与斗争从来就没有停滞过。小说中的矿区象征了现代工业文明，对自给自足的原生态的村庄构成巨大威胁。工区有诱人的黑面肉馅饼、洗澡堂、胶鞋等，让村里人羡慕不已。黑面肉饼吸引了年轻人去矿上打工，在地下那个黑色的世界中像鼹鼠一样活；澡堂吸引村里的女人去洗掉身上多年的尘垢。这些引起欲望的东西在给村人带来便捷的同时，点燃了他们心中那沉睡的欲望之火。物欲的膨胀对宁静和睦的村庄造成了灾难性的后果。地下巷道内采煤不断，地上塌陷频繁发生，整个村庄走向了绝境。“地上有个村庄，地下也有个村庄。一个村庄分白昼黑夜，另一个村庄永远是黑夜。”最终，地上的小村给地下的小村让出了地方。90 年代的文化冲突绝不仅仅是个孰胜孰负的问题，而是以传统文化的迅速碎片化为代价的。文学村庄，以自己的方式表现了现代文明的悖论和无奈。不管时代如何发展，人类对大地的探索是永恒的。“大地，自然，它的永恒之美，人类永远无法脱离。”[①]《九月寓言》正是这样一部“永恒之美”的作品，其审美意义注定是要超越时代的。

整体上说，90 年代山东文学中的村庄意象所体现的历史意识、家园意识是作家文学世界成长的必然结果。一方面，改革开放的深入带来了前所未有的历史巨变，自然生态、伦理道德、政治文化、历史风俗等问题层出不穷。村庄意象恰恰能够表现出作家对乡土转型的某些思考。另一方面，全球化、城市化带来的冲击推动村庄世界步步走向变革，“土地的黄昏”已经来临。因此，文学需要借助村庄意象来发出自己的声音。

新世纪语境下的村庄

新世纪以来，村庄意象继续成为文学界的热点，被赋予了新的审美意蕴。自然，社会发展也给文学村庄带来了诸多新问题新挑战。就村庄社会而言，前现代、现代、后现代以及特定语境下产生的文化类型表现为一种独特的叠加形态，给文学村庄书写造成了难以言说的困境。就作家而言，对村庄的认知也在不断走向深入，在文学世界中表达了复杂而独特的内涵。丁帆教授在论及

---

① 张炜：《有一个梦想》，作家出版社，2016，第 302 页。

新世纪乡土文学创作的文化背景时，对"未完成的现代转型"的特征进行了描述："它的复杂性就在于使两种或两种以上的文明形态相互碰撞、缠绕和渗透，并因此而产生变异，与现存的民族文化合成了一种异质的文化形态。这是一种至今未经命名也难以命名的陌生的文化形态，但它已然来临，构成了中国当下文学创作的总体文化背景，当然也是乡土小说创作的总体文化背景。"[①] 在这一时期文学村庄创作中，山东作家以更加强劲的探索精神和原创意识走在了时代的前列。其中既有针对村庄历史的个体化叙事，也有关于现实问题的关注，还有对人性人情世界的探查和剖析，对文化精神的寓言式讲述，像莫言的《生死疲劳》《四十一炮》《蛙》《故乡人事》、张炜的《刺猬歌》《你在高原》、王方晨的《老大》《公敌》《芬芳录》、刘玉栋的《天黑前回家》《给马兰姑姑押车》、赵月斌的《沉疴》、蓝强的《包村干部》、曹华鹏的《遍地杏黄》等。从胶东半岛、沂蒙山区、鲁南平原到鲁北平原，从现实变革、历史反思到人性的变迁，文学村庄逐渐形成了多元化的格局。

一、历史中的村庄

对于中国文学而言，史传传统从来就不是一个过时的题材。村庄史的书写贯穿于整个20世纪中国文学，从五四新文学早期的启蒙史观、延安文学及1949年后的阶级斗争史观，到了90年代后出现的新历史主义史观。在全球化境遇下，如何重新认识村庄成为当下中国现代化进程一个不容忽视的问题。作家对村庄意象

① 丁帆等：《中国乡土小说的世纪转型研究》，人民文学出版社，2012，第3页。

的审美总是受到时代发展的影响，从个人的世界观出发去理解，逐渐形成了作家独具特色的个体史观。因此文学世界中的历史事件、历史人物、历史细节等要素是对现实历史的再创造。在新世纪山东文学中，莫言的《生死疲劳》《蛙》、叶炜的《福地》、张炜的《刺猬歌》、王方晨的《老大》等以不同的视角及艺术形式对百年村庄史进行了挖掘和阐释。整体而言，这一时期历史叙事的创新性着力点在于历史观变革和艺术形式实验两方面。

（一）民间文化视野中的村庄

打造新的历史观，从民间文化视角去书写村庄是新世纪文学的一大特色。我们知道，民间是一个充满活力的世界，各种原生态的、异质的文化存在其间。因此，在全球化趋势下文学对民族文化的认同与反思必然要转向民间文化，去发掘那些原生性的文化要素，以求获得建构现代民族文化的启发。早在20世纪90年代，《九月寓言》中的村庄已经脱离了旧有意识形态的影响，开启了民间文化中的村庄写作；陈忠实的《白鹿原》、赵德发的《缱绻与决绝》等从民间家族文化视角讲述村庄百年历史，给读者一个不同于以往的村庄世界。进入新世纪，这一文学血脉得以继续和发展，主要体现为从村庄文化视角来关注人生与人性的蜕变，反思民族文化变迁对现代人格建构产生的影响。像莫言的《生死疲劳》、叶炜的《福地》等讲述了齐鲁村庄文化衰落与复兴的百年沧桑。

20世纪80年代中期，莫言开始尝试以民间视角来表现村庄文化的压抑与张扬，高密东北乡就是他一步步精心打造的民间王国。它是作家不断探索不断拓展的一个崭新世界，是既有意识形态范畴和新潮文学理论所无法解读的，是一个独一无二的审美世界。

经过三十多年的努力，莫言像个勤奋的建筑师一样从没间断探索的步伐。《生死疲劳》借用佛教文化六道轮回的理论，讲述了大地主西门闹在土改中被枪毙后到阴间喊冤、几次轮回转世的经历。西门闹在后来半个世纪中先后转世为驴、牛、猪、狗、猴、大头婴儿等，通过他们的视角反思近五十年中国村庄走过的道路，探究人、土地、伦理、人性等问题在特定历史时空中的复杂变化。西门闹是旧时代村里的有钱有势的大地主，但从没有做过伤天害理的事情，而且将四处流浪的蓝脸收为义子。土改开始后，在那个特定的环境下他没有逃过被镇压的命运。整部小说中夹杂着很多民间所特有的荒诞离奇的叙事，其间含蕴着对生命与人性的民间化反思。世俗化、荒诞化是其特色，其使持续多年的模式化、规范化的村庄书写耳目一新。

在另一部小说《蛙》中，莫言以计划生育政策四十年的变迁为线索，通过塑造姑姑这样一个赤脚医生生活的变迁表现了村庄文化的变迁。在传统社会中，传宗接代是村人生活中的大事。多子多福、养儿防老的观念可谓根深蒂固，深深镌刻在很多人的心中。像那个广泛传播的关于放羊娃的故事，就是最好的例证。“放羊—娶妻—生娃—继续放羊”，往复循环，构成了一代代村人的生活。所以说生育文化中暗含着很多鲜为人知的村庄故事，构筑了一个丰富多彩的村庄世界。小说中的姑姑是 1949 年后村里第一代妇产科医生，开始以新的接生方法革新人们的生育习惯。那些以索要财物，甚至是因愚昧无知而导致儿童和产妇惨死的“老婆娘”被迫走下了舞台。显然，这是村庄现代化的一处重大体现。60 年代初从灾荒岁月中走出以后，村里迎来了大丰收也迎来了生育的高峰。“那年的地瓜不仅产量高，而且含淀粉量高，一煮就开沙，有栗子的味道，口感好，营养丰富。高密东北乡家家户户院子里都堆着地瓜，家家户户的墙壁上都拉起了铁丝，铁丝上挂满了切成片的地瓜。”物质的充裕为人口的增长奠定了基础，先进的生育文化则提供了相应的技术保障；此外还有政府的物质奖励，给高密东北乡带来了一个“地瓜小孩”时代。但是这一局面并不长久，因为国家意识到了人口的压力。长达三十多年的计划生育政策成了新时期村庄文化的一大特色。“人一辈子生几个孩子，都是命中注定的。”姑姑在政策实施中面对着来自各方面的挑战，特别是一些极端事件让姑姑百般纠结，以至于到了晚年，姑姑还为当年的很多事情心绪不安。作为一个社会共同体，村庄在千百年间形成了自身固有的文化体系和存在方式，理应受到尊重而不是毫无准备地去盲目干涉。中国传统村庄的现代化转型是一个极为复杂的问题，绝非一蹴而就的。

叶炜则是借助干支纪年文化方式讲述了麻庄百年间的现代转型。小说以老槐树、大地主老万为叙事主体，穿插讲述了小村的变迁历史。麻庄是千百万个明初移民村落中的一个，先民迁徙路上看中此地，在此安居乐业。进入 20 世纪后，随着现代村庄治理体系的建立，老万成为麻庄最后一个保护神。这一大家族最终也没有在村里留下一条血脉，而老槐树也在衰老中死去。显然，两个意象带有很浓厚的象征意味。然而，麻庄在新时代里没有走向衰弱，而是迎来了新的生机。人们借助抱犊崮独特的资源优势开始发展旅游业，“当年的崎岖山路如今已经变成了一条柏油大路，一直通到半山腰。这里现在已经成为远近闻名的旅游风景区，小汽车可以一直开到景区门口”。可以说，麻庄的现代转型代表了传统村庄发展的一种新趋势。因此，村庄书写在新世纪文学中依然是一个常写常新的题目，根本就不存在所谓的村庄的“终结”。

（二）艺术创新中的村庄

文学的内容与形式从来就是一个整体，共同构成了一个个完整的艺术世界。伴随着村庄意象的变革，其艺术形式的创新从来没有停滞过。20 世纪 90 年代，很多作家就已经尝试对村庄书写形式进行创新。张炜的《九月寓言》所采用的意象结构，通过打造叙事单元的方式架构起小说的结构框架；韩少功的《马桥词典》选用方言俚语意象，编制出一部关于村庄的词典；孙惠芬的《上塘书》画出了一幅上塘村的“村庄地图”，以街巷为单元，讲述小村的那些极为琐碎的日常生活……这些探索体现了现代村庄文化碎片化对文学的影响。如今的村庄已经成为由前现代、现代、后现代文化构成的拼贴图，文学自然就会创造出新的艺术形式与此相对应。在新世纪山东作家那里，很多作家为此也做出了独特的艺术建构。

莫言的《生死疲劳》对传统线性叙事进行了突破与创建。小说中的线性叙事是围绕着六道轮回进行的，也就是说，整个作品是一条线，但是每个组成部分又各自形成封闭体系；西门闹的每一次灵魂转世构成了一个生命周期，也就是一个故事单元。在每个单元的封闭体系中，都可以看到历史重大事件在村庄文化中激起的波浪，以及如何塑造村人的文化人格。这一艺术形式是在传统文化土壤中孕育出来的，既符合中国人对生死的理解，也有着传统章回体小说叙事的审美特色。叶炜对历史的叙述同样受到传统文化的启发，以传统纪年法来谋篇布局。《福地》中麻庄的历史可谓久远，最早可以追溯到明初。小说以老万的一生讲述了村庄的百年历史，另外一条线索是老槐树不断的回忆。为了构成作品的传统色彩，小说采用传统天干地支纪年法以60年一个周期讲述了乡绅地主老万和小村的历史。这一结构与内容呼应，符合中国人传统文化认知方式，同时整体上也形成了一种隐喻色彩。从历史视角看，老万只不过是其家族史、村庄史绵延中最后的一环。祖先万家就自觉承担起了保护村庄的义务，代代相传，形成了一种村庄传统。这是乡绅文化在村庄的具体形式，唯有此村庄才在宗法时代保持了最大可能的宁静和安全，保证了村庄内部的和谐稳定。此外，像赵德发的《君子梦》中的许正芝父子所坚守的“君子梦”实际上就是乡绅文化的代表。当然，《福地》不仅以干支纪年的方式构建了60个章节，还在不同章节中融入了丰富的乡情民俗、儿歌民谣。因此，该小说可以说是一个“富矿”，是对传统村庄文化的一次全方位多角度的展示，体现了作家叶炜独特的创新意识和文学理念。

一个世纪以来社会文化的现代转型所构建起来的文化语境，让村庄史书写成为中国当代文学史上的一个长久不衰的热门话题。民族史、家族史在村庄塑造中占有很大的比例。但是应注意到，当作家雄心勃勃企盼史诗性建构的时候需明白这样一个道理，即史诗性、寓言化不是指时间跨越多久，也不是指作品多么深刻，多么气势磅礴，而是指对社会人生的独特认识，为社会人生贡献一种新的可能。

二、现实变革中的村庄

文学创作离不开现实生活，现实生活是创作所需材料的源泉。进入21世纪以来，中国乡村面临着很多难题。例如贾平凹的《极花》围绕村庄贫困化、拐卖妇女问题，讲述了村庄文化体系的崩溃、治理方式的乏力和生态系统的失范，对当下村庄现状充满了焦虑。就中国作家而言，责任感、使命感和批判意识、担当意识是命定的，因为自古至今中国文学始终以担当作为主流。在新世纪中，山东文学对村庄现状的书写体现了较强的担当意识，不乏焦虑和无奈，但又不时展示出自己的期待。像曹华鹏《遍地杏黄》、叶炜的《后土》、王方晨的《乡王》、张继的《到城里去受苦吧！》等这样一些直面现实与人生的力作，展示了山东作家的民族意识和忧患意识。他们以土地分配、发家致富、逃离乡村、拆房上楼等困扰村庄现实的问题为素材，致力当下和未来种种思考和创新。

（一）问题与希望

在新的语境下，村庄文化的碎片化已经成为难以规避的事实。信仰问题、民情习俗问题、居住饮食问题等，在急遽变化的时代里层出不穷。因此如何面对这些问题、解决这些问题，是实现文学与现实产生对话的可能。众所周知，在新时期文学中关注现实、批判现实一直是一项十分重要的传统。如早年的“伤痕文学”“反思文学”“改革文学”，像《老人仓》《老霜的苦闷》《鲁班的子孙》《秋天的思索》《天堂蒜薹之歌》等优秀作品，对改革开放初期村庄中出现的官僚作风、恶势力治村、极左思想遗留等问题做出了文学性的思考和回答。从今天看来，这些作品或许存在着这样那样的一些问题，但是所体现的干预现实的勇气和努力是值得称道的。如今面对转型中的村庄现实，山东作家从自己的体验和思考出发对信仰、土地这两个最为根本的问题做出了自己的回答。

首先，信仰问题的困扰。传统村庄社会，信仰是一个极为复杂的存在。既有乡土中国普遍认可的儒释道，也存在着各种独具地域特色的海神、山神、树神等。各种信仰在世俗化村庄构成了一个超稳定的文化共同体，化为村人的精神世界。也就是说，这些信仰能够在村人遇到各种难以克服的苦难和迷惘时提供精神的支撑。但是在进入现代社会之后，很多传统信仰不复存在。它们或者被认为是封建迷信，或者失去了存在的土壤，或者被仅仅当作一种文化仪式。《君子梦》中1949年后小村里开始破除封建迷信，凡是传统文化的东西都遭到彻底否定。“这时他也想，迷信是该破的，可是破除迷信之后让人怕什么呢？人总是要有点怕头的，有怕头才能让不好的言行有所收敛。”当传统信仰被抛弃后，如何建构现代信仰来填补信仰的真空就成为一个迫在眉睫的事情。因此，建设文化大院、让村人有新的奔头，心灵有所归，是摆在村干部面前的新课题。

更为复杂的是，对那些没有任何信仰任何畏惧的村人而言，自私自利、伦理丧失已经习以为常，变得麻木不仁。《沉疴》围绕着爷爷去世前后展开，整个家族陷入了矛盾重重的危机之中。“我”的几位姑姑趁着爷爷病重、葬礼的时机不断挑起事端，向父亲、叔叔进行无休止的攻击和谩骂，兄妹情意荡然无存；奶奶身上也寻不到慈祥和善的影子，总是以各种理由对两个儿子及儿媳百般刁难。在《后记》中作家写道：“我不仅亲眼看到了病重的爷爷痛苦万状的样子，也看到了爷爷的病、死产生的巨大冲击，原本一团和气的亲情关系瞬间倒塌，亲人们反目成仇，乱成了一锅粥。”就此我们应该意识到，传统伦理道德是建立在传统信仰之下的，当信仰的根基坍塌之后，伦理道德就根本无法支撑起哪怕最根本的秩序。这是这部小说最为独特的地方，与其他书写村庄的作品构成了巨大的审美张力。

其次，传统土地情结的淡化。上千年农耕文明史孕育了村庄文化的土地情结，然而在当下这一观念逐渐远离了村庄。在《缱绻与决绝》《生死疲劳》等小说中，老一代农人封大脚、蓝脸等身上带有浓厚的土地情结，一生视土地为命根子；《我们分得了土地》中的爷爷带着孙子高高兴兴去队里分地，结果只分到了几块地头。随着社会的发展，村人与土地的情感慢慢趋于淡化，这是市场经济发展的必然趋势。很多时候，农业收益不再作为评价土地的依据，其附加值占据了土地的核心财富。《刺猬歌》中，唐童集团疯狂扩张，将小村和园子中的大片土地上建成“紫烟大垒”；占据海岛，将岛屿改造成供人娱乐的挥霍场所。《乡王》中村子被拆迁后大家都搬到光善小区，老村成为永久的记忆。上楼是村人早已向往的生活，但是一旦搬入后却没有人们期待的快乐。无根的体验让彼此之间的关系越来越淡化，就像小区中越来越浓厚的雾霾。不难看出，传统土地情结在现代化进程中面临着危机。

在希望的田野上，每一代青年人总是要播种自己的未来。传统土地情结面临危机并不意味着土地文化就此消亡。那些坚守在村庄的有志之士，以自己的智慧维护村庄的安宁和发展；那些有头脑有抱负的青年，依然眷顾着脚下的土地；那些从土地上走出去、后来又回到村庄的有为之士，以自己的实际行动践行党和国家对乡村的政策。《遍地杏黄》中木琴跟着丈夫回到沂蒙山区的老家，面对贫困闭塞没有低头，没有逃避，带领村人整治果园、打通山路、建学校和卫生室、办起果汁加工厂等，让昔日沉寂的村庄步入现代化的快车道；《后土》中的曹东风、刘青松和晚辈刘非平、王东周等在村里建起小康楼，发展旅游观光产业，将当地独特的自然文化资源进行创新改造；《包村干部》中的邬有为和魏知书来到全县最穷最难治理的马虎沟，目睹了村里混乱的无序、村霸的蛮横和贫困户的惨状，决定四处筹钱，甚至抵押自家房屋推进产业转型，给村庄带来了希望。就当下而言，文学如何去书写村庄的未来是“新乡土写作”的一大机遇和挑战。

（二）逃离与乡愁

如今，部分农人像候鸟一样在故乡和城市之间飞来飞去。其实自近代以来，这一现象就已经出现了。现代城市的崛起和传统村庄的没落，让部分农民离开村庄，奔向城市去实现自己的梦想。《阿 Q 正传》中阿 Q 因为在未庄难以维持生计，就跑到城里去混生活；《骆驼祥子》中祥子因为破产才从农村跑到北平城里谋生，没料到残酷的“城市病”将一个朴实、勤恳的祥子碾压腐蚀掉了。到新世纪文学中，城市化的快速发展和城乡差距的拉大让离开故乡的现象比以往突出。但是任何事物都有利弊，离开故乡又何尝不是如此呢？一方面，现代化拓展了人们的视野，让人意识到先进的东西更容易满足人们的需求。另一方面，离开故乡、走进城市的乡村青年，在陌生的文化语境中时常产生思乡之情，乡愁时刻萦绕在他们的心头。因此，村庄意象在这一时期散发着“逃离”与“乡愁”的气息。

首先，离开故乡是当下描写村庄的一个意象，传递了村庄的困境。为何要离开故乡？尽管不同人有着不同的回答，但是归根到底是城乡冲突中传统村庄已经难以成为寄居身心的家园。新时期文学作品中，农人离开土地，或者是为了获得新的谋生手段，或者是不愿再继续重复老一代人面朝黄土背朝天的生活方式，或者是为村中的邪恶势力所逼迫，等等。总之，“逃离”与“回归”有着极为复杂的动机。《去城里受苦吧！》中贵祥离开村庄是因为村主任将他的两亩好地擅自出卖了，自己气愤不过要到城里去告状；《丑行或浪漫》中刘蜜蜡逃离村庄是要去城里寻找自己的归宿，因为不堪忍受小油锉这样一群恶势力的迫害。总之，这种离开是因为个体的觉醒，因为对自我追求的行动。毕竟城市为谋生提供了更多的机会，也为生活提供了更多的便捷，还为子女提供了先进的教育条件，向往城市是青年人的心理诉求。

其次，“乡愁”成为离家者心中的“结”。走进城市的乡村青年在体验现代文明的过程中，时常会遥望故乡的风景。《泥鳅》中国瑞将泥鳅从故乡带进城市，不过是带给自己一种念想，但是竟然成了三阿哥这帮城里人餐桌上的一道菜。在城市里“国瑞们”只能将故乡隐藏在心中。《去城里受苦吧！》中贵祥本来要到城里找市长告状，索要被村长李木卖掉的两亩好地，却遭遇了太多意料不到的事情。贵祥成了他人手中的玩物，活得无奈而心酸。“省心，少是非”的日子是多么值得回忆。但是他还能够回得去吗？城市纵有万般不好，回到村里却是万万不能。他像个游魂一样在城市里飘着，“回家”有时折磨得他六神无主、痛苦不堪。

离开故土，离开村庄，人就成了无根的浮萍，四处游荡，无所皈依。《老大》《乡王》对此进行了深入揭示。《老大》中庄稼祥和父亲一起逃离了核桃园，一路北上，逃离了这个给他们带来屈辱和不幸的老村。“历经多年，当时的情景仍会一遍遍地在我眼前重现出来。父亲到死也没有再回到核桃园。”这是一片让父亲伤透了心的土地，是一片让父子俩都曾备受屈辱的土地。问题是居住在北京，下定决心死也不回了，就安心了吗？其实，他们的心依然想念着那片土地。“我就知道，他虽身在异乡，而他的心却没有走出核桃园半步。在父亲眼里，北京再大，立交桥再多，也仍然只不过是一个古老的村庄。”乡愁，是一个人最为根本的情感依托；乡音乡恋，困扰着每一位离乡者。到了《乡王》中，金兰的男人带领村人集体住进了光善小区，心中却弥漫着吹不散的雾霾。天空中的雾霾让他倍感压抑，下雪成了他最为渴盼的期待；心中的雾霾是官场上的那些纠结，是与村民之间解不开的疙瘩，是儿时伙伴十多年来投来的敌视的目光。“但是，男人已在冥冥中看到了，自己在一个春天的朗日，带领村里所有思乡的老人离了这地，去往了大河湾。在村子唯一的土地上，男人将为老人们另建新屋……”

三、人性视阈中的村庄

人性、人情是文学创作归途。新时期文学肇始于文学对人情人性的回归，由此文学重新开启了对人性的探讨和开拓。20世纪80年代张炜的《古船》、莫言的《红高粱》等作品都是以挖掘人性之深而引起文学界广泛关注的，它们对人之为人的这一根本性问题做出了独特的反思。对自由的渴盼，欲望的压抑与膨胀，个体实现的渴望等，让人性主题变得极为复杂。在传统村庄社会中，人性的复杂远远超出了所有理论的构架。当旧有的文化体系走向崩溃，西方现代、后现代文化思潮蜂拥而至，现代文化范式尚未构筑之际，被长期压抑的人欲趁此机会如洪水般爆发。王方晨的《老大》《芬芳录》《敌人》、赵月斌的《沉疴》等，将笔触直逼村庄人的劣根性，对其灵魂深处进行了探底和批判。在一个信仰和治理失范的语境下，私欲的极度膨胀自然会导致人性的塌陷。所以说，人性村庄的书写已经穿越政治、文化进入日常生活肌理中，展示了很多有关人类的普遍性问题。

首先，欲望压抑与膨胀。在传统村庄社会里，物质贫乏等生存困境往往会导致人性的畸形。被压抑的欲望一旦释放出来，就会构成无节制的膨胀，给实施者和村庄带来灾难。《老大》中的庄镰伯曾经有过一段与孤独和仇恨相伴的经历，即小时候母亲抛弃他们父子跟着人私奔了，后来响应号召去支前的父亲也一去不归。他从小就满怀仇恨，对周围的人总是报以仇恨的眼光。从此仇恨、邪恶的种子在他幼小的心灵中滋生。为了获得觊觎已久的东西，他总是采取一些令人惊异的手段；最终不但彻底征服了村人，也获得了掌控村人的权力。但是他不满足，总是处心积虑把坏事做绝，来宣泄他的邪恶欲望。他明明有自己喜欢的姑娘，却非要娶村长的女儿，故意践踏他人的幸福；他本可以顺利获得村长的女儿，却又故意伤害她；娶了自己所爱的人后，却又用残暴的方式伤害她，羞辱她，逼死她。显然长期的压抑与扭曲让庄镰伯产生了一种病态心理，一旦有机会释放就会产生恶欲的膨胀。这种心态彻底毁了他，也毁了他的女儿。另一个例子是《公敌》中的韩爷。他年轻时喜欢上了塔镇铁匠铺的金枝儿，被金家人发现后棒打鸳鸯，被迫下了关东。混迹社会多年之后他回到佟家庄，采用非常之手段一步步拓展自己的地盘和财富。佟家庄的致富之路是畸形的。

其次，恶之悖论与家园迷失。任何事物都有两面性，恶在不断膨胀的同时也将自己带入了毁灭的轨道。人的存在需要拥有精神层面的家园感，一旦丧失心灵依托就会在欲望的世界中越陷越深。由于传统信仰的缺失和村庄治理的无力，邪恶势力一有机会就急剧膨胀。通常其表现为依靠暴力，横行乡里，掠夺财富，欺压良善，进而掌控村庄甚至地方权力，妨碍国家安全。《老大》中饥荒年代里，公社巡视员眼馋小村里仅剩的几只羊，以救济粮要挟佟家庄人。庄镰伯就采用“以恶制恶”的办法，先到根儿爷家借羊，然后大张旗鼓地去公社大院送羊骨头，让巡视员偷鸡不成蚀把米。通过这次试探，他懂得了人性的弱点，让村人佩服得五体投地，同时掌控了那些平日里懦弱老实的农人。当然他也有两大无法逾越的焦虑：老屋和榆树。老屋是他的诞生地，是他的家，然而又是他苦难和孤独的伴侣；榆树是他父亲耻辱的见证者，留下了母亲与人私奔的谜团；榆树也是妻子死亡的见证者，她被自己逼着上吊自杀。最终，老大庄镰伯在绝望中走向了自己选择的归途，带着他亲手打造的大作坊在大火中离去。恶欲给他带来放纵的快感，也一步步推着自己走向灭亡。《芬芳录》中蝈蝈就是小村里的土皇帝。他掌握着村里的大权，自然也掌控着村里的女人。为此他还四处炫耀，以展示他的底气和霸道。然而恶欲的膨胀最终将家人、村人送上了不归路。他们在情欲之中迷失了方向，找不到自己回家的路。

综上所述，新时期山东文学四十年塑造了一系列具有独特审美意蕴的村庄意象。村庄意象是一个极为复杂的存在，是作家创作观和审美追求的显现。正是基于这样一种认知，经过四十年的发展山东文学在国内外产生了深远影响，既有张炜、莫言、赵德发、刘玉堂、尤凤伟等这样一批获得国内外大奖的中年作家，也有王方晨、刘玉栋、赵月斌、张继等青年作家。他们共同编织了一幅独具特色的新时期山东文学地图。

□ 第二章

山东文化地理视野中的村庄意象

文化是一种特定时空的存在，是人类对现实世界进行独特理解的产物。张世英教授在《境界与文化》中认为："文化乃是过着社会生活的人所特有的，社会是文化的主体。"[①]因此，即便是湖河山岳这样的自然存在本质上也带有文化的特性。人类为大自然打上了文化的烙印，同时大自然也为人类文化空间提供了丰富的资源。"整个文化其实都带有地理烙印。"[②]那么，生活在某一具体文化语境中的作家必然受到特定文化的影响，像生活环境、创作素材等。"不同地理区域的物质条件对激发叙述和想象是充分的基础条件。空间与文学生产有密切的关联，地方志书写无法凭空捏造，邻近的相似的地方在叙事

① 吴炫主编《原创（第2辑）》，黑龙江人民出版社，2008，第5页。
② 傅元峰、黄梵：《"诗歌与地理"对话录》，《扬子江诗刊》2017年第3期。

模式上会产生共同性而结集成为文学区域。”[①] 所以说在文学世界里，我们通常能够感受到作品的风格、内容、形式与某一地域文化的关系。例如张炜之于胶莱半岛、陈忠实之于关中平原、迟子建之于黑土地、王安忆之于大上海、范稳之于藏东南、刘亮程之于新疆等，是文学与地域文化关系最有说服力的证据。“地理环境以独特的地形、水文、植被、禽兽种类，影响了人们的宇宙认知、审美想象和风俗信仰，赋予不同山川水土上人们不同的禀性。”[②] 文学地理学研究，正是探索二者关系的一种努力。基于上述探讨，从自然地理、民情风俗、历史政治等角度对文学村庄展开研究是一种新的视角，是对村庄意象研究的开拓。

山东大地历史悠久，文化厚重，是齐鲁文化的发祥地。自古以来名家名作辈出，文学领域出现过《文心雕龙》《聊斋志异》等享誉世界的文学经典。新时期以来，山东文学在国内外产生了广泛影响。受到齐鲁文化影响，山东文学具有较强的地域性特征。“山东作家的风格是不同的，但主要是分别受鲁国文化（儒家）和齐国文化（儒道合一）影响的两大类作家。”[③] 除此之外，像半岛沿海、鲁中山区、鲁北平原、鲁西南河湖等自然地貌，对作家也产生了深远影响。像海洋文化、山地文化、河湖文化、平原文化等作用于作家和他们的文学创作，形成了“胶东半岛作家群、沂蒙山区作家群、古运河及湖区作家群”[④]。总之，齐鲁文化、地域文化、民情风俗等要素共同构成了多姿多彩的村庄文化。它们对文学村庄的多元化发展产生了深远的影响，值得去深入探究和思考。

① 王德威、陈思和、许子东：《一九四九以后：当代文学六十年》，上海文艺出版社，2011，第 264 页。
② 杨义：《文学地理学的渊源与视境》，《文学评论》2012 年第 4 期。
③ 张炜：《把文字唤醒》，作家出版社，2014，第 73 页。
④ 张炜：《把文字唤醒》，第 189 页。

齐文化与村庄

齐文化诞生于先秦时期的齐国。古代齐国拥有广阔的疆域和强大的经济实力，一度成为“春秋五霸”之首。《管子·小匡第二十》记载：“地南至于岱阴，西至于济，北至于海，东至于纪随，地方三百六十里。”①《史记·齐太公世家》中记载：“东至海，西至河，南至穆棱，北至无棣。”②也就是说，齐国大体上北到渤海、西到黄河、南到穆陵关、东到大海。在自然地理形态上，齐地由海洋、丘陵、平原、山地等构成；而在半岛地区，三面环海，海洋文化较为突出。在历史文化上，齐国曾为“五霸”之首，商业、冶铁技术发达，文化独具特色。齐文化最早可以追溯到旧石器时代，后历经东夷文化、大汶口文化、龙山文化等发展阶段；汉代以后，由于儒家文化成为传统文化的中心，齐文化退居民间社会，以潜在的形式得以传承。齐文化深受东夷文化的影响，具有鲜明的独特性：崇尚自由想象，神秘色彩浓厚。张炜在谈及齐文化时认为：“齐文化是一种虚无缥缈、亦仙亦幻、海市蜃楼、非常放浪的文化。”③“齐文化具有滨海工商文化的特点，鲁文化则是一种典型的内陆型农耕文化。”④直至今天，齐文化对我们仍然具有重要的价值。半岛地区至今流传着秦始皇求仙、徐福东渡、八仙过海等各种神仙传说，清代蒲松龄创作了鬼怪神仙题材的《聊斋志异》，都与齐文化有着深刻的渊源。千百年来，齐文化没有作为正统文

① 管仲：《管子》，孙波注释，华夏出版社，2000，第143页。
② 司马迁：《史记》，中华书局，2006，第143页。
③ 张炜：《把文字唤醒》，第311页。
④ 曾大兴：《文学地理学研究》，第53页。

化占据主流，而是在民间以潜在的形式传承着。对村庄民间文化的探究，是通向齐文化的重要途径。

在齐文化圈中，莫言、张炜、王润滋、矫健、尤凤伟、凌可新、刘玉民等作家笔下的村庄洋溢着齐文化的神韵，可谓独具特色。它们位于平原、沿海或山地之间，甚至是海岛之上，给人以开放、自由、神秘的文化魅力，如莫言的高密东北乡、张炜的鲅鲅小村、刘玉民的海牛岛等。这些意象不同程度体现了齐文化与齐地人格的内在关系，在文学风格、艺术创新等方面做出了富有开创性的贡献。

一、胶东半岛上的村庄

胶东半岛三面环海，位于渤海和黄海之间。半岛气候受海洋影响明显，沿海地区渔业发达；山地平原以农耕为主，林牧业发达。“胶东是山东半岛上的半岛，就像伸在海里的犄角，在古代是一大片沼泽地，地广林密，再加上各种水汊和海岛，地形极其复杂，所以人跟动物打交道的机会特别多，也极其神秘。”[①]“胶东是一片独特的土地，这里是东夷文化的核心地带。今天将胶东的文学比一下鲁地，或者比一下西部，其区别是非常明显的。胶东近大水，但与南方的水乡又有不同。南方水乡小而秀，胶东大水阔而森。胶东亦粗犷，但这就不是西北的粗粝了。这种粗犷是被水润湿了的。所以我们常常要谈到这片土地的灵气。当然，这儿是北方，四季分明，特别是有冬天的严厉。于是在粗与细、硬与柔、直与曲的

① 张炜、朱又可：《行者的迷宫》，第 152 页。

种种矛盾组合中，呈现出胶东独有的文化特征。”[①]“胶东半岛是齐文化的腹地，虽然齐国的都城远在临淄。齐文化的浪漫、亦仙亦幻、重商业物质、开拓和冒险的精神，是于海风吹拂中形成的，它与更加重视精神、强调政治及伦理秩序，念念不忘‘君君臣臣’和‘克己复礼’的鲁文化有所不同。”[②]上述对半岛自然、文化特征的描述细致全面，是对齐文化特质的揭示。正是在这一文化影响下，一代代胶东作家以诗意的笔墨塑造了独具特色的村庄意象。具体而言，作家对村庄意象的塑造主要是通过自然地理、房屋建筑、民情风俗、人物等个体意象建构来实现的。

（一）自然地理意象

山东半岛“三面环海，一派葱茏，空气湿润，物质丰饶”[③]，中间高、两侧低的地貌将半岛分割成南北两部分。其中山地多为丘陵，起伏舒缓，乡村以果园种植和林木业为主，葡萄园、果园随处可见；半岛东、北、南三面靠海，冲积小平原和滨海沙滩为主要地理构成，靠海村庄多以渔业、滩涂养殖为主；在大海深处还散布着大大小小的岛屿，海岛渔村风光秀丽，独具特色。在作家的村庄里，大海、平原、野林子、沙滩、葡萄园、河流、水塘等意象最为常见。它们传递着半岛的心声，展示了齐文化的独特魅力。

1. 河流意象

古今中外的文学作品中河流是最为常见的意象之一，被赋予了各种审美意蕴。波涛汹涌的大江大河、曲折秀美的小河，象征

① 凌可心：《醉纸》，山东文艺出版社，2001，第2页。
② 张炜：《纯良的面容》，第4页。
③ 张炜：《纯良的面容》，第3页。

了作家豪迈壮烈的胸怀，传达了作家相思别离之苦，如古代诗歌中的黄河、长江、小溪等。在新时期山东文学中，半岛作家笔下宁静优美的河流蕴藉了自己对历史、人性和宇宙等问题的种种认知和体验。例如张炜笔下的芦清河，从《芦清河告诉我》《秋天的思索》《秋天的愤怒》《古船》到《我的田园》《丑行或浪漫》《你在高原》等一系列小说逐渐发展成一个独特的审美意象。这是一条诗意之河，发源于半岛中部山区，流经西北部小平原入海。“芦清河从不知多么遥远的地方流过来，穿过一片片田野和丛林，临近了大海，来到了一个极为偏僻而又极为美丽的村庄。”（《两个姑娘和一个笑话》）“一个初春的早晨，我在芦清河下游走着。”（《荒原》）“像芦清河，一路静静地流淌，波澜不惊，很像个性情温恬的姑娘。”（《拉拉谷》）芦清河也是一条虚构之河，奔流着作家对自然万物、社会人生的美好回忆和深情讴歌。此外，像尤凤伟《诺言》中写到的胭脂河，它是一条发源于昆洛山的小河。最美在春天，河上漂着一层飘落的桃花。“山里有个桃花夼，夼里长满了桃树。每年花开时若逢下雨，这条河里就漂满了花瓣儿。”小河是一个诗意的存在，增添了村庄的美感。矫健的《砍树》中的大沽河是一条母亲河，灌溉着小村的大片土地。河流给村庄增添了几多柔美，让村人的生活安适快乐，也营造出了几许美妙的故事。

莫言笔下的墨水河或蛟龙河却是另外一番景象。毕竟，高密东北乡有着辽阔的原野和丰沛的季节性降水。“河堤里边是几十米宽的河滩地，河滩细软的沙土上，长着一些大水落后匆匆生出来的野草。河堤外边是辽阔的原野，连年放洪，水里挟带的沙土淤积起来，改良了板结的黑土，土地变得特别肥沃。”（《透明的红萝卜》）这里的河流辽远而有些苍凉。“太阳一竿子高了，雪白的核心外还镶着一圈浅淡的红。河水亮晶晶，一群野鸭子从高粱上空飞来，盘旋三个圈，大部分斜刺里扑到河滩的草丛中，小部分落到河里，随着河水漂流。河水中的野鸭子身体稳住不动，只把灵活的头颈转来转去。”（《红高粱》）太阳、河水、野鸭子共同构成了一幅宁静祥和的山野秋色图。到了《丰乳肥臀》《蛙》等小说中，墨水河时而平静，时而像脱缰的野马，凶悍无比。它们构成了村庄不可或缺的一部分。河流不仅给村庄带来了肥沃的土地和丰沛的水源，而且滋养了一种特有的水文化。

2. 大海意象

辽阔无边，海浪滔天，变幻无常，是大海的特征。浩渺的大海为半岛村庄提供了一种神秘莫测、变幻无穷的文化空间。奇妙、变幻、浪漫、灵异等成为村庄特有的气质。“艺术之海无边无岸，且时有雾起，弄得我有时茫然无措。好在胶东半岛人杰地灵，山水间总透出些仙气，我窃以为沾点儿地利的便宜。”[①]缥缈、灵透是海洋对村落文化的最好馈赠，千百年来影响着半岛文化。凌可新《欲望沙滩》中的沙滩美丽无比：“大沙滩的沙子是极细极柔软的，像冬天的雪一样白净。”“初秋的沙滩一如从前的白。日头也还从容不迫也还有风度，白天也还使沙滩一片耀眼。没有什么本质的变化。”纯净的沙滩是看海人心灵的象征：朴质善良，容不下半点丑恶。张炜《海边的雪》写到了海：“海水很静。浪花一下一下拍击着沙岸。海水的颜色渐渐变黑了，它迎接并融化了无数朵洁白的雪花。”《生长蘑菇的地方》中：“大海滩哟！

---

① 矫健：《老人仓》，北京十月文艺出版社，1987。

你宽广、神秘，最富有传奇色彩。每天里，多少飞禽走兽在奔跑、飞翔、鸣叫、追逐，有多少人在密密的林子里寻觅、采摘、挖掘。大海滩太广阔了，湿润而温暖的气候，使每天里有多少东西在腐烂，又生出多少新鲜而美丽的蘑菇！”显然，大海之于张炜是一个神秘、深邃的世界。她迷人，她深邃，她宽容，她有韧性，是诉说不尽的诗意源泉。整天与大海为伴的那些村人，是如此真诚、纯净、爽朗、质朴！无论是老禾禾、老满还是老得，是非分明，敢爱敢恨，勇于担当，拥有大海一样的胸襟。大海意象不仅仅体现为意象本身，更以一种文化血脉形式在半岛上传播，融入齐文化的精髓之中，历经千年而不衰。

3. 树木意象

半岛曾经丛林密布，野物遍地。东夷部族在这片土地上靠着狩猎繁衍生息，并打造了东夷文化。所以说，树林与大海不仅构成了半岛人的生存空间，而且对地域文化产生了深远影响。在半岛文化中，林子是一个具有非同寻常意义的意象。风水、树神、家园、诗意等意蕴，让林子散发着神秘、自由的气息。尤凤伟的《合欢》中的合欢树象征着人们对美好爱情的期许和祝愿，又夹杂着无限的伤感。“岁月一年年流逝，小树一年年长大。终于有一年这棵树开花了，一朵一朵，红簇簇的，十分美丽。”美丽的合欢树寄托了那些善意的人对苦命恋人的美好祝愿，是苦涩人生开出的花朵。张炜从小在海边林子里长大，对丛林有着深厚的感情。“大李子树”是张炜文学创作中被反复提及的一个意象，是慈爱、善良、美好的象征。“那是一棵巨大的、一到春天就开出密密花朵、招引了无数蜂蝶的李子树。蜂蝶在我头顶旋转，发出嗡嗡的声音。银亮的李子花在月色下闪光。”“我朦朦胧胧觉得这棵大树蕴含了一种奇怪的暗示：所有人类都在这棵树上寄生着，一个生命就是一朵花。是的，看吧，它们紧紧依附在李子树粗糙苍老的枝干上，在上面开放、睡眠。”（《我的田园》）巨大美丽的李子树如满头银发的老祖母，细心呵护着“我”那恐惧与孤独相伴的童年。在村庄写作中，树木意象以其美丽、生命力赢得了作家的青睐。

海边丛林和葡萄园是张炜文学世界中经常出现的另外两个意象。他从小在丛林中玩耍嬉戏，奔跑呼唤，或凝眸静思，发现了大自然中很多奇妙的现象。“我小时候曾很有幸地生活在人口稀疏的林子里。一片杂生果林，连着无边的荒野，荒野再连着无边的海。”[①] 林子已经融入作家的记忆，成为生命轨迹的一部分，所以在文学世界中林子总是出现，诗意饱满，令人向往。《声音》中二兰子下学后到河边小树林中割牛草，遇到了一样来割草的小罗锅儿。“灿烂的阳光照耀着林子，那树干，那草地，一切都抹上了一层银样的东西。到处都在闪光啊。树林子到了喧闹的时候：风声、鸟声、远方的人声……”年轻人对未来的诗意期待，心中升起的纯真、好奇的情愫，都在青翠欲滴的林子里生长。到了《刺猬歌》中，林子是一处自由自在、诗意盎然的去处，但是随着唐家父子的疯狂折腾，林子迅速消失，平原不再安宁。

人到中年，葡萄园成为“我”多年的奢望，“是精神的去处”。在《我的田园》中张炜写道：“整个葡萄园都在风中陶醉，原野上全是葡萄的香味。夜晚，我安憩在园子当心的那座小茅屋中，倾听露滴洒落的声音，别提多么惬意。多么好的秋天，我每天都在葡萄园的香息中睡去。”显然，这是一处与村庄共存的空间，

① 张炜：《游走：从少年到青年》，广西师范大学出版社，2012，第127页。

挂满枝头的葡萄、夜晚园子里的露水、时近时远的虫鸣就是它醉人的地方；同时这也是一处精神领地，令“我”能够静下心来思考很多东西。因此，葡萄园如同陶渊明的“田园”蕴含了作家浓郁的家园意识。

4. 山地意象

半岛中部丘陵山地居多，主要有昆嵛山、大泽山、牙山、罗山等。它们构成了半岛的屋脊，将半岛一分为二，自然也成为许多河流的发源地。尤凤伟小说中经常出现的是昆洛山意象，也就是现实中的昆嵛山。如《诺言》写道：“村子往南三十里便是那座犹如半岛脊骨的昆洛山，人们对这样显赫的大山也不买账，只平平淡淡地称之为南山。南山出产丰厚的山草，每年秋后，青壮村民推着小车去山里搂草，为严冬备下做饭取暖的燃料。面山背海，取之不竭，成为李家庄人世世代代的骄傲。”山地是李庄人生产生活的依靠，村人更多从实用性角度看待这座大山。小说《山地》中同样写道：“这是一座威武大山，位于半岛中部，绵延百里，宛如半岛一条隆起的脊骨。如果在晴朗天气，在山顶可以看到南北两面的蔚蓝海面，即本地人所称的南海和北海。”到了《五月乡战》中，县长李云齐为了联合昆嵛山的土匪刘罗锅，亲自到山寨去与其会面。他站在泰礴顶上俯瞰全县：“这时日头从西面天上斜斜照着，将这座山和四周地方尽显眼底，北是本县县境，地势平坦，一座座小村错落，像一只只趴在地上的乌龟，那个超群出众的便是他现时偏安的龙泉汤镇。镇上空云雾缭绕，那是镇中遍布的温泉所致。再往北，便是渤海蔚蓝的海面。李云齐又转身向南，他看到的是临县乳山的地面。这块地面起伏不平，一座座山丘遥远，黄海仅像一条白布带横在天边。”昆嵛山在尤凤伟的笔下豪迈粗犷，是半岛的筋骨，是民族脊梁的象征。

在《生存》中严冬中的昆嵛山显示了它冷酷严厉的一面。前往日本人驻地换粮食的村人进入昆嵛山后，遇到了酷寒和暴风雪的袭击。“山里面终归不同，两边的山崖石壁般矗立，在雪光的折射下有一种摇摇欲坠之势，显得阴森可怖。山里雪大，雪朵也大，落地铮铮有声，气温也比山下地面寒冷。愈往山里走，人们愈觉得寒气刺骨。”最终，寻求生存的庄稼人被暴风雪吞噬。

综上所述，山峦、大海、丛林、河流等意象构成了半岛村庄自然地理风貌，同时也揭示了半岛独特的美学意蕴。

（二）房屋建筑意象

半岛村庄民居建筑是山东民居的代表，体现了北方民居就地取材、依山而居的特点。因为半岛各地自然地理和地域文化的差异，山地、平原和海岛的村庄建筑又有着自己的特性。像荣成沿海一带的海草房，是海洋文化的产物。“那柔如驼毛，形似驼峰的海草屋顶和那粗犷带微红的花岗岩毛石墙，刚柔相济的肌理组成了粗而不陋的防体。”[①] 走进村庄，就像进入了一个童话王国。房屋美观实用，展示了渔民特有的智慧和技术，是地域文化的标志物。具体而言，村庄建筑文化差异主要体现在民居建筑、信仰建筑、公共建筑等意象。

1. 民居建筑意象

房屋建筑是村庄空间构成的主体，是历史文化在日常生活中的存在。半岛地区因受到海洋与陆地文化的共同影响，村庄的房

① 孙运久：《山东民居》，山东文化音像出版社，1999，第 4 页。

屋建筑体现出一种融合性特点，如海草房是海洋与大陆、坚硬与柔美的巧妙组合。在山地平原上，石料、砖瓦等房屋较为普遍，拥有山东民居的普遍性特征。像《誓言》中李家庄“是一个中等村落，二百多户人家，村子本身似无特色可言，其面目无异于一般北方村庄的格局：在一排排低矮猥琐的草房间时而崛起几幢气势轩昂的青砖大瓦房，那鲜明的对比又恰如它们和主人站在一起”。而沿海平原上的房屋更多地体现出一种与大地相容的混沌感。《我的田园》中的小村：“巷子里的人家全都寒酸得很，他们的小屋有的是泥做的屋顶，有的是麦草苫成的。”简朴，甚至是简陋，是张炜笔下村庄建筑的一大特点。这源自张炜的文学追求和审美理念，在他的观念中，简单、质朴才是人最应该追求的方向。

房屋不仅是用来避寒取暖、遮风挡雨的，还是秩序与伦理文化的体现。在莫言的小说中房屋建筑蕴含了传统宗法文化的等级观念。《红高粱》中的单家是高密东北乡的富户，其大宅院格局中透露出传统文化中尊卑文化的内涵。“单家一排二十间正房，中间一堵墙隔成两个院落，院墙连成一圈，开了两个大门。东院是烧酒作坊；西院是主人住处。”在此，封建礼教以房屋建筑的形式得以呈现，潜移默化地影响着村人的生活。

2. 信仰建筑意象

信仰建筑是村庄信仰文化的物质载体。传统村庄一般都有自己的宗教信仰。半岛村庄一般有供奉本地神灵的庙宇，如《哭泣的半岛》中的胡氏祠堂。有的还建有基督教教堂。自近代以来，山东曾先后被德国、日本占领。其间西方传教士前往各地四处传教，建教堂。这一现象不能不引起作家的关注，成为他们现代村庄文化建构不可或缺的部分。《丰乳肥臀》中大栏村中高高矗立的教堂就是德国殖民文化的产物。它紧跟胶济铁路的延伸而伸向广大的村庄社会。作为侵略文化的产物，它曾一度对村庄信仰产生了一定的冲击，但是抵挡不过岁月的流逝。小说中污秽不堪的教堂大门、被雨水浸渍的墙壁和悬挂着蛛网的窗户等无声地感叹着教堂的孤寂、无奈和破败。特别是在战乱年代中，宗教无法施展其救世的理念。最终，马洛亚牧师以跳楼自杀的方式象征了基督教在村庄的终结。

3. 桥梁建筑意象

河流不仅滋润了两岸的土地，为两岸人民带来丰富的水资源，而且带来了丰富的水文化。桥梁是跨越河流的建筑，是人类智慧和技艺的杰出代表。因为桥梁承担着沟通两岸的作用，所以逐渐演化出沟通、交流等寓意，成为一个重要文学意象。“断桥”“小桥”“枫桥”“烟桥”“鹊桥”等，成为历代文学作品中最富有诗意的意象之一。进入现代社会以后，桥意象依然为作家所青睐，被赋予了更多独特的审美内涵。例如在莫言的高密东北乡，“桥”在不同作品中屡次出现。《透明的红萝卜》中，小黑孩将菊子姑娘给自己包手的手绢藏在桥墩上的缝隙中，外村人和铁匠铺被安置在桥洞里；《红高粱》中的墨水河大桥将河南河北连接，成为游击队伏击的战场；《丰乳肥臀》中蛟龙河上的拱形石桥成了阻击侵略者进入村庄的屏障。桥梁是村庄建筑中的一道风景线，自然也是很多故事的发生地，故而为作家念念不忘，成为文学村庄中一个独具特色的意象。

（三）民俗风情意象

半岛文化追求自由、张扬和神秘的地域特性，还体现在民情风俗之中。“民俗蕴涵着一个民族的文化精神，流行于民间的风尚、习俗、歌谣和故事传说等，都是民族深层文化精神的外在表现。”[①] 半岛民情风俗一方面传承了齐文化的神韵，是至今仍然活着的齐文化，甚至包括一些东夷文化的遗留。例如半岛民间的农耕习俗、饮食方式、求仙问道等，保存着齐文化的精神内核。另一方面，民情风俗是老百姓在生产生活中的发明创造，包含着对现实世界的独特理解和敬畏，更重要的是体现了元思维的特点。像民间传说、岁时节日、生活禁忌等构成了村人的日常生活，体现了海洋文化的特色。

1. 故事传说意象

东夷文化、齐文化和独特的自然地理对半岛村庄中发生的事情产生了重要影响，老百姓习惯于借助神话传说来解读身边的一切。传说故事展示了村人的认知特性，即用感性的手段做出整体性的判断和解释。这就导致了故事传说散发着浓浓的诗意，具有较高的文学性。《过龙兵》中村人对鱼汛的认识就是通过一个具有神话传说色彩的故事来实现的。海牛岛是茫茫大海中的一个小岛，岛上流传着很多关于大海的民间故事和神话传说，其中海牛顶的传说最为神奇。“爷爷说那原是一只神牛，是奉了命令来帮秦始皇填海铺路，寻找长生不老药的。神牛日复一日年复一年，从昆仑山上搬来数不清多少峰峦，在海上铺出一条伸向大洋的通道。可一直铺到海牛岛，也没见到长生不老药是什么样儿，倒是看到不少地险水恶，一遇大雾便船翻人亡的惨景。海牛于是化体为山，担起了海上渔民和过往船只引路导航的重任。”还有五百多年前

① 丁帆等：《中国乡土小说的世纪转型研究》，第 91 页。

海牛岛上的神奇村史，抗战时期侵略者的神奇遭遇，让这座海岛蒙上了神秘的面纱。《刺猬歌》中讲述了一个关于棘窝村的传说。“老天爷探头往下看这块好地方，如一头花鹿犄角插进了大海，三面都是水。无论是山峦还是平原，到处都是树木。西面南面都是高山，是丘陵，起起伏伏伸入大海，渐渐化为一片平原。丘陵北侧人烟最稠密的地方叫老棘窝，这儿的人个个都与林中野物有一手。”传说荒诞离奇，目的无非是为了解释小村的由来，但是也给村庄带来一种神秘感。

在传说故事中往往出现鬼怪神仙，是生产力低下时代独有的现象。在《红高粱家族》《丰乳肥臀》等小说中，高密东北乡到处流传着关于黄鼠狼精、鸟神附身的故事。像“二奶奶”被黄鼠狼精附身的场景：“它站在坟头上，身体坐在两腿上，两只前爪举起，对着二奶奶频频挥动。二奶奶像被电住了一样，一阵强烈的抽搐从她的脚底飞蛇一样窜到脊骨，上达头顶。二奶奶瘫倒在高粱地里，口里狂呼乱叫。”“二奶奶”被黄鼠狼魅住之后，“爷爷”请来了抓妖驱邪的李山人，用灌狗血的办法治好了她的病。此外，像《丰乳肥臀》中有关“鸟仙”的故事，都带有神秘性。“在高密民间，刺猬、狐狸、黄鼠狼、蛇虫、蜘蛛、喜鹊、古树等，仍常被人们视为灵异之物，受到小心翼翼的敬奉。就其本原特征来看，这类高密文化，体现出的是典型的齐文化的个性风范。”[①] 在今天看来，故事传说纯属封建迷信，但是对民俗文化研究而言却具有不可忽略的价值。

① 邵纯生、张毅编著《莫言与他的民间乡土》，青岛出版社，2013，第 85 页。

2. 人生礼仪意象

村庄都有自己特有的文化体系，从而构成一个完整的生活空间。这个体系是由各种类型的民俗构成的。生老病死、婚丧嫁娶是村庄社会最基本的构成，每一现象均被赋予了相应的礼俗，也就是人生礼仪。其实，生老病死、婚丧嫁娶就是每个人生的一个个节点，构成了生命个体的一生。比如生育习俗，高密东北乡的孩子是生在土炕上的，体现了"土中来，土里去"的习俗。《丰乳肥臀》中上官鲁氏临盆之际，婆婆就到大街上扫来浮土倒在炕上，让她坐在浮土里静候。在所有村庄习俗中，最具特色的是婚姻与葬礼礼俗。

婚姻礼俗是村庄习俗中最为隆重最为重要的一种。它不仅关系到生命个体身份的变化，而且关系到家族兴衰和子孙传承的大问题。凌可新的《毛驴与唢呐的传奇》讲述了"祖母"出嫁时送亲的习俗："按照当地的习俗，新媳妇骑在一头性情温顺的毛驴上，头蒙红盖。送亲的队伍走过一半的路程后才会与迎亲的队伍会面。其时新郎将亲手把新媳妇从驴背上抱下来，塞进二四八抬不一的绣花轿里，亲自押送回府。合并的队伍大张旗鼓，一路纵情声色，皆大欢喜。"骑毛驴、蒙盖头、坐花轿、响器班子等构成的送亲仪式，表达了对一个出嫁女最为隆重的祝福。《红高粱》中戴凤莲坐着大红轿子出嫁，一路上伴有吹吹打打的乐器班子；颠轿是当地独具特色的一种习俗，将高密人狂放、开朗、野性的性格展示无疑。综上所述，婚俗意象在文学村庄中是一大亮点，集中体现了村庄文化的隐秘和特色。

丧葬礼俗是另一种重要的村庄文化，是村人对死亡认识的体现。"中国传统丧葬礼俗有着严格的等级制度，而且在仪式上尤为烦琐、奢靡。耗时多日，仪式复杂，闹神闹鬼，兴师动众。”[①]在半岛地区，各地村庄因地域文化差异而形成了多种多样的丧葬礼仪。例如“摸身”习俗就是非常特异的一种，即让临死的人去摸摸患病人的身子，意味着让将死的人把患者身上的病带到阴曹地府去。尤凤伟的《辞岁》中夏庄豆爷为了死后能住上棺材，打算尽早死，躲避贫农团来分他的棺材。临死前他想起了一辈子喜欢的女人六。年轻时六没嫁给豆爷，而今六老了，孤身一人，疾病缠身。豆爷想在临死前为六摸身，以偿还自己欠六的情债。《高粱殡》中余占鳌为死去的戴凤莲举行了盛大的出殡仪式。得知消息后，周围村子里做生意的赶着来发财，各种势力借此寻找自己的目标。祭祀仪式庞大，羊油大蜡烛、暗红色的灵柩、纸糊的童男童女、雪松雪柳等一应俱全；司师爷、铁板会会长、黑眼、郎中等各司其职，将这场祭祀仪式做得热闹、壮观。盛大的丧葬是生者献给死者的送行礼，更是村庄文化对死亡的一种理解。

3. 岁时节日意象

岁时节日民俗是对岁月时光的一种理解和建构，赋予时间以特定的文化内涵。节日民俗具有很强的地域色彩，即使是同一节日也会在各地呈现不同的内容。《生存》中的春节：“一种长存千百年的无形力量驱使所有的人（也许还包括那些死去的人的灵魂）于除夕前回归到各自出生的那座小院落，过年。这是一种血缘的大归队，宗祖的大聚合。从那一刻——日头落下山去，家就变得神圣不可侵犯了。一律地禁闭大门，自成一体与外界彻底隔绝，

① 王青：《民国后抗战前山东婚丧礼俗的嬗变》，《山东师范大学学报（人文社会科学版）》1999 年第 6 期。

专心致志过‘自家’的年。如果少了一个家庭成员，心里便充满失落，年就过不圆满。而如果多出了一个两姓旁人，心里就十分地厌烦，不对劲儿，就像一碗醇酒兑上了凉水，年就走了滋味儿。总之，庄稼人的年，极其讲究亲情，又极其排外。一切都约定俗成，不容篡改，不容残缺，也不容走味儿。别的可以通融，唯独过年不行。”春节是一个团圆相聚的节日，千年不变，但是在村子里又有很多讲究。《鲁班的子孙》中黄家沟的春节又多了“热火”的味道。“正月里头上，男男女女都穿上新衣服忙着走亲戚。乡间道上，自行车铃铛响个不停，红包袱闪来闪去，大闺女小媳妇花花绿绿映得雪地都格外鲜亮。这是胶东半岛老辈子留下来的习惯。其实，那包袱里也没啥金贵东西，两斤点心两瓶酒，加上八个白面大饽饽。到亲戚家吃一顿喝一顿，回来时包袱里还是那么多，只是换了换样。这样转来转去，有时候竟会转回来，不过点心已成了粉末了。啥意思？热火。”忙年，走亲戚，村人图的是喜庆和快乐，图的是礼尚往来，图的是要遵循习俗，而不是具体的礼物。

（四）人物意象

一方水土养一方人。水土养育了村人，村人对水土自然有着自己的理解。这就是村庄文化。每个村庄就是一个团体，其中人物千差万别，在整体上也存在着明显的地域性差异。在胶东半岛上曾经流行过一种说法：“掖县鬼子、黄县嘴子、蓬莱腿子。”也就是说“掖县人有心机，黄县人能说会道，蓬莱人善于活动”。当然，这一说法的来历及内涵莫衷一是，不需要深究，却形象地揭示了三地人不同的性格。受齐文化、海洋文化和仙道文化的影响，半岛人性格开放、灵活、务实求新。因此作家普遍注重人物性格的刻画，体现了村人的时代感和独特性，展示了他们的精神风貌。

1. 族长意象

儒家文化成为传统文化主流之后，在半岛地区逐渐取代齐文化的统治地位。也就是说，宗法文化、家族文化主宰了村庄的命脉。在新时期文学中，半岛作家塑造了大量族长意象，对宗法文化进行了反思和批判。例如《生存》中的五爷是石沟村赵氏家族中辈分最高者，是这个大家族的族长。他掌控着族里的大小事宜，还将全部族产划为己有。当全村陷入饥荒的困境时，他只顾自己，不拿出分文周济村人，哪怕是他的儿媳和孙女；他私心极重，想把守寡的儿媳收给腿残的大儿子；他待族人极端苛刻，因两个不懂事的孩子偷吃供品撑死，坚决不许两人埋入祖坟；作为救国会会长，他对收留俘虏的事不管不问。在村庄里，作为族长他应该具有担当意识，负起维护本村、本族大义的责任，可是他自私、猥琐、胆小怕事，根本不顾及民族大义和村人安危。

相比较而言，《丰乳肥臀》中“福生堂”的大掌柜司马亭则是一个有担当有智慧的族长。日本侵略者到来之前，他不断催促村人出村躲藏；日本人屠村后，他又带人挨家挨户统计死亡人数，帮助大家将死难者拉到麦田里埋葬；为了保护村人不再受到伤害，他忍气吞声做了维持会长，“我不下地狱，谁下地狱”成了他处事的信条。这是一个族人领袖，有担当，有智谋，忍辱负重，是村庄文化的传承者。总之，这一类意象是村庄宗法文化的主要传承人，直到现代村庄治理形成之后，才退出了历史的舞台。

2. 传奇人物意象

村庄是一个尚未被精英文化规训过的空间。所以说在民间社会中，个性的自由与张扬虽然为世俗所不容，但也并未完全被杜绝。世俗空间远离庙堂社会，始终按照自己的轨迹运行。在历史上，村庄也成为文人逃避庙堂的隐逸之地。很多官场失意或不为社会所容纳者逃离城市，到村庄寻求安心之地。胶东半岛远离政治中心，齐文化底蕴深厚，在村庄中经常会出现一些带有传奇色彩和神秘性的人物，像《古船》中的张王氏、《我的田园》中的毛玉、《丰乳肥臀》中的鸟儿韩、《黑天气略传》中的奇人黑天气等。他们很大程度上象征了民间文化自由、侠义、豪爽的特性。

四方游走的汉子、方士是张炜文学世界中一个带有普遍隐喻性的意象。他们居无定所，我行我素，背后隐藏着很多传奇与神秘的经历。《我的田园》中拐子四哥曾经在东北一家兵工厂工作过，后来带着一肚子心酸故事回到了故乡，与朴实善良的响铃结婚成家；“在所有人眼里他都是一个传奇人物，是一个活生生的谜语。他满腹经纶，又放荡不羁，一天到晚在辽阔的海滩平原上游荡”。历经沧桑，不善言语，却是一个值得信赖的怪人。另一个民间奇人是独居老太太毛玉。她年轻时参加过革命，后脱离队伍来到海边小村生活；与一只老猫相依为命，粗俗而又不乏幽默；年老懒惰，却身法灵活，武功高强；曾经与一位首长相好，最后却与一位武林高手相伴；会“揣骨”算命，搭配各种民间奇方……这是一个很难用言辞描述的老人。她生活在自己的世界里，过着令人难以理解的生活。

《丰乳肥臀》中孙大姑是一个民间女侠。在生活中她始终保持着侠义、豪气、不俗的个性。她是“一个极有功夫的女人，人称孙大姑。传说孙大姑年轻时能飞檐走壁，是江湖上有名的女响马，只因犯了大案，才下嫁给孙小炉匠”。“孙大姑满头银发梳得溜光，脑后的发髻系得结实平整，髻上银钗闪烁，鬓边斜插一根艾蒿尖儿。她上身穿着浆洗得板板整整的白布斜襟褂子，腋下的纽扣上拴着一块白手绢，下穿黑布裤，脚脖子上扎着小带，足穿青帮白底黑绒花绣鞋。她全身上下透着清爽，散发着皂角味儿。她颧骨高，鼻梁挺，嘴唇绷成一条线，深陷的美丽大眼窝里，是两只精光四射的眼睛。她一身仙风道骨，与富态臃肿的上官吕氏形成鲜明对比。”在她的眼中，那些侵略者猥琐、懦弱而不值一提。“日本兵得寸进尺，孙大姑不耐烦地抬手把他的刀尖拨到一边，然后一个优美得近乎荒唐的小飞脚，踢中了日本兵的手腕，马刀落地。孙大姑纵身上前，扇了日本兵一个耳光。日本兵捂着脸，哇哇地怪叫，另一个日本兵持刀扑上来，一道刀光，直取孙大姑的脑袋。孙大姑轻盈地一转身，便捏住了日本兵的手脖子。她抖抖他的手，那柄刀也落在地上。她抬手又扇了这位日本兵一个耳刮子，看起来她打得并不用力，但日本兵半边脸顿时肿胀起来。”孙大姑是民间侠义文化的象征，也是该作品中审美意蕴独特的人物意象之一。

3. 权力掌控者意象

在传统国家治理中，村庄权力真正的掌管者是族长，就像《白鹿原》中的白嘉轩。自近现代以来，随着政治权力的下沉，村主任等行政官员开始成为村庄的管理者。他们与族长不同，是现代国家的产物。由于封建文化影响，很多村庄权力把持者往往成为不受约束的“土皇帝”“黑恶势力”。像《秋天的思索》中的王三江、《秋天的愤怒》中的肖万昌是其中的代表。王三江曾经是村里的大队长：“从前，他也算乡间的一个‘大人物’了，跺跺脚，满村的地皮都要颤动，落选了，突然失去了威风，他就整天把自己关在家里……”他不甘心退出权力场，于是借助各种关系经营葡萄园，继续施展自己的淫威。在《诺言》《秋的旅程》中，李恩宽、王留花则是村里真正的恶人。作为民兵队长，李恩宽对村里的地主及家人实施野蛮的迫害。他私设公堂，逼死人命，贪财好色，坏事做绝。人性的丑恶和恶欲的膨胀在这些村庄权力者身上暴露无遗，他们是导致村庄一切苦难的根源。但是改革开放的到来，滋生他们的温床被彻底推翻，人们再也不惧怕他们了。

随着市场经济的发展，当村庄管理者丧失了既有的权力之后，村庄也面临着诸多前所未有的困境。《村长笑眯眯地》中的村长在分地、减免农业税等政策实施后，手中几乎没有了权力。“如今村民不怕你了，田地分给他们了，说多少多少年不变的，基本上就是你自己家里的田地了，种什么不种什么人家也不问你了，产多产少你管不了人家。所有的税费啊你也收不着人家的了，你当村长什么的也不过是种你自己的地，别人也不管了你。你没了威风，哪个还怕你？就是有了鸡毛蒜皮，人家也先不找你，自己解决，打架争执什么的，动刀子什么的也事先不跟你说。但咱不能看着人家打架斗殴动刀子什么的啊？咱就得管了。”实际上，这也是村庄治理中曾经出现的情况。但是村干部应该有自己的担当和作为。为了拯救王疯子刀下的儿童，村长被砍了三刀住进了医院。

4. 社会底层意象

社会底层一直是文学关注的群体，体现了作家的悲悯之心和人性关爱。像《天堂蒜薹之歌》中的高羊、《我的田园》中的鼓额、《九月寓言》中的庆余、《红高粱》中的王文义、《丰乳肥臀》中的上官鲁氏、《丑行或浪漫》中的刘蜜蜡等，受到来自历史习俗、社会体制、家族势力、物质资源等因素的影响，生存于困厄之中。

《誓言》中的底层民众生活：“人们默默地重复着往日的生活，往日的一切都合情合理，祖先永远是后人仿效的楷模。先人种地下犁半尺下种八斤就下犁半尺下种八斤；先人把猪养在窗下把屎拉给猪吃就养在窗下拉给猪吃；先人把杏树栽在门前杏树死后儿孙补栽的还是杏树；先人宴客的规矩是四盘八碗千百年后摆在八仙桌上的仍然还是八碗四盘。世间万事皆以古训为道：仁义礼仪、三从四德、忠孝廉耻、种田交租、借债还钱、犯罪交官、老实长在、富贵在天、福祸由命……世世代代，千古不变。”习俗将每一个村人纳入千年不变的习俗之下，让他们靠着惯性代代相传。《天堂蒜薹之歌》中的高羊是个老实巴交的农民，家有残疾的妻子和八岁的盲女，艰难的生活已让其不堪重负。但是各种苛捐杂税仍然不断袭来，特别是在蒜薹事件之后，他又成了警察抓捕的对象。屋漏偏逢连夜雨，让这个汉子痛哭流涕。《丰乳肥臀》中的上官鲁氏自出嫁后经常遭到丈夫的毒打和婆婆的咒骂，甚至是各种非人的折磨。为了活下去，她不再关心什么伦理道德，为生儿子付出了常人难以想象的代价。九个孩子是她被骗奸、与人私通、被强奸等经历结出的苦果。后来几个孩子之间为了各自的信仰相互争斗，将更多的苦难压在母亲身上。她仍然以顽强的生命力和强大的母爱意识阐释了“母亲”的真正内涵。总之，底层意象成为当下文学的焦点，但需要作家去努力做出自己的理解，而不是仅仅停留在对现象的表现上。

二、张炜与半岛村庄

在新时期山东文学中，张炜是一个特异的存在，以其独特的思想建构和艺术创新赢得了海内外的瞩目。四十多年来，他创作了大约两千多万字的作品，被译成多国文字，获得多项国内外大奖。张炜出生在半岛滨海的一处靠近丛林的小屋内，在那里度过了他的童年和少年。因此，在他的文字中总是不经意间流露出对丛林、小屋、大海和小村的深厚情感。“我一睁眼就是这样的环境，到处是树，野兽，是荒野的一片，大海，只很少看到人。我的父亲长年在外地，母亲去果园打工。我的大多数时间与外祖母在一起。”① 半岛平原上的村庄自然而然就成为张炜笔下的重要意象。这些小村紧靠着大海或小河，与无边无际的海边丛林为邻；周边是茫茫大平原，散布着浓密的葡萄园；小村建筑多以小泥屋为主，祖上是从异地迁徙来的；村人以农耕为本，过着自由素朴的生活；这里民风淳朴，善良热情，坊间流传着各种神秘而奇特的故事传说……在意象塑造时，张炜既没有对现实做简单的批判或讴歌，也没有对历史进行解构或戏说，而是将村庄视作人类共同的家园，探索人性深处的奥秘和社会发展的隐忧。这一观念源自作家独特的文学观。“作家感受、感悟了生活，重新创造出的一个世界，它跟生活压根就不一样——貌似一样，本质上却发生了变化。”②

张炜笔下的村庄多是充满诗意和哲理的，如早期的《拉拉谷》《天蓝色的木屐》《声音》《一潭清水》等，以及后来的《九月寓言》《能不忆蜀葵》《刺猬歌》等。毕竟村庄是人类栖居的家园，无论多么艰苦的生活都不乏内在的诗意。文学村庄是张炜的“精神高原”，承载了他对历史、社会、人生的独特理解。“张炜找到

---

① 张炜：《游走：从少年到青年》，第 140 页。
② 张炜、朱又可：《行者的迷宫》，第 17 页。

了一个世界来寄托自己的心灵，安放自己的心灵。”[①] 按照其村庄所呈现的文学性程度，可将其划分为现实的村庄和寓言化的村庄两大类。

（一）现实的村庄

张炜早期的创作更多地体现了时代的呼唤，展示了“芦清河之子”的真挚和激情。他不断书写芦清河，以真诚的感情看待新时代、新生活、新事物，塑造了像声音、拉拉谷、水潭、木头车、玉米、葡萄园等质感清新的意象。“在这里，张炜恪守着现实主义的真谛，调动起自己的生活积累，既不做外在粉饰，又不在艺术中加进味素和香精，而是让芦清河畔的人、事、风光像山泉流水那样浑然自如地淌出来，透过一幕幕芦青少年（主要是处在青春成熟期的少年）的悲喜剧，反映出生活和人生中某些带有本质特点——不一定是主流——的东西。”[②] 小说着力塑造了一些新生事物，流淌着诗意的露珠。“拉鱼的人在灼热的沙滩上是不穿衣服的。小伙子在号子声里跃动着，远远望去，那一簇簇赤铜色的躯体会给人留下长久的想象。”《拉拉谷》中的沙滩宛若一幅充满野性力量的油画，传达出劳动之美和生命的永恒性。概而言之，张炜早期的作品主要是通过书写村庄与村人意象来实现其文学王国建构的。

1. 村落意象

张炜文学世界的村庄与大自然是一体的，散发着浓厚的诗意和浪漫色彩。它们或者紧靠大海，或者隐藏在南山的褶皱中。小

---

① 吴炫：《依附启蒙观念的当代文学》，上海大学出版社，2017，第 244 页。

② 于清才：《向芦清河唱出少年的歌——评张炜〈芦清河告诉我〉》，《山东师范大学学报（人文社会科学版）》1985 年第 2 期。

村一般朴实简单，物质贫乏，但不乏欢乐。坑洼不平的街道，朴拙的泥屋或渔铺，古老的石磨，构成了平原小村的基本面貌。《冬景》中老人住的小院子尽管十分破旧，却充满了阳光和欢乐。“小院宽敞，装满了阳光，他一个老人舍不下这么多的阳光。”因为小院记录了他的一生：老伴、三个儿子还有他救过的三个人，都在这里留下了他们的痕迹，而今却什么都不见了。他舍不得离开小院，喜欢回忆那种曾经拥有的感觉。正是这种感情，让人保持了对生的依托感。《荒原》中的小泥屋是外祖母留下来的。无论走到哪里，小泥屋都是心灵的归宿。它能够遮风防寒，能够安放心灵。“我回来了，又看到了这座孤零零的小泥屋。我第一件事就是贴在它的墙壁上，感受着那一丝温热，嗅着那一种气味……”小屋化作记忆留在了游子的心中，是心灵疲惫之际可以停靠的港湾。

2. 丛林意象

半岛面对浩瀚的大海，气候湿润，加之历史上人烟稀疏，因而多丛林和果园。丛林像绿色的海洋，里面生活着各种野物和鸟类，自然也产生了很多离奇古怪的故事，带给人们无限的遐思和乐趣。“我在胶东西北部平原上生活了近二十年，那儿无边的丛林、无边的果园和葡萄园，给我留下了永难磨灭的印象。在午夜、早晨、晚上，在各种不同的时辰里，我记得丛林都是不同的。霞光染透树叶，中午的烈日照亮林子，雷电在树梢上划亮，大雨倾注在树木间，雾气漫隐了黑压压的树林……我记得这些不同的、不停变幻的画面。”[①] 记忆中的丛林在写作时自然而然被作家纳入文学世界中，成为一个神秘、诗意的意象。《声音》中的二兰子每天到

---

① 张炜：《随笔精选》，山东友谊出版社，1993，第 169 页。

芦清河边的树林里割牛草，因为那里的草长得好，而且非常安静，可以静下心来想想自己的心事。美丽的丛林成为二兰子可以想心事的地方，唯有在此才能真正感受到自己的存在。此外，还有《生长蘑菇的地方》《深林》《猎伴》等作品中都刻画了那个诗意的、纯洁的丛林。正如张炜在《山楂林》中想到的："一个每天在密密的林子里进出的人，多么有必要登高远望啊！他会把眼界放到新的极限，望到一个更广阔的世界，更神奇的境地！"丛林是一处生命力真正得以自由舒展的空间，是作家内心中的诗意家园。

3. 芦清河意象

芦清河是张炜文学世界中虚构的一条河流。她清澈、迷人而富有活力，滋润了沿河的田野、丛林。作家从这条河流出发，沿着宁静优美走向了波澜壮阔，走向了深邃辽远的高原。在早期创作中，芦清河就已经出现在张炜的小说中。后来的文学作品中芦清河依然频繁出现，逐渐形成了一个芦清河世界。"我的小说差不多都写到了一条河——芦清河。"[①]"芦清河是另一条大河的支流，发源于南部山区，流经西北部小平原、流到渤海湾里。河两岸有平展辽阔的原野，有大片大片的林子。这个地方又富庶又美丽，人也聪颖漂亮。我刚写小说就写这里的田野和林子；林子里的花、草；写我熟悉的人们。"[②]像《声音》《紫色眉豆花》《下雨下雪》等这样一些短章，还有《古船》《我的田园》等长篇力作，对芦清河做了细致入微的描述，塑造了一个历史久远、质朴秀美、神奇灵动的世界。人们或是坐在夜色中的眉豆架下听老人讲故事，

① 黄轶编选：《张炜研究资料》，山东文艺出版社，2006，第 9 页。
② 张炜：《随笔精选》，山东友谊出版社，1993，第 109 页。

或是在树林中为生计忙碌，或是沿着小河去寻找自己的梦想。在张炜看来，芦清河的秀美灵韵是与南山的粗粝、大海的豪放相对的。“站在芦清河畔的小平原上往南眺望，如果是晴天，可以望见一道道叠起来的蓝色山影，那就是南山。南山在童年的眼睛里十分神秘，因为它蒙了一层美丽的蓝色。”[①] 对比之间芦清河的独特性更加突出，成为作家创作过程中一个难以替代的意象。

4. 村庄人物意象

村庄社会是一个熟人世界，各色人等祖祖辈辈在一起和睦相处。其中，那些有个性有趣味的人最容易引起作家的关注，最容易成为文学人物的原型。作家往往赋予他们对历史文化或人性人情的个体化认知内涵，将其打造成为独特的人物意象。像李芒、老得这样的乡村青年，有理想有抱负，敢于坚守正义，代表了村庄的未来和希望；也有赵多多、肖万昌这样一类黑恶势力，横行乡里，为害一方；还有像二兰子、小织那样美丽坚强的女性，向往美好的生活，敢于坚持自己的立场……他们构成了张炜在新时期初期村庄书写中最为重要的几类人物意象，即村庄智者、守旧者和青年等。

第一，村庄智者是村庄智慧、阅历和仁爱文化的象征。通常这一类人拥有丰富的生活阅历，有胆有识，是整个社群的精神支柱。像《父亲的海》中的老滚子，看似粗野、霸道，但是有个性，有能力，很受村人的尊重和热爱。“老滚子是整个海边上说一不二的人，所有人都怕他。买鱼的人、看拉网的孩子们，都怕他。他一扬手我们就得躲开。他不停地骂人，谁挨了他的骂，还要笑

① 张炜：《随笔精选》，山东友谊出版社，1993，第159页。

嘻嘻看他——他的脸上真的长了发红的胡子，他的外号就叫‘红胡子’。”劳动时老滚子总拿着一根棍子，不断敲打拉网人的细绳，对偷懒者毫不留情；当买鱼的女人们到来时，他爱和她们开玩笑；对欺负他人的人，他喜欢打抱不平。此外，像《山楂林》中的古凿老爷爷、《古井》中的云奶奶等生活阅历丰富，善良仁厚，对社会人生有着自己的认识。

第二，村庄守旧者揭示了村庄文化僵化保守的根源。岁月的艰辛，生活的贫困，加上封建思想观念的束缚，让传统村庄经历了太多的苦难。因为长期生活在闭塞之中，僵化、保守成为老一代村人身上的缺陷。《黄烟地》中的陈康荣仰仗着种烟方面的独门绝技成为当地有名的黄烟把式；他的手艺绝不外传，在极左思想盛行的年代里曾经有过一段痛苦的经历。《两个姑娘和一个笑话》中银生老爷爷脑筋守旧，坚决反对远房侄子追求爱情，还提着烟管去人家婚礼上去叫骂；两个孙女要追求恋爱，他也横加干涉。《拉拉谷》中的“骨头别子”极力反对女儿自由恋爱，尽管他自己也受过伤害，被二姑娘骂过，至今备受情感的煎熬，但是他不懂得时过境迁，不知道跳出自己给自己画的圈。显然，张炜对这一意象是持批判态度的，很有些“哀其不幸，怒其不争”的意蕴。

第三，青年意象代表了活力和希望。张炜笔下的青年人总是充满了朝气，像芦清河水般澄澈。《拉拉谷》中的姑娘们个个聪明俊美，散发着青春的活力。“她们在渔房子跟前排起了一条长长的队。这是一条彩色的长龙。姑娘们的花衫儿红红绿绿，在海风里抖着，远看一眼是极有风采的。”《黄烟地》中的老照儿、安兰追求不同的生活，要打破父亲的禁忌，将种烟的独家秘籍传给村里人，与大家一起发财致富。《看野枣》中的大贞子善良正直，还带点“野性”。当她得知那个整日游手好闲的三来在民主选举中下台了，就不计前嫌开始关心他，帮助他重新振作起来。在他们身上，寄托了张炜对美和爱的讴歌与张扬。“歌颂真正的爱，歌颂大爱，永远是一个作者的本分。”[①]此外，灵动的诗意还表现在他们对丑恶的抗争和愤怒上。《秋天的思索》中的老得对王三江的霸道和盘剥表达了势不两立的愤怒。“任何想偷葡萄的人都要注意，看葡萄园的人新买来双筒猎枪，见贼就放，绝不留情。枪是钢枪，上了火漆，特此通告。”这张布告看似是对贼人的警告，实则是对“黑暗”的宣战。“水蛇腰”的老得是一个能挺直腰板的“硬汉子”。《秋天的愤怒》则将这种矛盾更加具象化、深入化。李芒与肖万昌的决裂隐喻了村庄的新生与崛起。

综上所述，张炜笔下的现实村庄是诗意的，对新生事物和未来充满了希冀，同时对存在的邪恶和不幸表达了自己的悲悯情怀。在“芦清河世界”中，张炜以对村庄人性与人生问题的揭示，构成了与同时期作家的不同。但是也应当看到，其村庄意象存在着某些局限性。毕竟村庄是一个复杂的社群，从伦理道德视角用善良、纯净批判邪恶、霸道，很容易造成非此即彼的判断。正如吴炫教授所言：“一个作家尽管不必像哲学家那样去思考，但在中国这块土地上，他却不得不具有某种哲学家的素质。”[②]事实证明，张炜在后来三十多年的创作中是一位有着独特思想和审美追求的作家。

① 张炜：《随笔精选》，山东友谊出版社，1993，第162页。
② 张炜：《中国当代文学批判》，学林出版社，2001，第136页。

（二）寓言的村庄

进入 90 年代，张炜的文学创作穿越了政治、文化走向了对人与大地问题的思考。毕竟，时代的发展对作家提出了新的挑战，作为一名有担当有思考的作家应该做出自己的回答。《九月寓言》是张炜这一时期最具经典性的力作。“张炜最好的作品就是《九月寓言》，这是毋庸置疑的。”[①]从《九月寓言》开始，张炜小说的寓言色彩开始变得越来越突出，像《丑行或浪漫》《刺猬歌》《你在高原》等。作家对工业文明、大地精神、乡愁意识和爱情问题做了富有哲理性的探讨。《九月寓言》中的鲢鲅村是一个海滨平原上的小村落。据作家讲，现实生活中它原本是一个靠近树林的叫西岚子的小村。在小说中，作家对其做了“寓言化”的处理。“实际上，《九月寓言》里写得更多的是劳动的欢乐和人的顽强，是坚韧不拔，跋涉千山万水寻找新生活的信念。”[②]“如果说《古船》是写给‘过去’，《九月寓言》是写给‘未来’的。”[③]为此张炜将自己对大地与人的理解进行了寓言化，通过书写大地、风俗和人物意象，塑造了一个独特有趣的小村世界。

第一，大地意象与文化的反思。关注大地，书写大地，一直是中国文学的一大主题。但是在现代工业文明冲击下，传统大地意识已经趋于淡化。人类创造了文明，文明让人类不断获得解放。但是，文明过度发展又会时时伤害大地，奴役人的心灵。在 20 世纪 90 年代以后张炜的文学中，大地遭到肆意的践踏，伤痕累累，因此再也看不到《声音》《拉拉谷》《钻玉米地》等作品中的大地、

① 吴炫：《依附启蒙观念的当代文学》，第 244 页。
② 张炜、朱又可：《行者的迷宫》，第 9 页。
③ 张清华：《境外谈文》，花山文艺出版社，2003，第 292 页。

从林、沙滩、蓝天等。作家为此焦灼，进而发出了愤怒的谴责。大地哲学是张炜继“芦清河系列”之后，面对现实做出的反思，散文《融入野地》就是这一认知的审美体现。面对辽远苍茫的大地，人生天地之间，内心中油然生出几多感慨和苍凉；无边的树林和田野隐藏着说不尽的情愫，散发着令人神往的魅力。《九月寓言》则是这一文学观的深入探索。小村的夜是神秘的，青年男女在大地上欢快地奔跑，内心中燃烧着难以言说的激情；疯长的地瓜在秋日的原野上散发着迷人的香甜味，将大地母亲的汁液化作红通通的瓜瓤；红红的地瓜和雪白的瓜干成为小村人的生命之源，催生出一个个迷人的故事；大地如海，承载着小村这条船在岁月中划向远方。大地无边无际，大地孕育万物，大地生生不息。后来，大地被挖得千疮百孔，“小路尽头的村庄呢？”“一切都消失殆尽，只有燃烧的荒草……”，构成了一则诗意大地未来的寓言。

第二，民俗意象与精神家园。人类社会是一种文化性存在，村庄文化最重要的构成是民俗风情。民俗是一种活生生的文化，也是一种最为原生意味的文化，是人们对生活世界的一种特有的认知。因其独特，才有生命力，《九月寓言》就是最有特色的例证。在饮食方面，红小兵家自酿的酒是公认的珍宝，肉皮冻被公认为是天底下最难得的美味，煎饼是最神奇的吃食；在生活方面，小村人喜欢拔火罐，聚到一起听金祥忆苦，年轻人则喜欢夜间到野地中嬉戏；在婚嫁方面，姑娘要嫁在当村，守寡的女人不可以随意离开村子；在故事传说方面，小村有老兔子王酿酒的传说，还有金祥千里寻鏊的动人事迹以及母猴搬运东西的传说，既神秘又传奇……总之，各种民俗都源自他们的日常生活。小村从远方迁徙而来，几乎不与外界发生联系，因此这些风俗习惯保持了原生性，乡土色彩浓郁。从某种意义上说，小村是一个农耕文明时代村庄的象征。

第三，鲜明独特的人物意象。鲢鲅村是一个与世隔绝的世界，外部世界很少对村庄产生影响。青年人喜欢在夜色中的大街上、野地里奔跑，释放自己的激情，舒展自己的身体，其中赶鹦、肥、少白头、欢业就像小村夜色中一个个的精灵。“谁知道夜幕后边藏下了这么多欢乐？一伙儿男男女女夜夜跑上街头，窜到野地里。他们打架、在土末里滚动，钻到庄稼深处唱歌，汗湿的头发贴在脑门上。这样闹到午夜，有时干脆迎着鸡鸣回家。夜晚是年轻人自己的，黑影里滋生多少趣事！”而金祥、大脚肥肩、红小兵、闪婆等中年人有着各自传奇浪漫的经历，深埋心中在闲暇时默默反刍打发无情的时光。小村人认为，物质多寡并非是决定幸福与否的关键，也不是衡量人价值大小的尺度。像金祥千里寻鏊、露筋与闪婆的爱情等，个个都创造了人生的传奇，体现了他们对自我的追求与肯定。闪婆和露筋从偶遇到私奔，在野地里奔跑了二十年，也相亲相爱了二十年。他们没有什么像样的财产，没有真正的落脚之地，相爱就是他们的一切。“有谁将一辈子最甜蜜的日月交给无边无际的田野？那时早晨在铺着白沙的沟壑里醒来，说不定夜晚在黑苍苍的柳树林子过。日月星辰见过他们幸福交欢，树木生灵目睹他们亲亲热热。”他们宛若大地精灵，真正继承了大自然的神韵。可以说，这些独特的人物寄托了作家对人的本质的理解，对工业化人的精神丧失的批判。

《九月寓言》中的小村是近乎原生态的。人们无从知晓它的历史，也见不到任何现代文化的禁锢。一旦现代工业文明来临，他们唯一能做的就是继续“奔跑”，就是如游魂一样的四处流浪。

唯有此，他们才是自由的，是大地的精灵。

三、莫言与“高密东北乡”

“山东这个地方能出优秀的作家，出了一个张炜，出了一个莫言。”① 在获得诺贝尔文学奖之后，莫言更是引起了国内外文学界的热议。在三十多年的创作生涯中，莫言以故乡为原型精心打造了一个“高密东北乡文学王国”。莫言在写作、演讲和访谈中经常谈及自己与故乡的关系。“因为我早期的作品里面的人物、语言、事件都是取自于乡土生活，所以乡土对我的依赖性更强。”②“我的故乡和我的文学是密切相关的，高密有泥塑、剪纸、扑灰年画、茂腔等民间艺术。民间艺术、民间文化伴随我成长，我从小耳濡目染这些元素，当我拿起笔来进行文学创作的时候，这些民间文化元素就不可避免地进入了我的小说，也影响甚至决定了我的作品的艺术风格。”③“故乡留给我的印象，是我小说的魂魄，故乡的土地与河流、庄稼与树木、飞禽与走兽、神话与传说、妖魔与鬼怪、恩人与仇人，都是我小说中的内容。”④ 可见，故乡之于莫言文学创作何其重要。高密历史悠久，是齐国故里，深受齐文化影响。虽然先秦之后齐文化走向了衰亡，但是并没有彻底消亡，而是走向了民间，在民间得以继续传承。因此，莫言的村庄意象从早期就在不自觉间带有齐文化意蕴。自然风貌上，莫言的村庄

---

① 吴炫：《依附启蒙观念的当代文学》，第 244 页。
② 《南方周末》主编《说吧，莫言》，二十一世纪出版社，2012，第 20 页。
③ 莫言：《我们的诺贝尔文学奖》，《青年文学家》2012 年第 19 期。
④ 莫言：《清醒的说梦者》，第 20 页。

是一个与“高密东北乡”等同的象征空间；在历史文化上，莫言的村庄是一幅描绘近代以来中国历史发展演变的画卷。莫言通过自然风貌、民俗风情、家畜花草、村人村事等所构建的“高密东北乡王国”，寄予了对乡土文化的反思和现代文化建设的探索。

（一）现实的村庄

千百年来，文学对村庄的认知总是徘徊在诗意与苦难之间。在村庄意象中，作家表达了自己的梦想和批判，如古代文人对隐逸人生的追求。陶渊明眼中的村庄充满诗意，是其心灵的皈依之地，像《归园田居》《饮酒》《桃花源记》等诗文中的村庄就是最好的明证；孟浩然《过故人庄》中的村庄祥和温馨，风光秀丽，民风朴实；陆游《游山西村》中的村落春光明媚，宁静朴质，民风淳朴……自近现代以来，村庄一度成为僵化、沉滞、愚昧的象征。莫言对故土情感的矛盾心态体现出现代知识分子对传统文化的理解，也就决定了笔下村庄意象的审美特征。“我曾经对高密东北乡极端热爱，也曾经对高密东北乡极端仇恨。长大后努力学习马克思主义，我终于悟道：高密东北乡无疑是地球上最美丽最丑陋、最超脱最世俗、最圣洁最龌龊、最英雄好汉最王八蛋、最能喝酒最能爱的地方。”美丽与丑陋、超脱与世俗、圣洁与龌龊等这些情感上的矛盾，源自村庄现实的困境。《天堂蒜薹之歌》是现实村庄书写的一部重要作品。莫言对村庄现实困境、官僚主义等问题进行了反思和批判，同时表达了对底层社会的悲悯情怀。

首先，现实村庄是苦涩而美丽的。现实关怀表现为作家对现实问题的深入探索和解读，是文学关注现实、批判现实功能的体现。《天堂蒜薹之歌》以当年发生在山东苍山的蒜薹事件为原型，讲述了高马、高羊、四婶、金菊等人的悲惨命运，对官僚主义进行了揭露和批判。小村生活虽然很辛苦，但有党的好政策，人们对未来充满了希望，最典型的就是高马与金菊的爱情。收获后的村庄，夜晚宁静安谧，一派祥和。此时，也是高马最激动的时刻，因为他要对金菊表白他珍藏了很久的爱情。但是命运多舛，像所有的村庄青年一样，他们爱情遇到了坎坷。“换亲”习俗将他们挡在了爱情的大门之外。他们求助无门，他们惨遭暴打，他们相约私奔。黄麻地逃离是他们爱情最美的乐章。“黄麻动荡不安，像水一样分开像水一样合拢。她有时恍若坐在一叶小舟上——从来就没坐过什么小舟——她试图睁开眼，眼前五彩缤纷，亮得她眼痛。她不敢睁眼。她闭着眼，感觉到建立在极度疲乏的基础之上的舒适。高马像牛一样喘息着，奔跑，冲开无穷无尽的黄麻柔软的、富有弹性的羁绊，踉踉跄跄，线条舒缓不带棱角的奔跑，这全是她的感觉。在她的脑海里，巨大的古铜色太阳正在缓缓下落，天地玄黄，宇宙洪荒。几个陌生的字眼跳出来，她不理解它们，也记不清在什么地方见过它们。它们消逝啦。天和地竟是这般的堂皇。一望无际的黄麻被清凉的黄昏风吹拂着，轻轻摇摆，缓缓起伏，好像一片暗红色的大海。她觉得自己和他变成了两条游不动的鱼。”起伏的黄麻是跌宕起伏的爱情的隐喻，与《红高粱》中红高粱有着异曲同工之妙。现实的村庄虽然生活艰辛，因为有了美好的爱情而增添了期待，因为有了爱情而变得美丽无比。

其次，现实的村庄是闭塞愚昧的。闭塞僵化的村庄文化往往不是呵护新鲜的事物，而是采用压抑绞杀的方式对待它。像换亲攀亲、攀附权贵、重男轻女、野蛮残暴等丑的东西阻遏了村庄的现代转型，成为一切苦难的制造者。高马与金菊的爱情遭到了家人的强烈反对，因为他们要为金菊的大哥方一相换亲，她必须嫁给乡政府杨助理员的外甥。显然在传统村庄这是一种久远的恶俗，给一代代村人带来不幸和痛苦。从杨助理到方家父子野蛮粗暴地对待两个相爱的人，其做法的程度令人发指。例如身在绝望中的金菊怀着身孕上吊自杀后，非但没有给家人带来些许的痛苦，其尸首还被以八百块钱的价格卖给曹家缔结阴亲。“你嫂子说曹家把这门阴亲办得比阳间的婚事还热闹，从外县请来鼓手班子，吹吹打打，设宴请客，将金菊的尸骨和曹义的尸骨装在一个大红棺材里，埋在了坟里。”爱情婚姻的绝望，加上丰收成灾的愤怒，将高马逼上了反抗之路。另一方面，乡镇官僚的不作为、乱作为、草菅人命是造成蒜薹事件的直接原因。显然，作家对村庄隐性痼疾的剖析是尖利深刻的。为此，莫言在小说中塑造了一个民谣演唱者形象——张扣。他一曲曲令人心酸的歌谣是对现实的无情批判，是警示，是悲歌。

（二）历史的村庄

高密东北乡紧靠胶东半岛，位于历史上东夷文化、齐文化的腹地，拥有悠久的文化传承。自近代以来，这片古老的土地不再宁静，战争不断。清末义和团运动中，高密人组织了大刀会、义和拳等民间组织展开反帝爱国运动，特别是以孙文为首的抗击德国人修筑胶济铁路的斗争最为著名；抗日战争时期，高密人在孙家口伏击战中曾消灭日军运输队，击毙平型关漏网的侵华日军中将。基于这样一些历史记载，莫言在《红高粱》中讲述了余占鳌领导的墨水河阻击战、在《檀香刑》中讲述了孙丙带领义和团对德国人的抗击、在《丰乳肥臀》中讲述了蛟河游击战……历史事件为莫言创作提供了丰富的资源，拓展了其想象空间。因此《红高粱》《丰乳肥臀》《生死疲劳》《蛙》等作品纵横历史百年，情节跌宕起伏，人物各具特色，构成了一部气势恢宏的乡土中国史。作家对历史长河中村庄内涵及演变做史诗性刻画，实质上就是向“高密东北乡”纵深层面的发掘，具有敞开性、民间性、个体性的特点。

第一，村庄的历史是敞开性的。村庄的历史看似不够波澜壮阔，更多的是鸡毛蒜皮，是人情世故，但是民间历史是鲜活生动的，是丰富多彩的。王尧教授在评价《丰乳肥臀》时认为：“‘高密东北乡’的历史就这样呈现出来。一个母亲受难的历史，几乎涵盖了一个民族的历史。”[①]也就是说，村庄历史是小处见大的历史，是审美化的历史，是象征性的历史。在莫言的文学观念中，历史不是一个既定的不变的存在，而是敞开的、变动的、延伸的、包容的。进入这样的历史时空，会发现作家将个体命运与民族历史变革放在一起加以整体性的考察，写出不一样的历史图景；这种历史观更侧重于探索个体与历史的关系，考察历史中个体的命运，反思历史进程中的人情人性。例如《丰乳肥臀》讲述了一个百年村庄的变迁史，人物关系错综复杂，故事情节跌宕起伏。但是作家关注的焦点不在宏大历史事件，而是刻画了上官鲁氏一生的痛苦遭际，展示了一位乡间母亲一生的苦难、坚忍和大爱。从纵向上看，历史不过是人物活动的背景；从横向上看，历史是众多事件的拼贴，体现了高度的个性化追求。因此，小说给我们提供了一段完全不同于既往的历史，一个完全不同的审美世界。

第二，村庄的历史是民间性的。巴尔扎克曾说过，小说是一

① 莫言：《碎语文学》，作家出版社，2012，第146页。

个民族的秘史。它书写的不是正史，而是散落在民间的野史；它弥补了正史的不足，散发着浓郁的生活气息。如《檀香刑》以清末德国侵略者修建胶济铁路、义和团被镇压为背景，讲述了民间社会的爱情、抗争与镇压等主题，揭示了民间文化的仪式性、抗争性、自由性等特征，并对传统文化的结构和内耗做了惊人的展示。《红高粱家族》中的历史发生于20世纪三四十年代，是关于高密东北乡人民抗击日本侵略者的叙事。这些都是历史上有据可查的。小说以红高粱意象为中心，讲述了土匪余占鳌和村女戴凤莲的情爱故事，包含着对民族文化的反思与建构。而《生死疲劳》则是一部关于1949年后土改、合作化运动、“文革”、市场经济等不同历史时期的村庄变迁史。村庄所经历的悲伤、欢乐和痛苦通过大地主西门闹的“六道轮回”转世的家畜眼光加以展示。《蛙》则将目光转向了村庄社会的计划生育，借此反思三十多年间人与村庄的矛盾纠葛。所以说，村庄历史的民间性是在这些看似毫无历史性的民俗、传说、仪式、母亲、儿女、土匪等要素中体现出来的。在文学世界中，作家以审美形式按照表达的需要打造出一个独特的历史空间，表达了自己独特的历史观。“它提供了我们在以往的文学文本和当代的历史文本中都无法看到的历史场景，历史本身的丰富性在这里得到了前所未有的复活。”[①] 民间历史观是对村庄历史叙事的突破，提供了一种崭新的叙事视角。

第三，村庄的历史是村人的历史。文学历史的书写最终是通过人的历史完成的。在具体的历史书写中，塑造性格独特的人物

① 张清华：《莫言与新历史主义文化思潮——以〈红高粱家族〉〈丰乳肥臀〉〈檀香刑〉为例》，《海南师范学院学报（社会科学版）》2005年第2期。

意象是文学的重要使命。显然，莫言对此有着自己的独特认知。如《红高粱》中的戴凤莲和余占鳌、《丰乳肥臀》中的上官鲁氏、《生死疲劳》中的西门闹与蓝脸、《蛙》中的姑姑等，在历史演进中以个人的独特经历呈现了一个个特有的历史画面，展示了高密东北乡人独特的文化人格魅力。自古至今，高密人崇尚“冻死迎风站，饿死不弯腰”“穷得直实，死得直立”“人敬我一尺，我敬人一丈”“刚勇率性、敢作敢为”[①]等人生信条。余占鳌为了与戴凤莲相亲相爱，率性而为，对抗道德伦理，但在民族危亡之际，又能挺身而出，精忠报国，展示了一个高密汉子的勇武率真之气；上官鲁氏在屈辱和苦难中坚守母爱，带领儿女和他们的孩子渡过了一个个难关，阐释了伟大的母爱内涵；蓝脸自幼受恩于西门闹，土改后自觉担负起照顾西门家儿女的责任，更为重要的是合作化之后他坚持单干，体现了一种独立思考、不跟风、不屈服的性格。综上所述，莫言以个体的历史演绎了高密东北乡的历史、乡土中国的历史。

（三）诗意的村庄

有关文学与现实的关系，每个作家都有自己的理解。在莫言看来，作家应该关注现实，对现实发出自己的声音。“我认为文学的职责正在此处。我们能够将在小村子里经历的事情写成文学，推向世界。或是能够将世界的问题，在自己创制的一个小小模型里放大。这种在世界和小村子之间的往返就是文学的原点。”[②]尤其是在谈及《天堂蒜薹之歌》时他认为：“作为一个农民的儿子，

① 邵纯生、张毅编著《莫言与他的民间乡土》，第 85 页。
② 莫言：《碎语文学》，第 34 页。

尽管我住在城市里好多年了，但农民的蒜薹卖得出去卖不出去对我的生活很有影响，因为我是农民出身的作家，有一颗农民的良心，而这个良心是不安的。”[①]但是文学又不同于现实，是作家对现实生活的一种理解。这一点莫言是有着自己独到见解的。故而莫言的文学村庄带有浓厚的诗意性，致力探索现实背后的隐秘，通常采用诗意的方式，将现实进行审美化的处理，如《天堂蒜薹之歌》《透明的红萝卜》《白狗秋千架》等。不妨以《透明的红萝卜》为例，探析莫言文学村庄的诗意性特质。

第一，小村虽小，却散发着朴质简单的诗意。故事的发生地主要是在小村和村外的河滩工地上。小说讲述了发生在黑孩儿、菊子姑娘、小石匠和小铁匠之间的故事，情节并不复杂；时间大约是“文革”时期，小说有意模糊了具体的时代背景，以公社、队长、生产队等几个特有的时代术语进行了暗示。小村再简单不过了：已近深秋，瓦房上凝结着一层露水，槐树上有了淡黄的叶子，上面还挂着一只红锈斑斑的铁钟；村外有一条不大不小的河流，上面横跨着一座九孔石桥；河堤外面是辽阔的原野，还有原始森林一样茂密的黄麻地。在这样一个古老而朴实的小村中，发生了一个似梦似幻的故事。它既不惨烈也不崇高，既不久远也不当下，是那么的朴质、浪漫而又有些凄苦，是一种难以说清的永恒记忆。

第二，小黑孩带有浓厚的象征色彩。小黑孩没有具体的名字，是村里一个可有可无的人。他的童年充满了伤痛，但看起来又没有什么。父亲在早年下了关东，音信全无，他只能跟着后母一起生活；后母喜欢喝酒，喝醉了就拧他、打他、咬他。“墙角上站

---

① 莫言：《碎语文学》，第 27 页。

着一个十岁左右的男孩子。孩子赤着脚，光着脊梁，穿一条又肥又长的白底带绿条条的大裤头子，裤头上染着一块块的污渍，有的像青草的汁液，有的像干结的鼻血。裤头的下沿齐着膝盖。孩子的小腿上布满了闪亮的小疤点。”刘副主任、大队长瞧不起他，连邻村的队长也谩骂殴打他；回到家里，他要忍受继母的虐待，要照顾那个同父异母的弟弟；来到铁匠铺，小铁匠故意施虐于他，让他去偷东西，制造各种恶作剧伤害他。但是上苍还是怜悯他，让他在疾病和苦涩中活了下来；村人可怜他，给他尽可能的温暖和照料。队长让他跟着小石匠到工地上干活，既可以摆脱后母的殴打，也有口饭吃；善良的菊子姑娘关心他，照顾他，替他把受伤的手包扎好，给他带饭吃；老铁匠呵斥小铁匠不许欺负他，夜里还把褂子脱下来给他盖上。不言不语的小黑孩感受到生活的温暖和诗意，对人生产生了美妙的想象。夜色中那根铁砧子上的透明的红萝卜，还有密不透风的黄麻地，令人产生无限遐想。生活虽然极端艰苦，美好依然存在，但是又那么朦胧而神秘。

第三，情爱给灰色的村庄增添了无限生机。美好的爱情就像春天的绿草，总是给人以无限生机、无限期待。即便是在“文革”时期，村庄依然萌生美好的爱情故事。年轻帅气的小石匠，心地善良，能说会道，自然会讨得女孩子的喜爱。“小石匠长得很潇洒，眉毛黑黑的，牙齿是白的，一白一黑，衬托得满面英姿。”当公社刘副主任嫌小黑孩太小要把他赶回家时，小石匠赶紧为小黑孩说情；当小黑孩被小铁匠欺负时，又是小石匠站出来保护他。后来，小石匠与菊子姑娘产生了爱情。“两个人拉着手下了堤，钻到黄麻地里。小铁匠尾追着冲上河堤，他看到黄麻叶子像波浪一样翻滚着，黄麻秆子‘唰拉拉’地响着，一男一女的声音在喊叫黑孩，声音像从水里传上来的一样……”无边的黄麻地，像懂得如何呵护这对热恋中的男女，以起伏的黄麻为他们祝福；同时黄麻的波浪也象征了二人的感情，波涛汹涌。此时的小黑孩仿佛感受到被冷落，在落寞中走开。

村庄是莫言文学世界中一个十分重要的意象。在“高密东北乡王国”中，村庄被赋予了独特的审美意蕴。它生机无限，美丑融合，是莫言为自己精心打造的村庄。即使在获得诺贝尔文学奖后，莫言仍继续讲述自己的村庄故事和那些他从小朝夕相处的人，如《故乡人事》。

沂蒙文化与村庄

沂蒙山区地处山东腹地，是齐鲁大地的脊梁，号称“八百里沂蒙”。她由沂山、蒙山、沂水、沭河、汶河等自然地貌构成，山水相依，地形多样；有大小山头七千余座，崮形地貌尤为突出，风光秀丽，物产丰富。沂蒙文化历史悠久，最早可以追溯到史前时期，与东夷文化、齐文化、鲁文化有着内在的渊源。自近代以来，现代文化、红色文化在这片土地上广泛传播，逐渐形成了现代沂蒙文化。正如王万森教授所言：“构成沂蒙文化的三大主要因素是表征传统文化的齐鲁文化，以马克思主义指导的革命文化和以现代化为目标的现代文化。三者之间在价值取向、生成形态和历史地位诸方面的差异显而易见，但是在沂蒙这片古老的土地上，三种文化之间更主要地表现为相互融合从而汇成不停顿地自我更新的内驱力。”[①]沂蒙文化有着顽强的生命力和现代意识，是沂蒙村庄文化和沂蒙山人的精神家园，具体体现为民居文化、人格文化和民俗文化等形态。至今，“沂蒙人家”是山东大地上的一张独具特色的文化名片。基于以上研究可以看出，沂蒙村庄既拥有独特丰富的历史文化内涵，又不乏变革创新的精神特质。

一、沂蒙山地与村庄

沂蒙村庄大多位于山地丘陵之间，与山水相伴。这里土地贫瘠，生活艰苦，孕育了勤劳简朴的沂蒙人。千百年来，沂蒙人在这片土地上辛勤耕作，开拓进取，建设自己的家园。在文化构成上，沂山、蒙山、沂水、汶河、沭河构成了独特的山水文化。“蒙山高，沂水长，沂蒙山区好风光”，铸就了沂蒙人性格中的厚重朴实；靠近孔孟故里，儒家文化影响尤为突出，宗族意识浓厚；自革命文化进入以来，特别是在根据地红色文化的影响下，沂蒙村庄实现了凤凰涅槃；新时期以来，沂蒙文化发出了新枝，开拓创新、坚毅进取的沂蒙精神不断被发扬光大。沂蒙文学是沂蒙文化培育出的花朵，是沂蒙精神结出的果实。新时期以来，沂蒙作家纷纷拿起自己的笔书写这片神奇的土地，探索沂蒙文化和沂蒙精神的内涵，建构起一个个独具特色的沂蒙文学世界。具体而言，像赵德发的《缱绻与决绝》《青烟或白雾》《君子梦》等致力土地与传统文化的探索，刘玉堂的《最后一个生产队》《乡村温柔》

① 王万森：《从文学视角观察沂蒙文化》，《山东师范大学学报（人文社会科学版）》2005 年第 5 期。

等揭示了沂蒙文化中特有的幽默与智慧，苗长水的《犁越芳塚》《染坊之子》等歌颂了沂蒙人质朴、热情、韧性的品格，王兆军的“乡下人三部曲”道出了沂蒙村庄从传统走向现代的蜕变之痛……这些作品汇聚成了一个多彩的沂蒙村庄世界，其中，村庄、村人、村事和村情是村庄意象中最具特色的构成部分。

（一）自然地理意象

沂蒙地区多山地丘陵。其中北部为群山，中部为起伏不大的丘陵，南部为冲积平原。沂、蒙二山是最为著名的山岳。在丘陵地带，散布着一种叫“崮”的地质奇观。在沂水、沭河、汶河等河流的滋润下，山清水秀，绿水长流；层层梯田，炊烟袅袅，牛羊成群。苗长水在《染坊之子》中写道：“山东南部的沂蒙山区，有着许多风景非常优美的地方。它并不是原始的优美，而是显示着人类文明进化的优美。那儿总能看到令人陶醉的乡间炊烟，山上有修整得像绣花女绣出来一样的庄稼地，那蚕桑和果木像是人类的歌声，河里蜿蜒流淌的也像是人类明净的血液。”《我的家乡沂蒙山》也有着类似优美的描述：“高高的山峰入云端 / 泉水流不尽 / 松柏青万年 / 梯呀田层层绿呀 / 水库银光闪 / 映山红花处处开 / 牛羊成群绕山间。”独特的自然景观是文学创作不可或缺的资源，自然会吸引作家去写故乡的山山水水，父老乡亲。像刘玉堂笔下的莺莺崮、钓鱼台，赵德发笔下的沭河、倒流河、鳖顶子、柘沟等，苗长水小说中的锨板子崮、沂河等，成为沂蒙文学中说不尽的审美意象。

1. 崮意象

崮也叫“方山”，是沂蒙山区特有的自然地貌。其状如蘑菇，顶部平展开阔，周围峭壁如削，从峭壁往下则坡度由陡变缓。沂蒙山区的崮大大小小有上百个，很多崮拥有民间传说；在传统社会，崮还因其独特的地形成为村人躲避灾难的理想场所。很自然，这一地貌成为沂蒙作家书写的对象，被赋予了特定的审美意蕴。像苗长水的《冬天与夏天的区别》中的锨板子崮："他这个石头垒的院落是在半山腰上的，三间石头垒的团瓢屋，屋顶是草的，就李山一个人住着。山腰下树木葱郁，从底下走，看不见他住的这地方。而他往高处一站，四野之外，一目了然。"在锨板子崮周围还有南大崮、锥子崮、东汉崮、晏婴崮等。山村里的百姓有着大山一样的性格：淳朴、热忱、勤劳，识大体顾大局。在革命战争年代里，这里成了八路军伤病员休养的地方。李山一家为革命付出了巨大牺牲。但是不管心中有多少痛苦和委屈，他都像山一样矗立不倒，宽容面对，经历了革命风雨的一次次考验。

在与崮相伴的岁月中，沂蒙人赋予了其精彩的历史传说。像孟良崮、纪王崮、无儿崮、抱犊崮等，大都拥有自己的神话传说、历史故事，体现了沂蒙人的文化追求和审美追求。刘玉堂《乡村温柔》中的莺莺崮，据说是张生和崔莺莺相会的地方。"莺莺崮的上边儿，有整个篮球场那么大，除了那一高一矮两块巨石之外，还真是怪平坦。我们沿着四周转了一圈儿，俯瞰下方，沂河的流水，白光粼粼，蜿蜒而去，这儿那儿的大小山岭如波涛浪峰，绵延不绝，一种迄今不曾有过的、既豪迈又悲哀的感觉油然而生。""这座崮则取材于西厢记的故事。而山那边儿的个庄，就叫崔家庄，传说崔莺莺就是那庄的人。每当有雾的时候，你往这崮顶上一看，就会看见崔莺莺与张生在花园里相会。"莺莺崮是沂蒙人向往自由幸福的爱情生活的文化隐喻。所以说，崮不仅是一种独特的自然景观，更是一种文化的、审美的集合体。“景观之美不仅仅是表象的，更在于它们的实质：景观之美源于人类文明。”[①] 崮在此就是最为有力的明证。因此，近年来很多专家学者对其独特的风貌和文化内涵进行了不懈研究。

2. 河流意象

山无水则无灵气，水无山则无筋骨。在连绵起伏的沂蒙山中，一条条河流穿过沟沟壑壑，滋润了群山平原，养育了千万个村庄。沂蒙山区除最为著名的沂水河之外，还有沭河、汶河等，以及大大小小的溪水。特别是沂水、沭河、汶河，千百年来哺育出了灿烂独特的沂蒙文化和沂蒙亲情。《犁越芳塚》中从台湾归来的国民党退伍老兵刘成，站在村前的河边心中波澜起伏：“在一望无际的土地上生长着的草和麦子，旷野的风吹过杨树和柳树，清澈得像自来水管中流出来一样的沂河水、汶河、沭河水，一点点滋润着肥厚的土壤，这所有的气息，除了从这片土地上，又能从哪儿闻到？”“汶河曲曲弯弯，这样平静而美丽，它没有沂河宽阔，却像沂河一般动情，这沂蒙山的丝绦，农家的绣花女。”这是潜藏在每一个沂蒙儿女内心深处的化不开的乡愁，随着时间的流逝越来越浓。汶河曾经养育过他，既给他带来无穷的欢乐，也目睹了他曾经的忧伤，如今是唯一能够抚平他内心创伤的母亲。《家族秘史》中也写到了沂河：“沂水城西不是有条沂河吗，这条河河床宽泛，水深流激，每到入夏的时候，大水可以平槽，满载货物的船只就可以顺流航行，直入运河。如果当天天气晴朗，这蓝

① [美]约翰·布林克霍夫·杰克逊：《发现乡土景观》，俞孔坚、陈义勇等译，商务印书馆，2015，第5页。

色的天空就会映照在清澈的河水中，登高观望，便见长长的一匹蓝布拖于河中，所以人称‘沂水拖蓝’。”沂水情长，让刚毅质朴的沂蒙文化又带有柔美深情的一面。

此外，《白蜡烛》中的小汤河另有一番韵味。它由温泉水汇聚而成，河面上飘着带有硫黄味的雾气。“由温泉水形成的汤河温热如汤，淳厚如饴，养育了两岸特别好的庄稼、性格温厚的老百姓和千百万水洗一样的姑娘，还有那些有着古铜色皮肤的孩子。”河水化育了万物，给沿岸村人带来了美好的生活。澄澈秀美装点了每一个人的精神，成为沂蒙文学最为独特的地方之一。

3. 古树意象

在村庄文化中，古树寄托了先人对故土的思念，是庇护村庄的神灵，往往带有神奇的传说。在传统文化中，树木信仰体现了“天人合一”的理念。在沂蒙群山中，树木苍苍，陪伴着村人在沉默中世世代代过着“日出而作，日入而息”的生活。那些古老的树木，成为村人寄予精神信仰的空间。如《君子梦》中的老雹子树，古老怪异，非雷电击打不发芽，是人类欲望的象征；《双手合十》中的柘树王促成了几代人的姻缘，成为小村文化中的传奇，是善良朴素的民风象征；《白蜡烛》中的“叫树”是一棵能发出声音的老榆树，实际上是紧靠在一起的两棵树，平时安静相守，刮大风时就相互摩擦，发出凄厉阴冷的叫声，是人性与人情的象征。这些古树意象在文学世界中带有很强的象征意蕴，往往成为作家情感意蕴的载体。

（二）房屋建筑意象

村庄建筑是传统文化的沉淀池，包含着村人的审美追求、文化理念；建筑文化的变迁是村庄文化发展的标志，从中可以寻到历史的足迹。沂蒙村庄多属于典型的山村，依据地势布局，展示了古村落特有的历史传承和文化底蕴。房屋建筑多就地取材，按照传统风水理念选址，体现了对“天人合一”精神的追求；在风格上追求古朴粗犷，朴素醇厚，地域色彩十分突出。具体而言，沂蒙村庄建筑可分为房屋建筑、信仰建筑、农用建筑等类型。

1. 房屋建筑意象

沂蒙民居最为经典地体现了鲁中民居的特点：就地取材，顺势而建，与自然和谐相处。就整个村庄而言，它坐落在群山之中，与山地巧妙融为一体。《遍地杏黄》中的杏花村就是一例，其院落布局呈现为一种错落相间的特点。“村中的院落错落无序，散落在山坳底部。每一户的院落都是单门独户的，没有山外村庄里山搭山墙挨墙的整齐和平坦。高处的房屋可能就建在低处人家的屋顶上，低处院落里的人需仰头抬腰高腔，才能与上面的人家对话，而低处人家院落里的任何举动，都会处于高处人家无意偷窥的视野内。”但是这丝毫不妨碍他们的生活。因为在一个熟人社会里，邻人之间根本没有任何私密可言。世代生活在一起的四邻街坊，彼此之间已经熟悉到不能再熟悉的程度。

具体到房屋建筑，沂蒙民居以石材为主，石墙、院墙、地面、大门、街道等都是石材构成；屋顶多采用山草或麦草，间或富有人家采用砖瓦材料。“院落里的房屋都不甚高大，均是用山石垒砌起墙，再把山坡上疯长的红草割了来晒干，苫盖屋顶。这样的屋子，住着舒适干爽，热天阳光晒不透，冷天寒风侵不进，是典型的冬暖夏凉的好居所。院墙的围墙，也是清一色的山石垒就。有高些整齐些的，必是个家境殷实主人勤快的人家。有的低矮，甚或没有院墙的，定是个过日子松散的主儿或懒惰的人家。”（《遍地杏黄》）村庄房屋建筑也存在着很大差异，显示了家庭之间的贫富差距。像《君子梦》中族长许正芝家中，正房、厢房、厨房一应俱全，而且按照尊卑秩序排列，但是村里贫困人家家徒四壁，连遮风挡雨都非常困难；《包村干部》中村支书周荣成家生活富足，院落崭新，“房子是新盖的，白墙红瓦，在一片破旧的草房中显得高大气派，就连密密麻麻的树荫也遮不住它的气势”。在村庄人看来，房屋建筑是家庭的脸面，代表了家庭的贫富差别。千百年来，这一习俗已经融入到村人的血液之中，成为一种固化了的理念。

2. 信仰建筑意象

在传统沂蒙村庄里，村人生活贫困，天灾人祸不断。为此，村庄社会有着自己的精神信仰，用以应对那些来自现实的不幸。信仰建筑则是村庄信仰文化的载体，如土地庙、家庙、教堂、寺庙、道观等。家庙祠堂是沂蒙村庄最为常见的信仰建筑。在村人心目中，地位最高的不是神灵，而是祖先，因此供奉先人的家庙宗祠是村中最为重要的建筑。在此，同姓同宗凝聚成强大的力量来面对来自各方的威胁。《君子梦》中律条村的家庙是一个长着十几棵老柏树的大院，有三间正房，房内正面墙上供奉许姓祖宗牌位。“家庙是一个家族的历史，是一个家族的精神。一个庄户人活着的时候不管多么卑微多么窝囊，而一旦变成了这座家庙里的牌位，就神神秘秘威风凛凛。”所以说家庙之神圣，在于它不仅决定了一个家族成员今生今世的地位、尊严，而且决定了其死后的归宿。

土地庙是村庄社会中另一不可或缺的建筑。它是土地崇拜的产物。在村人心目中，土地神决定了村庄的安稳，掌管着死者的魂灵，是家家户户不可不敬畏的神灵。《缱绻与决绝》中土地庙经过了多次被拆、重建、又被拆、再重建的反复，体现了村人对神灵的世俗化理解。“土地老爷本姓张，富村的住瓦房，穷村的住破缸。”不管村子是贫是富，都要有自己的土地庙。因为土地爷掌管着一村的户籍，人死后鬼魂还要到他那里关押三天。也就说，村人有求于它，要好生相待才是。

自近代以来，随着西方现代文化的侵入，基督教也开始在中国村庄世界广泛传播。特别是 20 世纪 90 年代，各地村庄开始建起了各种类型的教堂。当然在传播过程中，传教方式、教堂风格被村民进行了本土化改造，世俗化色彩更为突出。《君子梦》中的小梗四处传教，并组织了一批教民，相互帮助，解决生活中遇到的一些困难。基督教在村庄的传播，是传统文化式微、信仰缺失的产物，虽然在客观上起到了寄托人心、劝人向善的作用，但是应该引起乡村文化建设的反思。

3. 其他建筑意象

在传统村庄里，除了街道、房舍、宗庙等建筑，尚有水井、戏台、地瓜窑等村庄特有的建筑类型。例如地瓜窑，是沂蒙村庄最为常见的建筑之一，与每家每户的日常生活休戚相关。“地瓜是沂蒙山人的主食。村内有多少户人家，村边就有多少口地瓜窖子。这是沂蒙山区的一大景观。”小说《窑》中，作家将一个个村庄故事围绕着窑意象展开，揭开了传统村庄的文化一角。《窑艳》中村姑英英与男人在地瓜窖中相会，被村中好事者关在窑中闷死；《窖恩》中樊老三救了囚禁在地瓜窖中即将被处死的刘为礼，在两岸互通后刘为礼专门回到村里报答救命之恩；《窖缘》中的穗子和小梗因为与秃羊老婆开玩笑，导致其死在窖中，穗子被迫嫁给了秃羊；《窨骂》中的捡决定为哥哥换亲，在离家之前到当年捡她的那口窨里大骂生母；《窨殇》中因救人死在窨中的二驴，反让被救的稀罕夫妇污蔑为偷瓜贼；《窨居》中老汉远离村庄，远离儿子，独自在地瓜窨中生活。窨远离村居，深居地下，往往是村庄隐秘故事的发生地，因而有关窨的故事隐含了村庄人性与人情的真相。

（三）民俗风情意象

经过漫长的历史进程，沂蒙村庄形成了独具特色的民俗文化。这些民俗意象中蕴含着沂蒙人对宇宙人生的独特理解，体现了沂蒙人的审美追求。从岁时节日到人生礼仪，每一习俗都承载了沂蒙丰富的文化内涵，表现了鲜活的沂蒙生活。例如流行于苍山、莒南一带的蓝印花布制作工艺，是村庄人从山野中采集兰草提取蓝色印制而成。花布芳香纯正，色彩质朴稳定，花样繁多，体现了沂蒙人朴质简洁的审美追求。通过对大量文学中沂蒙民俗的研究不难发现，质朴无华、真挚朴实是其基本特点。

1. 岁时节日意象

农耕文化是沂蒙文化的主体。这是沂蒙人民在与土地相依为伴的岁月中逐渐形成的，其主要体现之一是独具特色的岁时节日习俗。它们多与农事有关，内容极为丰富，像“二月二”“七月十五”“辞灶神”“春节”“元宵节”等。在创作过程中，沂蒙作家善于借助民俗文化资源增添村庄的地域特色，在民俗风情叙写中发掘人性之复杂，寄予自己的文学思考。

首先，敬奉农神是沂蒙岁时节日民俗的重要内容。在农耕时代，敬奉农神、期待丰收是最为重要的农事。像“二月二”“七月十五”等节日，莫不蕴含了相关的敬神内涵。例如“二月二，龙抬头”，又被称为“春耕节”“农事节”“龙头节”。这一天沂蒙村庄的百姓都要举行敬龙祈雨仪式，期待来年风调雨顺、五谷丰登。《缱绻与决绝》中有在“二月二”“趌谷仓”习俗，是农人对“粮满囤，谷满仓”的美好期待；《君子梦》中每年七月十五村里都要举行祭祖和祭“农师”后稷的仪式，“祭祖要到祖林，以新谷相献；祭后稷这位庄农的老师则在家里，写一牌位供起，也荐以新谷让其品尝”。这种洋溢着乡土气息的民俗是与土地文化共生的，然而随着时代的发展特别是工业文明的到来，开始逐渐淡出了人们的视野。

其次，祈福赐福是岁时节日民俗的另一重要内容。在沂蒙岁时节日民俗中至今存在很多禁忌习俗，其目的在于避免触犯神灵，求得神灵保佑。例如《君子梦》中村人在腊月二十三当日买糖瓜敬奉灶王爷，求得灶王爷在玉皇大帝面前封口，不说自家的坏话。因此祭灶习俗蕴含了村人的祈福思想，“更多地向神祈求一些现实的生活利益，希望灶王爷带给他们富裕的生活，送走贫困的日子”[①]。《乡村温柔》中钓鱼台在春节时家家户户都要贴春联、挂纱灯、吃饺子、拜年、回娘家等。此外，岁时节日还有着其他的内容。例如小说中的牟葛彰在写到自己的春节体验时认为：“这个春节给我一个突出的印象就是，农村的年，其实是孩子们的年，恋人们的年，吃得好、穿得好、心境也好，还有的是闲日子，可以什么活也不干，想怎么着就怎么着。”因而在敬神赐福之外，

① 陈晓红：《“祭灶”的渊源及流变》，《中央民族学院学报（汉语言文学增刊）》1988 年第 S1 期。

村人过节的内容还有放松、宣泄的内容，春节是村庄人自己的“狂欢节”。

2. 人生礼仪意象

沂蒙地区紧靠孔孟之乡，受传统宗法文化的影响深远。人们在日常生活中讲究礼仪，婚丧嫁娶、满月生日等都有一整套礼节形式，体现出浓厚的地方色彩。很多礼节体现了对人的尊重，对生活的祝福，对未来的美好期待。在农耕社会中，一个人从出生到死亡就是由礼仪文化编织而成的。这些礼仪习俗构成了村庄人的精神家园，赋予了每个人以生存的意义。其中，出生、婚嫁和丧葬礼仪尤为重要。在沂蒙文学中，作家对人生礼仪的书写十分重视，主要体现为对社会人生的反思与批判。

第一，出生礼仪拉开了村人一生的序幕。在传统村庄里，生儿育女、传宗接代是每个家庭的头等大事，也是一个家族血脉延续的保障。因此村人对新生命的降临十分重视，通过一系列礼仪来佑护其健康、平安、富贵。在《冬天与夏天的区别》中孩子出生满十二天时，姥姥和舅舅会来送“朱米”，包括米面、鸡蛋、红糖、尿布、衣服（小棉袄、兜肚、小帽子）；到了正午时刻，舅舅要给孩子剪头发；满一周岁时，要给孩子做一件红兜兜……其细致烦琐之至，道出了村庄礼仪的特色。《遍地杏黄》中，刚刚生了孩子的人家要在门楼子上用秫秸挑一块红布，下垂的两只角上拴上红筷子、荆条做成的弓箭和蒜头。其中，“红布”意味着家里刚生了孩子，“筷子和蒜头”寓意着女孩子要精打细算持家，“弓箭”寓意能文能武。从此，一个人就沿着这条民俗铺就的路一直走下去，直至生命的终结。

第二，婚嫁礼仪是人生礼仪的华彩乐章。沂蒙婚俗在各地虽有不同，但是整体上有一套完整的礼仪程序，成为人生礼仪中最为隆重的一部分。《送筦子》中写道：“越穷越偏僻地方，婚礼办得越认真。”礼节要周到，因为在村人看来礼俗是脸面，是容不得半点差池的。在结婚之前，男女双方要先传“小启”定亲，即男家送衣裳给女家作为礼物，女孩要回送鞋垫作为信物；十天后，女孩要带上一筦馒头到未来的婆家去认门；结婚当日，新郎要到轿前迎接新娘；此外，在结婚的日子里亲戚家还要派人去“送筦子”。《青烟或白雾》中蒿了出嫁时，娘家陪送“八人件”；轿子到家门，要放在又松又暄的石头上，嘴里念叨：新人压得石头破，儿孙辈辈有官做，然后将宽心茶浇在轿子前。可以说，每一个礼节都有着相应的说法，无非是祝福和子孙满堂的寓意。

第三，丧葬礼仪是离开人世的最后礼节。因为连接阴阳两界，丧葬礼仪受到格外的重视。《缱绻与决绝》中田氏死后，请管事的，请吹鼓手，安排向亲戚报丧，举行吊孝仪式，然后是送汤，三天出殡。在葬礼上，最先开祭的是“鸿客”：“褚会长做一手势请起，让孝子回到桌前的跪位，他便开始了叩拜。他刚走到第一领席上，便有人抢先几步，将一块二尺见方的红毡铺下。褚会长缓缓走至红毡前，稳稳如松站立片刻，冲远远的供桌一揖，随即跪下。拖毡者哈腰将他的长衫后襟一理，遮住其双脚，褚会长这才叩一个头，缓缓起身又是一揖。整套动作潇洒得体，动停有致，引得四周围观者啧啧连声。在第一领席上叩完，又去第二领席。他叩头，两边跪着的孝子贤孙们也陪着叩，大片戴孝的人头一起一落，像秋风中的梨园。”整个仪式就是一次精彩的表演，将所谓的“大加官”仪式展示得淋漓尽致。

（四）民歌民谣意象

勤劳质朴的沂蒙人在平日生活中创作了大量的民歌民谣，赞美他们的家乡，描述他们的生产生活，抒发他们内心的情感。“沂蒙民歌是沂蒙地区历代人民创作的民间歌曲。这些民歌历经岁月的洗礼，由勤劳的沂蒙人民不断发展创新，才形成了真正现代意义上的沂蒙民歌。沂蒙民歌曲调歌词具有浓郁的地方特色。”[①] 民歌民谣表达了村人的心声，是原生态的沂蒙文化。

首先，民歌民谣抒发了村人朴质的情怀。它们多来自劳动生活，有感而发，情真意切。《犁越芳塚》中素盈唱的《大踏青》《小踏青》：“三月里来是清明，姑嫂二人去踏青，捎带着放风筝。出了大门往南走，拐弯抹角向正东，观一观是哪风。”歌曲描绘了姑嫂游春的动人场景，自然清新。《冬天和夏天的区别》中：“月姥娘，跟俺走，我买烧饼你打酒。你一盅，我一盅，咱俩喝个对脸儿红。”“红秫秸，打床笆，不是娘儿俩就是娘儿仨……”生活气息浓厚，还伴随插科打诨，展示了世俗生活的乐趣。《家族秘史》中民歌抒发了村人的人生感叹。“一恨恨爹娘，爹娘无主张，女孩大了还不打嫁妆，越想越腌臜。/ 二恨恨公婆，公婆有差错，男大女大还不两配合，大错又特错。/ 三恨恨媒人，媒人好狠心，两头亲事全靠你一人，你也不问问……”整首歌曲以“恨”的方式蕴含了对爱情的渴盼，含蓄有趣。

其次，民间歌曲是来自大地深处的声音。民歌源于劳作，贴近大地，散发着泥土的芳香。《犁越芳塚》中刘成从台湾回到老家，

① 王会会：《沂蒙民歌演唱风格的传承与创新》，曲阜师范大学硕士论文，2014，第 1 页。

当听到渔鼓和简板伴奏以沙哑声音唱出的大鼓书时："唱得是三月里耕地四月里锄，落魄的农夫下了湖。老少爷们儿要问这农夫什么穿戴，明公不知听清楚。农夫他头戴苇笠六个棱，肩胛上扛了一张耘苗的锄。穿了个褂子补丁补，穿了一条裤子盖着大幅，脚上一双袜子还没有底，二棱的铲鞋穿在足……"乡情乡音瞬间上了他的心头，触动了那潜藏已久的心事。《白蜡烛》中父亲傍晚赶着牛从地里回家，想到牧牛晚归的图景即将不再，不禁悲从中来，唱起了"喝溜"调。粗犷嘹亮的声音在田野上飘荡，将父亲心中难以言传的伤感带走。沂蒙民歌正是靠着这种乡土气息，感染了国内外的听众，成为名扬四海的曲调，像著名的《沂蒙山小调》《我的家乡沂蒙山》等。

（五）村庄人物意象

一方水土养一方人。"在历史文化发展的不同阶段，沂蒙精神表现为农业文明中的宽容仁爱、吃苦耐劳、勤俭质朴、敬畏自然、天人合一；时代风浪中，勇于斗争、乐于奉献与革命抗争；历史变革中，敢为天下先，乐观进取，与时俱进，挑战现实，挑战传统，挑战自我。"[①]沂蒙人热诚、质朴、勤劳、奉献等品格，是沂蒙精神的集中展示。在文学创作中，沂蒙文化人格的塑造是沂蒙作家最为关注的问题，是决定沂蒙文学创作成败的关键。对传统人格的反思和现代人格的建构，是贯穿沂蒙文学的主线。赵德发、刘玉堂、苗长水、王兆军、魏然森、曹华鹏等作家对沂蒙人的文

① 王万森：《从文学视角观察沂蒙文化》，《山东师范大学学报（人文社会科学版）》2005 年第 5 期。

化人格做了深入探索，塑造了一大批沂蒙人物的群像。依据沂蒙文学现状，不妨以农人意象、青年意象和地主意象等几类意象对这一问题进行解读。

1. 农人意象

农人是村庄社会的主体。他们的人生追求质朴单一，无非是拥有一份属于自己的土地，一个和睦温暖的家庭。如果说更高一点的追求，那就是建造起属于自己的大瓦房、拥有更多的土地等。千百年来他们世代过着几乎相同的生活，没有太大的改观。如《缱绻与决绝》中封大脚在年轻时立志守家创业，添置田亩。他对土地之外的事情不感兴趣，从不参加任何派别，哪怕是在大复查、“文革”时期都坚守土地信仰，心无旁骛。大脚和绣绣勤劳能干，硬是在鳖顶子上开出了一块环形地块；后来省吃俭用，他又购买了三亩土地，但这些在合作化中丧失殆尽；改革开放后，大脚迎来了分田到户的好时候，重新燃起了种地的热情。这是一种从祖辈那里传来的信仰。“打庄户是干啥的呢？是侍弄地的，是种庄稼的。老辈子都说：十年读个探花，十年学不精庄稼。”农人的一生与土地相依相伴。大地教给农人的真理是：唯有勤快才能侍弄好庄稼，唯有用心土地才不会欺人。故而勤劳、质朴、厚重等品格实为大地所赐，是村庄人种地为人之根本。

其次，农人有着自己的悲欢离合。新时期以来，作家对人物的塑造更加突出其独特性。在《乡村温柔》中牟葛彰、小箬、刘复员、老鱼头等各有自己的特点。刘复员的童年是在放猪中度过的，合作化之后继续为大队放猪。他生性幽默乐观，体现了沂蒙人文化人格独特的一面。比如在物质贫乏的年代里，他总能想出办法解决自己的饥饿问题，像搞点小储存、偷点东西等，体现了沂蒙山人的乐观智慧的一面。“日出江花红似火，沂蒙山区红烂漫，到了夏天就好过了，那时鲜苞米什么的就长出来了，那还不偷它个婊子儿的？到了秋天更来劲，饿了就到山上弄根老胡或小罗啃啃。”刘复员身上处处可见村庄人特有的智谋，应对来自生活的种种威胁。来自生活的不幸总是不期然落在村人的头上，让其尝尽了人间的悲欢离合。《犁越芳塚》中素盈是一个柔美可人、生性好强、心灵手巧的女人，嫁给刘成后一度过上了幸福的日子。但是后来一场场的运动让其受尽了苦难：丈夫逃亡、走热鏊子、被烙铁烙、被分给残疾人当老婆，最后在屈辱中死去。在艰难的岁月中，村人一生经历了太多的艰辛。然而，沂蒙人靠着坚毅、韧性、刚强、智慧、宽容走向了现代，靠着开拓创新的精神走向了新生。

2. 青年意象

沂蒙精神，红色文化，不仅是一种理论表述，更是千千万万沂蒙人用自己的生命和信念铸造而成的。这是一种带有英雄气质的文化。它与延安文化、井冈山文化等构成了伟大的中国红色革命文化。进入现代社会以来，在党的领导下沂蒙青年最早奔赴革命，为民族解放和新中国的建立做出了巨大的贡献。苗长水的《冬天和夏天的区别》、赵德发的《通腿儿》、刘玉堂的《乡村温柔》等小说塑造了这样一批朴实热诚、坚强勇敢、勇于牺牲的青年意象。他们并不是概念化理想化的英雄，而是踏踏实实为党工作的普通百姓。像苗长水笔下的村民李山，在抗战中帮助八路军转移、养护伤病员，照顾革命者的后代。李山、传秋夫妇虽然是普普通通的山村青年，但在民族危难之际发扬奉献精神，义无反顾，不怕牺牲。这正是千百万沂蒙人性格的真实写照。“四季变化，冬去夏来，人怎样才能感觉到它？感觉到冬的凝重，夏的热烈，春风春水，秋色旖旎？只有在人的心里充满激情，充满着爱，充满着高尚情感的时候，你才能感觉到它那每一点细微的差别。”

革命文化改变了传统村庄的面貌，成为现代沂蒙文化的重要构成。在革命文化的推动下，沂蒙女性最先走向觉醒。传统女性普遍缺乏自我意识，过着程式化的生活。她们根本无法主宰自己的命运，在家庭中成为传宗接代的工具。就像《窑骂》中的捡，出嫁是为了给大豁换亲，延续家庭的香火；《缱绻与决绝》中的绣绣被土匪绑票，父亲关心的不是如何救人，而是如何保全自己的土地和金钱。红色革命文化改变了根据地妇女的命运。她们开始读书识字，摊煎饼、做军鞋，以实际行动支持前方将士浴血奋战；她们送婿送夫参军，为革命事业做出了巨大牺牲。《通腿儿》中的村妇狗屎家的参加了识字班后，懂得了革命道理，积极号召姐妹们学习文化，鼓励大家将丈夫送到了部队；《乡村温柔》中的“识字班”们将二十里地之外的五千斤粮食运回村里，做成煎饼后送往前线。觉醒的沂蒙女性以自己的勤劳、智慧和牺牲精神，赢得了世人的尊重，成为中国文学长廊中具有独特意蕴的审美意象。

3. 地主意象

随着时代的发展和文学观念的变革，地主意象摆脱了以往模式化、概念化的影响，体现了丰富的审美内涵。他们不再一律是横行乡里、十恶不赦的恶霸，更多是以乡绅、文化传承者的身份出现。作家往往将其放在复杂的历史文化背景中，从历史学、人类学、文化学角度加以审视，揭示其内在的复杂性、丰富性。首先，他们对土地感情深厚，是土地最忠实的信徒。在农耕文明时代，土地是村人最可靠的生存保障，也是他们的精神信仰。“在我们称之为景观尤其是乡土景观的空间模式中，最普遍、最基本的空间乃是供家庭生活和耕作的一小块土地。其他空间都只是修饰或延伸。”[①]《家族秘史》中庄唯义是靠着法明大师给的五十亩地发家的，后来成为洞天村独一无二的大财主，但是他秉持自己的信念，以一己之力保护着整个洞天村，拥有很高的威望；《白蜡烛》中的李云鹤曾经当过国民党时期的乡长，也做过私塾先生，还救过共产党的官员，是一个典型的乡村贵族；《君子梦》中的族长许正芝读书识礼，赈济乡里，整肃纲纪，致力小村“君子国”的建设……在这些人物身上流淌着乡村精英文化的血脉，是村庄文化的维护者和传承者。

当然村庄也不乏恶欲膨胀、横行乡里的恶霸之流。他们垂涎财富和权力，藐视纲常法纪，为害一方。像《家族秘史》中刘南斋之父，为了获取主人的富贵不择手段，恩将仇报，将收留自己、善待自己的恩人一家全部杀光；刘南斋继承了父亲的奸诈邪恶，为了获得风水宝地不惜借用土匪绑票敲诈。《君子梦》中的庄长许正晏在灾荒年月巧取豪夺，采用逼债的方法夺取佃户们的土地，借着抓壮丁机会掠取钱财。在这些人物意象中，可以发现村庄文化体系的崩溃和恶欲的膨胀。

二、赵德发与鲁南村庄

从20世纪80年代开始，赵德发用了近四十年的时间，创作了一系列以鲁南村庄为题材的文学作品，对土地文化、家族文化、儒释道文化等展开了深入探究，建构起了属于自己的文学王国。

① [美]约翰·布林克霍夫·杰克逊：《发现乡土景观》，第40页。

这种执着源自作家对故土、对文学的挚爱。“我从小在那个环境中长大，对土地有一种说不出的感情，又爱又恨。爱的是，它生养了我们祖祖辈辈；恨的是，我们庄稼人世世代代流血流汗，它却让我们吃不饱。”[①] 这种复杂的情感在作家笔下化作了以下追问：人与土地究竟存在着怎样的关系？人与土地之外存在着哪些问题？对这些问题的探索成为赵德发村庄意象书写的不竭动力。因此在《通腿儿》《窑》《选个姓金的进村委》《缱绻与决绝》《青烟或白雾》《君子梦》《双手合十》等小说中作家塑造了一系列独特的村庄意象。人与土地、人与欲望、人与政治成为村庄意象书写的焦点。

（一）人与土地

土地乃人生之本，对于村庄社会而言，是永恒的真理。在乡土中国，文化与土地存在着千丝万缕的联系。“土中来，土中去”是乡土人生最生动的写照。进入现代社会之后，这一千年不变的法则陷入危机。那么，人与土地究竟是一种怎样的关系？作家以审美的方式做出了自己的回答。鲁迅、艾青、路遥、陈忠实、贾平凹、莫言、张炜、迟子建、毕飞宇等以不同的方式书写故乡、故土，为现代文化建构做出了自己的探索。在新时期文学中，赵德发的《缱绻与决绝》无疑是一部探索人与土地关系的力作。在这部作品中，作家通过近一个世纪以来村庄土地的变迁史反思了传统土地文化的没落。

首先，买田置地曾经是村人的信仰。“我观察农村，思考农

---

① 赵德发：《写作是一种修行——赵德发访谈录》，安徽文艺出版社，2014，第5页。

民问题，发现几千年来一个最重要的关系就是人与土地的关系。农民的生生死死、忧喜苦乐，都与土地的分分合合、朝秦暮楚有关，让人感慨万分。”[①] 对土地的皈依是千百年来村人不变的信仰。财主宁学祥在年轻时就立下志向，将来要拥有十顷土地。可以说，他对土地的痴迷达到了疯狂的地步。当女儿绣绣被土匪绑票后，他竟然拒绝了卖地救女的建议；在女儿和土地之间，他选择了土地！对土地的占有欲让人丧失了最基本的判断力，抹杀了人的本性，最终让人成了土地的奴隶。如果说地主对土地的痴迷尚可理解，毕竟土地是他的一切，那么对普通村人而言，这种诱惑同样存在，甚至有过之而无不及。封二老汉一生的愿望也是置地。“我年轻的时候想过，等到我死，我一定给儿孙留下几十亩好地，留下几椇牲口，可是我拼了一辈子命，地没添上一亩。”他一生的遗憾落在了儿子身上。开荒种地成为封大脚开启人生计划的第一步，不断买地是他最快乐的事情。但是随着社会制度的变革，这种流传了千年的信仰逐渐淡化。90 年代后，年老体衰的封大脚看到荒芜的土地内心充满了苍凉和苦涩。

其次，打理好土地是村人价值的体现。“每个存在物只是就对它本身的关系来活生生地体验每个其他存在物及其命运。”[②] 土地对于不同的人而言有着不同的理解。对村人而言，土地是农民心目中的“圣经”，需要好好去打理。种好地是一个农人本领的体现，也是赢得尊重的基本条件。小说中封二的人生信条是：庄稼百样巧，地是无价宝；地是父母面，一天见三见。在村人眼中，

① 赵德发：《写作是一种修行——赵德发访谈录》，第 162 页。
② [德]奥斯瓦尔德·施宾格勒：《西方的没落：世界历史的透视》，齐世荣、田农等译，商务印书馆，1963，第 111 页。

土地是以德报德，以诚报诚，所以土地的品性通过劳作方式逐渐内化为村人的做人原则。“除了敬，还要养。人不亏地皮，地皮才不亏肚皮。这是一笔账，明明白白。怎么养？一是精耕，二是上粪。老辈人说：书要苦读，地要深耕。有了使乏的牛，没有耕乏了的地。地就是这么一件东西，你越是耕深了它越喜欢。一尺银，二尺金，深耕三尺聚宝盆。”这种传统经验代代相传，成为每一个农人的金科玉律，因为离开了这些，耕作活动就会受到很大影响。论及此也就不难理解，为何传统村庄文化具有守成性、传承性特征。

人与土地的传统关系在现代社会遭遇挑战。首先是来自土地制度的变革。土改、合作化、家庭联产承包责任制、土地流转等政策颠覆了传统的人地关系。靠经验和辛劳维持的农耕文明走向了终结。当封大脚发现自己的经验和土地观被抛弃后，陷入了不解和失望之中。其次，城乡二元对立格局被打破，人口流动加剧。人口自由流动，土地流转，开发区建设，彻底改变了人们的土地观念。“不要着急，这是好事。只要挣来了钱难道还买不到粮食吃？”我们相信现代性带给村庄的将是一种全新的土地关系，但是它的未来走向却是一个有待探索的问题。

（二）天理与人欲

如何看待人的欲望，如何调节人的欲望，是人类有史以来就不断思考的问题。早在春秋战国时期，思想家们就对人欲问题做出了不同的理解。我们知道，传统中国社会没有西方意义上的宗教，故而对欲望的探讨主要还是放在伦理层面上。在广大村庄社区，受实用理性的影响，欲望与伦理的冲突尤为突出，欲望是得不到认可的。在宗族文化和儒家思想的压制下，哪怕是合理的欲望也无法得以满足。进入现代社会后，随着传统道德伦理被搁置或遗弃，人欲迅速膨胀，将村庄推向了困境。《君子梦》通过对律条村几代族长建立君子国理想的反思，探讨了天理与人欲的复杂关系。

第一，以天理压制人欲，建立君子国，是宗法文化时代的梦想。在传统村庄治理中，儒家文化或宗法文化是撑起村庄文化大厦的顶梁柱；宗族文化是农耕文明的产物，契合农耕社会的特点，为村庄社会提供了超稳定的结构形态；家族文化是村人的心灵寄托，道德伦理则是其具体的体现。这种文化存在于村庄的角角落落，影响着村庄人的日常生活。《君子梦》中村庄格局就内蕴了家族文化的秩序：街巷方正，一圈围墙，四个大门，一横一竖两条主街连通着，恰似一个大大的“田”字；小村有着自己的历史传说，表达了一代代村人对“人人成为君子”的期待。封闭僵化的文化空间体现了“小国寡民”的意志，适合自给自足、自得其乐的诉求。但是闭塞僵化的特性导致了村庄文化的扭曲和沉滞。这种文化对个体欲望是严厉控制的，不尊重个体的欲求，漠视人欲的合理性。例如族长许瀚义亲自制定族规八条，试图靠严厉的规范将村人调教成君子；到了许正芝，依据吕子《呻吟语》行事，作为建立君子国的教条。他坚守“责人之心责己”的古训，以自我惩戒方式来警示族人。那么，这些做法是否就遏制了欲望的泛滥呢？实际情况却是，作奸犯科之事屡屡发生。

第二，被扼杀的人欲与君子梦的破灭。欲望就像律条村外的雹子树，当获得满足，就会枝青叶绿；相反，它就呈现为枯萎的样子。这是一个寓意深刻的象征。律条村从许瀚义、许正芝到许景行等几代族长努力扼杀欲望，建立起几代人梦想的君子国。因此当族规与人欲发生冲突时，人欲总是被宗法文化无情地绞杀。在小村的历史上留下了一个个惨烈无比的故事。如民国时期掌管家族事物的许瀚义，亲自主持处死过违反族规的三男二女，重伤十多人，轻伤无数；十八岁的蚂蚱因与大鹅行偷欢之事，被族人践踏致死；许景行的守寡堂婶因与补锅匠私奔，被活活打死；某村人因其老母亲上吊自杀，被活活打死……为了维护所谓的圣人教义，为了维护家族的面子，宗族戒律毫不留情地夺取一条条鲜活的生命。

宗法文化对人欲的绞杀不仅是身体上的，而且是指向心灵的。许景行娶了丑女玉莲后，养父就以“唯求贤德，不求颜色”的古训教导他，逼着他接纳玉莲为妻。从部队回到村里后，他打心里喜欢刘二妮，刘二妮也爱着他。但是心中的君子之道让他不敢越雷池一步，这份感情苦苦煎熬了两个人的后半生。但是经历了一次次尝试后，君子梦以失败告终。小说通过许景谷的一段话道出了其中的原委：“咱们搞斗私批修没有错，错就错在咱把标杆定高了。最不该的是办无人商店——你叫全村人个个都当君子，这怎么行？”君子梦的破灭揭示了以天理扼杀人欲、治理人心的方式是根本行不通的。

第三，信仰的重建是现代村庄文化的难题。进入现代社会，再以传统伦理道德治理村庄已经寸步难行。一方面，工业文明取代农耕文明后，人欲的满足拥有了新的可能。毕竟生产力发展是为了解放人，让人获得更多的自由。另一方面，现代村庄治理需要用新思维、新方法去解决，而不是依赖千年不变的律条去应对。把人从传统思想禁锢中解放出来，并非意味着人欲从此就没有了约束，就可以任意妄为。许正芝从匡廪生那里学来的用莠草来测量人心的方法，也有其合理性。“目睹莠草疯长的同时，许景行也目睹了人心的疯长。”如何建构现代文化，如何对待人欲，是一个极为复杂的问题。

然而，传统宗法文化没落后的村庄同样问题重重。作为一个文化空间，任何要素的突然缺失都会导致整个大厦的倾斜。正如列维－斯特劳斯所言：“使得它们成为神圣的东西就是各有其位，因为如果废除其位，哪怕只是在思想中，宇宙的整个秩序就会被摧毁。因此神圣事物由于占据着分配给它们的位置而有助于维持宇宙的秩序。”[①]当“讲科学、破迷信”开始盛行时，村里就出现了这样一种言论：“没有老天爷还有什么天理？咱以前办这事怕伤天理，办那事怕伤天理，日他姥姥，今后不用怕啦！”于是，许合印用村里钱买自行车供个人享用，并与有夫之妇朱安兰暗地偷情；利索开饭店，容留卖淫女；许合意办造纸厂，污染了河水和地下水……欲望的魔鬼一旦丧失了约束，就会像打开的潘多拉的瓶子迅速膨胀，让村庄不得安宁。“人心还是要整治。如果放任自流，这个世界更是毁了。”

（三）人与政治

村庄政治是现代社会的产物。在中国古代，国家治理一般不涉及乡村。学者贺雪峰认为：“传统的中华帝国，因为疆域庞大，人口众多，国家不可能直接管理社会。为了维持国家与社会的正常运转，中国借助一个不下县的官僚体制和县以下的宗族组织与乡里制度，来实施对帝国的统治。”[②]村庄政治是对传统村庄治理的一次变革。其最大特点在于把村庄融入全球化体系中，成为现

① [法]列维—斯特劳斯：《野性的思维》，李幼蒸译，商务印书馆，1987，第14页。
② 贺雪峰：《中国传统社会的内生村庄秩序》，《文史哲》2006年第4期。

代政治的有机组成部分。在“农民三部曲”中，村庄政治是作家考察村庄变迁的一个重要维度。其中，《青烟或白雾》对村庄人与政治的关系做出了自己的反思。

首先，村庄政治的民主化变迁。在传统村庄社会，由家族伦理、人情关系构建了一个超稳定的生活空间。进入现代社会后，这一稳定性不复存在。宗法治理被现代政治取代，1949年后发生的一场场政治运动村庄无一幸免。在支吕官庄，支明禄是一个头脑清晰、能干事的大队长，但是当时的政治环境不容许个人意志的存在，任何个人行为都会给自己和家庭带来灾难。为了抢收地里的庄稼，他带领村人离开了大炼钢铁的现场，遭到免职的处罚。后来极左思潮越来越严重，很多人在“四清运动”中遇难。工作队队长穆逸志先是逼死了支书支奎泰，又以“万民伞”的事要挟支明禄，导致了他与吕中贞的决裂和工作队队员江妍撞车自杀。“这把万民伞毁了好几个人呵，不光支明禄，不光我，江妍和巴教授也毁了，听说他俩一块儿叫工作队撵回了北京。你想想，俺跟他们原先不认不识，无冤无仇，如今怎么弄成了这样！”在邻村咸家山，当上贫协主席的“咸大褂子”制造了一系列家庭悲剧。到了新时期，年青一代终于有了自己的思考。靠着民主选举，白吕走上了村庄政治的舞台。他没有顾及支明禄家族意识的威胁，也没有被支明禄和母亲之间的特殊关系所影响，以实力和现代意识参与村庄治理，让村庄政治更加民主化。半个多世纪的村庄政治变迁证明，唯有村民自治、民主管理才是解决村庄症结的有效途径。

其次，对人与政治关系的反思。在传统村庄社会中，政治是一个与普通村人没有多大关系的现代事物。吕中贞原本是一个单纯美丽的女孩，本可以与自己心爱的男人结婚生子度过平淡幸福的一生。但是不期而遇的政治风暴裹挟着她走过了一段梦幻般的道路。在穆逸志的蒙蔽利用下，吕中贞成了他政治生涯的牺牲品。她从一个普通农民先是成为行署的贫协副主席，后又成为“七联”常委，“文革”后期又成为行署的副主任。在经历了太多的人生变迁后，吕中贞理解了儿子为何参加民主选举，也看清了自己的人生选择。梦醒后的吕中贞懂得了作为一个农民最珍贵的是什么，在儿女的帮助下去追求属于自己的幸福。

三、刘玉堂与沂蒙村庄

勤劳质朴、甘于奉献是沂蒙文化的精神特质。因为物质贫乏，生活贫困，沂蒙人在生活中逐渐形成了一种积极乐观的精神。革命文化进入后，这种精神又汲取了革命乐观主义精神，化作沂蒙人独特的品格。作家刘玉堂对沂蒙文化幽默性的书写，让沂蒙村庄以独特的个性现身文坛。同时，沂蒙文化乐观幽默的品格让刘玉堂的文学世界倍感亲切。“刘玉堂的小说是表现农民心灵的。钓鱼台人由于传统的和现实的、社会的和人生的种种原因所造成的心理困窘，在轻松的叙述和幽默的话语中创造了平衡，同时也是自我纾解。这便是属于农民文化的那种智慧。”[①] 在《自家人》《山里山外》《最后一个生产队》《乡村温柔》等小说中，作家通过对牟葛彰、刘乃厚、刘玉贞、小箬儿、刘曰庆、刘老茄、曹文慧等一系列人物意象的精心打造，展示了钓鱼台从抗战初期到改革

① 王万森：《幽默：沂蒙文化和文体风格——读刘玉堂的“钓鱼台系列小说”》，《小说评论》1993 年第 6 期。

开放等不同历史时期的风貌，揭示了沂蒙文化闭塞与开放、理性与热诚、智慧与幽默的特色。

（一）沂蒙村庄：从闭塞到开放

在刘玉堂的文学世界里，钓鱼台是沂蒙山区一个非常普通的村庄，在半个多世纪里经历了从闭塞到开放的艰辛历程。村庄文化的变迁，从某种意义上说象征了乡土中国的变迁。沂蒙山地域广阔，村庄多处于相对封闭的空间之中。千百年来，它们沿着祖先开创的道路一路走来，生活几乎不曾发生过太大的改观。就像作家李锐所言："中国是什么？中国是一个成熟得太久了的秋天。"[①] 一个村庄通常由家族关系、邻里关系构成，是一个超稳定的共同体。因而在抗战时期的钓鱼台，当八路军的和跟沈鸿烈的同村人能在同一张炕桌上喝酒；村长刘乃厚的二奶奶是妇救会长，本家大姑刘玉贞则是村里的青救会长，邻里、家族关系大于一切。基于这样的文化语境，作家对村庄文化从闭塞走向开放的转型进行了一系列探索。

首先，作家对村庄文化的闭塞愚昧进行了批判。自五四新文化运动以来，批判传统村庄的愚昧闭塞已经成为新文学的重要主题。不可否认，村人的愚昧麻木有着自然地理、文化空间的原因。自近代以来发生的新旧两种文明的冲突，让他们措手不及，束手无策；空间上的闭塞让他们根本无法获取外部消息，无法理解身边发生的一切。譬如《乡村温柔》中牟葛彰家庭的历史问题，就是因为愚昧无知所致。其父牟子玲少年时代去海边推虾酱，在海

---

① 王尧：《李锐论》，《文学评论》2004 年第 1 期。

边看到一伙日本侵略军正从小火轮上下船。憨厚朴实的牟子玲错将敌人当成朋友，把日本人从小火轮上一一背上岸来，一直背进了日照城。显然，这是多么荒唐可耻的行为！但是这能只怨他自己吗？长期生活在闭塞的山村里，他根本不了解世事的变迁，何以去辨别外界的是非？同样身为村长的刘乃厚敌我不分，对各种势力互不得罪。国民党军队来了，他领人到村里抓壮丁；日本鬼子来了，他帮汉奸到村里找女人。“他不识字，但会看秤；脑子不很灵活，伺候一阵子部队，人家走了还分不清是哪部分。”即使是进入新社会，村人的婚嫁观念依然盛行“父母之命，媒妁之言”。刘志国与刘乃春从小青梅竹马，互助互爱，但是村人认为他们相好就是丢了刘姓家族的脸，是绝对不能容忍的；牟葛彰和小管感情基础深厚，彼此以身相许，但是村人还是将其拆散。由此可见，当民族、国家、政治等这些现代社会理念尚未真正进入村人的精神世界，沂蒙村庄的现代转型就变得尤为困难。

其次，现代性的确立是村庄转型的前提。20世纪三四十年代，党在沂蒙山区开辟了抗日根据地，在对日作战的同时开展了现代文化普及工作。在钓鱼台村，土地改革是一个具有革命性的转折点。工作队队长曹文慧到村里组织土改，立志要彻底改变钓鱼台的精神面貌。她有学识有智慧，政策性强；做事实事求是，按照实际情况处理村里的问题；改变村庄女性的传统观念，引导她们认识到自身的价值；把姑娘媳妇们组织起来，通过识字班传播现代意识。通过这一系列改革，村庄女性走出了家门，去开辟新的生活。在《钓鱼台纪事》中，“识字班”推行的第一项革新措施是大姑娘、小媳妇铰辫子、铰髻子。“第一堂课上完了，剪头发的时候，还哭哭咧咧、哼哼唧唧的大姑娘、小媳妇们，这时候都夹着小板凳儿唱着笑着离去了。”变革是与旧生活的一次剥离，结果是换回一次新生。“文革”时到钓鱼台搞社教的鲁同志，给山村带来了更多新生事物。他通过办黑板报、有线广播等形式传播国家社会大事；改革开放后，村里办起了企业，招商引资，开拓创新精神蔚然成风。村庄迎来了新生，从此不再闭塞。“人是在对异己的生活形式的关系中才开始意识到自己的生活形式的。”[①] 正是在这种不断了解不断参照不断反思中，村庄萌发了创新和发展的动力。

（二）沂蒙精神：奉献与淳朴

沂蒙文化是一个集传统沂蒙文化、现代文化和革命根据地文化为一体的文化体系，集中体现为淳朴善良、自我奉献的精神品格。在这种精神的影响下，沂蒙村庄文化形成了自己的独特内涵。沂蒙人不管身处多么艰难的困境，总是首先想到他人，想到民族大义，甘愿为革命为民族为国家做出自己的牺牲；沂蒙人面对生活的艰辛和苦难，总是能以善良的品性和宽广的胸怀去面对。在《乡村温柔》《最后一个生产队》等小说中，刘玉堂对村庄人善良淳朴和甘于奉献的精神做了感人至深的表现。

首先，奉献精神是沂蒙精神的集中体现。受红色革命文化影响的沂蒙山人，忠于党的革命事业，为革命事业做出了巨大牺牲。这种情感是发自内心的，是民族精神的写照。如《乡村温柔》中的放猪娃刘复员所言：“我们沂蒙山就有这么个传统，经济落后，可思想先进；水平不高，可有文化；物质生活贫困，精神生活丰富，生活越困难就越排节目。”在革命战争年代里，沂蒙人民响

① [德]奥斯瓦尔德·施宾格勒：《西方的没落：世界历史的透视》，第123页。

应党的号召积极支前。钓鱼台村的妇女组织起来为淮海战役前线将士摊煎饼送军粮，三天之内将五千斤粮食从东里店运到村里，然后推磨、做成煎饼运往前线；韩作爱一人看三盘鏊子，两天两夜没合眼，摊出了一百六十斤煎饼。1949年后，于家北坡村的英雄母亲江水英，作为一名共产党员、烈军属，为了给国家做贡献，让毛主席吃上猪肉，想方设法养出了一头大肥猪。“于得水告诉我们，他大婶之所以喂那么大的一头猪，就是想送给毛主席。前两年听说毛主席不吃猪肉了，心疼得大婶好几晚上没睡着觉，寻思来寻思去就想喂头大肥猪，送给毛主席，让他老人家解解馋。”这种奉献精神，成为沂蒙文化的精髓。

其次，热情淳朴是沂蒙精神的另一体现。沂蒙人的热情淳朴有着特殊的文化背景。一方面是农耕文明使然，勤劳朴实是对种田人最基本的要求。唯有勤劳，才能获得好收成。另一方面，受传统儒家文化的熏染，温柔敦厚是对“仁人”的基本要求。在《乡村温柔》中，鲁同志到钓鱼台村搞社教，按上级要求要到村里一家一家挨着吃饭，每天交给户主钱和粮票。“吃着吃着鲁同志不安了，说是到谁家都不当客待，平时吃什么他去了还吃什么，可到了哪家也都得多炒两个菜，没有大鱼大肉，起码也得炒几个鸡蛋，有的还要上酒。而第二天要去谁家，头天人家就要做准备，就要赶集上店地买这买那；还互相攀比，上家招待了鱼，下家就要杀鸡，一定要超过对方。”这种淳朴好客的风尚在除夕达到高潮，全村人纷纷到鲁同志住的小屋祝贺新年，热腾腾亲如一家。当然任何事情过犹不及，容易走向反面。就像《最后一个生产队》中王德宝与刘玉华聊天时所说的：“咱们沂蒙山人恰恰相反，是新就是好东西，马上就要干起来，那就容易盲从，容易犯错误对吧？”在历次政治运动中，沂蒙山人总是走在时代前列，不免会误伤自己人。

综上所述，淳朴与奉献是沂蒙精神的血脉。这种精神在革命战争年代曾激励人们为民族国家献身，成为建设新中国的巨大动力；在改革开放时代里，能够促使沂蒙人民不断开拓进取，争取到了发展和创新的机遇。像《乡村温柔》中韩香草最后留在了钓鱼台，嫁给了牟葛彰。之所以她会放弃外面的世界留在沂蒙山，是因为“这是块温情的土地，一点小事儿就能搞得人特别动情”。

（三）村庄与幽默美学

幽默是民间文化的一大特色。沂蒙地区因为自然地理原因，村人生活贫困，时常要面对各种生存的苦难，但这丝毫没有让他们低头让步，没有阻止他们对快乐和智慧的寻找。正如王万森教授对刘玉堂的幽默美学进行评价时所言：“这种幽默有自嘲的意味，有心理补偿的价值，更是钓鱼台人基本的精神特征：贫困、苦难和生活中的一切不如意被幽默化解为轻松的情调，即使在那台收音机前的种种呆相中似乎也充满温馨。不能简单化地把这种精神特征说成是‘阿Q式’，因为幽默确实给现实生活中的农民文化注入了不断进取的人格力量。”[①] 刘玉堂在其创作中对村庄幽默进行了多角度探索。整体而言，这种幽默美学表现为叙事的幽默和话语的幽默。

首先，村庄叙事的幽默化。错位是构成幽默的一种重要方式。在《钓鱼台纪事》中，刘乃厚还是个十四岁的不谙世事的半大孩子，

① 王万森：《幽默：沂蒙文化和文体风格——读刘玉堂的“钓鱼台系列小说”》，《小说评论》1993年第6期。

竟然被推举为钓鱼台的村长；他将在日本人那里获得的两个罐头当作炸弹扔到了井里，害得全村人三年不敢吃井里的水。在村人看来他脑子糊涂，遇事瞎积极，适合忽悠来自方方面面的人物。年龄与地位、罐头与炸弹的错位，在令人捧腹的描写中自然而然产生了幽默效果。《乡村温柔》中让一个20世纪五六十年代山村里的养猪娃讲述原子弹爆炸、美国无人飞机等国内外重大事件，令人忍俊不禁；《最后一个生产队》中，社员们在通往公社的路上偷东西吃，还为自己的偷窃行为找借口："你说话得注意，别过杠儿，怎么公民、吴化文？你姓什么？站好站好！共产主义是个什么景儿你知不知道？全民所有按需分配你懂不懂？一全民所有，这瓜地就有我们的一份儿，一按需分配我们就有权利吃它一家伙，今天我们在你这里吃瓜，明天你可能到我们庄上吃饺子哩！"在老农民面前讲政治话语，偷瓜人的义正词严让看瓜人窘迫紧张，巨大的反差产生了强烈的幽默色彩，带有世俗和荒诞的意味。

其次，文学话语的幽默化。文学话语不止体现为简单的形式，而是有着极为复杂的审美内涵。沂蒙山人的幽默源自他们朴实自信的价值观，是一种发自内心的真诚和淳朴。这种淳朴达到了极致，就会爆发出一种难以言说的幽默感。"钓鱼台有看望犯错误的人的传统，就像别的村有看望病人的风俗一样。那年何永公那个南下的儿子，让人家打成了走资派跑回来了，全庄一户不漏地都提着鸡蛋挂面去看他，送去的东西吃不了，何永公还卖了不少。"村人对返乡的"走资派"非但不歧视，还"提着鸡蛋挂面去看"，在外界看来令人匪夷所思。但这不是愚昧无知，不是盲从跟风，而是基于一种乡村文化特有的温情。同样，杨税务犯错误回家写检查，没想到坏事变成了好事。"还是冬天好啊！外边儿雪花飘着，屋里火炉生着，猪肉白菜豆腐粉皮地那么炖着，小酒盅这么一捏，小错误那么一犯，小检查这么一写，真是神仙过的日子啊！杨大哥每年要是多犯上它几回就好了。”“雪花飘”“火炉生着”“猪肉白菜豆腐粉皮”构成了冬日的温馨，令杨税务想入非非，期待“多犯”几次错误，幽默从中生成。

幽默在带给村人温馨愉悦的同时，也让人久沉其中而不觉醒，成为阻碍个人和社会发展的麻醉剂。《最后一个生产队》中刘来顺的哥哥对此进行了深刻批判：“沂蒙山人是惯于饿着肚子为饿肚子的原因辩护的。看，我饿得多么有道理，多么有水平，多么光荣！又是革命传统，又是老解放区什么的。你要想办法让他吃饱呢，他就怀疑你的办法，这不对，那不对，甚至骂娘。连人要吃饭进而要吃饱吃好的道理都不懂……”所以说，真正的幽默其实是一种智慧，而不是故步自封，不思进取。当一种文化走向了僵化，幽默就成了自高自大。“思想可以有程度的区别，而一种思想方式会不知不觉地退化成一种记忆的方式。”①

鲁西南文化与村庄

鲁西南地域广袤，自然地貌多样。这里既有广袤无边的鲁南大平原，又有烟波浩渺的南四湖，还有横贯南北的京杭大运河。史前文化、诸子文化、运河文化、湖泊文化、水浒文化等在此交集，是商业文化、革命文化和民俗文化高度发达的地方。作为上古文化的重要发源地之一，大汶口文化、北辛文化、岳石文化、

① [法]列维—斯特劳斯：《野性的思维》，第79页。

仰韶文化悠久灿烂，名扬海内外；作为诸子文化的发源地，这里是孔子、孟子、墨子、晏子等圣人的故里，处处洋溢着先秦文化的气息；古运河流经千年不衰，将南北文化汇集与此，形成了独特的运河文化；微山湖是江北最大的湖泊，浩渺苍茫，物产富饶，有着江南水乡的神韵；水浒文化慷慨豪放，侠肝义胆，成为中华文化的有机构成；抗日战争时期，鲁西南人民在党的领导下构建了独具特色的红色革命文化……独特的地域文化孕育了鲁西南作家群，像李贯通、王方晨、叶炜、赵月斌、刘照如、张继、柏祥伟等实力派作家已成为山东文学的中坚。他们笔下的村庄各具特色，内涵丰富而独特。通过村庄意象的塑造，鲁西南作家对人情、人性做出了自己的发掘和建构，寄予了对现实世界的独特认知。

一、鲁西南的村庄

鲁西南地处山东内陆，与半岛、鲁中山区在自然地貌和人文景观上存在着显著差异。就地势地貌而言，鲁西南地处从山东丘陵向华北平原、苏北平原的过渡地带，既有高峻的山地丘陵，又有一望无际的大平原，还有星罗棋布的湖泊与河流。以水域为例，南四湖是江北最大的湖泊群，千年大运河横贯南北，此外还可以寻到古黄河留下的洼地水塘。因此，这里农耕文化较为发达，地方性差异明显。鲁西南作家将这里的山水做了精心刻画，塑造了自然地貌、房屋建筑、民俗风情和村庄人物等诸多令人难忘的意象。

（一）自然地理意象

鲁西南大地平原、丘陵、河湖相间，地形地貌特异，包括鲁南平原、鲁西平原、沂蒙山余脉、微山湖及岛屿、水塘洼地等。多样的地貌形成了多彩的地域文化，村庄地域色彩十分突出。故而，山川、河流、土地、湖泊、丛林等意象经常出现在文学世界中，成为作家思想情感的载体，像李贯通的微山湖、叶炜的抱犊崮、王方晨的塔镇等。作家借此探索人与大地的关系，表达对社会转型期乡土中国的反思，进而构筑自己的文学世界。

1. 土地意象

鲁西南平原土地肥沃，水源充沛。自古以来，农耕文明高度发达。因而土地对村庄人具有非同寻常的意义。它为村人提供了源源不断的生活资料、生存的空间以及最终的归宿，是村庄人的信仰。在《老大》中王方晨曾对土地有过这样一段描述：“土在麦季稍后的季节，又变成了玉米，接着，又变成了大豆、芝麻、芋头。到了秋天，大地一片金黄。寒风吹来，树叶一片片地落到地上。”土地孕育万物，埋葬万物，给人以难以言说的皈依感。“我们踩着鲁西南深厚的土地。我心里又陡生这样一种感觉，那就是，我并不是在远离家园，而是正在往家园的中心持续地深入。”一个即将远离故土的人，对土地的感情是何等依恋。无论是驻守家园还是离它而去，土地情感注定留在人的记忆深处。

首先，守护大地是村庄人的信仰。自近代以来，传统村庄的转型实际上就寓意着乡土中国的转型。人与土地关系的历史变革，对于村庄而言就是一次史无前例的文化重建。《福地》中，大地主老万秉持先人的治村理念，倾一己之力千方百计维护麻庄的安宁。但是内忧外患频频光临小村，让这个风雨飘摇中的村子一次次陷入绝境。随着时代的发展，老万逐渐失去了自己的财富和权威，再也无力去保护村庄和村人，最终成为一个自食其力的劳动者。张继的《去城里受苦吧！》中村民贵祥为了讨回自家的土地，捍卫自己的尊严，孤身一人到城里去找市长告状。土地不仅是生存之本，还隐含着信念、尊严等丰富的文化内涵。

其次，土地还是一种独特的情感体验。这种体验源自泥土，是一种独特的土地诗意。在张继的《麦子的语言》中，李顺和王翠夫妻二人在麦收季节上演了一段温馨浪漫的乡村小插曲。李顺平时在厂子里做季节工，王翠天天忙于家务，家庭生活和谐美满。在一个大忙的季节里，两人为了收小麦的事彼此怄气，但是在内心里又彼此牵挂。朴实温暖的爱意在行文中不时溢出，散发着泥土的芬芳。李顺割累了，王翠就让李顺停下来，自己继续割；回家的路上，李顺像个孩子一样一不留神就偷跑到池塘游泳去了；回到家看到妻子生气了，李顺就想尽各种办法讨好妻子。“男人看一眼地头的篮子，当他把目光从篮子那个地方收回来时，一股浓烈的情愫沿着他的喉咙，通过他的鼻孔喷薄而出，他实在控制不住自己，他喊：‘翠儿，翠儿……’”“女人没有答应他，仍然嚓嚓地割着麦子，但是她的眼睛被男人喊得湿湿的。”乡村爱情是那么的含蓄、深情而不乏情调。在亲人之间、乡邻之间，因了土地而情意厚重，真挚感人。

2. 河流苇塘意象

鲁西南河流湖泊众多，特别是南四湖水域辽阔，跨越苏鲁两省；汶河、泗河、大运河是其境内最重要的河流，为当地经济发展提供了保障。湖泊、河流、水塘不但提供了必要的水资源，而且构成了独具特色的地域文化。在李贯通的文学世界中，微山湖是一个说不尽的意象。《老河》《堤之惑》《鱼渡》等小说中，由小镇、渔村、湖水构成了一幅柔美秀丽的江北水乡图。《月媚人》

中夜色下的湖面："夜里，湖上无声无息织出一道薄绡似的雾障。轻轻起伏，袅袅摇摆。雾障里传出潺潺的水波声。'嘎嘎嘎'的野鸭子的鸣叫，'叽叽喳喳'的水鸟求偶的眷恋。月光黯淡飘忽，湖上，岛上，都显得神秘与恬静了。"《福地》中的微山湖美不胜收："七月的微山湖，碧波荡漾，荷花片片，花光在水，水光在天。只见杨柳婀娜着身姿，翠莲簇拥着红荷，芦苇荡里渔船点点。远眺有飞鸟流云，岛屿扁舟，渔村渔舍，小舟在水，渔人在歌。真是长空一碧、水天一色的好景致。"湖水让身处内陆的鲁西南多了几分纯净和柔情。

水塘、池塘或鱼塘是村庄最为常见的水域。村人取水、洗衣、洗浴等都离不开水塘，因而这些水域成为作家书写的重要意象。《乡村案件》中，七上村鱼王拥有一个自己的池塘。"坑塘是村里人筑房取土形成的，已有两丈深。高全海拦着不让打捞，坑塘从那时起就开始有了神异，不论旱涝，水量不减，且清得骇人，露着黑咕隆咚的底，往岸边一站，就有下栽的感觉。"深不可测的池塘是高全海的一个心结，寄托了对妻子难以割舍的依恋，同时也是对村长老万永无休止的折磨。在《祭奠清水》中，池塘纯洁清澈，是村人特别是孩子们最爱的去处；村支书的儿子清水纯净如仙子，眼睛"寒冷而晶莹"，像池塘中那朵"洁白的睡莲"。然而美好总是和丑恶相依相伴，清水的父亲王宝山仗着手中的权力横行霸道，却是村里的恶霸。最后清水的离去带有浓厚的隐喻色彩。

3. 树木意象

鲁西南村庄有着树木崇拜的习俗。这些树木不仅因其古老、高大而受到重视，还因为各自有着自己的历史传说，带有浓厚的神秘色彩。像《老大》中的榆树见证了老大一家的悲欢离合，《福地》

中的老槐树目睹了小村的历史变迁。因此，树木意象被作家赋予了特定的审美思考。首先，老树是村人情感经历的记录者。《老大》中的老榆树长在老大家院子里，粗粗的树干，牢牢矗立在大地上，像一座不倒的纪念碑。这棵树其实是老大的父亲为那位品行不端的妻子栽下的，带有屈辱的痕迹。出乎意料的是，悲剧又降临在老大的妻子身上，她因为与人偷情而吊死在这棵树上。“在夜的深阔忧伤的气息中，老榆树傲然挑着干净匀称的紫色夜空。那夜空，就如一面宽大无边的悲哀的灵旗，招展在无极无限的神秘永恒的宇宙，一面古老的久远的灵旗。”其次，古树是村庄人永恒的家园。《福地》中的老槐树是整个麻庄的精灵。当年先祖迁徙至此，一位老妇人在村口埋下了树种。在麻庄，老槐树是村人怀念祖先的心灵寄托物。“五百多年过去了，我越来越老了。我看着麻庄一茬一茬的孩子出生、长大，看着他们在老槐树下嬉闹、玩耍。我看着麻庄的一茬一茬的老人生病、老去，看着他们入土为安。”

4. 农作物意象

鲁西南地区主要以玉米、小麦、红薯、高粱、棉花、花生等作物为主。村庄经济依靠田间种植，耕作收获构成了村人的日常生活。因而，在文学作品中经常会出现很多农作物意象，带有深刻的思想文化内涵。《老大》中村人喜欢种植芋头，靠制作芋头粉增加经济收入。芋头丰收后，被切成干或做成窝头、馅饼、卷子、面疙瘩、面糊糊等食物。然而芋头开花则是不祥之兆，会引起村人的恐慌。于是村人给祖先修祠堂，弥补不敬祖宗的过失，企图让祖先保佑芋头的丰收。“一群群的人，涌出村子，来到田野里。他们采集花朵，几乎把芋头秧子全都扯光啦。”在这里芋头就是村人的命，谁阻挡盖祖庙就是与他们为敌。

芝麻在传统文化中有着丰富的文化内涵。"芝麻开花节节高"是最常用的祝福语。梁斌的《红旗谱》记载了锁井镇村民在除夕将一捆芝麻秸放在地上，用脚踩碎的习俗，寓意"踩岁"。王方晨的《拜芝麻》中大引、小引的祖母从出嫁后就坚持种芝麻，"芝麻芝麻芝麻精"是她保佑孩子们的一句口头禅。后来大引和小引各自走上了自己的人生之路。小引死后，大引在坟前说："没后代来给你上坟，那就让芝麻守护你。以后不种不收，天种天收。芝麻芝麻芝麻精……你若造化大，这一坡地就都是芝麻"。小说没有墨守成规讲述一个"金榜题名，娶妻生子，福荫子孙"的故事，而是让金榜题名的小引一路坎坷，死后孤寂独处。"芝麻开花未必节节高"是作家对社会人生做出的反思和批判。

（二）村庄建筑意象

鲁西南受到各地自然条件的影响，村庄存在着很大差异。山区村庄与平原村庄、湖区岛上村庄在房屋建筑、生活习俗和生产经营等方面都有其独特性。其中，房屋建筑主要包括房屋院落、宗教建筑、场院戏台等。它们为村庄社会提供了必要的生活空间，同时也给村人留下了难以磨灭的记忆。在文学世界里，村庄建筑被作家赋予了独特的审美内涵。

1. 房屋建筑意象

鲁西南山区与平原地带的房屋建筑各有不同。平原地带房屋主要采用土坯筑墙，山区丘陵地带则以石材建筑房屋。因为这些材料伸手可取，经济便捷，符合当地生活实际。"中国人盖房子最通用的材料就是那种手边最近的东西。”[①] 院落则多为四合院建筑，空间相对封闭，体现了儒家文化封闭、内敛的气质和朴实醇厚的特点。《老大》中庄稼祥的家只有两间土屋，用芦苇和泥土做成。“一年四季，上面都覆盖着茂盛的野草，荣枯轮回。”虽然简陋孤单，却为父子两人在这个冷漠压抑的村子里遮风挡雨。父子二人在村里受尽歧视和欺辱，最终选择了逃离村庄，带着难以抹平的创伤奔向了大都市。《公敌》中韩佃义住在远离村子的老人宅，其实这套宅子是一处看坟的小屋。四周都是树林，院子里蹲着掉了羊角的石羊；还有两间土坯房，是看林地和护青用的，后面是个大水洼；其西南是乔大庄，南面是张岔楼，北面是三里窑。老人宅是韩佃义为自己选择的归宿，唯有这里才能让他获得心灵上的慰藉。在叶炜的小说中，房屋建筑被赋予了更多的身份地位、历史文化意味。《福地》中老万家的房子是由两大排青砖黛瓦房组成的宅院，显示了大户人家的气派。在这所大宅院里，老万走过了起伏波折的一生。作为村庄的守护者，万家大院的变迁象征了麻庄历史走过的路。

2. 宗教建筑意象

在鲁西南村庄中，寺庙、道观、土地庙等是最为常见的宗教建筑。这里的村庄历史上大多偏僻闭塞，贫困潦倒，因而村人要时常面对生产生活中出现的难题。当人们无力解决时，就只能祈祷神灵的庇护。《福地》中麻庄有土地庙、盘龙观和尼姑庵等三处宗教建筑。盘龙观最初是战争年代建起来保护村人的山寨，后来老万父子出资修建了牌楼、山门、正殿、五座殿堂等，将其交

① [美]明恩溥：《中国乡村生活》，第 8 页。

给青皮道长管理。尼姑庵与抱犊崮隔林相望，“一片茅檐草舍，掩映在茂林修竹当中，看上去十分朴素幽雅。门前的香案烟火缭绕，香火极盛”。这里本是一处清静之地，但是在战乱年代屡遭摧毁。《后土》中村子东北角有一座土地庙，传说先人迁徙到此遇到了土地神，就给它立了庙。“土地神就这样日复一日、年复一年地守护着麻庄，保佑着麻庄每年都能够五谷丰登，保佑着麻庄女人们都能生儿育女。”村人的日常生活离不开宗教信仰，面对生死苦难只能依靠神灵的佑护。

3. 乡场意象

乡场属于村庄的公共空间。农忙季节，乡场是农作物的加工场地，脱粒、晾晒等工序在此完成；闲暇时节，乡场是演戏、放电影的娱乐场所；此外，乡场还是村童嬉戏的地方，一垛垛又软又高的麦秸像城堡一样吸引着孩子们到这里游戏。在鲁西南作家笔下，乡场不仅是一处村庄故事的发生地，还是构成村人生命意义的文化空间。《福地》中南场是搭台演戏的地方：“南场边上正在搭起一个简易的舞台，上面高高地挂了两盏汽灯。那里已经围满了一圈人，全村子的人几乎都聚拢了来。”南场看戏，正是麻庄盛世时代的象征。《后土》中麻庄拥有三个乡场，分别位于村子的正南、西南和正西。除了收获季节，三个乡场常年处于闲置的状态。到了冬天这里变成了热闹的场子，孩子们在这里捉迷藏、学自行车、滚铁环；春天到来后，村人会将场子再次利用，种上大蒜、油菜等蔬菜以贴补生活；秋后，镇里的文化演出团来村里演出，上演柳琴戏《喝面叶》等地方戏种。乡场意象展示了村庄公共文化的随意性和季节性特征。

（三）民俗风情意象

鲁西南一带是孔孟故里，是儒家文化的发祥地；这里也是南北文化的交会地，大运河促进了当地文化的繁荣与发展；这里还是水泊梁山文化的所在地，重情重义之风盛行。受此影响，鲁西南各地民俗文化丰富多样，具有淳朴厚重的特点。民俗风情影响了一代代人的成长，构成了他们人生的轨迹。在岁时节日、人生礼仪、方言俗语、戏曲民歌等方面，蕴含着鲁西南人勤劳、智慧和韧性的文化追求。

1. 岁时节日意象

岁时节日民俗是农耕文化的有机构成。在村庄世界里，村人用其来指导耕作收获，安排生活琐事。岁时节日中蕴含了村人对生命与世界的理解。例如“二月二”这天在鲁西南被称为龙抬头、龙头节，人们采用特定习俗加以祝贺。《福地》中麻庄人在这一天要“炒蝎爪”，也就是用糖拌黄豆炒熟吃，寓意驱走毒虫，希望一年内免受毒虫叮咬。这里还有“二月二，不干活，坐下来，吃大馍”之说；女人在这一天也不推磨，不做针线活，怕压了龙头，伤了龙眼。七月十五是村里的“麻姑节”。这一天全村人要敬麻姑神，家家户户要煮肉、蒸馍馍。此外，还有“六月六，晒衣节”，“端午节吃粽子”，秋分日吃秋菜，等等。到了春节讲究更多，“进了腊月都是节”：腊八节家家要煮腊八粥，用来敬天敬地敬祖宗，祈求五谷丰登；腊月二十三“小年”，是祭灶日，送灶神上天，“辞了灶，年来到，闺女就要花，小子就要炮”。在文学世界里，这些习俗意象增添了村庄的文化气息，也以主体的方式展示了作家的审美诉求。

2. 人生礼仪意象

孔孟之乡，礼仪之邦，是对鲁西南礼仪文化的真实写照。在婚丧嫁娶这样一些人生大事上，礼仪是村庄人极为重要的脸面，容不得半点闪失。《福地》中麻庄的婚俗构成可分为合婚、小定、大婚等多个程序。所谓“合婚”，就是“阴阳测字”，以生肖属相的相生相克原理来决定取舍，是婚配必须遵循的规则；如果确认属相不克，就走到了下一步——“小定”，即男方将置办的首饰、布料等礼品放到四个盒子里一起送到女方家，女方也要回四样礼；再下一步就是择日，依据习俗一般不选旧历正月婚娶，择日前几天男方还要去询明女方的“小日子”；到了出嫁前一天晚上，女方家要“添箱”，就是把一些嫁妆放入箱柜、桌、抬盒内；结婚当日，嫁女儿家的席面要有八个冷碟、八个大件、八个菜，主人家则安排客人吃流水席。极端烦琐的礼节体现了鲁西南文化重礼重情的特点，但在一定程度上也桎梏了人的自由。

在“慎终追远”“差序格局”文化的影响下，村庄社会对丧葬礼俗有着非常严格的规定。“在中国，没有比安葬死者更刻板繁复的其他方式。仪式是中国民族的生命，而中国人对仪礼的绝对遵从是除葬礼外的其他场合绝对见不到的。”[①]《公敌》中的秋分爷爷去世后，韩佃义带领全村人为其准备了盛大的丧礼、葬礼。整个过程就像一次盛大的表演。丧礼分为报丧、搭灵棚、订纸扎、订丧服、延请响器班子等环节；出殡时，两家响器班子要轮番吹奏，十六个身强力壮的大小伙子抬着棺材，由佟黑子打着魂幡引路，佟志承和佟小丰端着牌位、打着纸伞，佟有粮手持三根香火，

① [美]明恩溥：《中国乡村生活》，第 151 页。

韩佃义负责摔瓦盆。整个丧葬仪式讲究、风光、排场，实际上是韩佃义权力的对外展示。

3. 饮食文化意象

在鲁西南各地，饮食文化地域性十分突出。多就地取材，按照村人自己的理解加工烹制，体现了对生活的理解和审美追求。同时，鲁西南饮食文化是南北文化交融的产物。历史上，南北饮食文化经大运河传到此地，后经当地人改造创新，形成了鲁西南特色。《福地》中的西集全羊宴据说就是明代从镇江传来的，用当地小山羊肉加工而成，包括羊清汤、十道全羊席等。因其珍贵，故而用来招待最尊贵的客人。小说中老万以全羊宴为胡同志送行，体现了鲁西南人重情重义、热情好客的品格。其次，饮食文化还体现了鲁西南文化对礼仪习俗的重视。例如春节期间，麻庄人从初一到十六每天的饮食都有特别的约定；到了中秋节，家家要置办桌案，焚香拜月，然后举杯畅饮，围坐赏月。在这片注重礼仪的土地上，日常饮食最终也融入了多样的礼仪要素，化作礼仪文化的一部分。

4. 民歌民谣意象

鲁西南村庄民风淳朴，民间艺术发达。老百姓创作了大量富有乡土气息的民歌、民谣、花鼓等艺术，为日常生活增添了无限生机和活力。作家在文学创作中充分利用了这一重要艺术资源，不仅为村庄社会增添了民间色彩，而且有效传达了自己的审美取向。像《公敌》中的穗花鼓《串九州》：“一更里来月东升，/ 奴在房中守孤灯。/ 灯瞅我，我瞅灯，/ 瞅着瞅着放悲声。”曲子唱出了佟安福内心的伤感和无奈。而蓝娣所唱“拉魂腔”抒发了她身世的凄凉：“从东方青鬃马驮来一将，/ 亚赛那救阿斗长山子龙。/ 从南方红鬃马驮来一将，/ 亚赛那斩六将美髯关公。/ 从西方白龙马驮来一将，/ 亚赛那灌江口二郎真神。/ 从北方乌骓马驮来一将，/ 亚赛那鸿门宴霸王称雄。”内容通俗易懂，形式简单易唱，为老百姓所喜爱。《福地》借用了大量的民歌民谣，彰显了地方色彩。像儿歌，展示了鲁地民间儿童艺术质朴无华、温馨可爱的特点；“送娃娃歌”则是生育民俗的展示，是鲁西南村人婚后期待早日儿女绕膝的一种艺术表达；还有各种各样的农谣，是对农时的关注和丰收的期待。总之，这些民间艺术形式让村人的世界获得了最质朴最真实的表达。

（四）村庄人物意象

文学创作离不开人物塑造。独特的人物意象是评价一部作品的重要标志。因为这些人物身上承载了作家对社会人生最为深刻和最为独特的思考。具体到村庄人物塑造，独特性的基本要求应该从地域性开始。贾平凹在谈及人物的地域性时认为：“一方水土养一方人。水土是特别重要的。怎么养？善人的相貌，人的性情，同样，包括气候、特产、风俗、语言、宗教、审美趣味。”[①] 鲁西南作家通过借助村庄文化塑造了一批拥有独特思想内涵的人物意象，像族长、村支书、村庄青年等。

1. 族长意象

作为孔孟故里，鲁西南村庄深受儒家文化影响，宗法文化尤为突出。因此，书写族长意象，展示宗法文化的百年变迁是鲁西南作家的重要使命。在传统社会中，族长是村庄命运的主宰者，

① 贾平凹：《文学与地理——在香港贾平凹文学作品国际研讨会上的发言》，《东吴学术》2016 年第 3 期。

是宗法文化的化身。这是特定历史时代的产物。《福地》中老万是全村人的主心骨，公认的族长，开明的乡绅。他没有多大志向，唯一的愿望就是按照祖先的意愿，“好好守着麻庄，守着祖辈上留下来的万贯家产”。无论是在家庭中还是在村子里，他坚守了一个族长的本分。当这种文化走向式微，最直接体现为族长的消失。我们知道任何一种文化类型都不可能在瞬间消亡，是一个漫长而复杂的过程。故而，衰亡后的宗法文化会以一种更为隐蔽的方式继续对社会产生影响。像《老大》中老村长所讲的：“你，我，全村的人，都是他的孙子孙女！”宗法文化已经深入人的精神世界，即使时代已经发生变化，形式已经不在，但是依然余威尚存。再如张继《谢庄》中的九爷，是谢家的长者，也是谢家族长。谢庄一应事务，村长谢士才说了根本不算数，非得九爷发话才行。但是这一格局最终被新毕业的大学生张瑞安打破。他智斗谢九，一点点化解他在族人中的威信，让这座神颜面扫地。无可奈何花落去，宗法文化在新时代里注定走向终结之路。

2. 村干部意象

与族长不同，村干部是现代国家治理的产物，是现代村庄民主管理的具体实施者。但村干部又不同于政府官员，是土生土长的村里人。因此村干部成为作家书写村庄人物群像的重要成员，通过他们完成了对现代村庄文化的反思与批判，像《老大》中的庄镰伯、《公敌》中韩佃义、《祭奠清水》中的王宝山、《后土》中的王远、《芬芳录》中的蝈蝈、《乡村火焰》中的王光乐、《杀羊》中的四平等。他们作为村庄管理者，肩负着发展村庄、治理村庄的重任，但是实践中却常常以权谋私，甚至称霸一方，欺压良善。这一意象成为社会转型期一个极为复杂的文化存在。《乡村火焰》

中王光乐阴险狡诈，为了打击反对派，与本家兄弟王贵峰联合上演了一场苦肉计。他故意点燃了自家的柴堆，唆使派出所所长把王贵峰抓走。然后又央求派出所放人，让老婆忍受王贵峰妻子的殴打。所有这一切都是为了向村人展示他的宽宏大量，提升他的公众形象。《公敌》中韩佃义靠着阴险斗狠成为小村的魂灵。面对塔镇人的欺凌，他带领村人予以坚决回击；教育佟黑子对待敌人要狠，让敌人打心里害怕自己。“‘韩爷’的称呼刮风一样，以佟家庄为中心，向四面八方传播出去。”“后来韩爷名声大了，别说到这里来偷庄稼，朝这里望一眼，神情都得肃穆起来。”名声越大，他的胆量也越大。他荒淫无度，坏事做绝，以糟践他人取乐。“那几年韩佃义学得多瞎包儿啊，简直不叫个人啊。他每天晚上都要躺在女人堆里睡觉。你知道吧，他还喝人奶哩。”《芬芳录》中的蝈蝈满身淫邪之气，俨然是小村里的“西门庆”。柳柳、芒种和满财的老婆都成了他的情人，杏林、羊儿洼则是他和女人们的乐园。睡遍全村女人是他的荣耀。情欲的极度泛滥将他们引向了不归路，孤魂野鬼是他们最终的归宿。反思他们的人生可见，传统宗法文化的畸形发展，村庄权力缺乏监督约束，让这些权力者在欲望的驱使下迷失了道路。

3. 老者意象

重传统，重传承，重家族，在农耕社会中是为了保证族群的延续，因而富有生产生存经验的老者是最受重视的。他们在历史、文化、人情等方面积累了丰富的经验，具有很深的洞察力，受到全村人的尊重。像《公敌》中的秋分爷爷，待争夺韩家坟地成功后就力劝韩佃义回关外去。“我看这人活在世不得舒坦，也都是因为他不承认这个‘败’字。你回头想想，自己说句‘败了’又能怎样？让老佟家胜了，又能怎样？他胜了，他佟安福不是佟安福了，佟克宝不是佟克宝了？他胜了，你给他一个大地，看他抱得住？给他一个青天，看就擎得起？你就连说几遍，老韩家败了，败了，败了。”佟家庄发迹后，秋分爷爷反而越来越低调。《后土》中的老村长善良而有智慧，靠一己之力保护着村庄。退休后承包了果园，每年丰收季节让村里的闲人和孩子帮他收苹果，再无偿分到每家每户；他了解支书王远的劣迹，时机一到就帮助曹东风、刘青松调查。村庄老者是仁义与智慧的化身，即使是在现代村庄发展中依然发挥着重要作用。

4. 外来者意象

传统村庄是一个相对封闭的空间，很少与外界发生交往。但是封闭性不是绝对的，沟通交流是很难避免的，像婚姻、贸易、娱乐、技术等方面。村庄里会经常出现一些外来者。他们更像一些文化异端，给村庄带来很多不可预测的因素。《老大》中灵草原本是城里药局家的女儿，来村里生子后不久又与人秘密逃离。庄镰伯幼小的心灵受到了伤害，自小对城市就怀有仇恨。另一外来者是黑衣乞丐金元。“一件黑色的棉衣，不知穿了多少年，上面积满了厚厚的污垢，油亮亮的，像一件坚硬的铁甲。但是这么热的天，他却不出汗。他的惨白的脸上，有一层寒光，仿佛结着一层透明的冰壳。一年四季，他总是这身打扮，也没见他冻坏，也没见他像别的人一样，热得气喘。”他不是核桃园人，也没人知道他何时来到此地；他来去自由，无拘无束；他居无定所，或在猪圈旁，或在火塘；他也“是个非常有趣、温和的人”。这个流浪汉给村庄蒙上了一层神秘色彩，是村庄隐秘的知情人。《福地》中外来者意象有青皮道长、瞎子老方、日本女人香子等。青皮是老万的朋友，是盘龙观的主人，后来投靠了日本侵略者，给麻庄造成了重大损失；老方是革命文化的传播者，为村子带来了革命的火种；香子是侵略者松本一郎的女人，战败后流落至此。他们以不同的文化背景来到麻庄，打破了村庄的宁静，给村庄带来了生机，推动了这片古老土地的历史变革。

二、王方晨与鲁西南村庄

书写人情与人性是新时期文学的重要主题之一。在新时期文学村庄打造中，作家对人情人性的探索取得了很多突破。像张炜早期小说对人性美的诗意表达，《芦清河告诉我》具有典范性；到了《古船》《丑行或浪漫》等作品，作家对人性之恶做出了惊人探索，也就是被陈思和教授称之为“恶魔性因素”[①]。不可否认，欲望是村庄社会最为隐秘的鬼影，是一个至今尚未深入发掘的“富矿”。它让村庄这本书真正变得厚重而深刻。在这一领域中，王方晨的文学世界展现了鲜明的独特性和开拓性。他的“乡土与人”三部曲对转型期村庄中的欲望世界进行了大胆剖析，意图发现人性的隐秘和困境。“这个家，就是广阔的土地。这个家，有着更博大的心脏。这个家，蕴含着更为丰富的血液。这个家，越是在黑夜里越显得明亮。”无论是《老大》中的核桃园、《公敌》中的佟家庄，还是《芬芳录》中的杏花村，仇恨、淫荡、凶残等这些曾经被乡村书写所回避的东西以审美形式呈现出来，给人以不

① 陈思和：《欲望：时代与人性的另一面——试论张炜小说中的恶魔性因素》，《文学评论》2002 年第 6 期。

一样的村庄体验。当然王方晨绝非仅仅是为了批判人性之恶，更重要的是为人性寻找出路。作家通过《老大》《公敌》《芬芳录》等作品试图直面村庄的无序、逃离和回归等难题。

（一）无序的村庄

在王方晨的文学世界里，村庄不是宁静和谐的桃花源，也不是井然有序的现代社区，而是失范无序的家园。在表面看似平静的村庄里，各种势力盘根错节，钩心斗角，对村庄造成致命的打击。为此，王方晨直接介入当下村庄现实所面临的问题，探索村庄转型期人性的困境和走向，反思现代人性的建构问题。从《祭奠清水》《黑妮儿飘飘》《死不了的小虾》到“乡土与人”三部曲，揭示了仇恨、性欲、暴力等人性隐秘的尖利及拯救的无望。

首先，无序催生了仇恨，仇恨导致了更大的无序。无论是《公敌》中韩佃义与塔镇金铁匠之间的情仇，还是《老大》中庄镰伯童年时代形成的仇世，无不是村庄发展中的无序所致。庄镰伯是城市留给村庄的一个“弃儿”。当年父亲带着母亲从城市私奔到核桃园，在他五岁时母亲跟着货郎跑了；后来父亲在支前时失踪，只剩下他一个人孤独地生活。一次次家庭变故，让他变得不相信任何人，而且从破坏和虐待他人中寻找快乐。邪恶的种子迅速膨胀，促使他做出一件件出格的事。例如灾荒年月中，他杀了族长的羊，然后大张旗鼓地去公社大院给调查员送羊骨头，让全镇人感到恐惧。看到这一效果，他感到一种发自内心的快感。“他就像一条要征服一切的狼，脚被猎人的铁铗捕住，他就把那只受伤的腿细细啃断，然后蹿向丛林。”掌权后，恶欲继续折磨着他，让他不得安宁。于是他逼死了自己的妻子，设计砸死了知青太白，因为他仅仅是怀疑妻子背叛了他。最终，他选择了自焚身亡。《公敌》中的韩佃义年轻时因恋上了塔镇铁匠金麻子的女儿遭到拒绝，与金枝儿私奔时被抓回受尽屈辱。不得已韩佃义逃难去了东北。争夺土地的胜利让他明白了凶狠残暴才是真理。他开始以放纵欲望得到的快感来麻醉自己的伤口，以疯狂地占有女人、羞辱逼死当年的恋人来宣泄内心的仇恨。但是，邪恶让他获得快感，却很难真正治愈内心的旧伤。于是，村庄在一段时间的虚假繁荣后陷入了真正的危机。

其次，无序导致情欲的泛滥，情欲的膨胀让村人迷失了方向。在传统村庄社会，宗法文化是维护村庄秩序的纲纪。像《白鹿原》中的鹿子霖虽然色胆包天，但是因为有白嘉轩在，他还是有所畏惧。而宗法文化走向式微后，村庄治理机制尚未完善之际，会给欲望膨胀以可乘之机。《芬芳录》中的村长蝈蝈以占有多少女人为荣。“蝈蝈把红杏庄的女人都睡了个遍，外面传得玄着哩。说得蝈蝈满脸通红，只会嘿嘿干笑。”他寻找一切机会与村里的女人私会，田间地头、杏树林中、羊儿洼草地上等都是他寻欢作乐的去处；为了占有少女艾乔，竟然与儿子争夺女人；红杏庄的其他男人，个个没有羞耻感，“红杏庄的男人都是狗，米米、满财、芒种，这些天一到天黑就去艾乔家院子外面乱转”。权欲与性欲互相重叠，彼此推波助澜，让整个红杏庄道德伦理彻底失范。《公敌》中的佟黑子享受着“皇帝的待遇”，身边从来不缺女人。他在翰童集团中有自己的私宅，供自己玩乐之用；他还控制着高级妓院小白楼，在空虚无聊时去享受手下给他安排的女人；他除了打杀、玩女人，没有任何心灵上的归属。面对哥哥佟志承，他坦言：“不是有你这个哥哥，不定我还会有多疯……我也是作了孽的我知道……可是因为作孽的人太多我也就不大在意了。”事实证明，情欲的放纵只会带给人快感，而根本无法解决精神世界的问题。

再次，无序还体现为对既有秩序的破坏。当权力把持者的阴谋和欲望一次次得逞，就会变本加厉去破坏既有的秩序，来为欲望的满足铺垫新的道路。现实生活中表现为：拉拢腐蚀上级干部，破坏各种规章制度，甚至是以身试法，狂妄至极。《公敌》中的韩佃义与上级领导称兄道弟，将拉拢结交邵观无、老王等官员定为佟家庄的规矩，依靠这些人掠夺财富、胡作非为。他以土地为诱饵，将塔镇主要机构搬到佟家庄的地盘上；打造高级妓院小白楼，为领导干部和商人供养色情场所；私自设立武装，进行暴力恐吓，甚至将不听话的别镇长砍伤。村庄的畸形发展彻底背离了现代社会的轨道，成为韩佃义等人的王国。但是一个无序的村庄是不可能继续发展的，从韩佃义到佟黑子都认识到了这一点。佟家庄的命运期待佟志承这样的清醒者。

（二）逃离的村庄

村庄是村人的家园，既是物质上的，更是精神上的。但是由于种种原因，村庄成为一个让人又爱又恨的地方。这种矛盾的心态在路遥、莫言、陈忠实等作家那里都有所体现。对于生于鲁西南的作家王方晨又何尝不是如此？在他的小说中，村庄文化带给青年人太多的压抑、伤痛和窒息，令人在岁月蹉跎中逐渐熄灭了理想之火。因此，离开村庄对村庄青年而言是一种痛苦的抉择。为了生存、为了爱情、为了心中的那份尊严，他们选择了离开。

首先，离开村庄是为了获得自由生存的空间。告别故土是现代文学的一个主题，早在五四新文学里就已经肇始了。《老大》

中核桃园养育了庄稼祥及其父亲、母亲、舅舅、芒妹等。但是庄稼祥并不爱它，因为从一出生小村就带给了他屈辱，让他目睹了父亲的艰辛和无奈，还有村人在强权下的懦弱，如羔羊一般的生活。当庄稼祥在街上被袁广田殴打时，村人看到后竟然没有一个人站出来加以制止；发现自己身世的可疑后，村里没有一个人敢给他说清原委。当隐隐预感到自己与庄镰伯与芒妹的关系，预感到袁广田对自己的威胁，庄稼祥与父亲悄然离开了村庄。“这世道是不值得父亲留恋的。这世道给予父亲的，只有无尽的痛苦和遗憾。”离开故土，是一种无奈的选择。是的，故乡的土地让他们眷恋，但故乡的破败和丑陋让他们又不敢回归。

其次，这种离开源自对自我的保护。小说中，村庄的无序让青年人难以实现自己的价值，离开本身就是村人自我价值寻找的过程。《芬芳录》中的小志和艾乔离开村子，是对欲望村庄的逃离。这个道德沦丧的村庄已经容不得他们，甚至时刻会毁灭他们。小志喜欢艾乔，甘愿为她忍受屈辱，共同向往美好的未来，但是父亲蝈蝈在打艾乔的主意，和村里那些虎视眈眈的人一样试图毁掉这个美丽活泼的少女。因此他们选择了离开，到一个陌生的地方去过自由的生活。《老大》中庄稼祥去北京读大学是另一种逃离，因为小村带给他的是令人窒息的压抑，身世之谜成了他成长中的困惑，与芒妹的关系总让他感到危险。他从小就热爱读书，立志要考大学；读完大学，又免试读了研究生，然后毕业去做了一名编辑，从此留在了北京。他的离开直接原因是来自袁广田的殴打和威胁，还有令人可疑的庄镰伯对自己和芒妹关系的强烈反对，因此继续留在村里就会遇到更大的麻烦。可以想象，当一代代有志青年离开了村庄，村庄将要面临更大的困境。

再次，这种离开是对现实困境的无奈。在王方晨的小说中，村庄困境不但给弱者带来了身体与心灵的痛苦，也成为强权者难以解脱的梦魇。当尽情享受欲望无限满足带来的快感时，他们实际上是以更大的空虚和惊悚为代价的。因此韩佃义、佟黑子、庄镰伯的离开带有更为深刻的哲理意味。《老大》中庄镰伯的阴暗世界中满满都是敌人，因为唯有对手才能让他活得有乐趣。但是，“在他自以为得到的时候，却又很快被新的罪恶代替啦。他并不知道，苦难在他的血液中，沉积了多厚多重。苦难和他自身，融合成一体啦”。当他企图用钱来左右他人的命运时，忽然发现在钱财面前他竟然再也找不到自己的目标。“那些大把的钞票，放在他面前，就像一团要向他扑来的猛烈的火焰。他对它感到恐惧和怀疑。这东西，能够使一个人把生活的意义理解得太简单太恶劣，根本谈不上崇高和严肃。”在彻底绝望后，他走向了自己准备好的火场。《公敌》中当打打杀杀、放纵淫乐的快感消失后，佟黑子面对的是一种难言的困惑，选择了在老宅中离开了人世。人对终极问题的追问是本性使然，需要努力去打造的不是肉体的快感，因为它是永远无法满足的，而是建造一个属于自己的存在感。

（三）回归村庄

21 世纪以来，贾平凹的《秦腔》、孙惠芬的《上塘书》、凸凹的《玄武》等作品都在致力探索传统村庄的命运。其实这算不上什么创新，早在 20 世纪初鲁迅的《故乡》已经对传统村庄的衰老进行了批判。村庄丧失了活力，变得僵化闭塞，新的出路又在何方？就文学而言，书写村庄的未来、塑造村庄新人是一次非常艰难的尝试。当村庄走向破败无序，建构村庄要比批判村庄更有难度。王方晨在对村庄文化展开批判的同时，对村庄的未来充满了期待。他认为只有以现代意识治理村庄，才能支撑起村庄的未来。《公敌》中通过塑造佟志承这样一个现代知识分子、现代官员意象，试图完成对村庄的回归。

首先，回归村庄，对佟志承而言内心是非常矛盾的。佟志承是从佟家庄走出的现代知识分子。他从小受过磨难，家庭变故甚至让他放弃学业，最后以优异成绩考入大学。毕业后他从基层干起，一步步走到了县长的位置；他受过现代高等教育，懂得如何去做一个现代人，如何去应对各种棘手的问题。因此他能够时刻约束自己，在官位上不贪不恶，受到上下级一致好评。但是他越来越发现自己干不下去了，于是向上级提交了辞职书。从某种意义上说，这是来自故土的召唤：回到佟家庄，回到故土。但是他又有着自己的苦衷，担心归来会招致弟弟的误解。这是一个矛盾组合体。一方面佟志承拥有自己的理想抱负，要活出自己，干好自己的事业。另一方面，作为现实中的个体，他懂得官场上那套“护官符”，明白其中的奥妙，但绝不做曲意迎合、欺上瞒下等的事情。最终，他选择了故土的召唤，去打造一个充满希望的村庄。

其次，回归故里是佟志承的心愿。佟家庄不但养育了他，而且是他的家，是他心灵的寄托之地。“那里的田野，阳光，河流，草木，好像只取一点点，即可养活他的一生。”作为一个走出佟家庄的读书人，一个被韩佃义视作官场上的能人，作为佟黑子的大哥，他不想眼睁睁看着亲弟弟走上不归路，更不愿自己的故乡继续糜烂下去。现实给他上了一课，就在他的面前一个美丽可爱的少女竟然失踪了，他却无可奈何。而且这种事情在塔镇、在佟家庄已经发生过多次，他的良知告诉他不能袖手旁观。弟弟突然自杀警醒了他，让他不再迟疑，毅然接手翰童集团。

三、叶炜与鲁南村庄

苏北鲁南大平原是叶炜文学世界中一个常见的审美意象。这片平原背倚沂蒙山余脉，面对苏北大地，物产丰富，文化厚重。在“乡土中国三部曲”——《福地》《富矿》和《后土》中，他特意塑造了一个平原小村意象：麻庄。小村带有作家故乡的痕迹。“地处鲁南腹地的家乡面对苏鲁大平原，背靠大山大湖，是一片风水宝地。小山村以千年未曾改变的姿态安静地卧在那里，滋养着生活在那里的乡亲。那里历史积淀丰厚，有过辉煌，当然也有过灰暗。”[①]麻庄的民间传说中有着关于祖先来处的记载。“问我祖先在何处，山西洪洞大槐树。祖先故居叫什么？大槐树下老鸹窝。”与历史传说相印证的是村庄中心的那棵大槐树。麻庄靠着马鞍山和抱犊崮，四周都是青纱帐。“这里的人活得大气磅礴，从不窝窝囊囊！即便是饿着肚皮，操的依然是帝王心，干的依然是天下事！”叶炜通过麻庄意象的塑造揭示了中国乡村百年历史变迁。

（一）历史长河中的村庄

全球化、城市化的加速发展，使传统村庄面临困境。但是作为人类创造的一种文化形态，村庄文化不会随之消失。更为重要的是，作为一种文化传承规律，村庄文化会继续潜移默化地影响现代文化建构。因此对村庄历史重新反思是现代性的一项重要内

---

① 叶炜：《立足村庄，言说中国》，《齐鲁晚报》2017年5月27日A12版。

容。陈忠实的《白鹿原》、莫言的《丰乳肥臀》、赵德发的《君子梦》等都以不同的角度对此加以审视，对人与土地的关系、人与传统文化的关系做了深入独特的思考。《福地》是叶炜在新世纪对鲁西南历史与文化反思的一部力作。小说中的麻庄经历了军阀混战、抗战、土改、入社、“文革”、改革开放等不同历史阶段，讲述了以老万一生为主线的村人的悲欢离合，揭示了传统乡绅文化的特质。

在传统村庄社会，乡绅文化是历经千百年而形成的一种独特文化形态。作为村庄的精英阶层，乡绅构成极为复杂，主要是退职官员、地主富绅、隐士书生等。他们在村庄里拥有很高的威信，是乡村伦理文化的坚守者和引导者。大地主老万继承祖先遗训，肩负起守护麻庄的责任，成为村庄实际的领袖。因此，村里建庙、打井、武装民团、赈济灾民、迎来送往、训诫村民、举办教育等事情都由他张罗。但是时代已经发生了变化，老万尽管殚精竭虑，付出巨大牺牲，最大限度保护村子的安全，但是仍然无法最终完成这一使命。“从老万身上，可以看到什么是乡土之魂，什么是村庄的守护者。”[①] 乡绅文化的解体不仅体现在老万一人身上，其整个家族的变迁更带有象征色彩。小说以其四个儿女的归宿做出了象征性的回答。“天象呈示万福为奸，万禄为党，万寿为宦，万喜为匪，且兄妹间会因守护麻庄而自相残杀。”兄妹四人在风雨飘摇的年代里走向了不同的道路，其命运遭际隐喻了以老万为代表的乡绅文化难以为继。“在老万家的孙辈中，几乎不见老万

① 李新宇：《如何面对这片乡土的前世今生——就“乡土中国三部曲”致叶炜》，《当代作家评论》2016 年第 5 期。

的骨血。”

（二）文明冲突中的村庄

工业文明与农业文明冲突，是新时期文学村庄书写的一个重要视角。张炜的《九月寓言》《刺猬歌》等作品很有代表性，无论是鲅鲅村的最后消失还是紫烟大垒对平原的摧残，揭示了村庄所面临的现实困境。鲁西南地区曾经是能源重镇，煤矿开采兴盛一时，因而工业文明与农耕文明的冲突有其现实参照。叶炜的《富矿》将麻庄与麻庄矿两个完全不同的文明空间并置一处，在冲突与争斗中揭示了村庄文化是如何一步步走向衰败的。麻庄矿就像一只野蛮贪婪的吸血虫，附着在乡村大地上吸食其鲜活的血液，最终自己也走向了灭亡。很显然，这是一个带有象征意蕴的意象。

首先，两种文明的对决让麻庄滑入欲望的陷阱。在煤矿尚未发现之前，村人一直过着一成不变的生活。日出而作，日入而息；年轻时在田野里种地割草，忙于生计；到老了就到村头小庙前靠日子，日复一日，年复一年。这几乎成了麻庄人生固定不变的程式。如村里的姑娘从小就学会割草喂猪，攒钱置办嫁妆；年轻人从来没看过电影，更没有去过县城；男人有两大喜好——抽旱烟和搞女人，以“是否会摔跤”衡量一个男人的才能；嫁女有很多讲究，像哭嫁、抬嫁妆等。这是一个非常传统的乡土世界。但是平静的生活被“南方人”打破，接踵而至的新奇事物让村人应接不暇。商业街、澡堂子、理发店、娱乐厅等，令麻庄的青年眼花缭乱，蠢蠢欲动。“麻庄人都在想办法发矿上的财。”于是，有姑娘的人家想让姑娘去矿上做工，将来好有机会嫁给矿工；村长和矿长合伙办起了煤炭交易场，从中捞取大量好处；妇女主任为矿上种蔬菜，获得较大利润。“这个矿给麻庄带来了哗啦作响的钞票，带来了麻庄从来没有过的繁华。那些白花花的钱让麻庄男人女人心里直痒痒，他们知道那是多么好的东西，这样的东西在矿上太多了，不能让它们全落到那些南方人手里。”伴随金钱欲望而来的是性欲的疯狂，性与金钱不仅摧毁村人的肉体，还带来精神层面的伤害。例如餐厅主任诱奸笨妮，村长与矿长的女人秘密交往，紫秀发廊长期容留卖淫女，杨瘸子让女儿出卖肉体……欲望的泛滥导致整个村庄陷入疯狂之中。

其次，迷失的村庄与回归的困境。小说开头和结尾讲述管婆与黑雪的故事，预示了村庄将要面临的灾难。一方面，矿工不顾一切地寻欢作乐，在放纵中获得快感以打发无聊的生活。当笨妮不堪忍受胡列的纠缠，就用刀片割伤了他的生殖器。这一情节带有一定的隐喻色彩。从表面看，这是笨妮报了当年被强奸的仇，而在深层意义上讲，则是村庄文明对工业文明的一次报复性阉割。另一方面，被欲望掏空的麻庄人丧失了气节，变得趋炎附势。当听说喜贵要为矿上招收第二批工人时，全村人挤破了门子去讨好他。“麻庄矿没建以前，麻庄人不是这样的，那时候好像没有这么多势利的人啊。麻姑觉得有好多东西都被地底下那些黑金子带走了。”黑金子被带走了，剩下的是那些无限延伸的错综复杂的地洞。接下来，麻庄的坟地开裂，房子也不能居住，土地变成了池塘。就像当年麻姑梦中遇到的萨满所讲的，他们要来这里钓鱼，因为这里要变成一片海洋。当一切走向终结，人们不禁怀念往日的岁月。“那时的日子，到处都是太阳光！”但是，麻庄还能回到过去吗？

（三）新时代的村庄

进入新世纪后，村庄又面临着新的问题，但是转型中的村庄也在积极迎接新的发展机遇，新农村新技术正在悄然兴起。《遍地杏黄》中的杏花村在新一代村干部带领下开山铺路，组织科技攻关小组，建设村办企业，改建学校和卫生室，让昔日偏僻贫困的山村走向小康之路。新农村建设从村庄政治、文化、信仰到产业布局，给人以耳目一新的感觉。叶炜的《后土》讲述了麻庄在曹东风、刘青松以及年轻一代刘非平、王东周等人的共同努力下建设现代村庄的探索。

首先，危机四伏的村庄。改革大潮中麻庄虽然获得了发展机遇，人们大多过上了安居乐业的好日子，但是进入新世纪后陷入了新的危机：村支书王远贪腐成性，欺上瞒下，欺男霸女，成为村子里的一颗毒瘤。王远在麻庄干了三分之一个世纪，表面上处处为村里办事，实际上处处为自己打算。他收取砖厂承包人曹东风一半的利润，利用上级拨款救灾的机会大捞好处，还伙同村会计偷分救灾款；利用手里的权力欺男霸女，威逼利诱多名女性与其保持不正当关系。正是这样一个人严重阻碍了村庄的发展，导致村庄治理的无序。一向被视为风水宝地的麻庄日渐陷入了困境。

其次，走向未来的村庄。新政策为曹东风、刘青松、刘非平等为代表的青年村干部提供了打造新农村的可能。尽管曹东风、刘青松也怀有私心杂念，甚至是偷偷做违反政策的事情，但是在内心怀有一颗为村庄村民办实事的心。曹东风借为父亲迁坟炫耀自己的威望；刘青松属于超生户。但是他们能够真心为村里解决各种各样的问题，认识到保护土地的重要性，敢于和王远进行坚决的斗争。特别是曹东风，将自己经营多年的砖瓦厂交给村里，自己出钱维修校舍，展现了一位现代村庄干部的理念。后起之秀刘非平和王东周对麻庄抱有更加美好的期待。他们利用新思想新理念来造福村庄，创办农家乐和观光园，打造小村美好前景。“我想在咱们麻庄开发农家乐，发展旅游业，争取利用上头的资金，大力开发小龙河，把村里的苇塘、果园、马鞍山和鱼塘连成一片，集观光、旅游、垂钓、娱乐等旅游开发于一体。具体说，就是建设小龙河观光带、苇塘观鸟园、果园采摘园、马鞍山野味馆、麻庄鱼塘垂钓中心，以观光旅游带动麻庄的经济发展，带动麻庄乡亲共同致富！”

鲁西北文化与村庄

鲁西北平原系黄河冲击而成，是华北平原的一部分，包括聊城、德州、滨州、东营等地市，土地资源丰富，农业极为发达，是重要的粮棉产区。黄河横贯东西，直入渤海湾；京杭大运河纵贯南北，是历史上著名的南北交通大动脉；此外还有徒骇河、马颊河等过境河流，为平原提供丰富的水资源。这里历史悠久，文化厚重，名家辈出。出生于鲁西北平原的作家拥有广阔的视野和踏实的文风，热衷于书写这片养育他们的热土。他们以细腻睿智的笔触，书写平原的四季风情、历史渊源和平原人家的悲欢离合，力求发掘平原大地特有的诗意和哲理。像左建明、王朴、刘玉栋、范玮、陈光军、陈芮伊、李登建等作家笔下的村庄各具特色，散发着鲁西北大地的泥土芬芳，展示了对现代人情人性的反思与探索。

一、鲁西北平原上的村庄

鲁西北平原地势辽阔，土地平坦，广袤苍凉。历史上，黄河携带大量的泥沙到此，受改道、泛滥等因素影响沉淀成为千里沃野。一直到黄河入海口，大地绵延不绝。在自然力的影响下，这里形成了特有的人文风情。黄土地文化的勤恳和踏实伴黄河而来，与大地融汇，影响了平原村庄的精神信仰、生产生活方式和审美追求。一代代平原人在黄土中走来，又在黄土中离去，亘古不变。“我们的老先辈耕的黄土田、住的黄土屋、吃的黄小米、用的黄河水，这浓浓的黄色之韵赋予了中华民族的黄皮肤，成为世界上优秀的民族。而创造了五千年璀璨的文明史，卓有贡献于世界。”[①] 黄河所经之处，黄土文化根深叶茂。在走向现代化的进程中，平原村庄文化同样遭遇现代文化的冲击。反思平原村庄文化，探究人情人性，成为鲁西北平原作家的一种文学自觉。

（一）自然地理意象

鲁西北平原平坦辽阔，河网交织；自然资源较为丰富，以农耕业为主。黄河、马颊河、徒骇河等河流为境内主要河流，给平原农业发展带来丰富的水资源。平原农人多以种植小麦、玉米、棉花等作物为主，还养殖牛羊、骡马等大型牲畜；村庄坐落在平原深处，紧靠塘坝、河流等水源地；房屋多为土坯筑墙，间或砖瓦混合，特色明显。在鲁西北平原作家的笔下，平原、塘湾、土地、

① 李子杰：《尊贵的黄之色彩》，《西北民族大学学报（哲学社会科学版）》1994年第1期。

作物、树木等意象尤为突出，寄托了作家对平原故乡的无限热爱和美好期待。

1. 平原意象

在各种自然景观中，平原具有辽远广阔、宁静平和、苍凉深邃等特点。它体现了一种包容、延展的内涵，像一首舒缓辽远的交响乐。因而，平原很容易引起作家对历史、社会与人生的深远思考，诱发像陈子昂那样的“前不见古人，后不见来者”的人生感叹。李登建在《平原深处》写道：“八百里大平原竟是波澜不惊，呈现一派古朴、和谐、安详之美。就连它的声音也那么平和、柔细。”平原没有山之高峻，没有水之波澜，显得过于平淡，但是那无限的延展本身就隐藏着巨大的奥秘。在刘玉栋的《齐雾》《白雾》《给马兰姑姑押车》等作品中，鲁北平原上那个叫云周雾的小村独具特色，诗意厚重。作家通过一个叫“丫头”的小男孩的眼光写尽了平原风光的魅力。“我看到西边的鬲津河大堤上树木高大，树叶稀疏；我看到南大湾像一面巨大的镜子，泛着青绿色的光泽，有几只雪白的大白鹅正游得优哉游哉；我看到东边是一望无际的刚刚生出新苗的麦田，麦田的顶端，秋天的树林像一片褐色的云彩……”在陈士军、陈芮伊的《天下苍苇》中，黄河入海口的苇荡是一个令人产生无限遐想的意象。“初冬的黄河口，一阵阵西北风从远处刮来，漫卷着辽阔的荒原，枯叶、碎草四处飞舞。天气渐渐寒冷起来。莽莽荒原，漫漫海滩，水深草密，一望无际。”整个荒原透着北方大地特有的苍凉之美。生于斯长于斯的丁迎风、丁迎霜兄弟以及他们的儿子丁振龙、丁振虎，个个英武豪爽。平原意象之美，体现出更多的原生性和多维性。

2. 塘湾意象

因为有黄河、马颊河、徒骇河等河流存在，平原上遍布着大大小小的塘湾。有的是天然湖泊，有的是人工水塘，有的是藕池鱼塘，成因多种多样。塘湾是村庄人生产生活用水的主要来源之一，是村庄水文化的源泉。对于村庄世界而言，水塘是一个充溢着神秘而柔性的去处，因而留下了很多相关的故事。在《金牛寨》中，村外的金牛河是一条具有神话色彩的河流。夏季河水滚滚，就像是“一条巨人的血脉，在瘦骨嶙峋的胸脯上，缓缓地流淌”。在村子附近，金牛河形成了一个大湾塘。“远远望去好大一片水，方圆有几十亩地大，每到夏天水呈黄幽幽的颜色，像漂浮着一层厚厚的油；一到秋天水就变了，变得蓝澄澄的、清亮亮的，能照出人的影儿来。湾塘里边深极了，到底有多深，谁也没打到过底。”浩渺的水域，深不见底，令人感到一种神秘性。《驿动的村庄》中村边是一处荷花塘。“夏日的荷叶绿得醉人，参差不齐地点缀着静静的水面。荷花还没有盛开，正含苞欲放的在微风中向路过的人们招手。尤其岸边的垂柳，也伸长了手臂，和水面上游走的成群的鸭子一起，嬉戏着打闹着扰动着原本平静的荷塘。”荷塘之美，是牛兰群美好爱情的象征。

对于村庄人而言，塘湾是他们童年时代的乐园，留下了很多难以忘怀的秘密。在《给马兰姑姑押车》《风中芦苇》《大鱼、火焰和探油仪》等小说中，村边的塘湾被叫作西大湾、北大湾；中间有小岛，遍布芦苇。“西大湾紧靠高高的河坝，是十里八村有名的大湾。水深面积大，中间有几座土丘，长满茂盛的蒲苇，连成一大片翠绿。那是一片神秘的地带。有关西大湾和这片蒲苇地，老年间就有无数的传说。”例如关于大鳖精的传说，最能引起孩子们的好奇之心。“他们都是在西大湾泡大的。在他们心里，西大湾就是乐园，就是天堂。当然，他们也相信西大湾里是有一个千年王八精的。”

3. 农作物意象

鲁西北平原是人类以智慧和汗水创造的奇迹。一代代农人成年累月的辛勤付出，让这片土地成为阡陌纵横、生机勃勃的田野。此外，他们还培育了各种农作物，创造了独具特色的农耕文化。农作物在给村庄提供了衣食住行等生存必需品的同时，对村人的文化人格也产生了深远影响。谭登坤在《马颊河十二月》中写到了富有生机和活力的麦子。这种作物在平原地区随处可见，但是在作家看来，它们才是平原真正的主人。“麦子，这是这片原野上独一无二的植物，这是彰显着这片土地富足高贵的植物。它们的队伍是那么浩大，放眼望去，只见它们漫天飘扬，三月的风压过，它们集体偃伏，又一起昂扬。偃伏时，如白茫茫的波浪；昂扬时又如乌腾腾的云头。这是三月的麦子。”在谭登坤的文学世界里，麦子是生机，是活力，更是大地释放的力量。李登建的《铁匠铺的一天》中写了已经成熟的庄稼，刻画了一个等待丰收的村庄。“成熟的庄稼的香味在田野里弥漫，大团大团地涌向村庄，村子骚动起来，不要说壮劳力们脉管鼓胀，渴望拼杀一场，就连那些平常不下地的老人、孩子也再坐不住了，开始做着收割的准备。”丰收的作物带给村庄难以想象的激情，是一种梦想即将实现的悸动。

4. 树木意象

在平原村庄里，同样流行着树木信仰。像《驿动的村庄》中村头上的枯心柳，被村里人视为神物。闲暇时村人经常聚在树下聊天，交流着各种各样的谈资。“这棵根本无法通过年轮辨别树龄的古树，在风雨中摇摆着，坚守着这个贫瘠的村庄。无论历史的风云变幻无常，它都岿然不动，聆听和见证着历史的脚步。我始终相信关于这个枯心柳的传说，给有信仰的人以心灵的慰藉。”枯心柳拥有很多神奇的传说，是一棵被神秘化了的信仰之树。“枯心柳事实上它已经不属于牛家庄了，它属于农村方圆百里甚至更广更远的名树。一旦谁伤害了枯心柳，甚至无辜折一个树枝，都会令枯心柳发怒，七天内准遭到不同的报应。”在刘玉栋的文学世界中，树木被赋予了情感，是家里的成员，令人感到自然而亲切。《天黑前回家》中两棵榆树：“我家院子里有两棵榆树，靠着南墙，因为长得高大，枝子的另一半都伸到院墙外面去了。在树叶还没有长出来之前，紧贴着树枝的，是一串串亮晶晶的榆钱儿，阳光落在上面，它们像银子一样闪着光，还发出一股甜腻腻的香味。”李登建的《千年乡路》中村口那棵古树是明初大移民的见证，背后有一个关于祖先开辟村庄的故事。古树后来成为小村的一个重要标志，承载了村人心中永恒的乡愁。“乡路，你到底是什么？但不论你是什么，你都时时萦绕在我的情怀，牢牢地把我的心拴在故乡的树桩上。”

（二）村庄建筑意象

“独特的地理环境有着独特的文化。”[①] 鲁西北平原历史悠久，土地辽阔，因而院落较大。民居多就地取材，用土坯或红砖砌成；颜色多为土黄色，形成了独特的平原四合院建筑格局；院落内还

---

① 陈思和主编《中国新文学大系（1976—2000）·文学理论卷二》，上海文艺出版社，2009，第 192 页。

建有厨房、牲口棚等设施，栽种果树、蔬菜等。除此之外，村庄还建有场院、寺庙、宗庙等公共建筑。这些文化意象为作家创作时吸纳，经过审美化处理后成为独特的文学意象，蕴含了作家独特的审美意蕴。

1. 房屋建筑意象

房屋建筑不仅是建筑文化地域性的承载，而且是庄户人家贫富差异的无言表述。在鲁西北平原上，村庄房屋建筑最为普遍最为传统的是以土坯筑墙，屋顶为平形。“囤屋顶的屋顶是当地人可以利用的一个上层空间。屋顶用来晒粮食和囤粮，在上面囤粮既通风又防鼠患。”[1] 这种特有的民居形式简洁实用，体现了村庄文化的特点。在小说《白雾》中刘玉栋对此有着生动细致的刻画：姥爷家的院子是个普通的四合院，有北屋、南屋、猪圈、马棚等建筑；站在房顶上，可以看到村子的全貌。在李登建的散文《父亲的华屋情结》中，老宅院子很小，东西两间半屋宽，南北三间长，从北屋门到大门铺着一条砖道，院子中间长着一棵大枣树；一座简陋的土坯房，墙角是用石头垒的，上面是两层砖；窗子是土气的竖条窗，上面是发黑的纸；笨重的木板门吱吱作响，却能给一家人遮风挡雨。《金牛寨》中队长家的房子就显得华丽无比，象征着富贵与权势。“房子是当队长这些年翻盖的，屋墙都是青砖白灰嵌的缝。屋顶是笆砖蒙的，屋里墙都是雪白的石灰套的。前后两座北屋的地基垫得都很高，都是大门大窗户，都镶了瓦亮的大玻璃。前院栽着几棵少有的糖枣树，满树的叶子已变成了淡黄色，不时还有几片飘落下来，两边玻璃大台上都放着几盆正开着黄的、

① 谭向东、李丽明：《鲁西囤形屋民居形式初探》，《山西建筑》2011 年第 12 期。

红的、白的、金黄的、粉红的菊花。”高门楼、大院落、青砖玻璃窗在小村里炫耀着主人的富贵和霸道。

2. 公共建筑意象

在广大平原地区，祭祀祖先、神灵，举办大型政治、文体活动，一般在寺庙、祠堂、广场等建筑中进行。公共建筑带有政治、文化、宗教等色彩，无论是建筑形式还是文化内涵都彰显着与众不同的追求。宗教建筑多器宇轩昂，透着神秘色彩。《金牛寨》中金牛神庙是一处宗教建筑，位于小村东头，是为小村镇妖压邪、佑护平安而建。“小神屋正面墙上画着金角金鳞的金牛神。四周砖围墙长着枯萎了的绿绒绒毛毛。门前有棵歪脖老槐树。”庙门两边石头上有对联，门楣上刻着“金牛神庙”四个大字。《天下苍苇》中的萧神庙，青瓦白墙，飞檐斗拱，面朝大海，气势恢宏；庙门口铺着十八级白条石台阶，矗立着十三只石狮，门框上刻有对联；整个院落分为正殿、偏殿、藏经殿、耳房、东西厢房，中间插着斗风旗杆。每当暴风雨夜晚，萧神庙的红灯指示着海上作业的渔人安全回家。

在现代社会，村庄还建有很多公共设施。它们通常承担文化教育和思想宣传的功用。如《白雾》中的小学校无论从建筑格局还是风格上皆体现了乡村教育的特色：教室由一排排的土房子构成，前面是一片开阔地，中间竖着旗杆；再往远处是两个篮球架子，以及一排排的杨树。这是一所非常简陋的学校，却是小村的文化中心。《驿动的村庄》中大礼堂是牛家庄的一所大型建筑。“大礼堂比周围的农户住房高出一米多，清一色的蓝砖到顶，是牛家庄最古老最具有历史感的建筑。举目高眺，显得古朴典雅又庄重肃穆。”村里过节时排节目、放电影、搞忆苦思甜大会、听八爷讲故事等活动都在这里进行，是小村的公共文化集散中心。

（三）民俗风情意象

鲁西北平原村庄文化既体现了对齐鲁文化的传承，也有着自身的地域性。此外，还受到黄河文化和运河文化的影响。在岁时节日、人生礼仪和民歌民谣等习俗方面，鲁西北平原民俗内容丰富独特，泥土色彩浓厚。例如在鲁北地区，未出嫁的女孩在乞巧节前夜要聚在一起做乞巧饭，饭后要摸黑到地里去摸苜蓿；婚俗方面更为丰富，有“点喜日子”“闹洞房”“三天回门”等习俗。这些礼仪习俗在文学作品中增添了村庄文化的民间气息。

1. 岁时节日意象

年节习俗在全国各地大致相似，但是具体内容又带有地方性差异。除春节、元宵节、端午节、中秋节等重要节日外，鲁西北村庄还有一些地方性节日。《天下苍苇》中利津人有赶会的习俗，每年四月二十八、六月初一县城和乡镇都要举行香火大会，像城隍庙大会、药王庙会等；《白雾》中前镇上腊月二十六是一年中最后一个集，集市上卖肉的、卖包子的、卖鞭炮的应有尽有，甚是热闹，“喧嚣与繁华总是表面的，那些善良穷苦的老百姓，内心都会存有深层的酸涩”；《驿动的村庄》中每年腊月二十三村人要辞灶扫屋，但是与其他地方不同的是晚上要在自家院子里点起一堆火，寓意给玉帝送盘缠，嘴里还要不断祷告。“灶王爷爷要走好 / 路途遥远把钱捎 / 一路辛苦难得闲 / 见了玉帝多美言 / 俺家大小有五口 / 积德行善瞒不过 / 来年盼着玉帝笑 / 平平安安年来到。”节日是村人对日常生活的一种独特理解，是他们尽情释放情感的机会。李登建认为：“我一直以为有些节日是根植于民间、属于平民的，比如这灯会，比如四月八庙会，比如五月端午赛龙舟……在这里，他们挤在一块儿，是多么难得的享受！他们一年到头为生计所迫，忙忙碌碌，就渴望有一天到这里挤一挤；一挤就好了，日子又有滋有味了。”

2. 人生礼仪意象

在平原小村中，受农耕文化影响，人生的各种礼仪习俗至今依然遗留很多。尤其是在婚丧嫁娶方面，各种礼节之烦琐充分展示了村庄文化的系统性。在婚嫁礼俗方面，从说媒、定日子、迎亲、闹房等都有一定的成规。《金牛寨》中汪三焕的婚礼就是一例。虽然男女两家非常贫穷，仍要按照村里既有的规矩置办。出嫁前，三焕要精心梳洗打扮，将大辫子在脑后盘起来套上网；迎亲时，男方要套上三辆大车前去迎娶；进入洞房，婆婆把早已准备好的红枣、花生撒在炕上，念着“一把花生一把枣，明年生个大胖小”；然后是闹房，年轻人会想出很多法子来戏弄新人，一直闹到半夜。《给马兰姑姑押车》中的送亲更是别有地方特色，“三驾马车一字排开，用新席子或苇箔扎起拱形的篷子，六匹大马披彩挂红”；第一辆车上坐像村支书、新娘本家长辈这样的男客，第二辆坐新娘和两位女客，最后一辆是新娘的嫁妆；嫁妆要八铺八盖和两个大木箱子；车上还要有一个小男孩押着，取吉祥之意。礼俗绝非可有可无，而是思想情感的寄托，显示了村人对婚姻生育的理解。

村庄人对死亡有着自己的哲学。一个人的离世不过是换了居住的地方，需要一整套礼节来完成告别仪式。送别逝者必须严格对待，因为这不仅是生者的脸面问题，而且影响到后世子孙的前途。散文《千年乡路》写道：“生与死原来就是这样相依存。连接这两个所在的恰是这条路，这条路就是这二者之间的桥梁，好像村人的一生只不过是走完这条路——从村子里起步到墓地停止，就这么短暂，这么平淡。”在《金牛寨》中，杨丽萍的丈夫闯关东死在那里，每年冬天瞎婆婆和儿媳妇都要给阴间的他送冬衣。也就是用色纸铰成棉袄、棉裤，拿到坟上烧成灰，要边烧边呼喊他的名字。这样阴间的人就能收到。《笑不出来的喜剧》中，豆腐营村喝药而死的村庄妇女，按照习俗是不能进家门的，所以就在街上搭灵棚祭奠，而尸体不用火花，用席子卷了直接下葬。丧葬习俗意象是村人对死亡的一种解读，体现了地域文化的原生性。

3. 民歌民谣意象

民间歌谣源自生活，情真意切，通俗易懂，深得老百姓喜爱。人们在劳动之余、闲暇之时往往通过传唱民歌民谣来抒发内心的情感，进行娱乐。鲁西北平原民歌民谣风格质朴，生活气息浓郁。像临清民谣《大实话》，内容诙谐幽默，带有老百姓特有的智慧火花和朴实味道。在具体文学创作中，作家对这一资源进行了吸收创新。如《金牛寨》中村人纺线时唱的“扒瞎歌”，诙谐逗趣，为村人苦涩的生活增添了一些乐趣。“太阳一出照正东，/ 红萝卜冒芽出了一棵葱，/ 天上无云下大雨，/ 树梢不动刮大风，/ 刮得石头沿街跑，/ 鸡蛋一动也不动，/ 鸡蛋就把石头砸，/ 石头砸了个大窟窿，/ 鸡蛋烂了使电焊，/ 石头烂了用针缝，/ 俺说这话你不信，/ 小老鼠将了个黑狗熊。”话语简单，逻辑错位，貌似荒诞，实则智慧隐藏其中。《天下苍苇》中朱冬来唱的夯歌，苍凉雄浑：“（领）瀛洲虎呀么——（合）渡海狼啊——/（领）满天红日呀么——（合）更黄昏——/（领）茫茫那个神州——（合）伤破碎啊——”这种古老的歌谣在先民时期就已存在，是集体劳作时内心情感的咏叹，往往随机应变，妙趣横生。《长河夜未央》中吕剧是土生土长的剧种，老百姓打心里喜欢它。“听到坠琴一声响，脑袋磕到门框上。”“吕剧拴住了女人，也拴住了男人，男男女女、老老少少都喜欢，《李二嫂改嫁》《借年》《小姑贤》《姊妹易嫁》，看个十遍二十遍也不厌烦……”无论是歌谣还是吕剧缓解了农人劳作时的苦闷，愉悦了他们的身心，与他们的生活相依相伴。

（四）村庄人物意象

任何一种文化都存在精华和糟粕，二者是共生共存的关系。农耕文明带给村人以勤劳、朴实、本分等优秀品格的同时，也在无形中造成了他们封闭、落后、保守的一面。因此在对村庄人进行评价时，应该认识到人物性格的复杂性。鲁西北村庄中既有大权在握的村支书、村主任，又有面朝黄土背朝天的农夫，以及一部分有想法有思考的青年，还有一些不知道从何处来又到何处去的外来者。他们共同构成了平原上千百个普普通通的村庄，在此度过了自己的一生。王朴、刘玉栋、李登建、陈士军、陈芮伊等作家的文学世界中，平原人性格各异，内涵丰富，是齐鲁文学人物画廊中不可或缺的组成部分。

1. 村干部意象

前文述及，在新时期文学中村干部意象常被提及，像张炜小说中的王三江、肖万昌，张继笔下的四平、李木，等等。他们一方面是直接面对村民的基层干部，另一方面又是本乡本土的农民。尽管有的村干部劣迹斑斑，为害一村，但大多数勤恳为民，承担起守护一方的责任和建设现代村庄的梦想。《驿动的村庄》中村支书牛长江主事几十年，深得爱戴。他“不沾、不贪、不赌、不花”，有能力，有担当。村人之间发生了矛盾，牛长江是理所当然的调节人。“文革”后，为了让全村人能吃上饭、过上好日子，他按照向书记的意见率先在村里搞起了家庭联产承包责任制，公平分配原有的集体财物；当新来的苏书记和刘秘书以职务相要挟让他收回分配的土地时，他坚决拒绝，竭力维护村人的利益。牛长江是一位一心为民、秉公办事的村干部。相比较而言，那些鱼肉乡里、为非作歹的干部是作家极力批判的对象。像《金牛寨》中的韩八队长，借着“文革”造反的机会上台，在村里住着最好的房子，欺男霸女，无恶不作。“韩八带领徐大鞋和几个所谓的保镖打手，跟往常一样，每到天黑就吹着号，牵着他的大恶狗，在街里示威游逛几趟，然后往村东金牛河里，咚！咚！咚！投三颗黄把手榴弹，震完场，他们就回到大队部吃喝打麻将，到二半夜就去拨女人的门……”这样的干部让小村陷入极端贫穷，了无生机，人们过着暗无宁日的生活。

2. 农民意象

勤劳、朴实、韧性是农民的本色。唯有如此，他才能通过日复一日的劳作从土地上获取更多的食物和财富。他们从土里刨食，也没有太多的欲望，可是还是面对各种天灾人祸，过着清苦的生活，承担着巨大的压力。《金牛寨》中金开贵是一个勤苦老实的农人。他年轻时结实能干，像枣木桩子一样结实，一下就能撅起五斗粮食的大麻袋；他还闯过关东，和日本人打过架，后来被侵略者骗到日本去挖过煤，1949 年后回到家乡；年轻时他也曾爱说爱笑，是一个很讨人喜欢的人。“可随着岁月流逝，年岁增长，生活重担的压迫，使他渐渐变成了另外一个人了：一天到晚板着脸阴着天，要不三天两天不言语，要不开腔就能呛死个人。”极端的贫困极端的艰辛让他再也抬不起头来，天灾人祸让他的生活更是雪上加霜；贫穷让他向命运低头，逐渐丧失了辨别是非的能力；思想愚钝倔强，盲从蛮干，根本不从实际出发考虑问题。《我们分到了土地》中爷爷热爱劳动，善良仁厚。村里实行责任制后，爷爷从大队里分到一匹马，非常高兴。“爷爷的喜悦之色再也无法掩藏，突然不自觉地乐了，他的每一道皱纹里都乐出声音来。”就是这样一位质朴善良的老人，后来因为分到了五块地头子，气得大病一场，在床上躺了整整三个月。显然，鲁西北作家在他们身上寄托了对传统村庄文化的爱恋，但是同时也不乏审视色彩。

3. 智者意象

平原地区以农业为主，注重经验的传承，加之千百年来儒家文化的熏染，村庄文化世世代代几乎没有发生过太大的变化。凝固的村庄文化总是迸发出一些新的音符，让生活不那么枯燥乏味。这就是村庄智者的力量。他们能够跳出那些僵化不变的思维模式，让生活再现生机和活力。像《驿动的村庄》中的八爷，小时候参加过八路军，是村里最有资历的人，故而被亲切地称作八爷。他阅历丰富，总是有着讲不完的故事，也有着众人所不具备的见识。“八爷好似一本活着的故事大典，他所经受的曲折人生和苦难没有把这个老者的精神压垮，然而他无时不为孩子们带来快乐的童年。”“八爷的故事就像伫立在村口的这棵枯心柳一样，古老、生动而又富有传奇的色彩。”村里另一智慧老人是独居婆婆。她年轻时因嫁到地主家，故土改后家里的全部罪恶都推给她一人承担，大会小会批斗她，侮辱她；她是一个淡泊坚强的人，独自生活在水井边的小泥屋里，虽然没儿没女，但是热爱生活，是村里顶尖的剪纸高手，能剪出“喜鹊登枝”“双喜临门”“年年有余”“双龙戏珠”等精品，艺术上达到了登峰造极的程度。老婆婆始终坚守着自己的生活理念，不管外部压力有多大，都能够坦然面对。《天下苍苇》中岳世贤是前清秀才，学识渊博，懂得阴阳风水，在周围几个村里很有名望。他疾恶如仇，造福乡里，又随遇而安，与世无争。当侵略者占领家乡后，他设巧计智斗山田一郎，保护村民和革命队伍；面对侵略者的枪口，他吟诵了一首展示心迹的诗——“雪满山城鸦去尽，独留老鹤守寒梅”，以实际行动展示了民间士人的风骨，捍卫了民族尊严。

二、刘玉栋与鲁北村庄

自 20 世纪 90 年代以来，刘玉栋一直致力打造以鲁北村庄为原型的文学世界，探索平原村庄文化的温情诗意和平原人的人情人性的独特内涵。在他的笔下，齐周雾村是一个被屡屡提及的充满诗意的平原小村。村子周围是一望无际的大平原，马颊河在村外静静流过；村前村后遍布着几个大水塘，麦场上堆着一个个浑圆如蘑菇般的麦秸垛；孩子们从小受到家里老人的呵护，小伙伴们个个朴实可爱……当然在这个诗意的、温暖的世界里，也不时透出生命的痛感和成长的迷惘。在《我们分到了土地》《给马兰姑姑押车》《公鸡的寓言》《我的名字叫丫头》《白雾》等作品中，小村意象以不同的形式呈现了作家对社会人生的独特发现，对乡情乡俗的深入反思。

（一）诗意的村庄

由平原、河流、青纱帐、村落、小路等意象勾画的风景，线条简单，内容纯净，给人一种难以言说的美感。在张炜、李佩甫、毕飞宇等作家那里，平原村庄是一个拥有独特韵味的空间形态，是一个说不尽的审美意象。在平原上，夏秋季节的村庄躲进了青纱帐，或被丛林遮盖，若隐若现，很难看清它们的身影；到了春冬季节，它们又一一裸露在寂静空旷的大地上。这是对广袤大地最为深沉的思考，是对田野和丛林的遐思，是对人生奥秘的心驰神往，是对未知世界的新奇注视，是难以割舍的乡愁，是童年永恒的记忆……这是村庄留给作家的最珍贵记忆，也是文学之河从不枯竭的奥秘。“我从小在农村长大，十七岁才离开故乡，但总觉得没有真正离开，我十分想念那段日子，想念那里的花草树木、土地河流，想念那里的乡邻和伙伴，尽管过去十几年，我却始终没有忘掉那段生活。”[①] 刘玉栋的文学村庄不仅仅限于诗意的表达，而是蕴含着更为深层的关于人与大地的思索。他以儿童视角来观察身边的村庄世界，发掘生存的诗意之美，突出其独特性。

首先，这种诗意来自作家对现实世界的审美创造。在小说中，我们总能感受到作家对所经历过的平原生活的独特体验。原野、水塘、村路、院落、家畜、伙伴等意象是那么亲切新奇，是一个个富有生命力的个体性存在。《白雾》中的冬冬从大城市来到姥姥家，平原、村庄乃至身边的一切都令他感到好奇。写大平原：“周围全是黄色的土地。刚刚收割完玉米，一捆捆玉米秸被堆放在地沿上，闪着金黄色的光泽，跟一座座小山似的。一垄垄的小麦刚刚发芽，嫩绿嫩绿的，一眼望不到边。”写姥爷：“他瘦瘦的，脸黑黑的，皱巴巴的皮肤下面长出一绺灰白的胡子，就像动物园里的老山羊。”写姥姥：“她头上围着一条紫色的围巾，脖子一抻一抻的，嘴里

① 刘玉栋：《公鸡的寓言》，山东文艺出版社，2005，第 17 页。

咯咯地说着什么，活像一只芦花鸡。”写院子：大红公鸡、母鸡、大白鹅、黑猪、灰兔子、枣红马、大猫、山羊遍布在院子各个角落，简直就是个动物园。在一个城市儿童眼中，这一切都是如此陌生又如此有趣。《红鲤鱼》中，小男孩在爷爷的葡萄园玩耍，看到了清澈河水中游动的小鱼；吃着爷爷摘的葡萄和奶奶煮好的鸡蛋；听着关于红鲤鱼、田螺姑娘的传说，特别追逐红鲤鱼的经历，让童年变得难以忘记。以上村庄书写，并非现实村庄的反映，而是以审美方式对现实的再创造，在看似简单的描写背后隐含着丰富的生活底蕴。

其次，这种诗意来自对人生隐秘的探索。村庄是一个相对独立的文化空间。人们对人生有着自己的理解，但同时也存在很多困惑。当一个未成年人独自面对这个世界时，就会发现很多成人世界的隐秘。显然这种探索是非常独特的，既非单一的儿童世界，也不是成人世界的儿童想象，而是从儿童指向成人世界的。《给马兰姑姑押车》中那个叫丫头的小男孩盼着马兰姑姑出嫁，因为马二奶奶已经答应到时让他去干押车的美差。押车对孩子而言是一种荣耀，因为到时可以穿新衣，可以收获点心和糖块，还可以拿到钱，还可以像大人一样坐上席。“我一听，肚子里立刻生出了一眼清泉，一种甜甜的感觉像泉水似的在身上流淌四溢。”但是始料未及的事情还是发生了。因为头天晚上高兴得失眠了，加之第二天早上又起得太早，丫头在车上睡着了；等他醒来，嫁妆早已经卸车，索要糖果和钱的场面让他睡丢了。虽然最后丫头得到了应该拿的东西，但是内心依然十分失落。“我隐隐地感觉到，这些令人向往的事情，结果并不是都那么令人高兴。”押车让一个儿童隐隐触碰到成人世界的大门。现实生活中，人们总是对未来充满了各种期待，但是谁能够预知结果怎样呢?

《四眼》中的四眼是丫头养的一条小狗，平时给他带来很多欢乐。但是公社忽然下令打狗，四眼被打死后成了大家的一顿美餐。只有丫头沉浸在无尽的悲伤中，拒绝了与家人一起分享美味的狗肉。小男孩丫头在这次经历中懂得如何去爱，如何去尊重。在成人世界中，又有多少人懂得这一隐秘?！“他从一个孩子的眼里看世界，展示的是贫弱小民的平凡生活，在平凡中却透出不平凡的意味。它朴实无华，像泥土一样厚实，但它有血有肉。”①

（二）涅槃的村庄

对于很多人而言，记忆中的故乡是宁静祥和的。果园、小河、原野等令人回味无穷。从陶渊明开始，中国作家就不断书写心目中的村庄。但是当全球化、城市化迅速蔓延之后，一些传统村庄陷入了困顿的境地，在文化层面上，传统文化碎片化日益严重。在刘玉栋的小说中，作家翻开了村庄和谐、安逸、温暖的一面，将矛盾的一面揭示出来，体现了其深刻的悲悯意识和批判现实的勇气，像《雾似的村庄》《花花琉琉玻璃球球》《葵花地》《平原六章》《葬马头》《乡村夜》《风中芦苇》《回乡记》等。

首先，村庄的困境体现为生存空间的失衡。在现代化进程中，长期的城乡二元对立让村庄一直处于劣势状态。城市化、工业化迅猛发展导致了城市不断占用村庄肥沃的土地，污染清澈的河流和洁净的空气。随之而来的是人心人性的扭曲，传统村庄遭受冲击。

① 徐德霞：《典型化传统手法的魅力——读刘玉栋〈我的名字叫丫头〉》，《中国图书评论》2017 年第 4 期。

《回乡记》中村里的大池塘从“水清草肥”变成了一潭死水。“村北的枣树林里结满肥嘟嘟红玛瑙般的枣子，随意摘一个放进嘴里，又脆又甜。在村西，夕阳正红光满面，雪白的苇穗金光闪闪，风一吹，此起彼伏，一浪一浪传到远处，灰棕色的蒲穗不倒翁般摇晃着脑袋，整个池塘变成金黄色，浪花泛起，波光闪闪。”而今大池塘昔日的风光不再，只剩下发出的阵阵恶臭；更令人痛心的是人心变了，像父亲这样一位曾经在村里备受尊重的老人被本家小毛孩子的摩托车撞了，竟然讨不回一个公道。《风中芦苇》中“我”到了村口后刚打开出租车的车窗，就闻到了一股难闻的怪味。原来村里有了“造纸厂、化肥厂、炼钢厂、农药厂”，“尽管已近正午，但天空还是灰蒙蒙的，那座 20 世纪 60 年代修的水泥桥已破烂得惨不忍睹，如同是几块水泥板拼成的一样，两边的水泥栏杆就像八十岁老人的牙齿，模样让人恐惧”。雾村被笼罩在一层黑色的乌云下，令人窒息。当年那个盛气凌人的二九，偷情、养私生子、逼死妻子、逼走女儿可谓坏事做绝，而今身患绝症，在一个深夜投水自尽；小二苦苦守了两年的鱼塘，因为二九自杀没有收益；还有王久贵，被村长刘拉拉的催款队殴打致残；刘家父子横征暴敛，欺压良善，好赌成性；小盼姑娘放弃了打工的机会，回家照顾瘫痪在床的父亲……村民就像寒风中的芦苇，找不到自己的方向，也看不到前方的路。

其次，村庄的困境源自传统文化的碎片化。随着传统村庄文化体系被打破，历史文化、宗教信仰、伦理道德等逐渐丧失了既有的约束性，村人的欲望开始肆意泛滥。《葬马头》中的父亲极有怜悯之心，非常照顾那匹不受待见的滚蹄子马，因而招来村人的耻笑。孩子们拿着枝条抽打父亲，大人们以此嘲笑母亲。滚蹄子马死后，大家没有表现出丝毫的悲伤，而是以过节的形式进行庆祝。村人以他人的痛苦来换取自己的快乐，为了个人欲望的满足毫无顾忌。这不禁令人想起鲁迅小说中的那些麻木愚昧的看客，令人伤感。《雾似的村庄》中的汝东是一位英雄，是抗日战争时期无人不知无人不晓的“黑旋风”团长。回到村里后，因为丢了官职村人并不尊重他。他的大儿子成了盲人，屡遭村人的欺辱，绝望而死；二儿子老实本分，好容易说了一门亲事，不料还没成婚就突然死了；女儿本不是自己的血脉，跟着个下乡知青跑了；三儿子考上大学，回村创业却不为村人理解，一气之下一走了之。小孩子们编顺口溜骂汝东，往他的头上撒尿。整个村庄冰冷麻木，毫无温暖可言。《昏夏》中的马东因为偷窃被判入狱，后来做生意发了财，建起了最好的房子，还买脱粒机免费给村人用，以放电影笼络人心，最后摇身一变成了村长。

闭塞落后的文化观念也制约了村庄的发展，让村庄失去了应有的活力。《雾似的村庄》中乃森回家办蜜枣厂，帮助村人脱贫致富，却遇到村长老曼的故意刁难。在老曼看来，他才是这个村子的主事人，不允许村里再出现比他更有本事的人。《平原六章》中的“哥哥”花了三千块钱从四川买回一个女人做媳妇。当女人逃跑被抓回来后，三得和老麦就把她脱得只剩下花裤衩绑在长凳子上加以侮辱。在这些人的眼中，女人根本不是人，而是他们买来的牲口，喜欢怎么折磨就怎么折磨。《葵花地》中从放羊的孩子到青年人，再到老年人，对于读书、音乐茫然无知；不懂农庄、不懂种植经济作物、不懂关爱他人，只是以自己狭隘的眼光看待这个世界。因而村人做出了令人啼笑皆非的事情，荒诞的背后是村庄的发展滞后。

□ 第三章

村庄意象的内涵建构

文学村庄是作家对村庄文化独特理解所产生的艺术世界。正如作家郑万隆在谈及自己的小说时所言："在这个世界中，我企图表现一种生与死、人性和非人性、欲望与机会、爱与性、痛苦和期待以及一种来自自然的神秘力量。更重要的是我企图利用神话、传说、梦幻以及风俗为小说的架构，建立一种自己的理想观念、价值观念、伦理道德观念和文化观念；并在描述人类行为和人类历史时，在我的小说中体现出一种普遍的关于人的本质的观念。"[①] 也就是说，小说应该既有像神话、传说、风俗这样的文化结构，也有关于人性人情的"自己"的理解。因此，村庄意象研究有必要从文化性、审美性两个层面做出阐释，发掘意象所具有的独特内涵。

① 陈思和主编：《中国新文学大系（1976—2000）·文学理论卷二》，第 192 页。

村庄意象的文化内涵

文化的地域性是特定自然地理空间所形成的文化特性。因而处于不同自然环境中的村庄具有显著的文化差异。基于文学自身特质，文学村庄所承载的文化内涵具有独特性。所以在对村庄意象的文化特征展开研究之前，首先要明确的问题是：文学村庄中的文化与现实村庄中的文化是两种性质完全不同的文化。现实中的村庄文化是村人在历史发展进程中依据自身的认知不断建构起来的文化生活空间，而文学村庄中的文化是作家在审美创造过程中赋予村庄意象以自己的文化性思考。例如刘玉堂笔下的沂蒙村庄意象幽默诙谐，朴实可爱，洋溢着沂蒙山特有的文化气息，表达了作家对沂蒙文化的文学性理解。所以说，文学村庄是作家对村庄社会文化的一种审美建构，传递了作家对村庄的审美化理解。那些乡情、乡音、乡人、乡事等文化资源在文学中被做了重新理解。自然山水，是文学村庄永恒的家园；民情风俗，造就了说不尽的村庄故事。“从某种意义上讲，乡土文学才是真正的文学。艺术家的求索如果不是背倚乡土，也就失去了文化根柢。”[①]像《红高粱》中高密东北乡的奇风异俗、《九月寓言》中平原村落的传说故事、《君子梦》中的宗族文化的理想等，无不是作家对村庄文化探索和反思的产物。为此，不妨从文化学角度来审视村庄文化的特点，其特有的泥土性、地域性、原生性等特质体现出与都市文化、小镇文化的不同。

① 张炜：《随笔精选》，山东友谊出版社，1996，第 97 页。

一、村庄文化的泥土性

泥土性是村庄文化的根本特性。村庄文化植根于大地，是在世世代代村人辛勤培植下结出的硕果。“土生土长”“土里土气”“土里刨食”是村庄人生活的基本形态，“叶落归根”是村庄人生的最终归宿，“一方水土养一方人”是村庄文化差异性的根源，“乡音不改鬓毛衰”是村人乡愁的写照。“人们在自己的土地上，生于斯、长于斯、衣食于斯，世世代代享受着土地的恩泽，安著定居，不能不对自己这一方土地产生炽烈的至爱之情，对自己土地上的风土人物产生无限的眷恋。”① 无论是身处山地平原还是滨海湖畔，农人以智慧和勤劳建构自己的乡土文化，像胶东半岛渔村的祭海习俗、沂蒙山区的沂蒙小调、鲁西渔村的放船捕鱼等。村庄文化从物质形态到审美风格体现了村庄人的追求，展示了村人对生活世界的独特理解。它存在于人们的日常生活之中，像房屋建筑、饮食起居、婚丧嫁娶、民谣小调等，散发着浓郁的泥土气息。张炜在《我的田园》中写道：“泥土原来是时间的灰渣。”所以，完全可以从泥土性角度对山东各地域村庄文化的独特性进行考察，探求其在文学世界中的意义。

（一）半岛村庄文化的泥土性

文化是由人类创造的，自然环境是影响文化特性的重要外部因素。在《淮南子・卷四》中就有对这方面的论述：“土地各以

① 陈丹平：《中华文化的乡土眷恋性与爱国主义传统》，《中央社会主义学院学报》1998 年第 12 期。

类生人，是故山气多勇，泽气多瘖，风气多聋，林气多躄，木气多伛，石气多力，险阻气多寿，谷气多痹，丘气多狂，庙气多仁，陵气多贪，轻土多利足，重土多迟，清水音小，浊水音大，湍水人重，中土多圣人。皆象其气，皆应其类也。”山东半岛三面临海，一面与陆地相连。这种独特的地形地貌决定了半岛文化的海洋特色。大海的浩渺无边、变幻莫测影响了人与大自然的复杂关系：敬畏又亲和、自由又孤独、神秘而灵动。另一方面，胶东半岛及附近地域深受齐文化影响，民间文化传承了齐文化的精神血脉。因此，半岛村庄文化的泥土性更多地体现了大地的灵动与率真，尤其以淳朴与传奇为特色。

首先，半岛村庄文化具有浓厚的淳朴性与包容性，体现了特有的诗意色彩。张炜着力探索了大地的诗意与哲理，通过河流、平原、山地、林子、大海、水塘、田野等意象表现了对大地的独特理解。“诗人记录和倾诉他心中的一切。他站立在什么土地上、呼吸着什么空气、四周的颜色和气味，这对于他可太重要了。他与这个世界融为一体，血脉相通。他是它们的代言人，是它们的一个器官。通过这个器官，人类将听到很多至关重要的信息，听到一个最古老又最新鲜的话题，听到这个星球上神秘的声音。一个诗人如果不能与那一切相通相连，那么他就是可有可无的。他可以嗅到风、云、河流、树木、太阳等一切的气味，感到它们的脉动。他的喃喃叙说才是真正意义上的诗。”[①] 因此在他的《芦清河告诉我》中，打造了干净的白沙滩、秀美的芦清河、长满紫色眉豆的菜园、大片大片的树林子……大地的美丽质朴孕育了聪明

① 张炜：《随笔精选》，山东友谊出版社，1996，第1—2页。

伶俐的小村姑娘和朴实可爱的小伙子，因此这一阶段作家笔下的村庄总是洋溢着快活明朗的气息。大贞子、小疤、二兰子、金叶儿、胖手儿等姑娘那么热爱这片土地，喜欢在大地上自由舒展自己野性的一面，欢快地说笑歌唱，对爱情和未来充满了无限憧憬。在《秋天的思索》《我的田园》等小说中，葡萄园就像一个沉静美丽、柔和包容的精神家园。当现实是如此的破败不堪，苦难、自私、枯燥、乏味等折磨着人的心灵，唯有葡萄园是一处可以安放心灵的去处。葡萄的精灵、滴露的秋夜、香甜的葡萄，让人忘记了一切世俗的困扰。在《九月寓言》中，大地呈现为一种巨大的原生性与包容性。小村就像一棵长在大地上的树，在夜色中欢快地成长。红红的地瓜散发着诱人的香味，夜色中青年男女以奔跑的方式宣泄内心的激情，而忆苦大会更像是小村的狂欢日，等等。所有这一切都应该感谢那片莽莽苍苍的大地，是大地支撑起了这里的一切。地下轰隆隆的炮声最终将这一切化为乌有，受伤的大地从此荒凉无比。“事实上，人类与大地之间从来就没有建立起真正的亲和关系，人类施加给大地的永远都是无尽的伤害，而大地也不断地向人类回报他们该得的惩罚。”[①] 从某种程度上说，至今人类依然没有懂得去如何理解大地，与大地真正相依为伴。

莫言在谈及与土地的关系时，认为自己的创作就是在书写故土。“故乡留给我的印象，是我小说的魂魄，故乡的土地与河流、庄稼与树木、飞禽与走兽、神话与传说、妖魔与鬼怪、恩人与仇人，都是我小说中的内容。”[②] 作为农耕文明主宰的社会，任何事物归

---

① 张炜:《大地乌托邦的守望者——从〈柏慧〉看张炜的艺术理想》,《当代作家评论》1995 年第 5 期。

② 莫言:《清醒的说梦者》，第 20 页。

根结底都来自大地的恩赐。在《红高粱家族》中，作家对高密东北乡的村庄文化做了深入细致的刻画。这里盛产高粱，逐渐形成了一种特有的红高粱文化。在生活上，村人创造了独特的高粱酒酿制工艺，以高粱酒待人接物，以高粱歌谣倾诉内心的苦乐；在习俗上，村人酷爱剪纸、扑灰年画和泥塑等民俗艺术，剪纸上的蝈蝈、梅花小鹿图案散发着民间文化特有的气息；在人物性格上，高密人淳朴、刚勇、率性，有着红高粱般的火红与血性，又有着“尘归尘，土归土”的大义凛然。显然，高粱文化源自大地，源自甜美的高粱酒，源自高密人内心的火热和炽情。在《丰乳肥臀》中，大栏村在历史上曾经是一个以采药、捕鱼、放蜂、放羊放牛等为业的移民村。村人出生在垫着尘土的土炕上，死后埋葬在大田里。土生土长是对这一文化特性的最简洁最生动的揭示。

其次，与淳朴性、包容性相关的是半岛村庄文化的传奇性。因自然环境使然，半岛文化深受海洋神秘性、灵动性的影响，带有传奇性特点。早在史前文明时期，东夷部族就在这里开始打造著名的东夷文化，到了秦代出现了徐福东渡的传说；清代小说家蒲松龄在此搜集神怪传说，创作了被誉为“文言短篇小说之王”的《聊斋志异》。可见，半岛文化具有传奇性特点。莫言的很多作品都讲述过有关狐狸、黄鼠狼、鸟的传奇故事，展示了半岛村庄文化的神秘性。《红高粱家族》中二奶奶在傍晚时分去高粱地里挖苦菜，被老黄鼠狼附身，李山人用狗血和画符的办法赶走了黄鼠狼精；咸水口子村的老耿在一次围猎红狐狸时，不忍心将其杀死，后来遇到日本兵的追杀，身中十八刀却活了下来，成为一段狐狸救人的传奇。同样的意象在《丰乳肥臀》中也能找到。例如高密东北乡有六个因为恋爱受阻、婚姻不幸而成为仙人的事例，都是狐狸、刺猬、黄鼠狼、麦梢蛇、花面獾、蝙蝠等神灵附体所致。三姐成了“鸟仙”，不但能够设坛给人看病，还能预测未来，准确地断定鸟儿韩将会在十八年后回到村里。传奇性是村庄人压抑与抗争的隐晦表达。传奇性可以毫无顾忌地突破传统规范，以巨大的威慑力完成对人性的舒展。

此外，胡烟的《哭泣的半岛》中的《狐说三则》《黄鼠狼报仇》等篇章讲述了狐狸和黄鼠狼半夜压水、上房跳舞和复仇的灵怪故事。正如作者所言，这些故事是在引导人要有敬畏、恻隐之心。“动物和人一样，有感情，人不能由着性子欺负它们。”

（二）沂蒙村庄文化的泥土性

在沂蒙村庄文化中，其泥土性是与莽莽群山紧密相连的。一望无际的山峦，涓涓流淌的河水，铸就了沂蒙文化特有的文化意蕴。这里的山地文化淳朴厚重，但不乏灵秀之气。究其原因，一方面在于其独特的自然环境。沂蒙地区山多地少，物质资源相对贫乏，村人逐渐形成了吃苦耐劳、乐观淳朴的性格。另一方面在于其独特的历史文化，儒家文化赋予了沂蒙山人善良朴实、热情好客的传统。当然还有民俗文化因素使然，婚丧嫁娶、民歌民谣无不带泥土气息。所有这些成为沂蒙村庄文化泥土性的成因，具体体现为山地性、民俗性特征。

首先，自然地理风貌的山地性。沂蒙村落多分布在山岭河谷之间，以种植业、养殖业为主，形成了自耕自足的经济模式。在丘陵地带，村人主要种植高粱、地瓜、大豆、绿豆等耐旱杂粮；在河床平原，主要种植小麦、玉米等高产作物。与种植业相应的是农耕文化，主导了沂蒙村庄的文化生活。如《乡村温柔》中钓鱼台人以种植地瓜为主，地瓜是村人日常生活中的重要食物，也是养猪的最好饲料。在饥饿的年代里牟葛彰常到地里去寻找别人挖剩下的地瓜，将多余的藏在坑洞中备用。《缱绻与决绝》中天牛庙村以种植小麦为主，麦收时节一到，全村人就开始忙碌，先把自家地里的小麦收割完毕，再到地主家做麦客，靠收割小麦挣下钱粮贴补家用。这种习俗是农耕文化的产物，是泥土文化的具体体现。《遍地杏黄》中杏花村漫山遍野都是杏树，是一个典型的“靠山吃山”的村庄。“村子就端坐在如太师椅一样的风水宝地里，山上山下，村里村外，墙东墙西，就连院子里全都长满了高大茂密的杏树。每年的四月份，山坳里一片艳色，花团锦簇，红白相间。”“文革”后，村人靠种植杏树过上了好日子，建立了杏产品加工业，整个村庄走上了现代化之路。“靠山吃山”实际上就是发挥村庄资源优势，从山地文化中寻求山村现代化的可行性。

其次，民俗风情的土地性。根植乡野民间，沂蒙村人以双手创造了独具特色的民俗文化，传达了他们对生活的理解和追求。像著名的沂蒙印花蓝布，是一种流传十分广泛的民间传统工艺。它吸收了民间剪纸、雕塑、色彩等艺术要素，染料以当地产的兰草、草木灰等为主，散发着一种灵秀之气，乡土味道十分突出。《最后一个生产队》中刘来顺下学回来跟他爹学织布，被父亲带到枣树行村学习刷布工艺。山村宁静、美丽，村人淳朴、热情。美丽的山村，质朴的民风，成就了一对青年人的爱情。“漫山遍野的全是枣树。正是枣花飘香时节，到处蜂飞蝶舞，走在路上一不小心就会碰到一家伙，连空气都甜丝丝的。”《染坊之子》中润儿从小跟着父亲学会了从植物中提炼蓝色染料的工艺，所用植物包括靛棵子、栗子棵、果槐等；印花片子上的图案是蛾子或蝴蝶，寓意着“连年有余”“梅开五福”“榴开百子”“喜上眉梢”等祝福；染出的东西有手布子、围嘴子、饭单、兜兜、包袱、褥子等，皆为村庄人家日用品。这种让世人惊叹的技艺不仅是沂蒙人智慧和技艺的创造，更是像蓝天一样纯净心灵的体现。正如作家厉彦林在他的《春天住在我的村庄》中所言：“在春暖花开的季节，一头扎进故乡的怀抱，仔细品味乡村那自然、纯真、素雅的景色，享受山乡那纯洁善良、宽容厚道的人间真情，便捡回豁达、宽容、淡泊的心境和割不断、理还乱的乡村情结。”因而对沂蒙文化而言，泥土味主要指向的是厚道、宽容、纯净等审美内涵。

再次，人情人性的泥土性。前文论及，土地养育了人，也是其最后的归宿。“挖土和耕地的人不是要去掠夺自然，而是要去改变自然。种植的意思不是要去取得一些东西，而是要去生产一些东西。但是由于这种关系，人自己变成了植物——即变成了农民。他生根在他所照料的土地上，人的心灵在乡村发现了一种心灵，存在的一种新的土地束缚、一种新的感情自行出现了。敌对的自然变成了朋友；土地变成了家乡。在播种与生育、孩子与谷粒间产生了一种深厚的因缘。对那和人类同时生长起来的丰饶的土地发生了一种表现在冥府祀拜中的新的虔信。”[①] 这种虔信也就是土地信仰，构成了村庄人性人情的独特性。《缱绻与决绝》中从地主到佃农对土地有着特殊的情感，土地是他们的生命。封大脚为了实现成家立业的理想，带着绣绣到鳖顶子上挖山寻土，一点一点从石缝中抠出倒进新开的土地上。他们靠着庄稼人特有的韧性，在鳖顶子上开出了二亩地。土地是一家人的希望，而且要世世代

① [德]奥斯瓦尔德·施宾格勒：《西方的没落：世界历史的透视》，第199页。

代传下去。所以当合作化时这块土地被合并到集体中去时，就等于要了封大脚的命，从此一蹶不振。《白蜡烛》中的父亲一心想着买田置地，根本不顾他人的强烈反对。“庄户人家不置地，等于打鱼的不置网，等于脚夫不买扁担，等于上学的人没有书啊。”“不种地，就没饭吃，没有衣穿，也没法给小孩留个饭碗。置地攒钱，是祖宗传下来的教导啊。”在村庄人的观念中，土地才是头等大事。

此外，泥土性还体现在乡愁上。沂蒙村庄文化热情、亲和，是一种独特的亲情文化。无论是生于斯长于斯的沂蒙人，还是曾经体验过、经历过沂蒙文化的外来者，都会对这片热土产生一种家园感。在《犁越芳塚》中从台湾归来的刘成内心极为复杂，涌动着难以遏制的乡情。“近乡情更怯，不敢问来人。”他年轻时逃离家乡，几十年来在异地过着孤独飘零的岁月。打开故乡的酒，瞬间一股乡愁涌上心头。“刘成看着打开这酒，倒进盅子里，他闻着那味道，那带着家乡泥土气息的酒香，舍不得动口去喝。”回到故乡，见到了业已成家的儿女和早已衰老的乡亲，内心激动万分。“这一切，也许都是他一到了家乡便想趴下来闻闻土地的原因，家乡土地的气息，是多么诱引人情怀荡漾的气息。”大地亲情，让人难以割舍。

（三）鲁西南村庄文化的泥土性

鲁西南为山地、平原和湖泊地貌，自然环境多样，因而形成了以农耕文化为主导的多样性文化形态。这里的村人对土地怀有浓厚的情感，延续着上千年的土地信仰。他们在田野上辛勤耕作，种植小麦、玉米、地瓜、花生等农作物，同时也打造了这里特有的乡土景观。“村东一片麦场上，一老一少在铡草，老人将捋好的草往刀口里续，少年双手握住刀把使劲往下摁，草在刀刃下哗哗地响。草是地瓜秧和玉米叶混合在一起的，喂牛用的。”（《乡村行走》）在微山湖地区，湖水、苇荡、渔民所构成的水乡文化，不过是土地文化的另一种显现。就鲁西南村庄文化的泥土性而言，主要体现在土地崇拜、人生礼仪和岁时节日习俗等方面。

首先，土地神崇拜是鲁西南村庄文化泥土性的精神体现。中国文化“天人合一”的宇宙观对宇宙万物有着一套自己的认知系统，与西方文化存在着巨大差异。“它体现了人们以人情看物态、以物态度人情的审美的思维方式。在中国传统的审美思想中，人与自然是统一的，万物生命间是息息相通的，处在相互对应的有机联系中，存在于统一的生命过程中，体现出生命的某种象征意义。”[①] 因此，村人对土地的热衷和信赖发展到极致就最终形成了神灵崇拜。《福地》中麻庄人从祖先那里继承了这一传统。“麻庄人崇拜土地，视土地为娘亲。”传说土地神是麻庄先人从一块大石头下救出来的，对麻庄怀有报恩之情。“土地神就这样日复一日、年复一年地守护着麻庄，保佑着麻庄每年都能够五谷丰登，保佑着麻庄女人们都能生儿育女。”《后土》中“文革”后的麻庄念念不忘土地神，一有转机就惦记给它修庙，还请来百里外的名人主持仪式，目的是请土地神继续保护村庄的安宁。“每天围庄转八趟，消灾解难保吉祥。老人活到百岁上，儿童活泼保健康，青年都娶好媳妇，日子一年更比一年强！”追根究底，土地神崇拜是一种泥土崇拜，会影响到村人生活的各个领域。

其次，人生礼仪是鲁西南村庄文化泥土性的生命体现。鲁西

① 朱志荣主编《中国美学研究（第2辑）》，上海三联书店，2007，第166页。

南地处儒家文化发源地，文化色彩浓重。与官方文化不同的是，村庄文化以不同的民俗来传承儒家文化。在衣食住行、婚丧嫁娶中，都能够感受到儒家文化的影响。《福地》中麻庄的婚嫁礼俗的每一个程序都有着严格的村庄规范，遵循才能赢得吉祥幸福；《富矿》中麻姑出嫁要选黄道吉日，送生辰八字。因为符合礼制才能获得上天的佑护，一个人的幸福就有了保证。毕竟生命源自泥土，极为脆弱。村人的丧葬礼仪也有一套极为复杂严格的礼制。《后土》中曹东风是小村的外来户，从小受到歧视，故而长大后一直惦记着给父亲迁坟。迁坟前，请裴瞎子来勘探风水；迁坟时，新棺材里撒上五彩粮，在原来的棺材中放上一根白萝卜。无论是看风水还是撒五彩粮，都带有浓厚的农业文明特征。唯有人与大地和谐相处，才能保证生活安适美好，这是对“天人合一”宇宙观的一种具体认识。

再次，岁时节日中的泥土味。“五里不同风，十里不同俗。”岁时节日习俗有相当一部分是农耕生产过程中的经验总结，体现了人对土地的尊重。不误农时，是农耕社会中的头等重要大事。《后土》中麻庄一年四季，雨水、年三十、立春、小满、小雪、大雪等都有着特定的节日习俗。过春节，除了准备鞭炮、饺子和对子，还讲究吃汤圆，寓意团圆美满；小满时节，村里流传着“小满不满，麦有一险”的谚语，因为小麦在进入成熟期后会遇到干旱或热风的威胁；“小雪收葱，不收就空”，“小雪雪满天，来年必丰年”，是对农作物种植的预测。就整体而言，村庄里的岁时节日与土地保持着千丝万缕的联系。唯有如此，才是地道的村庄节日礼俗。

从某种意义上说，泥土性就是人的生命本性，是大地对村人最真挚的馈赠。因而它是言说不尽的，是散发着浓浓诗意的，也是作家最为热衷的。因此古今中外有很多作家将一生时光献给了村庄。他们醉心于去写村庄的四季轮回，表现村庄人的朴实和纯良，还有那些游走在村里的生灵，但是这丝毫不影响他们对乡土中国的现代性思考和文化建构。

二、村庄文化的地域性

山东地缘辽阔，地貌多样，历史悠久。不同地域的村庄文化存在着很大的差异。“每一村落文化的型式的形成、发展和消失，均受一定地域的生产、生活条件和地缘关系的制约，因而或多或少地总要染上地方色彩。”[①] 胶东半岛及海岛渔村通常以捕捞业、养殖业为主，饮食习俗带有海洋文化的特色；沂蒙山区主要是种植业、林果业为主，体现了山地文化的特色；鲁西、鲁北平原地带是主要的农业区，沃野千里，体现了平原文化的特点。这种差异的形成主要基于以下几方面的原因：一是村庄文化是一种土生土长的文化，受自然地理环境制约十分明显。像村庄格局、房屋建筑等必须要因地制宜，节省花费，在选址、用材和造型等方面体现村人独特的智慧和审美意识。像胶东沿海地区的海草房院落、鲁中山区的石材院落、平原上的土坯院落等，是山东民居文化的杰出代表。二是受制于农耕文明时代相对低下的生产力，生产生活不可能超越特定的地域限制。像《遍地杏黄》中的杏花村人常年生活在大山之中，村里只有一条蜿蜒曲折的土路与外部世界连

① 陈世娟：《论村落文化的基本特征》，《湖北师范学院学报（哲学社会科学版）》1993 年第 2 期。

接。因此他们的生产理念和各种习俗带有很强的地域性，经千百年不变。具体而言，村庄文化的地域性主要体现在闭塞性、属地性和传承性等三个方面。

（一）村庄文化的闭塞性

在传统农耕社会中，自给自足的自然经济模式最为普遍，因此每个村庄就是一个相对完整的文化共同体。在极端闭塞的环境中，村庄文化几乎断绝了与其他文化的交流。这在一定程度上能够保证村庄文化相对完整，即一般不会被外来异质文化改造。但是从长远来看村庄文化在自我陶醉中也丧失了创新的活力，陷入了停滞不前的状态。这不仅限于村庄文化，而是整个传统文化自近代以来的遭遇。《乡村温柔》中钓鱼台闭塞落后，对外部世界发生的一切一无所知；《富矿》中村人将煤矿视为麻庄的灾难，拒绝外来人开采煤矿。这些看似荒诞无稽的现象实则体现了村庄文化的封闭性。这种闭塞性的形成与村庄文化结构、生产力水平和文化空间特点有着密切的关联。

首先，单一的文化结构是导致闭塞性的重要根源。一种文化在特定的时空里传承而缺乏新鲜血液的融入，往往会丧失创新的能力，变得僵化沉滞。在中国传统村庄社会里，宗法文化的统治长达千年之久，长期超稳定的状态造成人们不求进取、抱残守缺的劣根性。即便是偶尔产生冲突，出现了新现象，也会被超稳定的一方迅速剿灭。《丰乳肥臀》中身处清末的大栏人对外部世界一无所知。当德国侵略者到来时，老铁匠和司马大牙带领村人在大沙梁进行抗击。他们对敌人的了解仅限于讹传：德国人腿上没有膝盖，只能直立不能弯曲；他们都有洁癖，最怕粪便沾身。结果大栏人在作战中吃了大亏，遭到了严酷镇压。《生存》中的石沟村非常小，小得连地图上都没有标识。“由于此处偏远贫瘠，交战双方都没将这个猴腚大小的地盘看在眼里，将其排斥于战争之外。小村人对于战争的体验仅是遥听天边隆隆炮响以及远眺扛膏药旗的日本鬼子从村外过兵。”他们信奉善良、诚实、仁义，他们不相信日本鬼子凶狠、残暴，他们也不敢动刀杀死敌人。《遍地杏黄》中的杏花村处在大山之中，是一处在战争年代连日本侵略者都难以到达的世外桃源。“特别是村子闭塞如囚禁的监所，山外的任何信息全被掐断，如同生活在一个陌生又原始的朝代里，就如陶夫子笔下的桃花源一般，却又没有那般的安闲与如意。”村里没有学校，孩子处于散养状态；没有卫生室，小病扛着，大病得到山外的镇医院；女人生孩子这样的事，依靠祖上传下来的经验接生完成。大家可劲往土地上使劲，但是依然年年贫穷，姑娘纷纷嫁到山外去。闭塞的文化让这片桃花源主人“抱着金山要饭吃”，原地徘徊。在向现代社会转型中，村庄文化的闭塞性是阻碍社会发展的主要原因。

其次，生产力低下是导致文化闭塞性的另一原因。由于缺乏创新，由于过度僵化守旧，传统村庄的生产力极为低下。村人只能依靠勤俭节约来勉强维系生存，不敢有什么过高期盼。就像作家李锐所言：“他们手里握着的镰刀，新石器时代就已经有了基本的形状；他们打场用的连枷，春秋时代就已定型；他们铲土用的方锹，在铁器时代就已流行；他们播种用的耧是西汉人赵过发明的；他们开耕垅上的情形和汉代画像石上的牛耕图一模一样。”[①]

---

① 李锐：《厚土——吕梁山印象·后记》，山东文艺出版社，2002，第254—255页。

一部农耕文明的历史，几乎就是一部不断重复不断轮回的历史。既然创新发展的动力已不复存在，就只能凭着惯性在历史的轨道上缓慢滑行。矫健的《农民老子》中的葛老根是“一根老牛筋”，思想极端保守僵化，是村里典型的守旧分子。用他儿子葛局长的话：“保守，骨子里的保守。”他种地不用除草剂，耕地不用拖拉机，而且还有自己的一套理论。“我为什么不要拖拉机？因为咱现在可以不用它。那是享福的机器，用它，省了力，多花钱。咱呢，现在还不能享福，要下力挣钱。”传统文化观念限制了葛老根的思维，浸入他的整个生活。例如他从不穿新衣服，不喝开水，不用打火机。其实生产力的低下与思想的保守僵化是共生共存的，两者之间任一个元素的突破都会给村庄带来无限活力。《遍地杏黄》中由于村人缺乏科学知识的引导，不懂果树管理方法，造成产量上不去，销售困难。当木琴请来秦技术员带领大家开展田间管理时，村人最初的表现是极大的不理解，甚至是对抗。“这哪是护理杏林呀，分明就是祸害林子嘛！杏树好容易长得这样大了，竟连砍带折的，甭讲开春挂果子了，能不能活下去都够呛呢。”当那些经过科学管理后的杏树挂满果子时，他们才彻底相信了技术的重要性。实践证明，唯有发展生产力，唯有创新，才会带动传统村庄走出封闭的困境。

再次，宗法文化是导致村庄文化封闭性的根本原因。在宗法文化影响下，新生事物和外来事物通常会遭到村人的极度排斥。因为在宗法文化看来，祖先留下来的东西是不能随意改动的，任何违反祖制的做法都是不被容许的。此外，春种夏长，秋收冬藏，是村庄文化千年不变的规律。村人在漫长的种植岁月中也让自己活成了一棵植物。他们只要遵守祖制，按照既有规范做事，就不须付出太多努力便可终其一生。《谢庄》中小村里真正说话算数的不是村长谢士才，而是老族长谢九。就连谢士才这个干部身份都是谢九推举的。谢士才个头不高，身材精瘦，形象猥琐，一点都不像个村长的样子。他之所以能在谢庄一做就是三十年，完全是因为有谢九在背后撑腰。计划生育、建设学校，甚至是青年人的婚姻大事，只要谢九发了话就能够顺利落实。至于其他几个家族，人少势孤，知道说了也不管用，就干脆不再管村里的事情。整个谢庄唯谢九马首是瞻，没有任何活力可言。《君子梦》中律条村历代族长将打造"君子国"作为奋斗目标，对违反族规的行为是绝不容许的。许正芝以吕子信条为治村依据，坚守"耕读传家"的传统；1949 年后，许景行依然信奉君子梦，为此断送了女儿的性命，葬送了与刘二妮的爱情。宗法文化导致村庄的现代转型步履艰难，但是无法阻挡社会发展的脚步。正如赵德发断言："再过半个世纪，传统意义上的农民基本上不复存在了。"[①]

（二）村庄文化的属地性

村庄文化具有较强的属地色彩。地域特征是不同地域文化的标签，呈现为具有差异性的文化肌理。例如沂蒙村庄的"通腿儿"习俗，是沂蒙自然地理环境、经济水平和思想理念的产物。在旧时代里，沂蒙山村里很多普通家庭因为生活贫瘠而没有足够的棉花和布料做棉被，或因为孩子成年后需要分开就寝，于是两家人凑够一床棉被褥来解决孩子们的睡觉问题。当然，这种习俗不仅局限于小孩子，还可以解决很多类似的困难。《通腿儿》《自家

① 赵德发：《我有一个野心》，人民文学出版社，2002，第 437 页。

人》等作品中都是对这一习俗所引发的故事的讲述。在鲁北平原，姑娘出嫁时娘家人要去送嫁，还要特意安排一个小男孩“押车”，以显示“吉祥”之意。《给马兰姑姑押车》中以此讲述了一段童年往事。民情风俗是某一地域特有的标志，具有突出的属地特性。所以说文化因不同而存在，因特性而多彩。具体到山东各地，这种文化的属地性主要体现为海洋性、山地性、湖河性和平原性。

首先，半岛村庄文化的海洋属性。海洋性文化在山东主要分布在胶东半岛及沿海地区。因为靠近大海或位于海洋之中，这些村庄多具有海洋文化特性。在精神信仰方面，半岛村庄流传着海神传说和祭拜习俗，通过建造海神庙、祭海等仪式，祈求神灵保护村庄的安宁；在房屋建筑方面，村人以海边的岩石、海草筑建起独具特色的海草房；在饮食文化方面，靠海吃海是当地人的生活理念，通过捕鱼、赶海、养殖等海洋劳作获得生活收益；在民俗风情方面，海洋的神秘空灵赋予了村庄文化飘逸浪漫的色彩。在《我的田园》《秋天的思索》等作品中，张炜将海边捕鱼的习俗写得奇特神秘，将渔家号子的魂魄展示了出来；《哭泣的半岛》中屺坶岛人出海打鱼的艰辛与危险、赶海的快乐与沉醉、鬼狐传说的惊悚，是村庄文化永恒的宝库；《过龙兵》中海牛岛的古老传说增加了村庄的神秘性，过龙兵和鱼汛等震撼场景展示了海洋无比巨大的魅力；《鹿眼》中骂骂咧咧的渔船老大，嘻嘻哈哈的买鱼女人，是海洋文化粗犷豪放的表征……海洋文化、渔家文化在新时期文学中赢得了文学界的普遍关注，成为作家对齐文化、半岛文化现代建构的重要资源。

其次，沂蒙文化的山地属性。在山东境内，山岳文化主要分布在沂蒙山区。沂蒙地区山地辽阔，山河相间，山美水美。唱遍大江南北的《沂蒙山小调》将沂蒙之美写到了极致。沂蒙山水孕育了沂蒙文化。进入现代社会以来，沂蒙人在党的领导下对传统文化进行了改造创新，建立了独具特色的现代沂蒙文化。《白妖》《乡村温柔》《冬天与夏天的区别》等作品从不同角度展示了沂蒙自然景观、村落风貌和村人性格。山村群山环绕，山地绵延起伏，风光秀丽无比；小村坐落在河边，或山脚下，与起伏的山峦融为一体。美丽的山水自然也滋养了沂蒙人的人格，让这里的人民透着山地人特有的热诚和淳朴。《冬天与夏天的区别》中的李山厚重、诚挚、内敛、坚毅，识大体顾大局，富有牺牲精神，是老根据地人民的杰出典范。在他的带领下，整个山村成为革命根据地的大后方。他们为党领导下的人民军队照顾伤员，养护骡马，支前工作开展得有声有色。《乡村温柔》中的钓鱼台人朴实诚挚，拥有山里人所特有的乐观情怀。在最苦难的岁月里，他们仍然能够创造丰富的精神生活，面对生活中的苦难和心酸。“整个六十年代初，我们钓鱼台年年都排节目，一到冬天的傍晚，大队部的锣鼓就敲起来。”无论是来搞土改工作的曹文慧还是来社教的鲁同志，在钓鱼台人眼中就是自己的亲人，都要请到家里吃住。所以说，山地文化是一种源自土地的情感，朴实，坚韧，乐观。

再次，鲁西南、鲁北文化的平原属性。鲁西南、鲁西北平原一马平川，辽阔苍茫，农田果园星罗棋布；河流纵横，水网交织。这里的村庄一方面谨遵儒家文化的礼仪规范，以家族文化为村人行事的依据；另一方面受自然环境影响，向往自由，宽厚仁义。水泊梁山的忠义文化、冀鲁边区的革命文化以及黄河口垦区文化等，对平原文化的形成具有重要意义。其中，自然地理风貌是个不容忽视的重要因素。平原、河滩的辽远给人以无限的想象，让人拥有了自由活动的空间。《长河未央》中写道："村庄依临黄河，恰似母亲怀抱中的小小婴儿。庄北面，丈多宽的青蒲河从正西方向流来，河渠之中，芦苇一丛靠着一丛，香蒲一棵挨着一棵，河岸两边，柳树下，蓬勃着许多曲曲菜、老鸹瓢、吐漉酸、芙子苗。小河到了丁家滩这里水面渐渐开阔，成为一片深水，水里同样长着许多芦苇。冬天，北风吹过，万苇摇风，满天的苇絮翻飞，满地的荡气回肠。"这里走出了田家义、马春龙等铁骨铮铮的汉子。无端遭到陷害，被看押，然后是失去了一只胳膊，天天挨批斗，都没能阻挠田家义给孩子们上课。正如马春龙所说："咱丁家滩人，几百年来，刨的是黄河土，喝的是黄河水，黄河养成的咱淳朴厚道的民风，黄河养成咱善良助人的本性。"平原文化传承了黄河文化的精髓，化作朴实、厚道、善良的民风，支撑起了平原人的精神世界。

（三）村庄文化的传承性

注重传承，坚守传统，是山东村落文化的一大特色。从传统文化角度看，山东村庄文化主要是对齐鲁文化的继承与坚守。只不过这种文化早已经被民间化了，是以地域文化的形式存在。前文已经论及，齐文化具有开放包容的特点，注重实用性和现实性；鲁文化重传统，重农耕，轻视工商，保守色彩浓厚。历史上两种文化的历史命运并不相同：齐文化随着古齐国的灭亡彻底走向了民间，在齐地乡村中继续传承；儒文化走向了正统，成为中国主流文化的组成部分。两种文化在分别走着自己道路的同时，也不断相互影响。例如在半岛地区，村庄社会受儒家文化影响非常普遍，家族文化也十分盛行。对齐鲁文化的传承决定了村庄文化带有非常强的属地性特色，与燕赵文化、秦汉文化、黑土地文化、巴蜀文化等存有显著差异。

首先，村庄文化对齐文化的传承。先秦之后，齐地遗风并未消失，而是流落民间。这主要是因为一则胶东半岛、淄博、潍坊等地为古齐国腹地，齐文化根基深厚；二则作为齐文化的诞生地，适合齐文化的形成和传播的基本条件依然存在。我们知道，任何一种文化都是基于对现实世界做出的独特理解。其中，自然地理要素是最基本最现成的依据。既然海洋、半岛等文化场域依然存在，齐文化自然不会随着政治历史的变革而消亡。在莫言、张炜、刘玉民等作家笔下，齐文化的飞扬与灵动获得了充分表现。《学习蒲松龄》承袭了《聊斋志异》的神奇灵异，将齐文化美学进行了现代阐释。《学习蒲松龄》中“我”在梦中与祖先相遇，被督促去拜见蒲松龄；其间，还夹杂了对高密东北乡往事的诸多追忆。像《奇遇》中“我”从部队回家探亲，夜行至村头遇到了邻居赵三大爷，并接受他的托付把玛瑙烟袋嘴带给父亲，到家后才知道赵三大爷前天早晨已经去世了；《夜渔》中“我”在夜间跟着九叔到村外去捉螃蟹，迷路后看到了荷花神，并被告知二十年后她会在东南海岛上与“我”有一次相遇……《九月寓言》《刺猬歌》《你在高原》等作品对齐文化有着很多精彩的描述。像《刺猬歌》中的大财主霍公，经常出没林子，与小兽们亲密无间，相亲相爱；廖麦饿了就吃土丸，在林子里跟着小刺猬去寻找野蜜和海猪；野蛮粗暴的渔把头和珊子姑娘产生了爱情，后来却离珊子而去。“《刺猬歌》呈现的飘逸放浪、胡言乱语，可视为齐文化的元素。这种文化里少不了浪漫的气质，它与儒家文化的严谨和入世有区别。”①

其次，村庄文化对儒文化的传承。鲁东南、鲁南和鲁西南等地曾经是古代鲁国的疆域，是儒家文化的诞生地。这里的村庄文化具有中规中矩、勤勉朴实的特色。赵德发的“农民三部曲”、王方晨的《老大》《公敌》、叶炜的《福地》《富矿》、李贯通的《洞天》、张继的《谢庄》、曹华鹏的《遍地杏黄》等作品对村庄宗族文化进行了揭示和反思。《君子梦》中，律条村世代延续着宗族治理的传统。族长、族庙、族规等文化尤为突出，以周密而严厉的体系固化了村人的人生。对圣人“君子梦”的追求，是律条村几代人的使命。因此，当理性与欲望发生冲突时，村人总是以扼杀个体欲望为代价维护宗法文化，哪怕是合理的欲求也不能容忍。因为在族人眼中追求欲望满足是极为可耻的，放纵欲望更是罪不可赦。进入现代社会后，宗族文化依然以潜在方式左右着村庄的大小事务。《遍地杏黄》中家族间的争斗已经化为村人的集体无意识，成为村庄械斗的根源。李家、贺家、宋家等三家为了在村里争得一席之地，不顾村庄大局钩心斗角，你死我活。在修路问题上，李氏家族为了保护所谓的祖林风水，装神弄鬼，给村委会施加压力；后来又集体跑到工地上进行阻挠，甚至发动械斗。《老大》中根儿爷对“父亲”和丫丫之间的爱情视而不见，硬是逼着丫丫嫁给老大，制造爱情悲剧；《谢庄》中九爷对张瑞安与谢花的婚事横加干涉，因为婚事的取舍体现了他的高瞻远瞩，展示了他作为族长的威望。所以说，传统村庄走向现代不仅仅是个制度问题，更为关键的是如何实现人的思想观念的转变。当然，

① 张杰：《齐文化的海边莽林——张炜访谈》，《当代小说》2008 年第 5 期。

也不是说宗法文化就一无是处，历史上宗法文化毕竟在村庄治理中发生过重要作用。

齐鲁文化已经熔铸在山东人的文化人格之中，成为山东文化特有的归属性特征。两种文化虽然产生于不同地域具有各自的特点，但是经历了两千多年的发展已经彼此走向了融合。如《红高粱》中既能感受到齐文化的浪漫自由，又能发现儒文化的三从四德。在现代性视野下，对齐鲁文化的反思是一项复杂而长久的工作，也是新时期山东文学一个十分重要的主题。

三、村庄文化的原生性

原生性是村庄文化的主要特性之一。所谓原生性是指村庄文化是村人在日常生产生活中依据自己对世界的理解而创造出文化的这一过程的独特性。“中国乡村是自然而然形成的，没有人晓得，也没有人去理会它的前因后果。在那遥远的、无法确定的、朦朦胧胧的过去，有几户人家从其他地方来到这儿安营扎寨，于是乎，他们就成了所谓的‘本地居民’，这就是乡村。”[①] 也就是说，原生性的村庄文化是以前所没有的，是在毫无范本的状态下村人的创造。并非所有的村庄文化都具有原生性，因为一个文化共同体的构成是十分复杂的。有很多文化现象是从其他社区传播来的，最终也成了村庄文化的一部分，例如广场舞文化。但从整体上看由于传统村庄的闭塞性使然，很少接受来自共同体以外的异质文化。其结果是导致村庄文化几十年甚至上百年、上千年没有太大

① [美]明恩溥：《中国乡村生活》，第 7 页。

变化。文化的原生性在起到保护村庄文化单一性的同时，也将其带入了僵化凝固的泥沼。如《鲁班的子孙》中的木匠黄老亮，一生尊奉鲁班为祖师爷，视其为百木之祖；给徒弟上的第一堂课就是讲鲁班的故事，认为良心和手艺是成为一个好木匠的基本条件；平时出行也要带着鲁班像，逢年过节还要给它上香磕头。但是在新时代里，老木匠和他的木匠铺陷入了危机。对村庄文化原生性进行探究是十分必要的，因为其对于现代文化建设富有启发性和参照性。具体而言，村庄文化的原生性主要体现为原初性、独创性和家园性。

（一）村庄文化的原初性

村庄文化的原初性在形态上体现为其原汁原味的属性。“每一种文化都以原始的力量从它的土生土壤中勃兴起来，都在它的整个生活期中坚实地和那土生土壤联系着；每一种文化都把自己的影像印在它的材料（即它的人类）身上；每一种文化都各有自己的观念，自己的情欲，自己的生活、愿望和感情，自己的死亡。这里是丰富多彩，闪耀着光辉，充盈着运动的，但理智的眼睛至今尚未发现过它们。”[①] 在历史发展中文化的碰撞与融合是一种常态，每次人口迁徙、民族融合都会导致新的文化出现。因此探索文化的原初性是一个极为复杂的问题，对于现代文化建构而言又是必不可少的。自近代以来，随着西方现代文化的进入，乡土中国从物质到精神上面临着前所未有的挑战。一方面现代文化开拓了村人的视野，给人一个耳目一新的世界，另一方面也在悄然改

① [德]奥斯瓦尔德·施宾格勒：《西方的没落：世界历史的透视》，第 39 页。

变着村庄的一切。原初性文化之所以如此珍贵，是因为它保存下了先人创造文化的隐秘。在今天看来，这种原初性主要体现在自然山水、历史文化、民俗文化等方面。

首先，自然地理风貌的原初性。受“天人合一”宇宙观的影响，传统村庄文化带有文化资源最初的特点，体现了村庄人富有原创性的文化理念。也就是说，村庄文化的原初性体现在文化的旧有风貌中。张炜的《看野枣》中一个叫大贞子的渔村姑娘到海边看护即将成熟的野枣。美丽的海滩一尘不染，散发着原生态气息，让这个带着点野性的女孩欢喜无比。“大海滩真像没有边沿似的，满是野草、野枣、花儿；花儿真香啊，紫乌乌的，红濡濡的，粉嘟嘟的；天空蓝得像海，云彩白得像棉。”无边的沙滩，满地的野花，洁净的海水，正契合了大贞子那颗善良、纯净而宽容的心。《天下苍苇》中陈家庄附近的黄河入海口人烟稀少，苍凉狂放，散发着一种野性美。“冬日野性的黄河入海口，西北风像一头发疯的黄牛，难得有消停下来的时候。铺天盖地的芦苇连成一体，挤挤拥拥，也在冷风抽打下滋滋呼号，如一床巨大的羊毛毯子，在空中翻飞着，狂奔着，遮天蔽日。”原初性给过度文明化的现代人带来一种撼人心魄的美，令人不免要重新审视人类走过的路，反思自身的成败得失。

其次，历史文化的原初性。每个村庄都有自己的历史，在此基础上形成了各自不同的历史文化空间。因此村庄历史文化带有很强的原初性，像历史传说、宗教信仰、英雄人物等。其中，神灵崇拜和祖先崇拜具有创世纪的文化意味，是探索村庄文化缘起和文化心理结构的重要资源。《君子梦》中有关雹子树的传说代代相传而不衰，隐含着先人对欲望的敬畏之心，是解读村人心理的一串不可或缺的密码。平日矗立在村头的这棵老树不发芽不长叶，就像一棵死树；哪一天下冰雹了，老树会在一夜之间长满绿叶；更为奇特的是，老树的叶子具有壮阳功能，经常招致一些不轨之徒前来偷窃。对于先人而言，这是一个难解之谜。因此村里流传着一个传说：老树是雹子老爷的小老婆，只有得到雹子的宠幸才会长出叶子。这是面对无法解释的自然现象时村庄文化采用的一种最常见的阐释方法，进而将其上升为文化禁忌来警示后人的行为。《白蜡烛》中小村里有着关于雹神祭祀的故事。“照传说的说法，雹神老爷的姥娘家是汤河东岸的柳庄。雹神每年都要探望一次姥姥，就像我经常去旦彰街一样。它来时经过什么地方，回去的路大体不会变。”为此，受过大灾的落凤坡百姓不得不举行仪式，给雹子老爷送香火，以免再遭打击。传说中隐藏着民间社会一个非常独特的文化现象：“落凤坡的人们，不用说，是痛恨那个神的，那确实是个十恶不赦的灾难之神。但是，当他们知道无力与之抗争的时候，就转过来表示喜欢它，用歌功颂德的办法企求暴虐之神少来糟蹋他们。”通过上述两则例子可以看出，原初性的历史传说和神怪故事往往带有非常独特的地方色彩，携带着解读村庄文化的隐秘痕迹。

民俗文化的原初性。很多民俗风情是村人根据需要自发创造的，是原汁原味的。《荒原纪事》中乡村医生三先生在村子里享有很高的声誉。他人长得奇特，给人治病的方法也令人匪夷所思。“一个奇形怪状的异人，一个无法对话无法理喻的遗老，一个技艺超凡却又令人生疑的江湖术士。”他的行头非常传统，整天背着一个土黄色药褡子，装着几把铁质器具和药丸；他的诊断方式也很传统，就是把脉，最看重的是药；他还有一门独门绝技，就是擅长收集人的魂魄，将临死之人救回来。三先生救治病人的方法与现代医学没有任何关系，完全是靠着自己发明的方法行医，甚至还带有巫术的成分。这种医术看起来简直荒诞不经，但实际上是半岛地区至今保存在民间的一种巫医文化，带有齐文化怪异、神秘的特点，值得现代人去探究。《红高粱家族》中高粱酒酿制工艺同样保存了其原初性。东北乡的高粱酒香气馥郁，像蜂蜜一样甜美，但绝不是什么复杂的工艺所致，而是在酿制过程中一泡尿的功用，让本来十分普通的高粱酒变成了“风格鲜明的高级高粱酒”。为了让该工艺带有神秘性，一家人在勾兑时选在半夜三更进行，还要烧香烧纸，以瞒过村人的眼睛。上述民俗都体现了村庄文化的原初性，给我们提供了很多有关民情风俗的神秘体验。

（二）村庄文化的独创性

毋庸置疑，一种文化唯有不断创新才能葆有活力。在各种类型的创新中，独创性尤为重要。独创性是指文化以其特异性不同于任何既有文化的存在性，也就是独一无二性。具体来讲，这种创新打造了一种从来没有存在过的事物。它可以是物质性的也可以是精神性的，与现存体系形成一种张力。独创性体现了人类的文化性特质。“人类是在对自然性运动的‘离开’中以文化性理解成其为自身的，也是在对既定的文明理解之循环的离开’中创造新的文明的。”[①] 在人类社会早期，是文化的创造将人从类人猿中解放出来，进而出现了人类社会；在人类历史进程中，是文化创新让人类走过了不同的文明，建构起一个庞大而复杂的、生生

① 吴炫：《中国当代文化批判》，学林出版社，2004，第 9 页。

不息的文化体系。具体到村庄文化，正是因为其本身所体现出的独创性特质，才拥有无可取代的存在价值，并进而可能成为现代文化建构的资源。这种独创性在新时期文学村庄书写中主要表现为对人的理解和对民俗文化的建构两个层面。

首先，在现代人格建构层面上，村庄文化提供了原创性可能。以往，我们对村庄文化的认知总是停留在愚昧落后层面，其实真正的村庄文化隐藏着很多对现代人和现代生活富有启发性的文化因子，如对人性、善恶、欲望等问题的独特认知。其实现代文化建构的核心问题仍然是人，特别是现代人格。在尚未真正建立起现代中国文化人格之际，文学的审美探索已经走在了前列。《红高粱家族》中对什么才是一个真正的人做了回答。这恰恰是该作品最有价值的地方。戴凤莲是一个普通的村庄女性，但在紧要关头敢于抗争命运的不公，要将自己的命运掌握在自己手中。她本来是一个无忧无虑的女孩，完全可以像其他人一样出嫁、生儿育女，最终走完自己的一生。但是命运作祟，她被贪财的父亲胁迫嫁给了单家得了麻风病的儿子。父亲需要用她换来一头大黑骡子，还有源源不断的钱财，所以她必须得跳这个火坑。最终她选择了余占鳌，选择了自己的内心。至于伦理规范、风言风语都已经不再重要。她开始变得识大体，顾大局，勇敢去追求自己的所爱。至于她想要的人生究竟是什么，她自己也说不清楚，只能按照自己的意愿去行事，对得起自己就足够了。“天，什么叫贞节？什么叫正道？什么是善良？什么是邪恶？你一直没有告诉过我，我只有按照我自己的想法去办，我爱幸福，我爱力量，我爱美，我的身体是我的，我为自己做主，我不怕罪，不怕罚，我不怕你的十八层地狱。我该做的都做了，该干的都干了，我什么都不怕。”

这是一个村庄女性在弥留之际发自内心的人生宣言，宣告了做自己的主人、做一个现代人的勇气。这就是一种文学的独创，虽然不知道具体答案是什么，但是还是要去探索、去尝试那个前人不曾拥有的未知。《毛驴与唢呐的传奇》中祖母是大户人家小姐，本来要嫁给城里开当铺的朱家大少爷。结果在出嫁的路上毛驴走错了路，载着祖母迎着大雪来到了祖父所在的李家庄，就此成全了一段奇缘。在这个贫寒的家庭中，祖母开始主持家务，先后给其他三个兄弟娶了媳妇，挣下了十多亩地，还送祖父参加了八路军。一个柔弱的女子在命运面前抬起了头，与丈夫一家人创立家业，开启了另一种人生。“岁月和苦难的磨砺使她外表粗糙心硬如铁。”面对父亲的歧视，祖母毫无哀求之意，断然跟着丈夫回到了婆家，去建立自己的新生活。

其次，在民情风俗中，隐含着文化独创性的可能。顾名思义，民俗风情诞生于民间，在民间传承，是为老百姓所拥有的一种文化形态。不管是物质民俗还是精神民俗，无不体现了民间文化特有的生活理念和审美追求。像高密扑灰年画，是在文化画、写意画等艺术基础上民间手艺人独创的一类民间艺术。它的艺术风格独树一帜，豪放、古朴、典雅、细致等兼有，展示了民间文化对喜庆对自由的认可。在具体文学创作中，作家也开始专注于民情风俗原创性的反思。《丰乳肥臀》中的“雪集”是高密东北乡一种特殊的习俗。“雪上的集市、雪中的交易，雪的祭祀和庆典。这是一个必须将千言万语压在心头，一开口说话便要招灾致祸的仪式。在‘雪集’上，你只能用眼睛看，用鼻子嗅，用手触摸，用心思体会揣摩，但是你不能说话。”此外，雪集上还要选出“雪公子”，去履行“受祭”“巡视”“摸乳”等义务。这应该是一种对话语禁锢现象的反讽式纪念，体现了民间文化对自由的追求。《白蜡烛》中村人在田野中耕作时会唱一种“自娱”的民谣“喝溜”。“嗨吆 / 嗨嗨嗨哎嗨 / 嗨嗨吆 / 哎嗨嗨 / 哎嗨嗨吆。”这是一种自由自在的曲调。“通常，这个曲子不是在晚上，而是在白天唱的。尤其是春天，田野上飘荡着流岚，淡淡的透明的水汽在新翻的垡头上溜过，如极稀薄的轻烟。灿烂的阳光照耀在老牛身上，照耀在农民的深褐色皮肤上。当你听见一声悠扬清脆的鞭响后，就会接着听见农夫的喝溜。那歌声由低向高，渐渐达到了昂扬的程度。牛跑得欢快了，尘土在犁耙前后飞起来，随这春风荡漾开去，又散落在土地上。高空的叫天子得意地配合人类的歌声，飞来飞去的燕子在寻找哺育新儿女的虫子。它们的呢喃和人类的歌声在青青的麦田上交融起来，给自然和人添加着意义。”曲调源自劳动，是一种有调无词的曲子。农民在田野中可以自由抒发情怀，但是只能通过曲调的变化来传递。这就意味着，民俗文化为民族文化建设提供了丰富的资源，从中完全可以探索文化建设的诸多可能。

（三）村庄文化的家园性

文化的原创性体现了人类强大的创造能力。在村庄社会中，村人所创造的文化铸就了他们的精神家园，既有物质性存在又有精神性内涵。正是这种独特性显示了村庄的存在感，奠定了村人的文化自信。这就是家园意识，是留给村人的永恒的乡愁。例如《丰乳肥臀》中上官鲁氏带着孩子们去逃难，历尽艰辛，最后决定还是回家，因为那里是他们世代生活的地方，有熟悉的街道、河流、桥梁和土地。但是在对此问题探索时应该警惕的是，家园意识不是要沉溺在先人创造的文化空间中，也不是寻求既有的心灵体验。

原创性的文化应该是一种审美意识强烈的创建性的存在，或者说是能够提供给现代人以心灵寄托的存在。在全球化、城市化时代里，家园是村人精神的皈依之地，是抹不掉的“乡愁”。

首先，村庄文化的家园皈依感。村庄文化创造于村人之手，与村人存在着天然的情感，是人们理所当然的心灵家园。例如《月媚人》中的金堌堆就是一个这样的湖岛渔村。村人有共同的祖先，有祖先留下来的美丽故事，性格慷慨、诚实；村里从来没有出现过盗贼，人们世代守着自己的本分过日子。他们就像一个和睦的大家庭，每年中秋节从各地赶回来，带着自己“原味”的东西参加聚会。“也不知有多少年多少代了，每逢旧历的八月十五，金堌堆的人都要在这儿举行盛大的‘圆月’。”因此，这一现象不仅是一种家人共同遵守的习俗，而且是一种心灵上的向心力。又如《丑行或浪漫》中的赵一伦是一个现代城市文明病患者。他人到中年，一事无成。无论是在家中还是在单位里都受到排挤打压，人生变得失意颓废，寡淡无味。新来的厨娘刘自然给他做了一顿南瓜饼的晚餐，唤醒了他对少年时代的美好记忆：“一股花粉香气，一种油脂和盐也遮掩不去的醇厚甘甜，一入口就泛开来。这饼分成了几层，一层有瓤儿，是瓜肉掺了什么揉成的，像果脯那样；一层是熏烤过的瓜条儿搭在一起，中间有松子一般的东西掺和着，又软又酥。”村庄特有的食物味道唤醒了赵一伦沉睡的记忆，重新激发了他对家园的向往。法国作家普鲁斯特曾因品尝小玛格丽特饼而触发了对往事的回忆，以文字筑成了时光流逝中的精神家园。同样，因为南瓜饼的气味为小村特有，所以能够在瞬间让赵一伦感到来自家园的归属感。村庄记忆，沉淀下一个人最为原初的诗意；村庄文化，则是这些记忆最为鲜活的承载者。

其次，村庄文化的乡愁内涵。乡愁是对曾经生活过的家乡和那里的文化所生发出的无限眷恋和回味，包括现实中的故乡的眷恋和工业化时代人类对农耕文明的眷恋。“在当下中国现代化进程中，‘乡愁’具体是指对于工业化之后消失和被迫丢弃的自然景观和文化生活的追怀。”[①] 受儒家文化影响，山东人特别注重血缘亲情，注重地缘关系。因而离家的游子就比他乡人格外多出一份牵挂，一份乡愁。《犁越芳塚》中漂泊在台湾的刘成听到街上的大鼓书，喝到老乡带回来的兰陵酒，顿时涕流满面。“这诗是千古绝唱，这酒也醉倒了无数游子，叫离乡者有无尽的牵肠挂肚。”远离故乡，孤鸿寡鹄，让本已沉潜的乡愁急遽升腾，瞬间迸发。《乡王》中村子被拆迁后，村民集体搬进了现代社区，脱离了土地的人们没有感受到期待的快乐，而是整日陷在雾霾中变得焦虑不安。村长不免时时想起过去的村庄和大河湾的土地。“他觉得自己从来没有像现在一样热爱土地。在他眼里，大河湾的雪就像一只只羊，美好而肥沃。”《九月寓言》中肥回到了昔日的村庄，那些温暖的街道、美妙的传说和小村人家家户户的故事，还有那长满红通通地瓜的原野，已成为永远的记忆。农耕文化是现代人挥之不去的乡愁。显然，张炜是从反思现代性的角度对现代工业文明的过度泛滥问题进行了反思。

通过以上分析，对乡愁的理解应该做出现代性的阐释，而不能仅仅局限于古典乡愁的范畴。正如陈超教授所言：“今天，我们站在理性主义的立场来看待这一事实，理应无法回避其文本特质所带来的现实意义，那就是‘乡愁’是现代人心灵的一剂抚慰剂，

① 陶成涛：《文化乡愁：文化记忆的情感维度》，《中州学刊》2015 年第 7 期。

是每一位异乡者‘根’的所在和精神的归宿。”[①]也就是说，“乡愁”文化既保存了对其古典意蕴的承袭，又有着现代社会对古典文化退潮的眷恋。当下的乡愁是一个多元文化的复合体。

村庄意象的审美内涵

好的文学是作家对现实世界进行独特理解的产物。现实世界为作家的文学创作提供了丰富的材料，但是材料不等于文学。“艺术是个体性的自觉的想象。艺术家观察并呈现这种个体性。”[②]个体性世界有着作家的理解和想象，也是一个创造性的世界。“文学艺术成其为文学艺术，不仅仅是一个借形象和抒情表达自身的事，更重要的是要有创造性和独创性形象世界构建能力的事。”[③]对于村庄意象而言，它既是一个拥有丰富思想内涵的文化空间，也是一个富有独特性的审美个体。例如莫言以故乡为原型建造的“高密东北乡”，通过审美方式对民族、文化、人性等问题表达了自己的理解；张炜致力打造一个个独具特色的半岛平原小村，将自己对大地、存在、文明等问题的独特认知融入其间；赵德发关注沂蒙山村的文化转型，探究人与土地关系的百年变迁；王方晨热衷于塔镇世界的建构，以此来挖掘现代人性深处的黑暗与裂变……上述作家笔下的村庄不再是现实的、感性的、文化的，而是个体的、独特的、审美的，体现了对村庄世界哲理性、象征性的文学性追求。

① 陈超：《“乡愁”的当代阐释与意蕴嬗变——中国当代文学乡土情结的心态寻踪》，《当代文坛》2011年第2期。
② 木心：《文学回忆录》，广西师范大学出版社，2013，第48页。
③ 吴炫主编《原创（第6辑）》，中国社会科学出版社，2016，第65页。

依据审美内涵的不同，新时期山东文学中的村庄在大体上可分为现实的、诗意的和象征的三大类型。

一、多维的现实村庄

在历史上，传统村庄经常遭遇来自政治的、自然界的种种威胁，但是因文化结构一直处于超稳定状态，故而其从未发生过根本性的变化。但是自现代社会以来，传统村庄文化的整体性遭到冲击，稳定的结构出现了失衡。《春蚕》中老通宝们世代以养蚕业为生，蚕茧丰收就意味着生活的富足和美满。西方外来洋茧子的到来，彻底颠覆了他们六十多年积累的经验。丰收成灾，将他们昔日的美好期待化为乌有。改革开放以后，中国村庄又面临着新的变革。村庄文化又面临着市场化、城市化、全球化的挑战。《秦腔》中传统村庄文化已经无法安放村人的心灵。年轻人都走了，土地也荒芜了，只有老人和孩子守护着老村。在新时期山东文学中，作家对村庄转型中发生的问题进行了探索，以村庄寓言的形式表达了自己的焦虑和反思，像张炜的《一潭清水》《秋天的思索》《秋天的愤怒》，刘玉堂的《最后一个生产队》，矫健的《鲁班的子孙》，赵德发的《通腿儿》，王方晨的《乡王》，刘玉栋的《我们分到了土地》《风中芦苇》等。概而言之，作家分别从边界、政治、文化等角度对现实村庄进行了多维书写。

（一）边界漂移的村庄

现代村庄不仅要面临历史文化的转型，而且正在遭遇地理边界的漂移。人们通常以“翻天覆地”来形容村庄现代变革之剧烈，其实质就是一种边界的漂移现象。每个村庄都拥有自己特定的空间，有自己特定的边界。这个空间里有山水、树木、土地、房屋、街道、工坊等要素。它们相互作用共同构成了一个相对稳定的村庄社区。如果由于某种原因空间格局发生变化，村庄就会陷入失衡的状态，需要经过一定的时间才能得以修整。这种失衡可能是局部性的，也可能是全局性的，会影响到村人的生产生活，甚至是村庄文化体系的变迁。“水土产生文化，文化反过来也会滋养人。”[①] 因此，村庄边界的漂移不仅影响生活空间的大小，而且会导致人与文化发生质的变革。

首先，村庄边界的漂移是一种自然空间的延展。这是一种显性的边界移动，直接的后果就是旧有村庄世界的瓦解、变革。《遍地杏黄》中的杏花村原本是一个宁静、贫瘠、闭塞的小山村。“村子四面环山，背靠北山，南邻一片平坦肥沃良田，又有一条大河横贯良田奔涌西去，直达几十里外的北山镇水库。”“它的四周是一派高山峻岭，只有一条小路带子般若隐若现地飘出山外，通到三十公里外的县城。这条山路就如婴儿与母体之间的脐带一般，是维系村子与山外所有出入与信息的唯一通道。”整个村庄几乎与世隔绝，通过一条坑坑洼洼的小路与外界保持着联系。这一格局的打破源自道路的拓展，以及由此而延伸出的一系列变革。新上任的村支书带领村人排除各种干扰，开山凿石，去弯取直，取土筑墙，修出了一条通往外部世界的康庄大路。村庄边界由此一步步朝着山外移动，同时导致了村庄自然格局和文化结构的变化。“因修路引发出的村人群殴事件，以及间或出现的各种矛盾纠葛，

① 钟玲、张炜：《人和山川大地》，《东吴学术》2011 年第 2 期。

在村人心理和感情上留下了难以弥合的裂痕，就此把杏花村人推上了错综复杂变幻莫测的新的生活舞台。正如当初金莲断言的那样，路通之日，便是村人心散之时。安宁祥和的日子就此远远遁去，谁也无力挽留。”但是，村庄边界的移动是现代转型中一个根本无法规避的问题。

其次，村庄边界的漂移是一种文化空间的变革。如果说自然地理空间的边界是显性的，那么文化空间的边界则具有隐秘性。《公敌》中的佟家庄自韩佃义掌权后就迈开了向塔镇进军的步履。本来两地只隔着一条小河，一个是镇政府驻地，一个是芝麻粒大小的村子。但是在韩佃义的运作下，通过建农机厂、纤维板厂、粮油厂、肉联厂、土管所等方式一步步蚕食塔镇，除了镇政府都搬到了佟家庄，成了翰童集团的一部分。“翰童集团好像是一块竖立在天地间的吸力极大的巨型磁石，只要是铁，铁末也好，铁块铁钉也好，地上的地下的，都被纷纷吸附过去。”就自然空间而言，佟家庄的边界并没有发生任何变化，但是文化空间上却是无限扩张的。佟家庄由一个贫穷的小村落发展成庞大的翰童集团，背后隐含的是韩佃义欲望的无限扩张。《乡王》关注了“村人上楼”这一村庄社会的新问题。作家从村庄转型的角度审视这一现象，揭示了“上楼”后出现的问题。旧村被拆了，村人都搬进了光善小区，过上了“楼上楼下，电灯电话”的生活。村庄边界的迁徙带给村人的不是以前想象的生活，而是人与人之间变得冷漠而充满敌意。“失散在各处的村里人，又陆续走在了一起，金兰也早已准备好了对每个村里人的笑脸。这些日子却在告诉她，村子永远成了过去。即便村子里的人重新住在一起，也不再是过去的村子了。”村庄与小区虽然都是聚居区，但是因为格局的变化已经动摇了村庄文化的根基。边界效应揭示了村庄转型背后所隐藏的文化现状。

（二）政治转型的村庄

进入现代社会之后，“皇权不下县”的乡绅自治模式在村庄社会走向了终结。从乡绅治理、保甲制，中间经历人民公社制，到当下的村民自治制度的变迁，体现了现代村庄政治的探索进程。制度变革背后是村庄社会伦理道德体系的打破与重构，是村庄民主治理的探索。“从传统乡村权力以地缘性和血缘性为特征，以宗族组织为依托而实现的乡村自治，到国家权力向乡村的不断延伸直至控制乡村生活的方方面面，再到改革开放以来国家权力有意识地从乡村社会退缩，推进村民自治局面最终形成，这并不是简单意义上的乡村自治的回归，而是实现了一种真正的民主自治。”① 其间不乏权力失衡、村霸横行、宗族文化回潮等现象发生，甚至造成了很多灾难性后果。村庄政治之复杂绝不亚于经济制度，特别是在中国这样一个农业大国，很大程度上影响到民族国家的现代转型问题。新时期山东作家在书写村庄社会的现代变迁时，对村庄政治探索采用了寓言式表达。莫言的《丰乳肥臀》《天堂蒜薹之歌》，矫健的《老人仓》，王润滋的《砍树》，张炜的《秋天的思索》《秋天的愤怒》，张继的《去城里受苦吧》《谢庄》《村长的玉米》《杀羊》，刘玉栋的《我们分到了土地》，王方晨的《公敌》《乡王》，构成了一部新时期40年的村庄政治寓言。

首先，传统村庄政治的终结。在传统村庄社会中，主要是采

---

① 郭轩宇:《中国乡村社会“自治”的变迁》,中国社会科学网,2017年11月21日: http://www.cssn.cn/ddzg/ddzg_ldjs/ddzg_sh/201310/t20131030_768203.shtml.

取以乡绅为主导的自治制度。“每一个中国村庄都是一个自治的小公国。”[①] 族长、乡绅是村庄实际的管理者，承担着维护村庄秩序、坚守村庄伦理道德、传播传统文化等义务。《福地》中的麻庄从清末到民国，村里的主事人一直是大地主万仁义。他身肩道义，乐善好施，一生不忘祖上传下来的关于保护麻庄的嘱托；在危难之际，他拿出自己的钱财组织民间武装，对付捻军、军阀、日本侵略者、土匪等入侵者，保一方平安；面对饥荒灾害，他想方设法帮助村人渡过难关。《白妖》中石佛观庄的开明地主安玉堂慷慨大方、仗义疏财、知恩图报，被任命为村长，后来又被国民党政府官员范筑先力推为副乡长。当然，此人工于心计，善于通过玩弄手段掌握平衡术，以做到左右逢源。土改后村庄政治发生了根本性变革，党领导下的农会主席成为掌管村庄政权的人物。从此传统乡绅治理走向了终结。

其次，现代村庄政治的探索。在走向现代村庄的进程中，村庄政治建立经历了一个漫长而艰辛的探索过程，其间付出了一定的代价。《青烟或白雾》对现代村庄政治进行了深刻反思。作家通过对权力、欲望、清官意识等意象的探究揭示了现代村庄转型中存在的问题。“大跃进”时期，支明禄是村里的团支部书记。他一心为民，不理会来自上级的口号式的瞎指挥。不料却因此惨遭厄运，成为“三面红旗”的敌人。后来在“四清工作队”、十年“文革”等运动中，支明禄步履维艰，困境重重。村姑吕中贞在不知不觉间卷入了穆逸志操纵的权力游戏，经历了官场的起起伏伏，异化成为一个沉迷于权力、毫无自我的狂热分子，给他人也给自

① [美]明恩溥：《中国乡村生活》，第178页。

己造成了悲剧。当然，村庄政治的起伏同时也打破了旧有的家族格局。召开批斗会时，村人要按照阶级阵线按照地主、富农、贫农、下中农、坏分子等类型分区域就座。“大家见了面，无论是财主还是穷汉，都是按辈分或亲戚关系该叫啥叫啥。现在，在这个被重新划分过的场地上，人们不得不提着小板凳，回忆自己的出身，确认自己的成分。”在刻画这些荒诞场景时，作家对村庄政治的现代转型做出了反思和批判。村庄现代转型应该是一个什么样子？青年白吕意象是作家给出的自己的答案。白吕有过乡政府工作经历，但是他不迷恋权力，希望依靠自己的努力来实现梦想，相信民主选举会给村庄带来希望。小说通过白吕竞选、吕中贞与支明禄最终的情感皈依指出，传统“人治”在现代社会无以为继，清官意识同样不会给村庄带来真正的希望。盼清官、建清官庙这样一些封建传统观念无助于现代村庄民主建设。

再次，村庄民主政治的建构。随着社会的发展和村民政治素养的提升，村庄政治走向了民主化的道路。一方面，社会主义新农村建设的步伐不断加快，村庄社会整体经济实力不断提升，村人的生活水平有了大幅度提升。另一方面，国家通过制定相关的法律法规提升了村庄管理水平，让村民自治得到了落实。特别是《村民委员会组织法》的实施，从法律上保证了村庄政治的民主化。因此，新时期以来的村庄呈现出与传统村庄不同的面貌。《后土》中老百姓有一段时间对村庄政治不感兴趣。即使是选举村长这样的大事，他们对选谁不选谁从不关注。造成这种心理的直接原因是旧有政治体制的弊端。村庄从传统走向现代必然要经历这样一个观念与体制转型的过程。“现代史上传统宗法社会并没有因此瓦解，而是与现代政治社会同存并在；儒家文化仍作为传统主流文化影响着社会生活。”[1] 在村支书王远当政时，他认为整个村子都是自己的，仰仗着镇党委老书记这棵大树的庇护，在村里横行霸道，欺男霸女，贪污腐化，严重败坏了党和政府在群众中的形象。新一代青年走上了村庄的舞台，给小村重新带来了希望。他们发展村庄经济，改造村庄自然景观，力求改变村庄日益衰败的现状。

（三）文化转型的村庄

新时期以来，传统村庄文化在走向现代化的进程中面临着转型的困境。一方面，传统人与土地的关系已经发生了变化，而农业发展的相对滞后导致村庄经济在继 20 世纪 80 年代的繁荣之后出现了新的危机：青年人纷纷走向城市。另一方面是来自现代文化的挑战，传统村庄文化迅速碎片化。因此，村庄文化的现代转型成为文学创作的一个重要主题。在张炜、赵德发、刘玉栋、张继、王方晨等作家的笔下，土地的困境成为一个世纪意象。

首先，田园荒芜的危机。作为人类最重要的聚落形式，也是历史最悠久的文化共同体，村庄文化的困境带有复杂而独特的隐喻性内涵。张炜是一位对大地深怀敬意的作家，面对大地、田园、林子的危机，表达了深深的忧虑。无论是清澈秀美的芦清河、莽莽苍苍的小平原还是宁静清新的海边林子、诗意盎然的葡萄园，都是作家心灵的故乡。对于伤害这些美好事物的利益集团，张炜进行了毫不留情的批判。《刺猬歌》中唐家父子起于开矿聚财，贪婪成性，为掠取更多财富在小平原上疯狂挖掘，要把整个平原翻个遍。暴富后的天童集团疯狂扩张，将所有的田园村庄掠为己

① 吴炫主编《原创（第 1 辑）》，黑龙江人民出版社，2007，第 163 页。

有。“一些不大的村庄被搬迁，更大一些的村庄则被汽车围起来，远看就像一群豺狗咬一头倒毙的大象。”然后他们建起巨大的厂房、黑色的建筑，肆无忌惮地释放紫色烟雾，工业化的无序发展，势必给村庄造成伤害。“他从部队回来后一直在经营一片芦笋地，小日子过得还不算错。是紫烟大垒彻底把他毁了：地被占去了一半，剩下的一半因为水源破坏没法耕种了。全村人都没有干净的饮用水，得怪病的人越来越多。”《缱绻与决绝》从“天牛经济开发区”建设角度讲述了土地文化的困境。因为要建开发区，需要拿出全村一半土地搞经营，结果引起了村人的合力抵抗；强制征得的土地因为招商失利，成为荒草野坡。“当村里村外开出稀少的杏花桃花的时候，几辆大型推土机轰响着开进了‘天牛开发区’的五百亩地盘。与此同时，天牛庙村的又一批青壮年扛着被子卷儿走上了外出打工的路途。”“到了夏天，五百亩地上长满了草，青蒿、灰菜、蓬蓬棵与狗尾巴草菁菁茂茂，密不透风。”

其次，文化信仰的淡化。随着传统文化的式微，村庄一度出现了价值观念的迷惘。《缱绻与决绝》中进入 90 年代的天牛庙人心浮躁，信仰缺席。靠办拆车厂发财的封运品故意制造车祸谋害自己的结发之妻，然后用钱收买了两个内弟免于法律的惩罚；花钱购买城镇户口风行一时，很多人希望以此吃上“国库粮”，对种地已经不感兴趣，很多青年人离开村庄。《去城里受苦吧！》中叙述了因村庄权力失衡所导致的一系列事件。村长为所欲为，恃强凌弱，毫无信用可言；李木胆小怕事，怯于反抗。因此村长认为出卖土地没有必要经过李木的同意，整个村子都是他的，想怎么做就怎么做。于是，李木在无望中离开了村子，企图到城市里去寻找信义和公理。正义的缺席，信仰的迷失，自然会导致村庄的无序。在莫言的《斗士》中，村支书方德明和民兵连长因为没有得到象牙棋子将村民武功吊打了一夜，武功就用药毒死了支书儿子家的大肥猪；武功因为骂人被王魁暴打一顿，他就用威胁谩骂的方式将王魁一家逼得远走他乡；因为与一个外号叫黄耗子的青年打架，武功就将人家一亩地玉米拦腰砍断。因为没有信仰的支撑，没有道德的束缚，武功这样的人在村子里成了一个谁都惹不起的人物。

再次，涅槃而不是终结。传统村庄遭遇困境，并非意味着村庄文化不复存在。这是一个涅槃的过程。它要以新的形式新的内涵走向现代，成为现代人的精神家园，村庄走向现代化的道路势不可挡。《乡王》中村庄的问题并没有因为上楼得到解决，却变得比以往更为复杂。金兰的男人带领村人将整个旧村拆掉了，搬进了光善小区，过上了现代社区生活。但是物质条件的改变没有化解旧有的矛盾，人心变得更趋微妙也更加隔膜。走在路上，没有人主动搭理金兰夫妇；即使是他们主动找人说话，也会招来冷冷清清的尴尬。雾霾遮蔽了村庄，人与人之间隔着一层厚重的障壁。拆迁，让村庄失去了魂魄，陷入了“乡愁”的困境。因此人们都在盼望能下场大雪，赶走这令人窒息的雾霾。“自己在一个春天的朗日，带领村里所有思乡的老人离了这地，去往了大河湾。在村子唯一的土地上，男人将为老人们另建新屋……”村长的梦带有隐喻色彩：传统村庄遭遇了困境，但是村人对土地、对乡情的期待并没有消亡。

二、诗意的家园

传统村庄是一个富有诗意的空间。这一空间是农耕文化的集聚地，是人类用勤劳与智慧打造的家园。山清水秀的自然环境，和谐相处的人居氛围，鸡鸭猪狗的追逐奔跑，淳朴厚重的民情风俗，构建了传统中国人心目中最为理想的家园。当然，这种建构离不开历代文人的参与。他们以实际行动加入村庄建设，以财富和智慧铸就了一个个理想的村庄；以诗意的笔触表达自己的村庄梦想，赋予了村庄以独特的人生思考。村庄是人类的精神家园，大地是人类的永恒故乡。从《诗经》《楚辞》到唐诗宋词、明清小说，再到新世纪文学，中国文学对诗意村庄的塑造从来就没有中断过。具体到新时期山东文学，从胶莱半岛到沂蒙山区、苏鲁大平原、鲁北平原，村庄承载了不同地域作家对心灵故乡的讴歌和探索。作家对诗意村庄的审美建构主要体现在哲理性、民间性等层面。

（一）村庄的哲理性内涵

在村庄文化中，从衣食住行到婚丧嫁娶皆为大地所赐。到了现代、后现代社会，人类对存在问题的探索依然会向大地寻找元思维的可能，从中发现家园文化的根基。张炜在《融入野地》中写道："城市是一片被肆意修饰过的野地，我最终将告别它。我想寻找一个原来，一个真实。这纯稚的想念如同一首热烈的歌谣，在那儿引诱我。市声如潮，淹没了一切，我想浮出来看一眼原野、山峦，看一眼丛林、青纱帐。"[①]"肆意修饰"是过度文明化的必然，

① 张炜：《融入野地》，载《九月寓言》，山东教育出版社，2016，第439页。

在城市已经很难寻找到心灵的居所，回归大地就成为一种必然的选择。唯有村庄，大地依然保留着旧有的纯真。在村庄意象塑造中，作家往往将自己对社会人生的哲理性思考赋予其中。

首先，大地“生生不息”的哲理性。大地孕育万物，但是在如何对待大地问题上，人类在不同时代做出了不同的回答。《融入野地》《九月寓言》等作品将土地的“生生”性进行了诗意性的解读。小村的街道，小村的地瓜，小村的“三宝”，小村的故事，无不是大地生生之物。故而，秋天的大地散发着迷人的诗意。地瓜养育了一代代的村庄人，给他们带来了生的力量和激情。瓜干、瓜干酒、煎饼等皆为大地所赐。它们为小村人的日常饮食，释放了惊人的能量。“小村人每年吃掉的瓜干如果堆起来会像一座小山。焦干的地瓜干点燃了，肯定是一座灼人的火山。这么多东西吞进肠胃，热力顺着脉管奔流，又从毛孔里涌出。”因而青年人才会在夜色中奔跑，小村传说才会源远流长……“人哪，还不就是瓜干化成的力气、化成的血肉心计、化成的烦人的毛病？不吃瓜干，庄稼人也就绝了根了。”与此相应的是村庄人的质朴生活。因为大地是质朴无华的，这种质朴背后是其巨大的包容性。小村的地瓜、石磨、小屋、爱情、医疗等看似那么简朴自然，却给村人生活带来丰富的内涵。他们生活在小土屋中，与家畜、鼹鼠为邻；生病之后，或者去请邻村找赤脚医生，或者让独眼义士扎针，或者干脆在家里拔罐；他们的爱情在野地中萌生，在野地中相依相伴……质朴源自大地的丰富多样的诗意，带有生生不息的意趣，还有大地所衍生的神秘与传奇。小村里每个人背后都隐藏着一个属于自己的故事，有欣喜、有幽怨、有无奈、有怀念。如憨人妈、龙眼妈、闪婆、大脚肥肩等这些朴素的乡村女性，在内心深处坚守着一段情缘、一个故事，终其一生。假若没有这些牵挂，很难想象她们在日复一日的岁月煎熬中如何度过一生。“人类的发展，尤其是中国的发展离开土地精神，就会走入误区，就会迷失，就会迷茫。”[①] 所以说，当人类逐渐远离大地之时，当现代文明中问题频繁出现之时，应该回到大地重新理解“生生”之意。

其次，回归家园意识。人之本性在于需要有心灵的家园栖居。一个人不管满足了多少欲望，也不管获得多少财富，都无法支撑起心灵世界的大厦，还有可能适得其反——欲望的无限膨胀会给心灵带来更大的迷惘和失落。这应该是人之为人的宿命。人之存在性不是体现在其作为动物本身的原初欲望的满足，而是从其文化创造性中得以实现。这一点在王方晨、赵月斌的文学创作中有着深入探索。《公敌》中韩佃义带着小跟班佟黑子在打天下的道路上节节胜利，以凶狠暴力逼退了敌人，靠拉拢腐化干部为佟家庄、翰童集团架起了保护伞，玩弄诡计终将佟家庄、塔镇玩弄于股掌之中，最终打造了一个庞大的翰童帝国；他们认识到斗狠霸道才是真理，让干部为己所用才是本事，荒淫无度会带来无限快感。但是韩佃义们没有认识到，欲望的发泄根本无法弥补内心的空洞，也不能给人精神上的寄托。最终韩佃义选择去了老人宅这么个阴森恐怖的地方，以恐惧来对抗恐惧，企图消解自己制造的罪恶。至于他的复仇行为，实际上是毫无意义的，因为无论是对昔日恋人的羞辱还是对塔镇的掠夺都无法治愈昔日的伤痕。与此同时，佟黑子在精神上也走向了彻底崩溃，在祖屋中结束了自己的生命。家园寄托不是靠快感的满足来获得的，因为家园是安心、是满足、

① 吴炫：《依附启蒙观念的当代文学》，第 245 页。

是充实，而欲望是需要不断填充的，是无限膨胀的，是失落无力的。

（二）村庄的民间性内涵

民间社会是相对于上层社会而言的一种话语性表述，其存在形态往往是松散的、相对自由的，甚至是“藏污纳垢”的。前面论述提及，村庄社会在历史上并没有进入国家治理体系，是一个相对独立的文化共同体。其文化多具有原生性、自由性和松散性。比如对宗教的理解，民间社会所持的态度相对自由、世俗，而不是去在意有无严格的戒律规范，所以《受戒》中的和尚是可以杀猪、赌钱、娶老婆的。在文学世界中，作家善于通过奇特的民俗风情书写揭示民间诗意的审美特性。像张炜、莫言、刘玉堂、王兆军、刘玉栋等作家笔下的民间风情习俗意象，总是洋溢着诗意的色彩。

首先，民间文化拥有属于自己的诗意。从村庄选址到村落布局，再到街道房屋建筑，体现了民间特有的智慧和技术。也就是说，这些文化要素在民间社会是不遵循精英文化的规则的，按照村人自己的理解随意打造，甚至在外人看来荒诞不经。但因其独特，所以具有诗意性。《丰乳肥臀》中的高密东北乡矗立在宁静的大地上，有河流有田野，有教堂有村舍，仿佛一幅水墨画。“一排排排列整齐的草屋、灰白的宽敞胡同、一柱柱青烟般的绿树、环绕着村庄闪闪发光的河流、镜子般的湖泊、茂密的苇荡、镶嵌着圆池塘的荒草甸子、被野鸟视为乐园的红色沼泽、画卷般展开到天边去的坦荡原野、黄金颜色的卧牛岭、槐花盛开的大沙丘……”随意安置的村庄与大自然巧妙融为一体，释放出一种独特的美感。《九月寓言》中小村房屋十分独特，“房子低得出奇，里面要挖很深，像一个个地窨子”；大碾盘和街道显得古老沧桑，“大碾盘在阵阵歌声中开始了悠悠转动，宛若一张黑色唱片。她是磁针，探寻着密纹间的坎坷。她听到了一部完整的乡村音乐：劳作、喘息、责骂、嬉笑和哭泣，最后是雷鸣电闪、地底的轰响、房屋倒塌、人群奔跑……”村庄中的每一个意象都朴实得那么不显眼，却蕴含了数不清的隐秘，承载着一代代人对小村难以抹去的记忆。《春天住在我的村庄》中，傍晚的小村宁静温馨，含蓄自然，洋溢着传统田园特有的诗意。“到傍晚时分，夕阳的余晖把山岭、田园、村庄涂抹得金灿灿的，水库和塘坝里更是金波荡漾。各家屋顶上早已升起了直直的炊烟，那炊烟不一会儿又自由地散开，弥漫四野，村庄烟蒙蒙一片。煦暖的微风中，一缕缕饭香扑鼻而来，口水自然就流出来了。这时喊孩子和唤鸡鸭的叫声，牛羊哞哞的叫声，长一声短一声，高一声低一声，响彻村庄的上空。”沂蒙山村的炊烟、落日、石头屋、街道、牛羊依然保留着原初的样子，共同勾勒出一幅典型的“村庄晚归图”。

其次，民俗艺术中的诗意。民俗艺术属于老百姓日常生活中的艺术，带有浓郁的乡土气息和生活意趣。在莫言的文学世界中，高密东北乡人最喜欢茂腔艺术。茂腔是一种非常典型的地方戏种，被尊称为“胶东之花”，简单易学，通俗易懂，贴近生活，因而深得农民喜爱。《丰乳肥臀》中茂腔演出精彩至极，令人倾倒。“高密东北乡的茂腔，俗称‘拴老婆的橛子’，茂腔一唱，乱了三纲五常；茂腔一听，忘了亲爹亲娘。于是随着节拍，观众的脚在抖动，观众的嘴唇在翕动，我们的心在颤动。我们的等待就像那弦上的箭，到了临界发射的最后关头……”民间小戏竟然让观众如醉如痴，以至于上官鲁氏竟然信以为真冲上舞台去救女儿。《红高粱家族》中展示了高密东北乡的剪纸习俗。“高密剪纸，玲珑剔透，淳朴浑厚，天马行空，自成风格。”戴凤莲的剪纸透着民间文化的原始性，不容小觑。她没有读过书，也不曾有老师专门指导，而是从小跟着邻家姐妹们学会的。在经历了人生的风雨之后，她对人生有了自己的感悟和理解，特别是对自由的追求和对命运的抗争都能跃然纸上。无论是那只刚刚跳出美丽笼子的振翅高歌的蝈蝈，还是背上驮着一枝红梅的小鹿，都在隐喻着她对生活的无限渴盼。“她就是造物主，她就是金口玉牙，她说蝈蝈出笼就出笼，她说鹿背上长树鹿背上就长树。”这些作品看似违背了艺术常识，却是一种源自心灵深处的创造。

三、民族国家的想象

美国马克思主义理论家詹明信曾用“民族寓言”[①]来命名第三世界国家的文学创作。至于这一理论是否符合中国当代文学暂且不论，文学的寓言性却是一个不争的事实。从美学角度看，意象是寄托作家创作观念之象。任何审美意象都不再是现实表象本身，而是带有特定的象征意蕴的结构体。故而文学书写具有寓言性特质，是文学性的具体体现。就中国文学而言，凡是书写乡土中国的文本都会在不自觉之间构成乡土现实与象征意蕴的张力。张力的大小体现了意象审美程度的高低，也就是文学性的强弱。因此，村庄意象就是在表达乡土中国，是乡土中国的缩影。这种传统可以追溯到五四新文学，村庄意象从此就带有了乡土中国的意蕴，

① [美]詹明信：《晚期资本主义的文化逻辑：詹明信批评理论文选》，陈清侨译，生活·读书·新知三联书店，1997，第523页。

像鲁迅笔下的平桥村、未庄等。因此詹明信认为："阿Q是寓言式的中国本身。"[①]"如果说鲁镇之象就是国象民态的缩影，那么鲁迅笔下涌现的一个个血肉丰满的人物形象，也就是一个个国象民态的缩影。"[②]在新时期山东文学中，作家借助村庄意象对民族国家的现代转型问题做了寓言性解读，反思了民族、文化、人性的百年巨变。

（一）民族的史诗

书写民族史诗是中国文学的一大传统。从司马迁的《史记》开始，历代史学家都在努力打造这样的作品流传后世。20世纪是中国现代转型的百年，在现代化的进程中新与旧、国内与国外、传统与革新等矛盾错综复杂。回首百年沧桑，自然成为文学热衷的主题。自20世纪90年代开始，中国作家开始再一次将关注点指向史诗性创作，力求揭示乡土中国百年的变迁史，像路遥的《平凡的世界》、陈忠实的《白鹿原》、张炜的《古船》、赵德发的《缱绻与决绝》、莫言的《丰乳肥臀》等。在《白鹿原》的扉页上引用了巴尔扎克的一句话"小说是一个民族的秘史"，可以视作陈忠实对这一小说的追求。赵德发在谈及自己的创作时认为："我说了，写《缱绻与决绝》是我的一个'野心'。这个'野心'有非文学性的成分，偏向社会学的，打算记录百年来中国农民与土地的关系史，表现传统农民与现代农民对土地的不同态度。"[③]在谈及《生死疲劳》时，莫言认为小说就是要表达一种农民与土地

① [美]詹明信：《晚期资本主义的文化逻辑：詹明信批评理论文选》，1997，第529页。
② 孙仁歌：《鲁迅小说中的鲁镇意象》，《中国现代文学研究丛刊》2015年第6期。
③ 赵德发：《写作是一种修行——赵德发访谈录》，第279页。

的关系，因为这一关系是百年中国文学探索的核心。“一切来自土地的，最终也回到了土地。”[①] 以上论述可见，史诗性追求不仅要记录下乡土中国百年的变迁，还要对这段历史做出反思和批判。

首先，百年历史的文学隐喻。20 世纪的山东历史几乎与整个民族走过的历程是同步的。从德国侵占山东到日本发动侵略战争，从第二次国内革命战争到土改，到人民公社、反右斗争、三年困难时期、“文革”，再到改革开放、市场经济、新时代，几乎每一次重要历史变革都对山东村庄产生了重大影响，构成了转型期村庄特有的文化景观。《丰乳肥臀》通过讲述高密东北乡大栏村上官鲁氏及九个子女的人生遭际，揭示了 20 世纪乡土中国走过的坎坷历程。整部作品以上官鲁氏一生为主线，讲述了其坎坷苦难的一生。封建文化的压榨虐待，侵略者的屠杀，各种政治势力的碰撞，儿女之间的争斗，令这位母亲尝尽了人间的辛酸，展示了母爱的伟大无私和其坚韧不屈的性格。上官鲁氏带着女儿、外孙一家逃难的场景，令人难以忘怀。“母亲脖子上挂着麻襻，推着一辆木轮车，两只车把距离太宽，她的双臂不得不尽量伸展。车子两边绑着两个长方形的大篓子，左边篓子里盛着鲁胜得和我们家的棉被、衣物；右边篓子里盛着大哑和二哑。我与沙枣花分在车子两边，各自手把着一个篓子，跟车行走。盲目的八姐扯着母亲的衣襟，跌跌撞撞地尾在后边。时而清醒时而糊涂的上官来弟在车子前边，肩上搭着一根绳子，弓着腰，往前探着头，像任劳任怨的牛，拉着我们家的车。”小车子就像一艘诺亚方舟，母亲就是掌舵者；一家大小围在母亲周围，走上了逃难的征途。所以说，

① 莫言：《碎语文学》，第 277 页。

在整部小说中上官鲁氏的一生遭际、上官金童的恋乳癖好都带有一种强大的隐喻色彩，象征了我们这个民族在百年间遭受的苦难和艰辛。正如张清华教授所言："莫言用这一人物，完整地寓言和见证了二十世纪中国的血色历史。"①

其次，当代历史的隐喻。当代中国在六十多年的发展进程中，经历了多次运动的波折，坚持探索属于自己的道路。这一历程无疑为后人留下了很多值得反思的东西，无论是政治的、文化的还是个体的在中国现代转型中有着深远影响。《生死疲劳》以"六道轮回"理念借助章回体结构形式讲述了高密东北乡半个世纪的政治经济和村庄文化的变迁，从一个新的角度试图对这段历史做出自己的解读。从镇压反革命、入社、单干、"文革"批斗到家庭联产承包责任制、市场经济，几乎涵盖了整个中国当代史。但是这是一种民间的历史，是一段虚构的历史。作家通过地主西门闹以驴、牛、猪、狗、猴以及大头婴儿的六次转世展示了小村半个世纪的发展进程。其中，不断轮回转世的西门闹与坚持单干的蓝脸是小村里两个最为独特的人物意象。西门闹生前做过很多好事，靠着劳动发家致富，为村人解围济困。但是革命风暴的来临让他成为被坚决镇压的对象。他被枪毙后屡次投胎转世，再也没有成为一个健康的人。蓝脸是一个善良执着的农民。他的善良表现为知恩图报，他的执着表现为一条路走到黑。从 50 年代合作化开始，一直到责任制的实施，蓝脸坚持走单干的道路。两条线，两种视角，有时又相互交叉，将当代历史做了象征性的表现，同时蕴含了作家对这段历史的反思意识和批判意识。

---

① 张清华：《天堂的哀歌》，山东文艺出版社，2005，第 40 页。

轮回意识在《蛙》中也有较为突出的体现。姑姑是 1949 年后村里的第一代接生员，将现代生育观念和接生技术带入村庄。她以实际行动改变了传统接生陋习，为村里多接生了很多的孩子。在实施计划生育政策后，姑姑的工作从接生孩子转向了计划生育治理。因此她曾一度陷入两难的境地，一方面自己的工作是迎接新生命，一方面又要执行上级的要求。进入 21 世纪以来，退休的姑姑对自己的经历反复忏悔。其实，轮回意识不是莫言的本意，而是要通过这种形式来达到对历史的反思，对历史产生更加深刻的认知。

（二）文化的史诗

近代以来，中国传统文化所面临的问题引起了学术界的广泛关注。人们不禁产生疑问：这一延续了上千年的文化何以无法继续承载现代人的心灵？建立一种怎样的文化才是现代文化建设的目标？早在五四新文学时期，中国作家就对此展开了反思。《故乡》中闰土身上体现了作家对传统村庄文化的批判和反思。“兵、匪、官、绅”与多子让一个活泼可爱的少年变得麻木愚昧，而村庄世界中美丽的沙滩、海边的西瓜地都消失了，变得“苍黄、萧瑟”。到了四五十年代，赵树理、李準、柳青等作家致力新农村新生活的打造，展示了村庄在党的领导下摆脱封建文化束缚走向新生的美好历程。当然这种书写存在一定的问题，村庄变革中掺杂了太多的意识形态约束，甚至成为某些政策的图解。改革开放之后，传统文化的价值重新得到了认可。但是随着城市化的发展，这种文化形态在现代性变革中遭遇到了挑战。在新时期山东文学中，《刺猬歌》《缱绻与决绝》《君子梦》《福地》《白蜡烛》等作品对村庄文化中的土地文化、宗法文化等做出了探索与反思。

首先，土地文化的反思。在村庄文化中，村庄、村人与土地的关系多年来一直是一个探讨不休的话题。在现代转型期，土地文化自然会成为作家最为关注的主题。批评家李敬泽认为："现代文学以来，土地在不同时期的乡土写作中都是一个意义中心，它是历史的焦点，也是人们可以安身立命的终极价值。"[①] 莫言的《生死疲劳》中蓝脸对土地所持有的深厚的情感，是传统农民真情实感的流露。在合作化时期，他舍不得将自己刚刚得来的土地入社，固执己见，以一己之身同来自各方面的压力做坚决的斗争。大队支书洪泰岳、周围邻居家的女人、家里老婆儿女轮番轰炸，大有不达目的誓不罢休的阵势；耕作时，队里故意刁难他，逼着他就范。巨大的压力考验着他对土地的那份执着，却丝毫无法撼动他的坚守。众叛亲离的他一个人数十年在那块狭长的土地上翻地、种植，成为西门屯乃至高密东北乡的"唯一"。他有自己的坚持："只有当土地属于我们自己，我们才能成为土地的主人。"在传统农民观念中，衣食住行、自由快乐都是土地赐予的。土地就是他们的信仰，土地文化就是他们的家园。《缱绻与决绝》中封大脚的一生就是近百年来中国农民的写照。他继承了中国农民对土地的理解，也继承了父亲的土地经，一心只想着如何侍奉好土地，给子孙留下一份土地。但是土改、合作化、"文革"、责任制、市场化等变来变去的土地制度导致了土地分配、收回、分配……令其无所适从。特别是那块花费了夫妻两人心血的鳖顶子地，是他一生念念不忘的寄托之物。土地文化的变迁，并非只是一种制

① 莫言：《碎语文学》，第 273 页。

度的变化，而是涉及了村庄文化体系的方方面面大变革。这也是为中国革命实践所证明的。

其次，宗法文化的没落。宗法文化是传统村庄文化的核心，是农耕文化的产物。这种文化是传统村庄治理的依据，乡约族规是其具体体现。用社会学家费孝通的理论，乡土社会是一个“无法”的社会，但却是一个“礼治”的社会，是“无治而治”的社会[①]。也就是说，村庄社会秩序的维护靠的是传统，是习惯。违反了礼法，就要受到舆论或者乡约族规的惩戒。《君子梦》中许氏家族从祖先那里继承了建立君子国的理想。任何违背族规的族人都要受到严厉惩戒，执行者是许正芝、许景行等族长及继承者。儒家文化是他们的信仰，耕读传家是他们的理想。许正芝一生醉心科举，终无所成，后将吕子的思想奉为圭臬，以惩戒自己的方法警示村人。但是在现代社会中，宗法文化丧失了其最初的功能。《家族秘史》中洞天村的庄家是村里的大户。从庄世财开始就一直是村里的大地主，也是最有威望的人。临死时他将掌管全村的大权交给了庄唯仁，不想他因为吃喝嫖赌将家财耗尽。弟弟庄唯义接手成了村庄的掌管者，出资建起了学堂，培养名士贤才；在村里建立户长制度，让户长管理村民，壮大庄家的势力；村人遇到麻烦困难，他都能够慷慨解囊，加以救助。以仁义取得人心是他治理村人的办法，尽管他和他的家族有着很多不为人知的隐秘。直到洞天村发生农民暴动，庄唯义被打断了脊梁，宗法治村的传统才彻底中断。

---

① 费孝通：《乡土中国》，第 70 页。

（三）欲望的史诗

在转型期的村庄，由于传统伦理道德已经失去了约束力，导致以往被压抑的各种欲望迅速膨胀。在金钱、权力和美色的引诱下，一些村干部堕落蜕变，成为村霸、“土皇帝”等恶势力，让宁静的村庄成为他们聚敛钱财、骄奢淫逸的小王国。像《羊的门》中的呼天成、蒋子龙的《农民帝国》中的郭存先等，善于利用人性的懦弱掌控村庄大局，进而满足自己的各种欲望。对此，山东作家也做出了多方面的探索。张炜的《刺猬歌》中的唐老驼父子疯狂挖金，天童集团像一辆压路机碾压过一个个淳朴宁静的小村，破坏了一个个海上美丽的小岛。山东文学对村庄人性的挖掘和探索之深入、之广泛、之独特让这一题材诞生了诸多史诗性的作品。在此，作家对欲望的泛滥和精神的迷失做了极致性的展示。

首先，人性的扭曲与欲望的泛滥。在现实生活中，极度的贫穷、失范的社会往往会对一个人的成长产生不良影响。一旦遇到合适的机会，被压抑被扭曲的欲望就会迅速膨胀，给个人和社会造成更大的不幸。王方晨对村庄人性的探索和发掘在近年文学创作中是较为罕见的。《老大》《敌人》对人性阴暗面所进行的发掘是非常独特的。《老大》中庄镰伯是村党支部书记，一村之长，生性阴冷凶狠，令全村人恐惧。庄镰伯的母亲在他很小的时候就跟人偷跑回城了，父亲又在支前时失踪。从小他的心灵严重扭曲，以仇恨和欺凌来发泄自己的情绪。后来他又发现了凶狠和暴虐能够让人惧怕屈服，能够给自己带来快感。于是毁坏他人的爱情，强奸恩人的女儿，虐待凌辱直至逼死自己的妻子，砸死村小学校里的知青，一生欠下了还不完的血债。恶欲像鸦片一样让他上瘾，也让他中毒越来越深。他在折磨他人、恶中行乐的同时也众叛亲离，自己将自己推向了绝路。《芬芳录》中的村长蝈蝈沉溺在性欲中无法自拔，以占有女人作为炫耀的资本；小镇上梅梅诱奸小志，以强大的欲望淹没了小志那颗纯真的心。找不到方向的小志最后砸断双腿回到了村里。“眼前，红杏庄也漆黑一团。快醒来吧，村子。”

作为一个文化空间，基本价值观的丧失会导致人性的扭曲和秩序的紊乱。《沉疴》中就塑造了这样一个凌乱沉滞的村庄。因为爷爷的去世，整个家族陷入了前所未有的混乱之中。大家都变得如此任性，像丧失了理智故意搞破坏的儿童，不顾亲情不顾伦理互相指责互相伤害，以最为恶毒的话语和超乎想象的方式打击对方。与此同时，那些琐碎繁复的习俗礼节也成了兄弟、姐妹、母子、妯娌、姑侄等之间相互倾轧的借口。这一切的发生实际上可以视作人性扭曲后的裂变。当伦理亲情突然缺席，人性中最丑恶的东西就会释放出来。每一个成员都不知道自己在做什么，自己到底做了什么。“从某种程度上说，《沉疴》是一个乡村家族亲情最后终结的隐喻文本。”[①] 因此，小说在沉滞压抑中将人性推上舞台做自我表演，令人在震惊中观察到人性撕去伪装之后的众生相。

其次，人性的归途。人生在世，需要直面的是精神家园。这个家园不管是既有的还是自己精心去打造的，必须要存在。否则，灵魂就会处于漂泊之中找不到方向。人性使然，概莫能外。人不管如何折腾，最终还是要回家。《老大》中的庄镰伯沉溺于恶欲的膨胀，成了一个无家可归的人。“杀死庄镰伯的是扑不灭的心火，可悲的是大火与死亡也消除不了他的罪孽，他的罪孽继续在

① 石华鹏：《死亡是生命最后的悲凉》，《文学自由谈》2016年第4期。

后代身上蔓延，继续惩罚着他挚爱的人。”[①] 小说中的其他人也在困顿中找不到自己的归途。于是“父亲”跟着我逃离了村庄，至死也没有回去；“我”离开故乡之后，无儿无女，自此了却了与故乡的瓜葛，“重归故乡之日，遥遥无期”；芒妹嫁给了自己憎恶的恶棍，在自虐中变成了一个乡村疯妇。最终，他们找不到自己的归途，在忙乱中痛苦地煎熬。《公敌》中复仇的快感和欲望的膨胀没有带给韩佃义丝毫的归属感，否则他不会跑到墓地里去做一个看坟人。“幸福是属于心灵的，快乐是属于身体的。”“一直注重快乐的人是没有幸福感的人，而且必定是心灵空虚的人。”[②] 因此，王方晨对人性丑恶的揭示实际上是转型期现代人对自我心灵的拷问，是对人如何拯救自己的思索。

通过以上论述可见，审美意蕴是作家在意象塑造中所寄托的独特的哲学理念和文化认知，体现了文学意象的文学性特质。吴炫教授在谈及文学意象时认为：“具有文学性的文化批评，既要注意到不同文学意象的共同特征，又要注意到不同文学意象的差异特征，进而通过对后者的强调，把握不同文学作品的不同的文学性内涵。”[③] 因此无论是文学创作还是文学批评，对审美意蕴的把握应该从差异性、独特性或独创性上做出自己的努力。

① 刘传霞：《长篇小说〈老大〉人物形象与叙事艺术探析》，《济南大学学报（社会科学版）》2015 年第 6 期。

② 吴炫：《新时期文学热点作品讲演录》，广西师范大学出版社，2004，第 157 页。

③ 吴炫主编《原创（第 1 辑）》，黑龙江人民出版社，2007，第 57 页。

□ 第四章

村庄意象与山东文化产业

大众传媒的兴起不仅改变了文学的生产方式，也在改变着文学的传播方式。在文化产业迅速发展的当下，文学艺术获得了深度开发的可能，对文学生产、文化传播、影视产业和旅游产业等领域起到了推动作用。作为一个历史悠久的文化大省，山东拥有丰富的文化资源，具备发展文化产业的优势。特别是新时期以来的文学发展，有力地推动了山东文化产业的发展，展示了山东作家的创新意识和独创意识。近年来，山东文学在海内外产生了较大反响，以莫言获得诺贝尔文学奖、张炜获得茅盾文学奖等最为突出。这些成就的取得不但促进了文学自身的进一步繁荣，而且在齐鲁文化传播、影视剧生产、旅游业发展等方面起到了重要作用。

村庄意象与山东文学发展

新时期以来，山东文学的创作题材主要集中于乡土书写，像莫言、张炜、赵德发、刘玉堂、尤凤伟、矫健、叶炜、王方晨、刘玉栋、赵月斌等作家以故乡村庄作为自己的创作蓝本，打造出属于自己的文学世界。深入研究村庄意象对于山东文学创作和批评有着十分重要的价值。但也应当明确，村庄只是文学创作的一种资源，或者说是一种题材类型，其本身无法衡量文学作品价值的大小。对文学起决定作用的是作家对社会人生的独特思考。譬如莫言的文学创作，其独特之处在于通过书写高密东北乡意象建构了一个属于自己的文学世界。在这个世界中有他自己对历史、文化、人性等问题的认知。这是文学创作要遵循的基本规律。新时期以来，山东文学中一个非常重要的意象就是村庄。村庄意象内蕴了时代的变革，体现了山东文学的审美变革。

一、村庄意象与山东文学的崛起

新时期伊始，改革开放的春风首先在村庄上空拂过。村庄率先走上了革新图强的道路。对极左思想的批判，对历史文化的追思，对人性回归的倡导，成为新时期山东文学的主题；书写村庄、讲述村庄故事、塑造村庄人物、展示村庄民俗，成为新时期山东文学的主要题材。在众多作家的努力下，新时期山东文学诞生了一批在国内外具有影响力的作品。像矫健的《老人仓》《老霜的苦闷》、王润滋的《鲁班的子孙》、张炜的《秋天的思索》《秋天的愤怒》《古船》、莫言的《红高粱家族》《透明的红萝卜》等作品或者被选入不同选本成为教材范文，或者获得了各种奖项，或者被改编成影视剧，彰显了新时期之初山东文学的实力。概而言之，这一时期山东文学村庄书写体现了对历史的反思和对文学的回归。

首先，对极左思想的批判与文学的回归。早在20世纪80年代初，山东文学就已经开始对极左思想展开批判。这是有着特定历史渊源的。受齐鲁文化的影响，山东作家有着强烈的使命意识和责任感。在最初的几年里，当中国文学在匆忙间走过了伤痕文学、反思文学、改革文学等几个思潮，山东作家却没有紧跟潮流，而是专注于自己的内心，专注于文学本身，表达对极左思想的批判与对人的反思。主体性的觉醒，文学的回归，决定了新时期山东文学起点的高度。这种状况自然会影响到村庄意象的塑造。新时期初期的村庄世界中，极左思想往往是与封建意识结合在一起对村人加以蒙蔽和欺骗，让村庄成为他们为所欲为的天下。因此山东作家的批判性是双向的，既是指向极左思想，也是指向对人的奴役。例如张炜的《秋天的思索》《秋天的愤怒》中的王三江、肖万昌等既是极左时代特有的村支书，也是名副其实的土皇帝。他们依仗手中的权力在村子里打压正直善良的村民，谋取私利，甚至私设酷刑，制造血案；改革开放后，他们又成为时代的先锋，上蹿下跳的改革家，继续玩弄各种手段侵害村人利益。特别是《秋天的愤怒》中的民兵连长，是肖万昌的帮凶与同谋，蓖麻地里的秘密、墙上的血痕都与他有关。但是时代变了，老得、李芒等觉醒的青年愤怒了，决心与他们斗争到底，为那些受尽欺压的村人讨回公道。在《老霜的苦闷》《老人仓》等小说中，作家对极左思想对村庄的影响及危害做了深刻批判。老霜听信王书记的话，每天坚持爬到屋顶上监视自己的哥哥老茂，为全村人站岗；自己宁可穷得叮当响，也不想办法致富，因为在他看来那是走资本主义道路。极左思想毒害了这位韧性坚强的汉子，让他故步自封、苦闷愁肠却又找不到出路。通过这些村庄叙事不难发现，作家对极左思想的批判绝非是概念式的、空洞化的政策解读，而是突出了艺术的审美价值。村庄书写让新时期山东文学洋溢着浓郁的乡土气息，人性人情之美获得展示。

其次，文化反思与文学回归。如果说新时期文学在整个 80 年代体现了与时代同行的特征，那么山东文学的探索要走得更深更远。这种探索是山东作家对文学独特性的追求，是对文学的回归认同。也就是说，他们不再满足于对现实问题做图解式书写，也不满足于对某些文化观念做艺术性展示，而是走向了文学更为本质的层面做出自己的探索。莫言的《透明的红萝卜》《红高粱》等在村庄书写中对文学本体做出了新的理解。其中《透明的红萝卜》不仅书写了村庄生活，塑造了小黑孩意象，而且表达了作家对文学的一种理解。文学要表达作家对社会生活的独特体验，这种体验源自作家的故乡、童年，甚至是梦幻世界。而《红高粱》一改传统小说的写法，以极致的想象和语言展示了对人性自由的张扬。美丽卓越、追求自由的戴凤莲被迫嫁给麻风病人，这在村庄社会是一件再普通不过的事情了。但是戴凤莲没有向命运低头，爱上了轿夫余占鳌，不顾一切地去追求属于她自己的人生；余占鳌杀死单家父子，后又当了土匪，组织游击队开展抗日斗争。表面看是在写村庄彪悍的民风，实则是探索民族性与人性。那些隐藏在人物身上的血性、激情，才是这个民族最为本质的力量。此外，火红的高粱、高粱酒，豪放的颠轿歌，古朴的老酒坊，增添了小说的艺术之美。总之，这种书写是回归文学自身的一次重大飞跃。

《红高粱》也因此赢得了海内外的广泛好评，进入中国当代文学经典的行列。

总之，新时期山东文学第一个十年中的村庄意象，经历了一个从时代主题阐释向文学纵深探索的过程。作家将村庄放在齐鲁文化背景下，对地域文化与人生人性进行了创新性思考，赢得了国内外文坛的广泛关注。莫言、张炜、尤凤伟等作家的作品不但获得了诸多奖项，而且被译介到西方国家，开启了新时期中国文学走向世界的序幕。其中《红高粱》被改编成影视作品，1988 年获得了第 38 届西柏林国际电影节最佳故事片金熊奖，后来又斩获多项国际电影节大奖，向外界展示了民族精神和民族气质。张艺谋在 1988 年《人民文学》上看到《红高粱》时曾做出这样的评价："对人的生命力和精神自由进行赞颂，呈现出一个自由张扬的民间世界，与以往农村乡土小说有很大不同。"[①] 这部电影成为"文革"后第一部在美国院线上映的中国电影，还被卖到欧洲一些国家。

二、村庄意象与山东文学的繁荣

当新时期文学进入第二个十年，整个文坛经历了一浪追一浪的文学思潮后，开始走向对自我的建构。"陕军东征""文学豫军"等成为 90 年代文坛最为重要的事件，出现了陈忠实的《白鹿原》、刘震云的《故乡面和花朵》、李佩甫的《羊的门》等作品。面对市场经济的崛起和各种文化思潮的泛滥，山东作家始终坚持自己的文学道路，创作出了一系列具有影响力的史诗性作品，展示了

① 张英：《张艺谋〈红高粱〉走向世界》，《南方周末》2008 年 12 月 11 日。

山东文学强大的实力。张炜的《九月寓言》、莫言的《丰乳肥臀》、赵德发的“农村三部曲”、刘玉堂的《乡村温柔》等作品，对百年村庄历史文化的变迁和精神家园的建构等问题进行了探索。

首先，对村庄历史文化进行反思，打造乡土中国的文化史诗。从某种意义上说，乡土中国的历史就是一部村庄史。作为一个拥有两千多年农耕历史的民族，村庄是其文化的天然储备库。村庄建筑、历史文化、民情风俗、花草树木、家禽牲畜、各色人物等，构成了一个个独具特色的村庄共同体，进而构成了乡土中国。因此，任何一部书写村庄的文学作品都会带有象征意蕴，书写村庄历史的作品自然也就带有乡土中国文化史的审美特征。这一点在山东文学中表现尤为突出，是与山东悠久的历史文化积淀分不开的。

《丰乳肥臀》中塑造了一个村庄、一位母亲和一个家族的百年变迁史，颂扬了伟大的母爱和母亲坚韧刚毅的品格，揭示了政治冲突、文化冲突、个人情感冲突给村庄和母亲带来的诸多灾难。宏大的战争场景，各种势力之间的厮杀，人性的阴暗，母子间不离不弃的关爱，邻里乡亲的仁爱，在这部宏大的作品中得到细致入微的展示。如历史上很多优秀文学作品的遭遇一样，小说一面世就招来各种误读和非文学性批判。“莫言的《丰乳肥臀》更是颠倒黑白，对革命极尽丑化之能事。”[①] 但是文学界还是给予了公正客观的评价。如1997年《丰乳肥臀》荣获国内文学大奖“大家红河文学奖”。张清华教授认为：“由于它问世以后遭到了太多的浅薄的曲解和粗暴的中伤，所以反复地阅读它之后，我提出了

① 何国瑞：《歌颂革命暴力、爱国主义和国际主义的文艺——社会主义文艺本质论之二》，《武汉大学学报（哲学社会科学版）》1999年第6期。

截然相反的看法，我以为这是新文学诞生以来迄今出现的‘最伟大的汉语小说之一’，因为它不但最典型、也最充分地体现了莫言汪洋恣肆泥沙俱下的写作风格，而且就我的目光所及，它对20世纪中国历史的充满血泪和诗意的波澜壮阔的书写，对底层人民和知识分子命运的深切关注和感人叙述，在所有当代的文学叙事中都堪称是首屈一指的。这部作品无论其所达到的历史深度与精神高度，还是在艺术手法上的丰富与新颖程度，在思想与艺术上的感染力，都是20世纪汉语新小说诞生以来最罕见的。”[①] 此外，像《天堂蒜薹之歌》《酒国》《红高粱家族》等也已经译介成英文、德文、法文、意大利文、日文、韩文、越南文等多国文字，走向了世界文坛。

《缱绻与决绝》从一个鲁东南山村出发，讲述了人与土地关系的百年变迁。小说从民国初年一直写到改革开放之后，将人与土地的复杂情感放置在历史大变革、村庄大转折中进行剖析，是一部关于中国农耕文明的民族史诗。封大脚一生的土地情结是整个村庄文化的核心构成。作品一面世就赢得了广泛关注：曾获第三届人民文学奖，入围第五届茅盾文学奖。随后，赵德发又创作了《青烟或白雾》《君子梦》等有关家族文化、政治文化的史诗性力作，成为中国当代文学中具有影响力的“农村三部曲”。

《乡村温柔》从民间文化视角出发，叙述了沂蒙村庄从抗战时期到改革开放近半个世纪的变迁史，主要涉及村庄历史、政治、人伦等内容，揭示了淳朴、智慧、热诚、勤劳的沂蒙精神。幽默

① 张清华：《莫言与新历史主义文学思潮——以〈红高粱家族〉、〈丰乳肥臀〉、〈檀香刑〉为例》，《海南师范学院学报（社会科学版）》2005年第2期。

文化是沂蒙村庄文化的一种独特形式，对于应对来自自然界和日常生活的各种灾难和不幸，对于缓解庸常岁月中的枯燥与辛苦，有着不可低估的作用。“刘玉堂是通过对中国乡村语言的政治历史‘后遗症’的自觉关注而从纵深处触及了当代中国乡村民间的历史、文化与精神心理构造。”[①] 这种话语之所以幽默，是因为其来自农民文化所特有的民间意识，还有革命老区所独有的政治话语与民间话语错位现象。在变与不变之间，村庄文化史诗的内在特点获得呈现。

其次，回归大地，重建野地文化的寓言。在以往的文学创作中，书写村庄主要还是为了突出农民与土地的关系，很少作家将视角转向对土地的哲学性思考。大地为万物之母，大地生生不息，大地厚重朴质。在全球化、工业化时代里，生态危机、过度城市化等问题让人们重新审视大地，反思人类走过的历史。20 世纪 90 年代张炜的《九月寓言》对此做出了深入探究。这部作品完全不同于既有的乡土文学，无论是在思想意蕴上还是艺术形式上都体现出了鲜明的独特性。小说中的故事背景是模糊的，村人的生活几乎处于停滞状态。吃瓜干、喝地瓜蔓酿制的酒、听数来宝、推大石磨等，就是村人天天不变的生活。小说出版后，文学批评界从不同视角做出了各种各样的解读，如民间文化视角、大地哲学视角、文明冲突视角等。这些评论或争论进一步证明了小说审美内蕴的丰富性和独特性。张炜在《融入野地》一文中对大地哲学进行了诗意的解读，将批判的矛头直指当下过度发展的现代城市文明，

① 张清华：《大地上的喜剧——〈乡村温柔〉与刘玉堂乡村小说的意义诠释》，《小说评论》1999 年第 3 期。

认为只有回到野地才会寻到真正的诗意。“日本一桥大学教授坂井洋史认为：《九月寓言》是中国最重要的作品，是当代中国文学的高峰。”① 陈思和教授认为：“他把民间传说、野地趣味、魔幻手法、当代情怀都熔为一炉，小说文本里处处散发出奇异火苗，传统的文学批评原则与措辞无法解读这样稀奇古怪但又是自然天成的文本。如果说，寻根文学产生的新的小说美学还是粗糙的、人工的，那么《九月寓言》形成了炉火纯青的小说美学。我意识到这是一场小说美学的革命，需要有一套新的批评观念和批判词汇，才能真正解读这样的作品，以推动文学创作的创新。”② 正是基于这种具有独创性的成就，《九月寓言》在海内外文学界、出版界也获得了诸多殊荣。在国内，《九月寓言》获得过上海第二届中长篇小说一等奖、全国优秀长篇小说奖，被评为“九十年代最具影响力的十大作家十大作品”，与《古船》被选入北京大学《百年中国文学经典》；在海外，目前已经有了英、法、日、德等二十多个外文版本，被列为美国、法国等国家的高等教育教材。

综上所述，20 世纪 90 年代山东文学推出了一批在国内外有着重要影响力的史诗性作品。这些作品主要是以村庄生活、历史文化和村人为内容，以作家的文学观为核心，建构了自己的文学世界。无论是百年历史的文化反思，还是农耕文明下人类存在意义上的探索，在当代文学中均具有不可替代的地位。正如张丽军教授所言：“汲取齐鲁文化的丰富精神营养，深入历史、民间、大地、全身

① 杨建平：《平凡的传奇：作家张炜的故事》，源自中国作家网“张炜《你在高原》新书发布会”，http://www.chinawriter.com.cn/2010/2010-03-16/83599.html.

② 郭海瑾：《推动当代文学的繁荣——访文学批评家陈思和》，人民政协网，2017 年 2 月 6 日：http://www.rmzxb.com.cn/c/2017-02-06/1320218.shtml.

心拥抱生活、拥抱民众，创作出无愧于时代的文学作品，是新世纪山东作家的文化使命和生命担当所在。”①

三、村庄意象与山东文学的多元化

21世纪以来，山东文学中的村庄书写获得了新的传承和发展。在这个全球化、市场化日趋迅猛的时代，工业化、城市化导致村庄的困境。这些困境背后隐藏着怎样的问题？村庄书写将何去何从？这些问题困扰着当代作家，也困扰着文学的发展。其实早在20世纪90年代，村庄的困境早已被纳入作家的文学视野。待贾平凹的《秦腔》面世后，乡土文学的困境更是甚嚣尘上，一度成为文学界热议的话题。但是一个不争的事实是，村庄书写正在走向多元化。这主要源自两方面的原因。一则是村庄意象的审美特性已经得到文学界的普遍认可，畅销、热读、获奖、热评等就是最好的证明。二则作家对村庄书写形成了新的理解，而不再满足于现实反映。新世纪山东文学村庄书写的多元化主要体现为历史文化、日常生活和诗意家园三大题材。

第一，村庄历史文化的再叙述。文学对历史的认知是永无止境的，这是由历史与文学的关系决定的。“历史的兴趣在于‘事实性’，而非‘可能性’，后者应该是文学作品所要再现的客体。因此，在试图确定小说中何为真假的、漫长的、重要的批评传统中，历史一直被视为现实主义再现的原型。”②也就是说，历史的

① 张丽军：《齐鲁文化视域下山东文学的崛起》，大众网，2014年1月10日：http://www.dzwww.com/shandong/sdnews/201401/t20140110_9497698.htm.

② [美]海登·怀特:《后现代历史叙事学》，陈永国、张万娟译，中国社会科学出版社，2003，第169—170页。

"可能性"，为文学留出了广阔的阐释空间。作家的文学观不同，在历史叙事中对历史的解读自然就存在差异。例如 21 世纪以来，像莫言的《生死疲劳》《蛙》等作品继续以人、土地、计划生育等作为历史叙事的切入点，表达了自己的文学思考。《生死疲劳》中西门屯半个世纪以来的"轮回"，在很大程度上就是乡土中国的历史变迁。土地革命、合作化运动、"大跃进"、"文革"、家庭联产承包责任制、市场经济等如画卷一般徐徐展开，人与人、人与土地的关系通过一次次"轮回"整体呈现出来。这是莫言以佛教的"六道轮回"思想来反思历史的一次探索，在艺术上体现了对传统章回体形式的创新。《蛙》将笔触伸向近半个世纪的计划生育政策。作家并不是要阐释政策本身，而是以此来对村庄人性和村庄文化进行反思。姑姑是新中国培养的第一批赤脚医生，采用科学接生技术挽救了一个个产妇的生命；实行计划生育政策后，她又积极响应党的号召对超生现象进行了坚决斗争；到了老年，姑姑对自己的过去进行了反思。两部小说以其独特的历史视角对村庄历史文化做出了新的审美解读，丰富了新时期文学画廊。《生死疲劳》入选中国小说学会"2006 年度小说排行榜"，被评为《亚洲周刊》"2006 年十大好书"，2008 年获得世界华文长篇小说"红楼梦奖"，而《蛙》获得第八届茅盾文学奖。

此外，魏然森的《白妖》和叶炜的《福地》将村庄的历史变革通过地主乡贤命运变迁做出了自己的探索。《白妖》中安玉堂在村里有钱有威望，抗战时期为民族为国家做了很多好事；他为人善良仁义，有恩于人但不图回报，是个典型的开明绅士。《福地》中万仁义谨守祖训，仁义德厚，明辨是非，以民族为大义，保一方平安。然而传统耕读传家、造福桑梓的观念已经无法适应时代的需求，老万只能尽最大努力去保护灾难中的村庄。很显然，两部小说对传统村庄叙事进行了突破，塑造了开明士绅意象。以往被视为腐朽没落、剥削成性、无恶不作的村庄士绅，在今天看来是传统村庄的保护者，是传统文化的化身。

第二，对村庄日常生活的叙事。日常生活叙事是工业化发展到一定阶段的必然产物。婚丧嫁娶、民情风俗、吃喝拉撒等在以往文学中从来都是作为叙事背景出现。随着人的个体性获得认可，与个体性相关的元素成为社会关注的对象。“在人类历史进程中，日常生活是比非日常生活更重要的元素。而在人类自身的生产中，无论是自在存在的个体还是自为存在的个体，‘日常生活’都是其再生产的基地和家园。”[①] 不仅如此，日常生活本身也掺杂了重大历史因素。“日常生活中的一事一物，无不放在与这个社会主题的相互关系中确定其意义。这时候，作家所描写的即使是日常生活小事，也依然是一种‘重大主题’和‘宏大叙事’。”[②] 就文学创作而言，日常生活小事与重大历史叙事在本质上没有太大的区别。赵月斌的《沉疴》是近年来村庄书写中一部重要作品。小说以一个家族长房长孙的诉说开始，讲述了祖父得病去世前后祖母、姑爷、大舅爷、姑姑、叔叔、婶婶、母亲等亲人之间相互猜忌、争斗、谩骂、攻击、歧视、诅咒，造成了亲情、人伦、道德底线的垮塌。无端的争斗，莫名的猜忌，让原本存在于家族中的温情彻底粉碎。这一切不是因为什么重大事件，而是一些日常琐事，一些烦琐的

① 张贞：《“日常生活”与中国大众文化研究》，华中师范大学出版社，2008，第 42 页。

② 王力平：《追问日常生活的意义——读何玉茹小说集〈楼上楼下〉》，《南方文坛》2003 年第 1 期。

民情风俗。究其原因，是村庄文化丧失了原有的凝聚力后各种思想情感的疏离和碰撞。当秩序不在，潜在的危机就会在瞬间爆发，伤及无辜。刘玉栋的《风中的芦苇》《回乡记》等作品以当下村庄中发生的日常变革为依据揭示了当下村庄文化的困境。《风中的芦苇》中小樱、二九、小盼、王久贵、刘全、刘丫头等各有自己的生活，但是琐碎、寡淡、无味、迷惘；《回乡记》中父亲被村里无赖撞伤了却得不到任何道歉，还遭到对方的辱骂。人们面对村里的恶势力不敢出面作证，不敢得罪他们。“从三明家出来，我朝绿油油的麦田走去。枣树还没有发芽，我看到远处的枣树林，就像一团团雾霾似的包围着村庄。春风是柔软的，却把我的眼窝吹得又辣又痛。”对“我”而言，过去那个温暖的朴实的村庄正在涅槃。

第三，村庄诗意空间的书写。进入新世纪后，山东作家除继续探索人与土地、历史、文化的关系之外，还拓展出了村庄童年的新视野。这就是进入21世纪以来张炜、刘玉栋等作家对儿童文学倾心关注的原因。张炜截至目前已经出版了《寻找鱼王》《狮子崖》《兔子作家》等儿童文学作品，讲述了半岛及山区村庄里发生的传说和关于小动物的故事。显然，这里的村庄是一个个诗意浓厚的文学家园。“《寻找鱼王》就是张炜的生命哲学和精神自传，是他中年之际写给自己的一首沧浪之水。”[①] 小说出版后受到读者的喜爱。其中《寻找鱼王》获得第十届全国优秀儿童文学奖。刘玉栋在20世纪90年代的村庄书写中就体现出较为浓厚的诗意，

① 赵月斌：《论〈寻找鱼王〉及张炜之精神源流》，《中国现代文学研究丛刊》2016年第4期。

像《天黑前回家》《给马兰姑姑押车》等，揭示了乡村儿童世界的纯净美丽和成人世界的未知。《我的名字叫丫头》《白雾》《泥孩子》等作品延续了这一精神血脉，诗意性获得了新的生存空间。儿童眼中的村庄充满了新奇和快乐，是诗意的、童话般的。这种探索赢得了儿童文学界和读者的广泛好评。《我的名字叫丫头》荣获“2016 年冰心儿童图书奖”，入选 2016 年中国好书；《白雾》获得首届青铜葵花奖“银葵花”奖。

村庄意象与山东文化传播

山东文化历史悠久，诞生于春秋战国时期，是中华传统文化的重要组成部分。它不仅是今天我们进行中国现代文化建设的重要资源，而且是人类社会共有的文化资源，因此在海内外学术界受到广泛关注。在当下的山东文化传播中，村庄叙事发挥着不可低估的作用。这主要得益于新时期山东文学村庄叙事的繁荣。自新时期以来，山东文学界出现了一大批享誉海内外的作家，像张炜、莫言、赵德发、刘玉堂、李贯通、矫健、刘玉民、刘玉栋、王方晨、赵月斌等。其中张炜的创作目前达一千三百万字，被译成德、日、英、韩、法等多国文字，在国内外获奖六十余次；莫言创作了大量文学作品，获奖无数，并于 2012 年获得诺贝尔文学奖。他们在文学创作中自觉坚守齐鲁文化传承意识，传播齐鲁文化的独特内涵和审美精神。“我是齐文化圈中成长起来的写作者，当然也受主流文化（儒家文化）的深刻影响。但是齐文化特别是东夷文化是渗透到血液中的，这也没有办法。”[1] 像赵德发的《君子梦》对家族文化的反思、王方晨的《公敌》对家族文化与人性隐秘的探索、莫言的《红高粱》与张炜的《九月寓言》等对齐文化精神的现代反思等，无不体现了新时期山东文学对齐鲁文化的自觉。正如有人所指出的那样：“当他们关于人性、社会的乌托邦的幻想找不到现实的土壤的时候，他们就把热烈温柔的目光投向他们曾经依恋过的故园……这种创作也显示出一种东方意味的原乡情结。”[2]

以往，我们对文学中的齐鲁文化研究更多的是关注纯理论研究或对叙事要素的资料搜集层面，而忽略了作家作品对齐鲁文化的创新与传播问题。其实在众多的文化传播方式中，文学对齐鲁文化传播是一种独特而高效的途径。它让这一古老的文化资源在文学中重新焕发生机，通过审美的形式影响到广大受众群体。如果从文学视角看，新时期山东村庄叙事对齐鲁文化传播主要体现在村庄空间的建构、叙事形式的创新、叙事语言的锤炼等层面。

一、村庄空间与齐鲁文化传播

村落是人类发展历史进程中最初的生存空间形态，是村落文化孕育的土壤。“村落文化是最古老的文化形态。”“有了村落，也就有了村落文化，甚至村落本身也就是一种文化。”[3] 像陕北窑洞村之于黄土地文化，福建土楼村之于客家文化，皖南古村之于

① 张炜：《蜕化与坚守——文学笔记二十则》，《湖北大学学报（哲学社会科学版）》2015 年第 5 期。

② 李雁：《新时期小说中的乌托邦想象》，中国社会科学出版社，2015，第 98—99 页。

③ 陈世娟：《论村落文化的基本特征》，《湖北师范学院学报（哲学社会科学版）》1993 年第 2 期。

古徽州文化，鲁中古村之于齐鲁文化……在村庄里，山川河流、池塘堤坝、房屋建筑、街道广场、寺庙道观、古树名木等构成的空间格局不仅仅是一种物理时空，更是一种文化时空。它形象地展示了村人对所生活世界的一种独特理解，是地域文化的无言而生动的册页。在新时期山东文学中，作家塑造了诸多形式独特而内涵丰富的村庄意象，承载了作家想象空间的文化诉求和审美理想。所以说，这些村庄是作家对齐鲁文化的认知和传播载体。像黄家沟(《鲁班的子孙》)、大栏村(《红高粱家族》《丰乳肥臀》《生死疲劳》《蛙》等）、鲢鲅村（《九月寓言》）等对齐文化的书写，像律条村（《君子梦》）、核桃园（《老大》）、麻庄（《福地》）等对儒家文化的书写，成为新时期山东文学中具有典范性的村庄叙事文本。为此，有必要从自然空间和文化空间两个层面来对村庄叙事中的齐鲁文化传播进行一番探究。

（一）村庄自然空间与齐鲁文化传播

在日常生活中，山东文化通常被称作齐鲁文化。实际上，这是两种不尽相同的文化。齐文化诞生于古代齐国，传承了东夷文化并进行了改造，注重功利、注重改革、追求自由，具有神秘色彩；鲁文化主要是指产生于古代鲁国的儒家文化，重伦理、重传统、重现实是其突出特点。由于作家对地域文化、民族意识的自觉，新时期山东文学在村庄空间的打造中非常注重齐鲁文化书写，逐渐形成了山东文学的一大特色。这种打造首先体现在自然空间的建构层面，即文学村庄的自然空间不再是一种纯粹的自然现象，而是带有作家独特的文化思考和审美寄托。具体到山东文学中的村庄空间的打造，就是体现出齐鲁文化的精神特色。

首先，村庄自然空间与齐文化传播。在张炜的小说中，半岛村落是一个充溢着神奇浪漫的世界，散发着浓郁的齐文化气息。从早期的《一潭清水》《声音》到《九月寓言》《我的田园》，再到后来的《刺猬歌》《你在高原》，不断书写着一个个神秘而独特的村庄故事。譬如《九月寓言》中那个叫鲢鲅的平原小村，俨然一个四处游荡的流浪汉（张炜小说中一个经常出现的意象）：平凡中夹杂着传奇，苦涩中伴随着快乐。“小村总是蒙了一层雾霭。那是炊烟、草垛子散发的水汽和人畜呼出的东西汇成的。房子低得出奇，里面要挖很深，像一个个地窨子。人住在这样的小屋里，差不多也等于生活在地下。这就是老辈儿人的方法。”这是一个长在大地上的普普通通的村庄，也是一个带有隐喻色彩的村庄。由陋巷、大碾盘、土屋等意象搭建的民间世界中，浪漫、浑然的齐文化代代传承。“在这冰凉的秋夜里，万千野物一起歌唱，连茅草也发出了和声。大碾盘在阵阵歌声中开始了悠悠转动，宛若一张黑色唱片。”浪漫而质朴是这个村庄世界的特质，原生态是其生命力的源泉。“齐文化的浸润是小说的背景，是一种浑然的气息游走在整个作品里，从而传递一种文化的性情和生命力。”[①]同样，莫言笔下的村庄呈现出更多的是神秘与飞扬，是不受任何约束的自由之美。在《红高粱》《丰乳肥臀》《蛙》等作品中小村的周边被一望无际的红红的高粱地包围着，村头的墨水河（或蛟龙河）或平静内敛或波涛汹涌……其中的每一个自然意象都内蕴着无限的生命力，散发着齐文化的精神魅力。

① 涂昕：《张炜小说中的两个层面和齐文化的浸润》，《当代作家评论》2011 年第 1 期。

其次，村庄自然空间与儒家文化传播。就地域归属而言，鲁西南、鲁南等地是古代鲁国的疆域。在自然环境方面，这里的村庄多建在山地、平原或湖泊之中；农耕文化特色明显，讲究风水文化，空间布局玄妙而多样。如叶炜《福地》中的麻庄，是苏鲁大平原上的一个小山村。它背靠马鞍山，面对大平原，为风水文化所认定的宝地；山上建有盘龙道观、尼姑庵，世代佑护着村庄，在战乱年代成为村人的藏身之所；不远处的抱犊崮地势险恶，土匪经常出没。村子四周建有土围子，内设南场、戏台；村中矗立着一棵五百多年的老槐树，是小村历史的见证者。可以说，从村庄的环境到村内的每一处建筑，体现了儒家文化的伦理性特点。此外，赵德发的《君子梦》中的律条村、王方晨的《公敌》中的佟家庄、曹华鹏的《遍地杏黄》中的杏花村等在自然空间格局上有着异曲同工之妙。“李家老祖宗之所以选择在这么个深山老林里安家度日，全因为这是块上选的风水宝地。”人丁兴旺，村人和睦，天人合一，是村人人生追求的主要目标。所以说，鲁地村庄有着厚重的家族文化渊源和传统文化印痕：山环水抱，以向心性和聚落性为本。

（二）村庄文化空间与齐鲁文化的传播

村庄文化空间是村人在长期生活中建构的精神空间，体现了村庄人对所生活的世界的理解。它或者以自然改造物的形式为村庄人的日常生活提供物质保障，或者以民情风俗、方言俚语的形式构建起充满世俗气息的价值世界。村庄文化带有更多的原生性和地域性特点，保留了村庄人早期的认知模式与情感的基因。“忠厚传家远，诗书继世长；人敬我一尺，我敬人一丈。要好好经营家产，善待村里的每一个人。”这是《福地》中麻庄大地主老万坚守一生的处事理念，也是鲁地村人身上所具有的一种具有普范性的价值观，甚至是中国传统村落核心文化理念。村人以此为核心辐射出民居、宗庙、信仰、饮食、岁时、节庆等文化要素，构成了一个个完整而复杂的村庄文化空间。对于新时期山东村庄叙事而言，文化空间自然携带有齐鲁文化因素及其审美追求，主要体现为人生礼仪、岁时节庆等方面。这种文化传承和创新是无形的，其恒久性和穿透力让齐鲁文化在民间社会持续几千年而不衰。

首先，人生礼仪与齐鲁文化。村庄是一个自给自足的生活空间，村人从生到死在其中沿着一个封闭而完整的意义链条走完自己的一生。在山东各地的村庄社会中，村人的婚丧嫁娶、满月寿辰等习俗整体上体现出齐鲁文化特色，同时又带有个体性的差异。就齐地村庄而言，其礼仪习俗体现出一种自由神秘的特质。像《丰乳肥臀》中上官鲁氏即将临盆，就从街上扫来尘土撒在炕上，躺在上面等待孩子的出生。土里来土里去是村人的一种观念。《毛驴与唢呐的传奇》中，胶东村庄里出嫁的姑娘要坐在毛驴上，吹手们一路吹吹打打陪送。吹打乐虽然是一种简单的民乐，却有着难以言说的神秘性。“有时候它能使小人成君子君子变小人，也能使烈女失贞淫夫化佛；能把一个明白世界搅个一团糟，也能把个混沌天地净个日月清明。”

就鲁地习俗而言，儒家文化根深蒂固，人生礼仪严格规范，体现了文化早熟的特点。“中国传统的礼仪习俗，具有强烈的宗族文化倾向，维持的是宗族社会的秩序。”[1] 以《君子梦》为例，

① 饶伟新，刘永华，张侃:《中国社会历史研究的新领域——“礼仪、习俗与社会秩序”国际学术研讨会综述》，《中国社会经济史研究》2004 年第 4 期。

小村的婚礼和葬礼都有一套严密的章程。在嫁娶方面，“父母之命，媒妁之言”一直是村庄人尊奉的礼制；富人家陪嫁女儿，讲究的要送“十大件”；送亲路上，前头要有一个小伙子带着四个小男孩，遇到树木石头就将写有“青龙”的帖子贴上一张；新人进院子后，要往他们身上撒麸子，往两个人脚下铺麦瓤和豆秸；入洞房后，新郎要用母亲递过来的秤杆挑开新娘头上的盖布。在丧事礼制上，村里老百姓死了一般三天出殡，许瀚义因为是族长要七天；家人为其请来一帮和尚和道士，念经超度亡魂；七天中，要每天三时由族人们组织起来为其举行“送汤”仪式。一代代村人在这样的空间中走完了自己的一生，世代如此。鲁地村庄的人生礼仪是儒家文化在民间的载体，已经化为一种价值理念深入到村人的精神世界，成为村庄的精神家园。

其次，岁时节日文化与齐鲁文化。岁时节日文化是村庄文化的另一形态，是传统文化在其时间层面上打出的一个个的中国结。其中每一个节日都被赋予了一定的文化意蕴和审美特质。像《丰乳肥臀》中写到的高密东北乡的两个重要节日体现了齐文化的意味。一个是农历“七月七”牛郎织女幽会日，晚上上官鲁氏给孩子们讲述那个古老的传说。“在母亲的细语中，我和上官念弟，还有司马库之子，仰望着灿烂的星空，寻找那几颗星。”另一个是“雪节”，就是雪上的集市、雪中交易，雪中的祭祀和庆典，整个过程中任何人只能用眼看而不可以说话。这些习俗透着齐文化自由浪漫神秘的气息。相比较而言，鲁地文化讲究继承和规范，体现出传统文化理性的一面。《福地》中鲁南地区的中秋节之夜，各家各户要在院子里摆上桌子，安放酒肴水果月饼；老人要焚香祭月，谓之“敬月姥娘”；之后全家人要围坐明月之下，共享天伦之乐。《缱绻与决绝》中鲁南村庄在农历“二月二”要早起“趸谷仓”，嘴里念叨着“二月二，敲瓢碴，小老鼠，快搬家，搬到哪里呀？搬到财主家”，用草木灰在院子里平地上画粮囤。不难看出，鲁地村庄文化讲究礼数，关注程序。

二、村庄叙事与齐鲁文化传播

文学的文化传播主要是借助文学的审美形式来完成的。村庄叙事是文化传播中的一种重要途径。村庄历史悠久，村庄文化深厚，村庄能人辈出。因此，村庄叙事包含着传统文化最为朴质的理念和情感。与此同时，那些在乡间地头上流传的故事是在村庄文化中孕育而成。例如莫言的《木匠和狗》中管大爷所讲的故事就发生在乡间，虽然荒诞离奇却有着民间叙事的独特韵味。总之，无论是作家讲述的村庄故事，还是村庄中那些个离奇怪异的民间传说，我们都可以从中体验到齐鲁文化的审美特性。很难想象，如果没有齐鲁文化的浸润，新时期山东文学能够出现像《红高粱家族》《九月寓言》《缱绻与决绝》《乡村温柔》《公敌》《沉疴》等这样的一大批文学力作。因而，新时期山东村庄叙事是齐鲁文化传播的一种重要形式。

（一）村庄叙事与齐文化审美内涵

在新时期山东文学中，作家对齐文化的审美内涵做出了深入探究和开拓。齐文化的开放、自由、民本、革新等特点反映在美学上，是一种飞扬、神秘、浪漫之美。这在中国传统文化中是独树一帜的。因而齐地村庄叙事对这一美学特质的书写呈现出色彩纷呈的格局。例如《红高粱》中有关戴凤莲的叙事就极富传奇色彩，体现了张扬人性的齐文化特色。她本是一个普通人家的女孩子，后来被酒坊老板单秀廷看上要为自己得了麻风病的儿子做一门亲事。即将坠入火坑的戴凤莲在出嫁途中偏偏又遇到劫匪，幸被轿夫余占鳌相救，并目睹了他机智勇武的一面，内心中不免产生了爱慕之情。于是一场动人心魄的爱情故事在高粱地里上演。他们不再顾忌各种村庄禁忌，按照自己的愿望去追求内心向往的爱欲情仇。对戴凤莲而言，自由奔放、不受羁绊的生活才是她想要的。在高粱地临终时，她对自己的反叛和抗争做了反思。"天，什么叫贞节？什么叫正道？什么是善良？什么是邪恶？你一直没有告诉过我，我只有按照我自己的想法去办，我爱幸福，我爱力量，我爱美，我的身体是我的，我为自己做主，我不怕罪，不怕罚，我不怕进你的十八层地狱。我该做的都做了，该干的都干了，我什么都不怕。"大胆袒露内心，敢爱敢恨，不做作，不高亢，却是生命个体最真挚的情感表达，是齐文化飞扬性的叙事表达。同样，在张炜的小说叙事中也能够随处体验到齐文化的自由之美。像《九月寓言》中露筋与闪婆，他们相识在秋天的原野中，曼妙的爱情故事随之发生；后来他们不顾老人的反对，牵手奔向了辽阔的原野，在飞奔的道路上演绎着一场唯有大地才能孕育的浪漫。又如《刺猬歌》中村姑美蒂与廖麦，为了爱情与村里恶势力代表唐家父子进行了长期而坚决的斗争，艰辛地维护着他们辛勤建造的家园和心灵的纯净。所以说，村庄叙事对齐文化的审美追求是一种源自文化的自觉，审美创新的探索。具体而言，此类小说在叙事形式上呈现为一种非封闭式结构，通过对叙事结构的精心设计来呈现出自由的、张力的美感和一贯到底的气韵。

齐文化的神秘性是村庄叙事的另一审美追求。文化的神秘性不能等同于文学艺术的神秘性，但文化的神秘性与文学艺术的起源是非常相近的。“艺术起源于母系时代的巫，原理在那时大致确立。”[①] 直至今天，艺术一直以其独特的感性方式来认知世界。像中国古典文学中的志怪小说，拉丁美洲兴起的魔幻现实主义文学，无不体现了文化的神秘性。相比较于中国其他地域文化，齐文化的神秘性更有利于提升文学文本的魅力，成为山东文学叙事特有的美学资源。在胶东半岛上很多村庄中流传的故事其实也不需要做太多加工，就是非常令人称道的好作品。像清代文学家蒲松龄创作《聊斋志异》，就是通过“摆茶摊换故事”的方式来获得珍贵的素材。这一传统在当代作家莫言的村庄叙事中得以传承，像《透明的红萝卜》《奇遇》《木匠和狗》《蛙》等小说中都散发着民间文化所特有的神秘性。《红高粱》中的二奶奶疯癫了，人们就请来李山人画符，然后捏着二奶奶的鼻子灌下神符化成的灰药和黑狗血；几天后，那只对她发媚并控制她灵魂的黄鼠狼被打走，人就一日日好起来。张炜笔下的民间故事更像一个个神话，读之如进入一个神秘的场域。《刺猬歌》中的“丛林家族”、美蒂的刺猬传奇、唐童的“紫烟大垒”等，一个个令人匪夷所思，神秘莫测；《九月寓言》中的金祥在寻鏊回村的途中遇“黑煞”、老兔子王的酿酒秘方等，成为小村生机盎然的见证。“生活中的确每时每刻都在发生一些奇怪的事情。在当地人看来，既然妇孺皆知，哪里还有什么神秘和‘魔幻’？”[②] 齐文化在当地就是一种

① 阿城：《闲话闲说：中国世俗与中国小说》，江苏凤凰文艺出版社，2016，第 100 页。

② 张炜：《九月寓言》，人民文学出版社，2005，第 298 页。

鲜活的富有生命力的文化，是人们日常生活的有机组成部分。因而对于文学创作来讲，齐文化是一种难得的文化资源。同时，齐地的文学叙事自然也在不断传播齐文化。

（二）村庄叙事与儒家文化的审美内涵

儒家文化崇尚礼制、尊重传统、务实进取的特性决定了其过度注重对个体的约束性和行动的秩序性。因此鲁地的村庄叙事在美学风格上关注现实、紧贴时代、民族历史气息浓厚。这与关注自由浪漫、飞扬开放的齐文化美学有所不同。例如在赵德发的《缱绻与决绝》中，封大脚为了拥有一块属于自己的土地，在满是碎石的山顶上抠土造地，历尽艰辛，硬是开出了一块田地；土改之后，他继续四处购买土地，因为只有拥有更多的土地他的心里才会感到踏实；合作化中，当封大脚的土地被迫纳入集体，他无奈、抵触，但毫无办法；特别是当他与秀秀一起平整出来的那块地归为公有，封大脚丧失了继续劳动耕作的信念。土地文化、家族文化，让鲁南村庄叙事将关注的焦点转向了现实，转向了转型中的中国。这样的土地是不可能诞生浪漫和飞扬，有的只是面对现实的深沉和悲悯。

在《君子梦》中，族长许正芝以吕子的思想作为自己和村庄社会的行动指南，积极致力打造村庄的“君子国”。他少年时发奋读书，希望求得功名、光宗耀祖，展示了村庄社会“耕读传家”的文化传统；他积极践行儒家“修身、齐家、治国平天下”的理念，努力去做一个真正的“伟丈夫”“真正的孔孟门人”，而且“不光自己做君子，还要让众人都做君子”。于是在“天理与人欲”之间，他选择了“以天理灭人欲”来打造“君子国”的理想。其继子许景行继承了这传统，1949后回到村里继续打造“君子国”。为了维护君子之道，他拒绝了自己喜欢的刘二妮，极力遏制心中的欲望；他搞无人管理商店，考验村人的私欲，最后竟然将自己的女儿推向了末路。儒家的君子国是一种理想，在世俗村庄世界中只能是一种理想。礼教一旦下延，势必导致世俗社会的僵化。同时，人的欲望也是不可能清除的，只能将其限制在合理的区间。这部作品对儒家文化的现代转型问题做出了自己的反思。

综上所述，新时期山东村庄叙事传承了齐鲁文化的美学特质并加以创新，成为中国文学中独树一帜的一枝。文化在文学叙事中不仅是文化背景，也不仅是叙事内容，而是一种可供借鉴和创新的美学资源。像张炜《九月寓言》的意象单元叙事和赵德发的《缱绻与决绝》的家族叙事，艺术形式的背后都能发现齐鲁文化的影子。

三、叙事话语与齐鲁文化传播

在以往的文学研究中，叙事话语被归为艺术形式的范畴。这种归类给人的印象是话语与文化没有太大的关联。其实并非如此，至少汉语写作离不开文化。作家汪曾祺说过：“我以为语言有内容性。语言是小说的本体，不是外部的，不只是形式、是技巧。”[①] 例如村庄叙事中常用的方言俗语，传承了地域文化最为生动最为隐秘的基因。因为方言俚语不但沉淀了当地人的认知记忆，而且记载着村人在生活中与自然所产生的独特的情感。像济南、德州等地域的方言中对死亡的叫法——“老了”“不在了”等。实际

① 汪曾祺：《蒲桥集》，作家出版社，1992，第366页。

上这是一种委婉表述，是带有地方色彩的禁忌方言。“方言往往是最生动、最简洁的，能够传递最微妙的、事物内部最曲折的意味。”“方言是一方土地上生出来的东西，是生命在一块地方扎根出土时发出的一些声响。”[①]“方言土语凝聚着当地人的文化精神与智慧，是当地人对自然、宇宙、社会和人生的一种独特的解读，反映了他们的人生态度和各种欲望。小说要描写一定文化区域里的人，要向这些人的精神的深层世界掘进，方言土语则为之提供了一个很好的途径，因为小说家在方言土语中找到了这些乡党们精神存在的家园。”[②]因此，新时期山东村庄叙事的话语建构体现了齐鲁文化的特色，对齐鲁文化的传播起到了重要作用，主要体现在叙事话语和方言俚语两个层面上。

（一）叙事话语与齐鲁文化传播

从叙事话语看，齐鲁作家受地域文化因素的影响在叙事话语上存在着很大差异。我们知道，文化的差异不仅影响作家文化人格的形成，而且对作家的叙事话语产生重要影响。具体而言，齐文化影响下的文学话语透着飘逸、潇洒、自由的气质，话语的张力更为突出；鲁文化影响下的文学话语一般平实质朴，理性色彩较浓烈。例如在莫言的叙事话语中，我们能够体验到叙事话语飞扬飘逸的美感。这一点在《红高粱》中最为典型，戴凤莲临终之际，心中升腾起一系列特有的感受：“奶奶听到了宇宙的声音，那声音来自一株株红高粱。奶奶注视着红高粱，在她朦胧的眼睛

---

① 张炜：《小说坊八讲：香港浸会大学授课录》，第15页。
② 孙德喜：《20世纪后20年的小说语言文化透视》，长江文艺出版社，2005，第189页。

里，高粱们奇谲瑰丽，奇形怪状，它们呻吟着，扭曲着，呼号着，缠绕着，时而像魔鬼，时而像亲人，它们在奶奶眼里盘结成蛇样的一团，又忽喇喇地伸展开来，奶奶无法说出它们的光彩了。它们红红绿绿，白白黑黑，蓝蓝绿绿，它们哈哈大笑，它们嚎啕大哭，哭出的眼泪像雨点一样打在奶奶心中那一片苍凉的沙滩上。”话语中流淌着戴凤莲那种留恋人生、热爱生命的无限怅惘，将一棵棵红高粱塑造成大地的精灵，鲜活而独特，富有强大的冲击力和想象空间，体现出生命的灵动性和独特性。

这种飞扬与自由在叙事角度还体现为话语的狂欢。曾经“狂欢”被用来描述新时期先锋文学实验的某些现象，对于张炜、莫言、刘玉民、尤凤伟等作家的村庄叙事话语而言，更确切地说是一种“胡言乱语”。这一特色在艺术上集中体现为话语的无限延伸，无限膨胀，一种无节制的混沌。例如《刺猬歌》中那个大聊客，面对无知的唐童极度夸耀大海的神奇和诱惑：“天与海是上下两大混沌，它们是一般大一样神奇的！海里的宝物多了，神仙多了，奇花异草多了，而且是、主要是——美女无数！从海中爬到岛上的美人鱼咱亲眼见过不止一个，那可不是传说。她们身上的皮儿比鱼还滑，肚子又白又软，肚脐圆溜溜的像铜钱。一般来说岛国王子身边的妃子都是美人鱼，她们身上有香腺，分泌出的气味就像栀子花……”极尽想象之能，极尽语词之丰富，极尽欲望之诱惑，是半岛方士的奇异之处。当然，他的背后是在这片土地上流传千年的齐风古韵，是在半岛上蔓延的人与自然混沌相处时代诞生的种种匪夷所思的可能。当地俗语“黄县的嘴子，蓬莱的腿子，掖县的鬼子”，就是对这一文化中能言善辩、妙语连珠、想象奇特瑰丽特性的揭示。

（二）方言俗语与齐鲁文化传播

齐鲁文化的传播还体现在村庄叙事对方言俗语的运用上。方言俗语是地域文化的有机组成部分，是地域文化中的活化石。其所具有的独特性、地域性是普通话难以企及的，是文化多样性的具体存在形态。它提升了文学创作的表达能力，更提供了文化与审美的独特性。“我想，一切真正的文学和艺术所要做的事情，就是去打捞和表达这所有的被‘历史’所遗漏的东西，这所有的被遗落在‘历史’之外的人的生命体验。当我们把这些刻骨铭心的生命的体验打捞上来表达出来的时候，我们又会在不期然之中在那些生命的深处看到这样或者那样的‘眼光’与‘尺度’所留下的烙印。”[①] 对于山东村庄叙事而言，其意义在于成功“打捞”和传承齐鲁文化，让读者在惯性阅读中重新发现那些久已沉寂的体验。所以说，对方言俚语的钩沉是新时期山东文学叙事的一大特色，其所揭示的齐鲁文化要素是独特而深入的。

首先，就胶东半岛方言而言，方言俚语沉淀着齐文化中的诸多隐秘。从历史上讲，胶东方言诞生于东夷文化，在齐地逐渐发展成长起来，后来又与儒家文化不断交会与融合，借助民间文化空间流传至今。它是非官方推崇的，但拥有民间社会滋养的强大生命力。矫健的《曹牛鬼》中的“驴捂眼”（牲口拉磨时戴的眼罩，此处戏称眼镜）、“夜叉”、“山草驴下蚂蚱——一代不如一代”、“嫚”等，反映了半岛上村人朴素的理解方式，质朴生动；《刺猬歌》中“大痴士”“鱼戏”“愣怔”“旱魃”等，展示了齐地文化的神秘与飘逸，“《刺猬歌》呈现的飘逸放浪、胡言乱语，可视为齐文化的元素。

① 李锐：《另一种纪念碑》，山东文艺出版社，2002，第 59 页。

这种文化里少不了浪漫的气质，它与儒家文化的严谨和入世有区别”[①]；《内当家》中的“不中”“喜得”“寻思”“鱼事虾事”“宾服”“锅台后的汉子，见不得人”“听见风就是雨，看见闪就是雷”等，充满了民间生活的烟火气。其中，有些方言俚语是半岛地区通用的，也有一部分为某几个或某一个村庄所独有。像“大痴士”就是半岛对乞丐一类人的特殊命名，而且具有丰富的文化内涵。“所谓的‘大痴士’，是当地人对流浪汉和傻子、乞丐的一种统称。‘痴士’二字是一个古语，最早来自印度，叫‘乞士’，是乞讨修行的佛教人士，如今在尼泊尔或泰国还保留有这种传统，僧人在固定的时间拿着器皿到街上接受施舍。”[②]像这样的例子还有很多，其实不仅是在齐鲁大地，很多方言俚语都是打开某一地域文化的钥匙。这一点《马桥词典》的文化钩沉是一个典范。

其次，鲁西南、鲁南等地的方言俚语带有儒家文化浓厚的气息。作为文化的组成部分，方言俚语要受到主流文化的影响。方言俚语中的智慧、情感和价值理念，无不体现了儒家文化的丰富性和地方性。例如在赵月斌的小说《沉疴》中，“送祝米”（孩子出生后，夫妻双方亲友前去祝贺）、“人样”（有教养、守规矩、懂礼貌）、“上拜”（新人给亲近之人叩头）、“社耗”、“净面”、“小功服”（丧服）等方言中有着鲁西南村庄生活所独具的文化色彩。儒家文化中重伦理、重礼节等特点体现得淋漓尽致。仅仅是一个丧礼，就拥有一套完整的话语体系。错综复杂的人际关系实际上是民间繁文缛节的礼俗所产生的。闭塞的生活空间加上贫寒的物

① 张杰：《齐文化的海边莽林——张炜访谈》，《当代小说》2008 年第 5 期。
② 张炜：《游走：从少年到青年》，第 83 页。

质条件令当地人们的生活沉滞难挨，但是村庄人有村庄人的智慧。他们以自己的化解方式，体现了儒家文化的另一面：以苦为乐。如刘玉堂的“新乡土小说”系列中的钓鱼台，其方言俗语中蕴含了一种苦中寻乐的话语风格。像《乡村温柔》中的“啰啰儿”“熊毛病”“幺蛾子”“拿乔”“小感觉”等，还有在一些语词前加上“小”字的方法，让本来严肃、正式的表达瞬间举重若轻，像“小感觉”“小哲学”“小沉重”“小特务”等。谈及此不能不说的一个问题是，沂原本为古代齐鲁两国的交界地，因而该地的方言中既有着齐文化飞扬、空灵的特色，又有着儒家文化现实、质朴的色彩。刘玉堂村庄叙事中方言俚语的独特性，恰恰是齐鲁文化交织的必然产物。

综上所述，新时期山东村庄叙事之所以能够在海内外获得如此高的声誉，是因为除了作家独特的文学观建构、叙事形式的不断创新，还与他们对齐鲁两地方言俚语的挖掘有关。这种挖掘体现为将方言俚语视为一种文化的、审美的主体，进而采用祛蔽化的处理让方言俚语重新展示其本真的面目，也就是齐鲁文化的审美内涵和文化的独特性。

村庄意象与山东影视文化发展

新时期以来，山东影视文化产业获得了快速发展，生产了一大批在海内外拥有众多受众的经典性作品，像《今夜有暴风雪》《大染坊》《村主任李四平》《闯关东》《南下》《红高粱》等。这些作品有很大一部分来自对文学经典的改编。山东文学为影视艺术发展提供了丰富的文学资源，将历史与现实中那些超越时空的东西以新的形式表达。“文学经典的改编是应新时代读者审美习惯的改变和欣赏需求而产生，同时，作为民族的文化符号和象征，影视改编也是扩展文学经典影响的重要途径。”[①] 在中外影视经典作品中，有相当一部分来自对文学经典的改编，像美国的《乱世佳人》、法国的《巴黎圣母院》、苏联的《静静的顿河》，像国内的《祝福》《春蚕》《小二黑结婚》《李双双小传》《芙蓉镇》等。作为一门独立的艺术形式，影视艺术虽然是对文学经典的再创造，但是有着自己独特的价值内涵。

村庄是影视剧中一个不容忽视的意象。在新时期影视剧中，村庄以其独特的文化内涵和审美意蕴出现在不同历史时期的作品中。像《许茂和他的女儿们》《被爱情遗忘的角落》《黄河东流去》《人生》《平凡的世界》《乡村爱情》等，讲述了传统村庄特有的村情、村韵、村景、村人、村俗和村事，成为人们喜闻乐道的经典佳作。村庄，同小镇、都市一起构成中国社会独特的文化空间。对于山东影视剧而言，齐鲁文化风情中的村庄意象韵味独特，内涵丰富，是一个取之不尽的资源宝库。像《山菊花》《苦菜花》《迎春花》《红高粱》《男妇女主任》《村主任李四平》《闯关东》《老农民》《沂蒙》《南下》等经典性作品，成为新时期齐鲁文化传播的代言人，展示了山东人和山东文化的独特韵味。

① 吴义勤主编《大众传媒时代的文学场》，出自《文学制度改革与中国新时期文学》，文化艺术出版社，2013，第 189 页。

一、影视剧改编与村庄意象

四十多年来山东影视剧不断推出优秀作品，在业界受到广泛关注。这种繁荣主要得益于文学影视改编，像20世纪80年代初的《武松》系列就是来自文学经典《水浒传》的改编（该剧获得第一届《大众电视》金鹰奖）。1982年，冯德英的《山菊花》被搬上荧幕，成为轰动一时的作品。此后，山东影视剧创作继续走文学改编的道路，佳作不断。在传播效果上，影视剧比文学拥有先天性优势：传播速度快，受众范围广。新时期以来，基于山东文学改编的剧目中涉及村庄意象的作品有：莫言的《红高粱》，先后被改编为同名电影、电视剧，还有以《白狗秋千架》改编的电影《暖》；赵德发的《君子梦》，改编为电视剧《祖祖辈辈》；张继的同名小说改编为电视剧的有《村主任李四平》《乡村爱情》，电影《男妇女主任》《还让四平当村长》等；此外，还有先影视后小说的《闯关东》《老农民》《沂蒙》等。这些作品中的村庄有着怎样的特点？经过全面分析可以发现，它们所体现的文化气息和时代精神十分突出，具有强烈的民族风范。以题材看，新时期山东文学影视剧改编主要包括抗日战争题材、革命战争题材、传统文化题材和改革开放题材。

（一）抗日战争题材剧

抗日战争题材一直是中国影视剧的重要组成部分。这主要是因为在这场全民族抗战中，中国人民为了民族解放付出了巨大的牺牲，体现了强大的民族气概和勇于胜利的民族自信心。抗战十多年间，产生了不计其数的民族英雄，他们的精神激励着后来人为民族国家的富强去奋斗。伟大的山东人民在这场战争中做出了自己的贡献。很多可歌可泣的英雄故事和英雄形象至今为人们所熟知，代代相传。像《铁道游击队》《地雷战》《苦菜花》等，成为新中国电影史上的红色经典剧。

新时期以来，以传统意识形态阐释战争的作品逐渐淡出了人们的视野，取而代之的是民族性、文化性突出的作品，展示了这场战争对民族精神的激发和建构。民族风貌和文化神韵受到格外关注。《红高粱》的改编是一次成功尝试，一度成为影视界最为瞩目的现象。作品被导演张艺谋于1987年搬上银幕，成为国内轰动一时的作品。该片先后斩获38届西柏林国际电影节金熊奖、戛纳电影节、威尼斯电影节等国际大奖，引起了西方电影界的关注，成为新时期西方看中国的一个重要文本。小说充溢着浓郁的乡土气息，由村落、河流、酒坊、高粱地、荡秋千、坐轿、回娘家、祭祀酒神等构成了一幅独具特色的高密东北乡风情画；戴凤莲、余占鳌、罗汉等人物，在这个世界中抗争、战斗，洋溢着野性、自由、浪漫的民族气息。与此同时，作家对惨烈的战斗场景做了精心刻画，特别是墨水河大桥伏击战，凸显了我们这个民族生生不息的血性和同仇敌忾、共赴国难、一往无前的大义。改编之后，电影版的《红高粱》继承了小说的审美特质，又加入了导演的创造性。一方面，影片运用视觉艺术手法对故事背景进行了创造性加工，让影片自始至终弥漫着浓烈的乡野气。例如风中摇曳的红高粱，一穗穗迎风而立，构成了一片无边无际的火红的海洋；红色的轿子，红色的盖头，蕴含着古老民族火一样的激情；红红的高粱酒，是大地精灵的化身，在英雄们的体内燃烧飞升。这些象征东方民族精神的红色，几千年来从来没有中断。另一方面，影片中人物憨厚，朴实，又敢作敢当，大义凛然。他们在火红的高粱地中奔跑穿梭，唱出了一曲曲激情澎湃的民族歌谣。姜文扮演的余占鳌展示了乡土人生所特有的血性和粗犷，巩俐扮演的戴凤莲展示了村庄女性敢作敢为、追求自我的生命之美。从文学到电影，从语言到蒙太奇，《红高粱》形成了两种类型的艺术经典。“从小说到影视的文本转换之间，‘红高粱’这个‘元故事’在不断的改编过程中，形成了多样化的阐释，呈现出多元化的审美倾向。从这个意义上说，改编事实上完成了对文本的一次艺术重构。”①所以说，这是一个非常成功的文学经典改编案例。

对文学经典的影视剧改编是一个不断重写不断创新的再解读过程。2012 年莫言获得诺贝尔文学奖，激发了影视界对这一作品的再改编。2014 年 10 月，电视剧版《红高粱》在北京卫视、浙江卫视、山东卫视和东方卫视等国内四大卫视黄金档首播。电视剧版《红高粱》成功地将民间叙事、爱情纠葛与爱国主义巧妙融合，加上唯美诗意的生活画面和多彩多样的民情风俗，满足了现代受众的心理诉求。首先，基于电视剧的特点，剧集在《红高粱家族》的基础上进行了拓展和创新。故事发生地集中在村庄、县城、高粱地等空间中。单家大院体现了宗法文化严格的等级观念，是山东村庄四合院的典范，与电影版的十八里坡完全不同。那是一个黄土地上辽远而苍凉的地方。剧中的村落整齐有序，散发着山东农村特有的生活气息。“剧中一反电影版中的荒凉景象，而是将较大一部分剧情安置在高门大院中，且带有典型的山东地方特色，

---

① 李军辉：《文学经典影视改编中的审美嬗变——以〈红高粱〉为例》，《中州学刊》2017 年第 8 期。

体现出明显的民俗色彩与社会底层的生命力。”[①] 其次，在人物活动、人物关系上，山东村落中的宗族文化、邻里关系得到了展示。比如单家族人对酿酒坊和秘方的争夺，老二、老三几次索要都被大儿媳妇淑贤给挡回去。其间隐含了家族长幼尊卑关系，成为剧作的一个看点。就人类学、民俗学而言，这些要素都是电视剧中不可或缺的组成部分。

（二）现代村庄喜剧

喜剧美学是社会文化中不可或缺的组成部分。村庄喜剧，体现了村庄社会特有的美学意蕴。像《小二黑结婚》《李双双小传》等以喜剧形式揭示村庄转型期所发生的新旧矛盾冲突，令人在笑声中看到现代村庄的新面貌。所以说，村庄题材影视剧不但有正剧、悲剧，还有喜剧。以往受五四启蒙文化的影响，我们习惯了以正剧和悲剧来表现传统村庄社会，要么是乡土批判，要么是乡村牧歌。其实，和谐美丽的村庄有着自己的幽默和美学。像刘玉堂的《乡村温柔》用沂蒙山村人所特有的幽默话语讲述他们的日常生活，令人捧腹，发人深思。近年来，《喜耕田的故事》《乡村爱情》《马向阳下乡记》等影视剧将当下村庄日常生活里的喜怒哀乐以幽默的方式加以呈现，展示了村庄日常生活中鸡零狗碎中的幸福，表达了对现代村庄建设的期待和对村人生活的美好祝福。

根据张继小说改编的影片《男妇女主任》《党员金柱有点忙》、电视剧《村主任李四平》《乡村爱情》等以其独特的幽默色彩和

---

① 吴楠：《生命的绽放与人性的张扬——评电视剧〈红高粱〉》，《当代电视》2015 年第 2 期。

问题意识在国内影视界产生了较大反响。《男妇女主任》是根据小说《黄坡秋景》改编而成。影片中的兰河峪是一个宁静而殷实的小山村。老妇女主任退了下来，新主任还没有合适人选。好说好动的村民刘一本被临时委以重任，派到乡里参加妇女大会。刘一本在会上管不住自己的嘴，满嘴放炮，让乡领导误将兰河峪当作计划生育典型，要带着上级检查团到村里检查妇女工作。刘一本想出用“杀羊”吸引村民集中学习以应付检查的办法，结果发生了一件件令人啼笑皆非的事情。《村主任李四平》中小桥村是鲁中山区的一个小村落。村人祖祖辈辈以种庄稼为生，善良朴实，勤劳能干。像六爷、三叔等老人受人尊重，热衷于参与村庄事物；四平主任和王才助理上传下达，以农人特有的智慧治理小村，认真贯彻上级下达的方针政策。电视剧《乡村爱情》则对原著进行了较大改动。象牙山是一个有山有水、风光秀美的山村，村人在琐碎的日常生活中过着幸福的生活。谢大脚的百货店是小村消息的集散地，谢广坤的小院晾晒着收购来的各种山货，王老七的豆腐坊里弥漫着白色的水汽，刘一水的养殖场寄托了他的梦想。小村宁静的打破源自大学生谢永强的回乡。他陷入了找工作的困境，同时还有爱情的困惑。作为一个有志青年，他热爱这片土地，希望通过开荒种植果园，改变村里的旧习俗旧风貌，过一种自己想要的生活。此外像王小蒙、香秀、刘一水、刘英、赵玉田等新一代村庄青年也有着各自的理想和追求，特别是在爱情问题上，体现了青年一代和与老一代人在观念上的巨大差异。相比较而言，长贵、谢广坤、王老七、刘能、谢大脚等老一代村人体现出更多的传统观念。他们对生活或是得过且过，或是斤斤计较，或是死要面子，严守着传统观念不放。因此家人之间、邻里之间的冲突在所难免，但不剧烈，而且时不时迸发出温柔的喜剧效果。这是村庄喜剧不同于其他喜剧的独特之处，也是多年以来村庄题材影视剧热播的主要原因。

张继小说的影视剧改编之所以能够产生轰动效应，是因为其创作时代感强，能够抵达村庄人的内心世界，而且采用老百姓喜闻乐见的艺术形式。同时，这一题材也符合当下城市化进程中"想象乡村""回味乡愁"的情感需求。当大量村庄人进入城市之后，他们面对的是一个陌生的文化空间，焦虑于各种城市文明病。回首乡村依然是现代都市人的一种乡愁，因为那里的一草一木令人感到清新悦人，那里的乡情乡韵令人心醉。"人们怀念那些日子，但是他们不想回到过去的制度。他们偏爱过去，甚至与回到过去的想法调情，主要是因为他们相信它们绝对不会回来。"① 但是也应看到，张继前期的小说创作和影视剧改编够深入村庄与村人的生活，对村庄传统弊端进行喜剧性的批判，倡导健康而美好的人情与人性，那么后来随着《乡村爱情》续集的不断推出，剧集开始逐渐脱离了村庄书写的本质，走上了娱乐化、通俗化甚至闹剧化的道路。

新时期山东文学的影视剧改编既有对历史文化的反思，也有对村庄喜怒哀乐的关注，表现了对村庄大地的独特思考和发掘。但是作品转化率不强，至今很多优秀的文学作品依然没有实现影视改编。这与山东文学名家名作辈出的创作现状十分不符，不能不说是一大遗憾。更为可惜的，因为文学与市场需求的脱节，很

① [斯洛文尼亚]米迪亚·维利科尼亚：《转轨中的失落：后社会主义国家中的社会主义怀旧现象》，张文成译，《国外理论动态》2010年第8期。

多作品改编后反应平平，没有产生本应该具有的反响，值得山东影视文化产业界反思。

二、光影世界与村庄塑造

影视剧中的村庄塑造主要是基于小说原著，但又要体现影视艺术的特质。影视剧作为一种以声光电为修辞手段的艺术形式，拥有自己的话语方式和叙事手法。通过对影视剧改编作品的分析不难发现，光影中的村庄对自然地理、民情风俗、人物意象和历史意象的表现形式做了艺术化处理，赋予了导演独特的认知内涵。“任何改编都必然是一种新的阐释。”[①] 像《秋菊打官司》《暖》《老农民》《一个都不能少》《红高粱》《喜耕田的故事》《平凡的世界》等影视剧中的红布、红辣椒、田野、窑洞等意象都是经过光影处理的，给观众以强烈的冲击力。具体而言，影视剧中的村庄在自然地理、风情民俗、人物塑造和历史文化等方面体现出了创新性的特质。

（一）自然地理意象

前文已经论及，影视剧不同于小说文本，需要以光影画面来塑造意象，为观众营造一种可视可感的仿真效果。影视剧中的村庄一定要具有独特的画面感，给观众以崭新的体验。在众多意象中，自然意象是最能体现村庄地域色彩的。像《平凡的世界》《白鹿原》中的黄土高原，让人物的活动背景瞬间呈现给观众，苍凉厚重；《那

① 陈犀禾：《电影改编理论问题》，中国电影出版社，1988，第 11 页。

山那人那狗》（先后斩获金鸡奖、蒙特利尔国际电影节奖和印度国际电影节奖）中一路的远山、小溪和村落，还有侗族人的婚礼和朴素温暖的乡情，像一幅幅唯美的画卷徐徐展开；《十八洞村》辽远深沉的大山、苍翠欲滴的树林、如画一般的层层梯田，令人流连忘返……美丽的村庄因植根于大自然而独特新异，而清新自然，而生机勃勃。所以说，展示村庄的地域性、泥土性是影视剧永不过时的风景。

影视剧中的自然景观也是遵循主题表达做出的选择和创造。电影《红高粱》中将高粱、高粱地的色彩和形态进行了特殊处理，使其更加富有画面感和象征意味。片中的高密东北乡盛产高粱，每当高粱成熟的季节，秋风中的高粱地像波涛般起起伏伏，染红了村落也染红了整个世界。剧中故事大都发生在高粱成熟的季节：戴凤莲出嫁，红红的高粱一路陪伴，透着神秘和庄严；余占鳌和戴凤莲在高粱地中野合，红高粱的跳跃和摇曳激情澎湃、跌宕起伏；伏击战打响后，红红的高粱似埋伏在原野上的千军万马，象征了游击队员义无反顾地与敌人同归于尽。红高粱意象的成功塑造，对整个故事情节的发展和人物性格的展现具有重要意义。《村主任李四平》中崎岖的小路成为小桥村与外界联系的唯一通道，顺着山势起起伏伏，一直伸向远方；山村农家多为小四合院，方门楼，鸡犬之声相闻，邻里街坊吵吵闹闹，洋溢着烟火气；村人闲暇时间就聚在一起打牌，天南海北瞎聊。这是鲁中山区一个最为常见的村庄。为了展示李四平主任的辛苦，那辆破旧的自行车在路上疲于奔命的镜头几番出现；为了给全村人做好事情，他费劲了心机，力争让村民和镇政府干部们都满意。小桥村、破旧的小路，还有那辆时常出问题的自行车，隐喻着老村在新时代的困境和无奈。

胶东半岛沿海多为渔村，带有浓郁的海洋文化色彩。从村落建筑到民情习俗，到渔业生产，莫不与大海息息相关。电视剧《大秧歌》中的虎头湾就是非常典型的一例。它面临大海，常年经受着海风的洗礼。海水、沙滩、小山、海岛等构成了小村特有的自然地理意象。村里流传着许多古老的传说，像海神娘娘的传说、蛇岛的传说等。波涛起伏的大海不但是小村人的谋生之地，而且锻炼了他们敢想敢做、劈风斩浪的渔人性格。《海岛怒潮》中龙湾头村处在新旧时代的交替时期。古老的渔村在党的领导下摆脱了渔霸的控制，重新回到了老百姓手里。渔船、海草房、灯塔、海滩、大海等构成了海岛渔村特有的风貌，展示了海洋文化的独特魅力和时代大潮中人物命运的变迁。

自然地理意象不但是村庄构成的基本要素，而且孕育了这一方人一方故事一方文化。作为影视艺术，影片制作应当很好利用传统村庄流传下来的自然地理空间，保护其原初形态，为打造人类的精神家园提供丰富多彩的视觉体验。

（二）村庄人物意象

对于小说而言，好的人物意象要借助好的文字来塑造。这仅仅是文学意象传播的第一步，因为没有优秀的读者同样无法实现作家最初的创作目的。这是一个极端复杂的过程。影视剧生产以声音、画面、情节来塑造人物，以便让观众更加直接、更加形象地去感知人物。某种程度上，存在于创作者和接受者之间的想象空间就会减少到极致。所以说影视剧中的人物意象往往是定型的，不需要再进行任何想象，而且要受制于导演和演员的水准。好的影视剧是对文学作品的再创造，需要导演和演员对原著做出独特的理解和处理。像《小二黑结婚》《红旗谱》中的演员赵子岳、《红高粱》《秋菊打官司》中的巩俐等，以出色的演技塑造了二诸葛、老孙头、戴凤莲等人物意象，成为中国电影史上的经典。新时期山东影视剧改编中村庄意象的打造，主要通过以下几类人物意象完成的。

第一，草莽英雄意象。在新时期影视作品中，草莽英雄是一类重要的人物意象。随着文化语境的改变，人们对草莽英雄有了新的认识和期待。村庄历史上多的是草莽英雄，民间野史中多的是英雄传奇。这类人物身上既有着底层社会所特有的蛮野之气，也有着愚昧盲动的匪性和流氓习气，还有着民间世代传承的侠义传奇。新时期影视剧创作一改过去非白即黑的人物塑造观念，让人物回归自身，让人物更加丰满独特，让人物成为一个复杂的综合体。像《红高粱》中的余占鳌，本是高密东北乡的一个轿夫，但是勇武过人，有胆有识，敢恨敢爱。在送亲途中遇到土匪，他不顾威胁冲上去将其打死，赢得了戴凤莲的爱慕；与日军交战时，他带着缺枪少药的弟兄们负责打伏击战，展示了山东大汉的血性和刚强。《大秧歌》中的海猫经历了从草莽混子到革命战士的蜕变历程。他是一个乞儿，也是一个弃儿，从小养成了玩世不恭、巧舌如簧、能言善辩又善良可爱的品性。特殊的环境造就了这样一个特殊的人，同样这样一个特殊的人也改变了这样一个特殊的村庄。在革命者苏岩的引导下，他逐渐成为一名有勇有谋的革命战士。此外，黑鲨、竹叶青等海匪也有着自己悲苦的经历。他们最终在民族大义面前尽释前嫌，加入抗日的洪流中来。

第二，愚昧麻木的村民意象。自五四文学以来，国民性批判一直是村庄书写的主题。像鲁迅、茅盾、萧红、赵树理、周立波等作家在他们的文学创作中对村民的愚昧麻木进行了深入批判。传统文化的没落，生存环境的闭塞，日常生活的贫困，导致传统村庄破败没落。这一现状集中体现在那些挣扎在生存边缘的村民身上。《大秧歌》中吴赵两家世代为仇，为了家族荣誉两家族规中严禁青年男女通婚，如有违反就要沉海；每年两家还要轮番选女孩子祭祀海神，祈求海神保佑。即使侵略者已经杀入村里，他们依然为了各自的利益相互争斗。在新时期山东影视剧中，国民性批判主题依然贯穿于村庄剧作之中，但是在创作方法上与以往作品体现出了很大差异。

第三，乡绅族长意象。新时期山东影视剧中的族长、乡绅意象同样值得关注。在传统社会中，村庄治理主要依靠宗法文化，其实施者是族长和乡绅。像《白鹿原》中的白嘉轩，是白鹿村道德伦理规范的监督者和实施者，是小村的灵魂。山东是儒家文化的发祥地，农耕文明发达。在历史上，宗族文化是村庄文化的主体构成，乡绅族长是村庄社会的管理者。根据《君子梦》改编的电视剧《祖祖辈辈》讲述了宗族文化在现代村庄走向没落的过程。许氏家族几代族长一直恪守族规，力求建立圣人向往的君子世界。特别是许正芝，将吕子的理论奉为为人处世的信条，贯彻到家族治理之中。他是传统文化守成者，是克己为人、追求君子风范的士绅。

村庄意象与山东乡村旅游发展

乡村旅游本质上是一种文化体验。在日益全球化的今天，拥有独特的乡村文化是一个地方发展乡村旅游的优势。村庄文化资源所具有的原生性、独特性和异质性，是其他文化资源所不具备的。在对乡村文化资源的研究中，除了在文化地理学、民俗学、社会学等方面对其进行学术研究，我们还应当做好乡村文化的传承和创新。而文学创作和乡村旅游是两个非常重要的领域。应该说，二者对乡村文化的传承与创新是有共同性的。基于此，乡村旅游和新农村建设应该借鉴乡土文学的文化和审美内涵，提升自己的品质。而且乡土文学在文化传播方面有着独特的优势，成为乡村旅游发展的传播先导。像陶渊明的《桃花源记》、沈从文的《边城》、鲁迅的《从百草园到三味书屋》、贾平凹的《秦腔》、莫言的《红高粱》、孙犁的《白洋淀纪事》等传承了中国传统文化的理想，成为家喻户晓的文学名作，因而在发展桃花源、湘西、绍兴、棣花村、高密东北乡等旅游中具有起到了决定性作用。具体而言，文学村庄对乡村旅游发展方面所起的作用主要体现在文化地理空间、民情风俗和文化传播等方面。

一、文学村庄与乡村旅游空间的重构

文学创作是一个审美过程，因而离不开作家对现实世界的建构性努力。这种建构是基于作家自己对现实世界的独特思考。“我们村庄里的一草一木，例如村子里的大树、村后的小石桥，也都在我的小说里出现过。也就是说我在写作的时候，我的头脑中是有一个具体的村庄的——这就是生我养我的村庄。”[①] 在具体创作过

① 刘琛：《把高密东北乡安放在世界文学的版图上——莫言先生文学访谈录》，《东岳论丛》2012 年第 10 期。

程中，作家紧紧扎根于自己所熟悉的村庄社会，对自然地理风貌、文化空间做出审美建构，创作出一个属于自己的艺术世界。像《丰乳肥臀》中的大栏村是由村院、教堂、街道、墨水河、石桥等自然文化建筑构成的，各色人物在这样一个空间中上演了一幕幕悲喜剧；《白鹿原》中白鹿村是由拴马桩、老戏台、牌楼、四合院、白鹿书院等组成的空间。在发展乡村旅游中，很多旅游景区很好地借鉴了文学创作的空间，对现实中的村庄世界进行了详细规划，打造出一个个充溢着文学想象的旅游空间。比如鲁迅故乡游，当地充分利用鲁迅作品和鲁迅文学研究的相关成果，精心打造了现实版的鲁镇：咸亨旅店、百草园、三味书屋、土谷祠等，成为一个独具特色的鲁镇世界。概而言之，乡村旅游对文学村庄的借鉴主要体现在自然地理风貌和历史文化布局两个方面。

首先，自然山水空间布局与旅游建构。文学世界中的自然山水不同于现实风物，是被作家赋予了独特文化内涵和审美体验的意象构成物。“一方面，作者通过自己的亲身感悟与深切体会，利用语言的技巧完成了对乡村形象的设计；另一方面，作为结果的文学作品向读者展现了乡村意义世界的完好形象。”[①] 所以，对于广大读者而言，他们更渴望通过旅游行程来印证文学阅读中获得的想象和体验，通过实地游览反思从现实到艺术之间存在的秘密。例如读过张炜的《我的田园》后，有的南方读者就不远千里之遥到山东半岛去寻找小说中那个令人神往的葡萄园；看过莫言小说的读者就会期待在高密东北乡看到大片血色的红高粱，站到

① 熊剑峰、明庆忠：《乡土文学与乡村旅游动机及其启示》，《北京第二外国语学院学报》2011 年第 5 期。

墨水河大桥上想象当年的伏击日军的场面等；前往贾平凹故居游览，就是要看看古朴的棣花古镇，看看笔架山等；孙犁《白洋淀纪事》中的白洋淀秀美风光、万亩芦苇与荷花塘，也成为成千上万的旅游者醉心向往的目标……总之，这样的例子我们可以举出很多。

针对这些文本世界中的自然景物，我们之所以如此重视是因为它们本身具有不可替代的独特的价值内涵。它们在大自然中本身并不具备什么审美价值，之所以引起旅游者的关注，是因为作家赋予了其独特的审美价值。张炜笔下的葡萄园是作家精神世界的载体，而不仅仅是一个园子，如果是那样的话世界上的葡萄园数不胜数，而何以张炜的葡萄园令人如此向往？还有高密东北乡再普通不过的高粱，白洋淀的芦苇，都沉淀了作家的审美理想和精神内蕴。

其次，文学村庄的文化空间布局与旅游建构。乡土文学除了大量书写自然风光，还有关于村庄格局、院落建筑、庙宇祠堂等带有浓厚地域色彩的人文景物的刻画。建筑就是一条流淌的文化小溪，千百年来传承着乡村人的梦。以山东民间建筑为例，沂蒙山区的石头院落、胶东沿海的海草房、鲁北大平原上的土坯院落、鲁南大运河上停靠的船屋，各自以自己的独特方式讲述着当地所特有的民情风俗和人类的智慧梦想。因此如何将作家在文学世界中表现的村庄，应用到乡村古村落旅游业中来，是当下乡村旅游发展的重要任务。莫言故居游就是很好地利用了《红高粱家族》及其影视剧改编中的要素。像单家大院、花脖子山寨、曹家大院、孙家口伏击战旧址等都是莫言小说中故事的发生地，如今成为高密旅游难以替代的景观景点。这些文化建筑已经随着文学传播深入读者心中，成为带有历史文化内涵和情感记忆的风景，无疑是乡村旅游景区建设和产品质量提升的重要参考。

近年来，随着城市化的加剧和影视文化产业的快速发展，影视文学中的村庄题材越来越受到观众的欢迎。作为一种和城市文化相对的文化形态，中国村庄文化有着几千年的历史，含蕴着无尽的乡愁和家园精神。因此这种题材的作品颇能引起观者的共鸣。比如《大秧歌》中的胶东小渔村桃源村、《闯关东》中的鲁中山村朱家峪、《马向阳下乡记》中的齐长城下涌泉村等，它们以特有的自然景观、村落建筑和民俗风情，吸引了越来越多的都市人前往探秘体验。而且，乡村人的热情好客，淳朴厚重，与城市文化形成了鲜明的对比，是开展乡村旅游的核心竞争力。

当然，乡村旅游发展可以从文学村庄的物质、文化、精神等各个领域获得启发。我们能够从作家的生活经历中发现这些具有发展潜质的村庄原型，但是二者还是存在着显著的差异。文学创作和文化旅游是两个不同的领域。一方面，作家的想象毕竟不是现实生活。文本中作家涉及的很多材料在现实生活中是无处可寻的，对于优秀的作家而言更是如此。莫言在谈及自己的高密东北乡王国时认为：它是一个不断延伸的世界，并不局限于自己的高密东北乡，而是有高山、沙漠等景物。另一方面，文化旅游还要依据村庄文化的特点建立自己的创意体系，对娱乐成分和参与程度都有很高的要求。就目前来看，这种创新性尝试已经发展了一些成功的案例，获得了游客的认可和积极参与。

二、文学村庄与乡村民俗风情的打造

文学村庄的书写离不开独特的民情风俗文化。正是这些村庄特有的民情风俗创造了人物生活的环境，展示了独特的地域文化韵味，塑造了村人特有的文化心理。因此文学村庄中通常拥有丰富而独特的民俗文化意象，从礼仪节庆到婚丧嫁娶，再到耕种饮食，作家以审美者、文化学者身份对民情风俗进行了改造和创新。所以说文学对于传承乡土文化和发展现代旅游有着不容忽视的价值。民情风俗意象沉淀了中国传统文化的“乡愁”，是人类文化的活化石。在每一项民俗文化中，我们都会发现一些村人对生存的独特理解。像《红高粱》中出嫁路上的颠轿、吹唢呐，《白鹿原》中的白鹿传说、修建宗祠，《君子梦》中的渔鼓书、扛柜架、祭灶等，展示了村庄文化的地域性特点和精神追求。花轿、唢呐、祠堂、祭灶等风俗习惯中记载着一个乡村人生命的文化密码。就像那个在早上因为品尝到童年时代吃过的小玛格丽特甜点的普鲁斯特，顿然感受到一种对生命密码的破译。概而言之，文学村庄为乡村旅游提供了活生生的民情风俗，为村庄创意提供了丰富多彩的文化内涵和审美内涵。

第一，文学村庄为乡村旅游提供了可借鉴的民俗文化资源。人物是具体社会生活的产物，民俗风情是人物成长的沃土。在文学村庄打造中，作家为了营造人物生活的环境，塑造村庄人物独特的性格内涵，通常借助民俗风情书写来完成。这些民情风俗呈现了村庄世界的文化特色。像《红高粱》中高密剪纸艺术的“玲珑剔透，淳朴浑厚，天马行空，自成风格”特色，体现了高密东北乡人对快乐的追求，对自由的向往；叶炜记述了鲁南地区村庄的民情风俗，像麻姑神的传说、盘龙观、婚礼仪式、年节风俗、沂蒙小调等，让小说洋溢着鲁南村庄浓郁的文化气息。当然，我们在地方志或民俗学文献中同样可以找到这样一些民俗资料，但是与文学书写相比，还是存在很大的不同。首先，文学村庄中的民俗书写更贴近于乡村旅游活动，因为乡村旅游需要一些鲜活的富有创意的民俗，以便于旅游者进行参与体验。例如婚礼上的花轿，如何组织响器班子、如何抬轿等不仅仅是一种观赏，更是一种鲜活的民俗。其次，就是要努力揭示这些民俗的现代生命力，揭示其文化的、审美的内涵。赵德发的《君子梦》中记载了很多鲁南民俗，但是这些民俗书写都是经过了作家的甄别和批判的，让读者在阅读中对自我进行反思和批判。因而，乡村旅游如何利用好文学村庄中的民俗文化非常值得去探究和反思。

此外，文学村庄在为乡村旅游提供了资源的同时，也在很多文本中提供了一些对旅游活动的书写。毕竟随着社会的发展，特别是新农村建设的兴起，作家笔下的村庄也在悄然发生变化。在很多当代小说中，作家对村庄文化的传承和未来发展画出了自己的蓝图。乡村一改现代文学以来的沉闷、愚昧、落后，开始了自己的新生之路。叶炜在《后土》中写道："这里不仅可以开发山水文化，还有其他三个文化可以开发。如果以麻庄为圆点，方圆二十公里为半径画一个圆的话，这里有小朱国的故里，有著名的大汶口文化伏里遗址和战国时期的灵邱、梁王故城遗址，可以说历史文化悠久，这是可以大力发掘的古文化。另外，咱们这里是著名的革命老区，抗日战争和解放战争年代属于沂蒙山革命根据地的一部分，是名闻中外的铁道游击队的大后方，许多老一辈革命家都曾在这里工作过、战斗过，鲁南第一个农村党支部就诞生在这里，咱们镇上和县里至今存有许多革命历史遗迹，这是可以开发的红色文化。"在曹华鹏的《遍地杏黄》中，桃花源一般的杏花村在木琴、酸杏、凤儿等人的带领下艰苦创业，发展了林果加工业后又顺应时代要求做起了旅游的文章，在北山上重建了山路、仙人庙、凉亭等景点。美丽的杏花村走出了穷困和闭塞，开始了现代乡村的新路程。就像小说中所言："杏花村不只是在杜牧的诗句里，千百年来，她一直存于我们每个人心中。"

第二，文学村庄的民俗风情内涵与乡村旅游的灵魂。作家的文学村庄书写通常是带着对村庄的情感的。村庄不仅是他们出生成长的家园，也是他们从此出发走向文学王国的起点。陈忠实在谈及自己《白鹿原》的写作体会时讲过这样一段对自己村庄的认识过程："我在断断续续的两年时间里，进入近百年前的我的村子，我的白鹿原和我的关中；我不是研究村庄史和地域史，我很清醒而且关注，要尽可能准确地把准那个时代的人的脉象，以及他们的心理结构形态；在不同的心理结构形态中，透视政治的经济的道德的多重架构。"[①] 作家由村庄出发，以村庄意象来表征自己内心的故乡，展示浓厚的乡土乡情。作家赵德发在回答"乡土写作中真正的乡土精魂是什么？怎样才能让小说抵达真正的乡土精魂"时认为："一个作家写好农民，必须研究这个东西。你研究透了，并且让自己的心灵与农人性灵相通，形成感应，你才能写好农村题材的作品，抵达真正的乡土精魂。"[②] 因此我们在贾平凹的散文中体验到秦腔文化的魅力，在李锐的小说中体验到太行山村落的宁静与悲凉，在莫言的小说中感受到高密东北乡文化的自由追求和抗争意识，在刘玉堂的小说世界里看到沂蒙山村庄的朴实热情，等等。

① 陈忠实：《寻找属于自己的句子——〈白鹿原〉写作手记》，《小说评论》2007年第4期。

② 赵德发：《写作是一种修行》，第263页。

那么，这些对于乡村旅游发展有着怎样的价值呢？我们知道一座古村落不仅要有特色的建筑，还要拥有一颗特有的灵魂。否则，我们看到的村庄是没有生命力的展示品。“区别市镇和乡村的不是大小而是一种心灵的存在。”[①] 如果说这些观念还仅仅存在于理论层面上，那么对民俗风情来源、细节发掘的形象表述则是一种最为直观的展示。叶炜在《福地》中对鲁南村庄中的订婚、结婚等仪式做了详细记载：合婚，就是以生肖属相的相生相克来决定对该姻缘的取舍；小定，就是置办首饰、衣料，分装成四盒，提着礼盒到女方家去，女方收到礼物要回送四样；定日子，要选择一个好日子，到女方家去询明“小日子”作为吉日。此外，该小说中还涉及诸多日常节日文化，像春节、端午节、中秋节等。在麻庄端午节有很多讲究，要在门旁插上艾草，以防瘟毒；要用荠菜、青麦煮鸡蛋，可以健身壮骨；采苇叶，加大米和甜枣包粽子吃；出嫁的闺女走娘家，必须在端午节前回婆家。这些富有浓郁的地方色彩和文化气息的民情风俗中凝结了乡村的精魂，展示了一个有着悠久历史和人文气息的村庄世界。文化塑造了村落的魂灵，也是村落最有力的吸引物。“在播种与生育、收获与死亡、孩子与谷粒之间产生了一种深厚的因缘。”[②]

三、文学村庄与乡村旅游传播

作为艺术类型的文学通过作家之手传播给读者大众，在实现

---

① [德]奥斯瓦尔德·斯宾格勒：《西方的没落：世界历史的透视》，第 200 页。
② [德]奥斯瓦尔德·斯宾格勒：《西方的没落：世界历史的透视》，第 198 页。

文化艺术传播的同时也将有关村庄的信息扩散出去。读过《平凡的世界》的自然就会知道小说中有个双水村，读过《白鹿原》的也会了解书中的白鹿村，而看过《红高粱》的就会对高密东北乡记忆犹新。它们之所以成为当下旅游者心目中向往的地方，是因为文学艺术所产生的持续而深远的感染力。当读者为小说世界中的村落或某一村庄景物所吸引，他就会期待从虚构的世界中走出来，亲自到那个村庄去体验主人公的生活经历或人生境界。因此，文学传播对乡村旅游发展具有非常重要的意义。概括而言，文学村庄对乡村旅游传播主要依托于文学家的名人效应、文学作品的传播效应和影视剧的传播等。

第一，名人效应是乡村旅游传播持久而深远的资源。“我国独特的历史文化造就了旅游景观总是与历史名人、文学名篇紧密联系，交相辉映。名人的佳作一经问世，不仅为山川增辉添彩，更提升了旅游景观的文化价值、历史价值、审美价值和知名度。”[①]名人效应实际上就是品牌效应，因为有信誉度和影响力的强大作用而会带动很多人去关注所涉及的事物或商品。对乡村旅游而言，打造独具特色的文化创意产品、做好品牌是做好经营的根本保障。那么，文学名人在乡村旅游发展中究竟起到了哪些作用呢？概而言之，一方面文学经典具有传播的永久性和广泛性。从传播时间上看，很多作家与他们的村庄意象已经被广泛传唱了上千年，成为文学上为人熟知的精神家园，像陶渊明诗文中的《桃花源记》及《饮酒》，早已经成为中外文学中的经典，此外还有杜牧的杏花村、陆游笔下的山西村等；在传播空间上，文学艺术因其广泛的人类

① 陈钦莹：《试论旅游文学对旅游景观的广告作用》，《现代商业》2012年第10期。

性特点而受到海内外阅读者的欢迎，它不局限于某一地域某一民族，而是属于世界的，如莫言小说被翻译成几十种文字传播到海外。另一方面，名人效应让名人自身也成为重要的旅游吸引物。出于对文学名人的生活经历、家庭背景等要素的好奇，读者往往会到作家出生地去探幽访古。像英国小镇斯特拉特福，因为是著名戏剧家莎士比亚的故乡而闻名海内外，每年有两百多万人前去旅游。鉴于宣传和发展旅游业的需求，很多地方开发了名人故居旅游，像贾平凹故居、孙犁故居、莫言故居等。当莫言获得诺贝尔文学奖后，一度出现了莫言故居旅游的热潮。位于高密大栏乡平安村的莫言故居本来是一个名不见经传的平原村落，但是因为有了莫言和他的小说，张艺谋拍《红高粱》曾经到过这里；因为莫言的文学作品在异域传播受到重视，日本作家大江健三郎曾到访参观；因为莫言荣获诺贝尔奖，成千上万的读者怀着无比崇敬的心情来这里朝圣，甚至带走了莫言家的砖头、门前菜地里的萝卜，想沾沾喜气。所以说，文学名家名作对于乡村旅游而言是一份难得的传播资源。乡村旅游研究和实施者一定要利用好这一村庄文化的优势。

第二，文学作品为乡村旅游提供了重要的传播资源。“文人往往能体验出一般人常常熟视无睹的美，并以诗词、歌赋、对联等形式道出了一般人常常言而不达之意。他们不仅写景出色，更创造了独特的意境，抒发了崇高圣洁的情怀，并使人们知物、明理。”[①] 作家对所熟悉的村庄进行的艺术创造，不是照抄照搬，而是将其当作材料进行了重新建构。文学村庄承载了作家对人生与

① 李祥福：《文学的旅游价值 因文成景、文传景名》，《黑龙江史志》2008 年第 19 期。

社会的独特思考，是一个个富有文学魅力的审美构成物。文学作品的传播，在传递作家作品的审美创建的同时，也将村落的历史文化和民情风俗带给了读者。遍观当下中国文坛上的实力派作家，他们大部分是来自乡村，或有过一段乡村生活经历，如贾平凹、路遥、陈忠实、莫言、张炜、史铁生、韩少功、毕飞宇、迟子建、李锐、李佩甫、阎连科、赵德发等。而且他们的作品在新时期文学中产生了深远影响，在国内外拥有广泛的阅读受众。例如莫言的《红高粱家族》被翻译成英、法、德、意、日、韩等二十多国文字，成为一部具有世界影响的作品。高密东北乡的民情风俗、人物性格等吸引了国外读者和研究者，让他们感受到东方文化和这片土地的神秘。“江山尚需文人捧”，就在于文人敏锐的观察力和深厚的学养让他们能够发现现实生活中那些存在物背后的内蕴，然后通过文学作品的形式展示出来。一个没有认真读过莫言文学作品的人是很难面对高密东北乡的旅游景观的，因为他不能理解那些景物背后的文化矿藏。

第三，影视剧文学具有更为直接的传播效果。如果说作家和文学作品的传播具有长远而广泛的影响，那么影视剧改编会产生最为直接的传播效果。影视剧文学本属于大众传播范畴，但是在互联网时代里，通过电影院线、电视、网络视频、手机等渠道又增添了许多新的功能和特点。影视剧以更直观、更迅捷，也更通俗的形式成为旅游传播的重要手段。近年来影视剧与乡村旅游产业结合，已经形成了一种新型的文化产业。比如新版《水浒传》播放后引起空前的“水浒文化热”，于是梁山、东平、阳谷、郓城、高唐等地借机发起“水浒之旅”，诞生了一批像阳谷的闫庄农业民俗文化村、东平的水浒大寨等旅游文化项目；电视剧《大秧歌》

的热播后，烟台海阳的琵琶岛渔村已经成为当地乡村旅游业发展的一个热点，感受原汁原味的海龙王祈福、大秧歌表演等胶东民俗文化是这一乡村旅游的核心项目；电视剧《红高粱》的播出，青州井塘古村旅游迅速提升了知名度，这座有着500多年历史的明代古建筑群不但引起了人们的浓厚兴趣，古建筑、古村落等传统文化要素重新进入现代人的视野，而且整个村庄产业发展也实现了转型。此外，《闯关东》之于章丘朱家峪村，《马向阳下乡记》之于淄博市涌泉村，无不是因影视剧作品热播而引发的乡村旅游热。影视剧与乡村旅游的结合，是现代文化产业发展走向融合与创新的新趋势，也是响应中央精神建设新农村、保护传统村落文化的最有实效的做法。

综上所述，乡村旅游是文化产业的一种新业态，需要丰富而独特的文化资源。“文化创意来自对既有文化资源的改造和新的文化创造。”[①] 文学村庄书写不但发掘和保留了传统村庄的文化资源，而且是对作家心目中的村庄一次文化的、审美的再创造，是一个以审美方式建构起来的乡村世界。故而，乡村旅游产业的发展应该以适当的方式对文学村庄加以借鉴和创新，在打造高品质的旅游产品的同时，更要积极促进现代村庄的建设和发展。

① 管宁：《创意：艺术与生活》，江苏大学出版社，2014，第4页。

参考文献

（1）张炜：《芦清河告诉我》，山东文艺出版社，1984。
（2）张炜：《中篇小说精选》，山东友谊书社，1996。
（3）张炜：《短篇小说精选》，山东友谊书社，1996。
（4）张炜：《随笔精选》，山东友谊书社，1996。
（5）张炜：《把文字唤醒》，作家出版社，2014。
（6）张炜：《中年的阅读》，作家出版社，2014。
（7）张炜：《有一个梦想》，作家出版社，2014。
（8）张炜：《纯良的面容》，作家出版社，2014。
（9）张炜：《我的田园》，作家出版社，2013。
（10）张炜、朱又可：《行者的迷宫》，东方出版社，2013。
（11）张炜：《如花似玉的原野》，人民文学出版社，1995。
（12）张炜：《丑行或浪漫》，云南人民出版社，2003。
（13）张炜：《莱山之夜》，作家出版社，2014。

（14）张炜：《芳心似火》，作家出版社，2014。

（15）张炜：《小说坊八讲》，生活·读书·新知三联书店，2012。

（16）张炜：《九月寓言》，人民文学出版社，2005。

（17）张炜：《刺猬歌》，人民文学出版社，2007。

（18）张炜：《荒原纪事》，作家出版社，2014。

（19）莫言：《天堂蒜薹之歌》，上海文艺出版社，2012。

（20）莫言：《欢乐》，上海文艺出版社，2012。

（21）莫言：《蛙》，上海文艺出版社，2012。

（22）莫言：《清醒的说梦者》，山东文艺出版社，2002。

（23）莫言：《红高粱家族》，人民文学出版社，2012。

（24）莫言：《丰乳肥臀》，当代世界出版社，2004。

（25）莫言：《生死疲劳》，上海文艺出版社，2012。

（26）莫言：《白狗秋千架》，上海文艺出版社，2012。

（27）莫言：《学习蒲松龄》，中国青年出版社，2011。

（28）莫言：《碎语文学》，作家出版社，2012。

（29）尤凤伟：《尤凤伟文集》（第一、第二卷），山东文艺出版社，1997。

（30）苗长水：《犁越芳塚》，作家出版社，1991。

（31）刘玉堂：《乡村温柔》，作家出版社，1998。

（32）刘玉堂：《最后一个生产队》，作家出版社，1998。

（33）刘玉堂：《一头六四年的猪》，黄河出版社，2007。

（34）刘玉堂：《好人曾相识》，黄河出版社，2007。

（35）刘玉堂：《县城意识》，黄河出版社，2007。

（36）刘玉堂：《乡村情结》，黄河出版社，2007。

（37）赵德发：《缱绻与决绝》，山东文艺出版社，1997。

（38）赵德发：《君子梦》，人民文学出版社，1999。

（39）赵德发：《赵德发》，人民文学出版社，2002。

（40）赵德发：《双手合十》，江苏文艺出版社，2008。

（41）赵德发：《青烟或白雾》，人民文学出版社，2002。

（42）赵德发：《震惊》，山东文艺出版社，2003。

（43）刘玉栋：《公鸡的寓言》，山东文艺出版社，2005。

（44）刘玉栋：《天黑前回家》，山东文艺出版社，2004。

（45）刘玉栋：《我的名字叫丫头》，山东教育出版社，2015。

（46）刘玉栋：《白雾》，安徽少年儿童出版社，2017。

（47）刘玉栋：《我们分到了土地》，山东文艺出版社，2012。

（48）曹华鹏：《遍地杏黄》，山东人民出版社，2014。

（49）王方晨：《老大》，山东文艺出版社，2015。

（50）王方晨：《公敌》，湖南文艺出版社，2014。

（51）王方晨：《芬芳录》，《雨花》2016 年第 6 期。

（52）王方晨：《祭奠清水》，山东文艺出版社，2005。

（53）叶炜：《福地》，青岛出版社，2015。

（54）叶炜：《富矿》，青岛出版社，2015。

（55）叶炜：《后土》，青岛出版社，2015。

（56）赵月斌：《沉疴》，东方出版社，2016。

（57）张继：《人样》，山东文艺出版社，2001。

（58）张继：《去城里受苦吧！》，山东文艺出版社，2004。

（59）张继：《村长的耳朵》，山东文艺出版社，2001。

（60）凌可新：《醉纸》，山东文艺出版社，2001。

（61）矫健：《矫健中短篇小说集》，山东文艺出版社，2004。

（62）魏然森：《白妖》，春风文艺出版社，1997。

（63）魏然森：《沧浪村庄》，中国社会出版社，2008。

（64）魏然森：《家族秘史》，贵州人民出版社，2011。

（65）魏然森：《浮尘》，春风文艺出版社，1994。

（66）柏祥伟：《水煮水》，山东文艺出版社，2012。

（67）王朴：《金牛寨》，中国文联出版社，1998。

（68）左建明：《雪地》，山东人民出版社，1983。

（69）《一九八二年短篇小说选》，人民文学出版社，1983。

（70）王延辉编选《山东新文学大系·当代部分·小说卷一》，山东文艺出版社，1999。

（71）胡烟：《哭泣的半岛》，作家出版社，2016。

（72）刘照如：《蚂蚁的歌谣》，敦煌文艺出版社，2013。

（73）厉彦林：《春天住在我们的村庄》，山东教育出版社，2011。

（74）陈光军、陈芮伊：《天下苍苇》，山东教育出版社，2013。

（75）王万森：《沂蒙文化与现代沂蒙文学》，齐鲁书社，2006。

（76）曾大兴：《文学地理学研究》，商务印书馆，2012。

（77）房福贤等：《齐鲁文化形象与百年山东叙事》，山东画报出版社，2009。

（78）杨守森主编《读莫言，游高密》，山东文艺出版社，

2012。

（79）杨守森：《生命存在与文学艺术》，人民出版社，2016。

（80）［美］贝尔：《资本主义文化矛盾》，严蓓雯译，人民出版社，2010。

（81）［美］明恩溥：《中国乡村生活》，陈午晴、唐君译，中华书局，2006。

（82）汪裕雄：《审美意象学》，人民出版社，2013。

（83）［法］H. 孟德拉斯：《农民的终结》，李培林译，中国社会科学出版社，1991。

（84）丁帆等：《中国乡土小说的世纪转型研究》，人民文学出版社，2012。

（85）俞孔坚：《回到土地》，生活·读书·新知三联书店，2014。

（86）赵月斌：《暧昧的证词》，中国海洋大学出版社，2014。

（87）吴炫：《中国当代思想批判》，学林出版社，2001。

（88）吴炫：《中国当代文化批判》，学林出版社，2004。

（89）吴炫：《中国当代文学批判》，学林出版社，2001。

（90）吴炫：《否定主义美学》，黑龙江人民出版社，2010。

（91）吴炫：《再问“人何以可能”：中西经典思想批判讲演录》，浙江工商大学出版社，2008。

（92）吴炫：《何为理论——原创的方法与实践》，中国社会科学出版社，2013。

（93）吴炫：《新时期文学热点作品讲演录》，广西师范大学出版社，2004。

（94）吴炫：《本体性否定——穿越中西方否定理论的尝试》，浙江工商大学出版社，2008。

（95）陈晓明：《中国当代文学主潮》，北京大学出版社，2013。

（96）徐复观：《中国艺术精神》，广西师范大学出版社，2007。

（97）李陀：《雪崩何处》，中信出版社，2015。

（98）管宁：《创意、艺术与生活》，江苏大学出版社，2014。

（99）旷新年：《写在当代文学边上》，上海教育出版社，2005。

（100）[美]埃弗里特·M. 罗吉斯、拉伯尔·J. 伯德格：《乡村社会变迁》，王晓毅、王地宁译，浙江人民出版社，1988。

（101）罗钢、刘象愚主编《文化研究读本》，中国社会科学出版社，2000。

（102）贺雪峰：《新乡土中国：转型期乡土社会调查笔记》，广西师范大学出版社，2003。

（103）木心讲述，陈丹青笔录：《文学回忆录》，广西师范大学出版社，2013。

（104）古风：《意境探微》，百花洲文艺出版社，2001。

（105）阿城：《闲话闲说》，江苏文艺出版社，2016。

（106）李贯通：《洞天》，中国文联出版公司，1987。

（107）李贯通：《鱼渡》，北京出版社，1999。

（108）李贯通：《迷蒙季节》，华夏出版社，2004。

（109）王兆军：《白蜡烛》，中国青年出版社，1997。

（110）王兆军：《青桐树》，中国青年出版社，2002。

（111）王兆军：《蓝羽毛》，中国青年出版社，2002。

（112）蓝强：《包村干部》，贵州出版集团，2011。

（113）［美］哈罗德·伊罗生：《群氓之族：群体认同与政治变迁》，邓伯宸译，广西师范大学出版社，2008。

（114）［美］詹明信：《晚期资本主义的文化逻辑：詹明信批评理论文选》，陈清侨等译，生活·读书·新知三联书店，1997。

（115）［德］奥斯瓦尔德·斯宾格勒：《西方的没落：世界历史的透视》，齐世荣、田农等译，商务印书馆，1963。

后　记

该书为山东省社会科学规划一般项目《新时期山东文学中的村庄意象研究》(项目批号 15CWXJ10) 的最终成果。

书稿完成已是隆冬时节。为了满足课题研究的需要，在整整两年的时间里，我逛书店、上淘宝、找旧书网、泡图书馆、看超星数字图书……尽最大努力，寻找各种机会，搜集、研读新时期以来山东作家的作品及相关的影视改编成果；同时还阅读了大量关于传统文化、中外文论、乡村景观、文学地理、民俗学、人类学、传播学以及文化产业等领域的最新研究成果，并将其运用于具体研究；此外，还翻阅了大量文学期刊，向省内著名作家请教，了解他们的文学理念及创作现状……这些措施，为书稿撰写的顺利进行提供了充分的保障。

古人讲："书上得来终觉浅，绝知此事要躬行。"美国耶鲁大学人类学教授斯科特的《弱者的武器》一书曾经给我很大的震撼和启发，让我意识到调查研究之于课题研究的意义所在。为了了解山东村庄现状，我利用假期深入鲁南、胶东、鲁北等地，走进那些遍布在平原上、大山中、海岛上、黄河边的村庄，试图搞清它们是如何从传统社会中一步步走向现代的。而今它们有的正在蓬勃发展，其现代化程度令人惊叹，像无边无际的葡萄园、漫山遍野的红苹果、一望无际的蔬菜大棚，像那些散发着泥土芬芳的民情风俗园、成排成行的农家小院等；有的却更加衰老，大街上只能看到零星的老年人和孩子，偌大的希望小学只剩下一两位老师和三五个孩子在默默坚守；有的则依然保持着几十年前的老样子，在风雨中讲述着祖辈传下来的故事，延续着千百年来的风土人情……

在鲁中山区，一个偶然的机会，我闯入了一个村庄。这里群山环抱，山清水秀，峰峦叠翠；民居错落有致，青砖雕花，石桥百态。据村里人讲，是先人为躲避皇上迫害率家人到此隐居。初秋，我与朋友冒着蒙蒙细雨，沿着一条曲折清幽的山间小路探访沂南某村。古老的鲁中民居散落在山野中，一条小河在村中穿过。河水清澈见底，清凉宜人。山坡上到处是即将收获的果园，还有时聚时散的雾霭，令我在乡间小路上彳亍徘徊良久。在鲁北海岸，我们的车在无比荒凉的原野上奔驰。除了几棵低矮的碱蓬草，看不到一棵树的影子。路一直伸向天尽头！在一个叫水沟的滨海渔村，我们走进了一个整齐划一的搬迁村，了解到这里的村民曾经靠储存雨水生活的历史。如今他们村整体搬迁到这里，通上了自来水。接下来我们又欣赏了街头的渔村农民画，走进了堆满捕捞筐和虾酱缸的小院，参观了他们新建的农家乐，体验了新时代新农村建设的成果。还有黄河岸边以黄土夯建的村落，让我们真正体验了村人的智慧。在山东大地上，正是千万个这样的村庄养育了一代代齐鲁儿女。他们在这里生，在这里死；即便是离开去了远方，依然无时无刻不牵挂着故乡的父老乡亲。这就是村庄，令人难以释怀的家园。我常想，面对这样的村庄怎能仅仅用古老、衰败等语词加以表述呢？那是何等乏力，何等苍白！

课题从立项到研究的顺利进行，首先要感谢的是我的导师王万森教授。毕业十多年来，我一直谨遵先生教诲，认真读书，严谨治学。先生退休后依然笔耕不辍，对前沿问题提出自己的真知灼见。每有新作诞生，先生定将文稿发给我们一起分享学术发现的乐趣。针对本课题研究，先生指导督促，答疑解惑，不断提供新思路新见解，同时对进一步研究提出了更高的要求。我一一铭记在心，以最大努力去做好研究工作，继续对该课题进行深化和提升，以回报先生的悉心关爱！

该课题研究的顺利实施，还要非常感谢我的大学老师——济南大学文学院院长刘传霞教授。毕业多年来，刘老师对我这名“老学生”在生活、学习等方面予以诸多关照、督促和提携，想方设法提升我的学术研究水平，悉心帮助我解决各种困惑和难题。此外，还要感谢师兄刘心锁教授、师姐唐欣教授多年以来对我的无私支持和帮助。

还要特别感谢上海财经大学中国文化理论原创中心主任吴炫教授。多年以来，吴先生待我亦师亦友，一直关心我的学术成长，邀请我多次参加他在沪上组织的学术活动，帮助我解决学术研究中的诸多难题。感谢河北大学文学院雷鸣教授，自毕业后一直通过各种方式给我提供帮助，激励我不断前行。还有山师的各位老师、师兄、师姐，《齐鲁师范学院学报》的许海丽编辑，山东省作协副主席刘玉栋先生和王方晨先生，为本课题研究、学术成果发表和研究资料的搜集提供了无私的帮助和支持。

感谢山东旅游职业学院党委书记陈国忠先生，一直关心本课题研究，从文化地理视角对课题思路和理论支撑等问题提出了诸多宝贵意见。特别是他对山东作家如数家珍的分析和独到的见解，让我受益匪浅。感谢宋德利院长、魏凯副院长、石磊处长、曹常玲主任和马莎莎老师对本课题申报、研究提供的大力支持。感谢本课题组成员的积极付出和大力协助，让课题研究顺利进行。

感谢广西师范大学出版社文艺分社罗财勇社长和余慧敏、王小敏编辑为本书出版付出的努力，还有文学院教授王瑜师弟的热心付出。

最后，还要感谢我的家人，没有他们的理解和大力支持，我的学术研究将难以为继。感谢所有帮助过我的师长、同事、朋友，在此不一一列出他们的姓名，是他们的默默奉献为本书出版提供了保障。

一个好课题的研究是一次不断趋于完美的过程。虽然书稿经过精心构思，不断修改，无奈时间仓促，难免有疏漏和错误，恳请指正。

作　者

2017年12月3日